SO SCHWARZ DAS HERZ

FABIAN PRIOR 10

MELISA SCHWERMER

10

E-Mail: melisa.schwermer@gmail.com
www.melisa-schwermer.com

ISBN: 9798391849292
Imprint: Independently published
Lektorat: Simona Turini www.lektorat-turini.de
Korrektorat: Jasmin Krieger, Nicole Schumann
Covergestaltung: HollandDesign, Bruchköbel
Coverabbildung: shutterstock @Jarruvat Homthong

ÜBER DAS BUCH

Wenn das Böse dir alles nimmt, musst du dich fragen, wie gut du deine Liebsten wirklich kennst.

Tatenlos muss Anke mit ansehen, wie ein Unbekannter ihr Leben zerstört. Nach ihrer Tochter verschwindet auch ihr Mann spurlos. Für sie steht fest: Sie muss ihren Sohn beschützen, denn jemand hat es auf ihre Familie abgesehen. Der zerstückelte Leichnam, den Spaziergänger am Main entdecken, nimmt ihr jegliche Hoffnung, ihre Liebsten jemals wiederzusehen.

Hauptkommissar Fabian Prior und sein Team übernehmen die Ermittlungen, ohne zu ahnen, dass sie dem Täter bereits ganz nah sind. Sein Motiv scheint tief in der Vergangenheit zu liegen. Während sie hinter sein düsteres Geheimnis kommen, hat der Mörder längst das nächste Opfer in seiner Gewalt. Die Zeit läuft den Ermittlern davon, denn ihr Gegenspieler kennt keine Skrupel. Um sein Ziel zu erreichen ist er sogar bereit, in den Reihen der Polizei zu töten.

ÜBER DEN AUTOR

Mehr auf: www.melisa-schwermer.com

Melisa Schwermer, geb. 1983 in Offenbach, hat Germanistik und Philosophie in Darmstadt studiert und sich nach ihrem Abschluss als Thrillerautorin einen Namen in der Buchbranche gemacht. Ihr "So bitter die Schuld" stürmte die Amazon-Charts und hielt sich wochenlang an der Spitze. Der Titel wurde außerdem für Kindle Storyteller Award 2016 nominiert. Seitdem hat die Reihe um den Ermittler Fabian Prior etliche Leserinnen und Leser begeistert. Melisa hat bisher über 250.000 Bücher verkauft.

WEITERE LIEFERBARE TITEL

So bitter die Schuld

So dunkel die Angst

So kalt der Zorn

So tödlich die Stille

So einsam der Tod

So verdorben das Blut

So mörderisch die Gier

So düster die Rache

So hässlich die Lüge

Düsterhof

Flüstermoor

Gequälte Seelen

Aus dem Verborgenen

Abgewiesen

Der Tod uns scheidet

Man muß bis zum letzten Augenblick gegen Natur und Schicksal kämpfen und nie an etwas verzweifeln, bis man mausetot ist. - Voltaire

1
KAPITEL

Verborgen in der Dunkelheit beobachtete Benjamin jede ihrer Bewegungen. Da oben war sie. Wie eine Erscheinung stand sie hinter dem erleuchteten Fenster, völlig ahnungslos, dass er ihr ganz nah war. Sie fühlte sich sicher, so unbeschwert, wie sie dort herumlachte. Was für ein Trugschluss. Obwohl sie sich wirklich Mühe gegeben hatte, sich vor ihm zu verstecken, war sie im Endeffekt doch gescheitert. Seine Ausdauer hatte sich ausgezahlt.

Die Erleichterung darüber, sie endlich gefunden zu haben, wich schnell einem Gefühl der Wut. Nichts würde sich in Wohlgefallen auflösen, so wie er es sich die vergangenen Tage einzureden versucht hatte. Das wünschte er sich vielleicht, doch Wünsche gingen bekanntlich nicht immer in Erfüllung. Nichts würde mehr so sein wie früher, weil sie es nicht wollte.

An dem Nachmittag, als er sie erwischte, hatte sie ihm gedroht. Ihr Gesichtsausdruck hatte ihm verraten, dass sie bereit war, alles zu zerstören, was ihm lieb und teuer war. Die Entschlossenheit in ihren Augen, der Zug um ihre Mundwinkel. Und das nur, weil er sich einmal nicht im Griff gehabt hatte.

Dabei war doch alles ihre Schuld, immerhin hatte sie ihn provoziert, ihn dazu getrieben, seine Grenzen zu überschreiten. Das hätte er niemals getan, wenn sie ihm nicht signalisiert hätte, dass sie es auch wollte. Normalerweise hatte er sich gut im Griff, aber er war auch nur ein Mann und konnte nicht aus seiner Haut. Nun würde sie die Konsequenzen zu spüren bekommen.

Mit eigenen Augen zu sehen, wie sie sich direkt dem nächsten Kerl an den Hals schmiss, setzte dem Ganzen einfach nur noch die Krone auf. Alles an ihrer Körpersprache schrie geradezu, dass sie den Typen ihr gegenüber verführen wollte. So eine kleine Schlampe. Am liebsten wollte er nach oben stürmen, um das auf der Stelle zu beenden. Mit seinen eigenen Händen das Leben aus ihr rauspressen und beobachten, wie ihre Überheblichkeit mit jedem vergeblichen Atemzug von ihr wich. Wenn er sich aber so die Statur des Kerls ansah, wusste er, dass er nichts überstürzen durfte. Er musste sie allein erwischen.

Auch wenn er gern noch Stunden hier gestanden hätte, um sie zu beobachten, war es an der Zeit, sich von dem Anblick loszureißen. Er musste wieder reingehen, sonst würde es irgendwann auffallen, dass er so lange weg war. Aber er würde wiederkommen. Jetzt, wo er wusste, wo sie sich versteckt hielt, war es nur eine Frage der Zeit, bis er seine Genugtuung bekommen würde.

2

KAPITEL

Anke stand am Fenster und schaute auf die dunkle Straße. Die Scheiben der parkenden Autos waren mit einer Eisschicht überzogen. Es war die dritte Nacht in Folge klirrend kalt. Hoffentlich war Lina irgendwo, wo es warm war. Anke malte sich aus, wie ihr kleines Mädchen, das viel zu schnell erwachsen geworden war, bibbernd unter einer Brücke lag und bei den eisigen Temperaturen jämmerlich erfror. Oder noch schlimmer, wie ihre Leiche irgendwo darauf wartete, geborgen zu werden. Ermordet von irgendeinem Irren, der die Situation einer wehrlosen Minderjährigen fern von zu Hause ausgenutzt hatte, sich an ihr zu vergehen und sie anschließend zu ermorden.

Der Gedanke quälte sie so sehr, dass sie sich am liebsten ihre Jacke übergeworfen hätte, um selbst nach ihr zu suchen. Aber wo sollte sie anfangen? Wo weitermachen? Ohne vernünftigen Plan würde sie überhaupt nichts erreichen. Außerdem war ihr Mann die ganzen letzten Tage unterwegs gewesen, um etwas herauszufinden. Irgendjemand musste in der Zeit hier zu Hause bei Henri bleiben und das Telefon überwachen.

Das verfluchte Telefon, das seit Tagen schwieg. Es war

für Anke fast schon zu einer Zwangshandlung geworden, alle paar Minuten zu überprüfen, ob es noch genug Akku hatte. Zur Sicherheit stellte sie es schon auf die Station, wenn gerade erst ein halber Balken verbraucht war. Aus Angst, dass sie dadurch aus Versehen einen eingehenden Anruf abgelehnt hatte, loggte sie sich daraufhin jedes Mal in den Router ein, um nachzusehen, ob jemand versucht hatte, sie zu erreichen.

Ein ums andere Mal war da rein gar nichts. Wie heute Abend. Gähnende Leere. Kein Polizist und auch nicht Benjamin, der ihr mitteilte, dass Lina gefunden worden war, wohlauf selbstverständlich. Erst recht nicht Lina selbst, die sich unter Tränen entschuldigte, dass sie einen Fehler gemacht hatte und wieder nach Hause kommen wollte. Und auch keine ihrer Freundinnen, die endlich einsah, welche Sorgen sich die Familie machte und bereit war, zu verraten, wo Lina sich versteckt hielt. Glücklicherweise auch nicht die schlimmste der Möglichkeiten, nämlich die Kripo, die einen Leichnam hatte, auf den die Beschreibung von Lina passte.

Drei Tage waren schon vergangen, seit ihre Tochter am Morgen ganz normal zur Schule aufgebrochen und am Nachmittag nicht nach Hause gekommen war. Erst mal nichts Ungewöhnliches, sie steckte mitten in der Pubertät und ihre Launen wechselten quasi im Sekundentakt von himmelhoch jauchzend bis hin zu kreuzunglücklich. Mal verstand sie sich blendend mit ihrem kleinen Bruder Henri und mal verfluchte sie die gesamte Familie.

Einmal, sie hatten ihr verboten, abends noch mit einer Freundin auszugehen, hatte sie lautstark verkündet, dass sie ihre Eltern später nicht pflegen würde, so sehr hasste sie Anke und Benjamin angeblich. Meist beruhigte sie sich schnell wieder, noch nie hatte ein derartiger Streit dafür gesorgt, dass sie sich längerfristig böse waren. Davon abgesehen hatte es in letzter Zeit keinen Ärger gegeben, alles war verdächtig friedlich verlaufen und Anke hatte schon gehofft, dass sie die anstrengendste Phase der Pubertät hinter sich gebracht hatten. Dann aber war Lina plötzlich verschwunden.

Nachdem sie morgens ganz normal das Haus verlassen hatte, musste sie irgendwo gewartet haben, bis der Rest der Familie ausgeflogen war. Im Unterricht war sie nicht erschienen, stattdessen war sie offenbar zurück in ihr Zimmer gegangen und hatte ein paar Sachen gepackt. Kaum Kleidung, jedenfalls wüsste Anke nicht, wie viele von den Hunderten T-Shirts nun fehlten. Aber Linas Tablet war verschwunden, genau wie das Ladekabel dafür, das sie am Vormittag noch auf Linas Schreibtisch gesehen hatte. Ihr war das nur aufgefallen, weil sie sich darüber ärgerte, dass Lina es nie aus der Steckdose zog, wenn sie es nicht benutzte. Seit Anke einmal ein Ladekabel fürs Handy abgeraucht war und fast das Sofa in Brand gesteckt hatte – Gott sei Dank war sie zu Hause gewesen – achtete sie penibel darauf, stets die Teile vom Strom zu nehmen.

So auch am Tag von Linas Verschwinden. Am Nachmittag hatten sie sich zunächst nicht sonderlich gesorgt. Anke hatte einmal auf dem Handy ihrer Tochter angerufen, das allerdings ausgeschaltet war. Natürlich kam ihr das merkwürdig vor, aber es hätte ja sein können, dass der Akku leer war. Dass Lina nach der Schule nicht sofort nach Hause kam, war nicht ungewöhnlich, oft entschied sie sich spontan, noch mit einer Freundin in die Stadt zu gehen, um sich bei Dunkin' Donuts oder McDonald's vollzuessen oder sich einfach so die Zeit zu vertreiben.

Als sie zum Abendessen immer noch nicht auftauchte und das Handy weiterhin ausgeschaltet war, machte sich doch allmählich Beunruhigung in Anke breit. Benjamin versuchte noch, sie zu beruhigen, aber es war alles andere als normal, dass Lina über einen so langen Zeitraum ohne Zugriff auf ihr Telefon war. Dieses Ladegerät hatte sie nämlich immer in ihrer Tasche, das blieb nie in der Steckdose zurück.

Nachdem sie Henri gegen zwanzig Uhr endlich dazu gebracht hatte, zu schlafen, war dann auch Benjamin so weit, dass er sich Gedanken machte, wo Lina steckte. Er und Anke telefonierten die Freundinnen und Freunde ihrer Tochter durch, doch keiner von denen wusste etwas. Jedenfalls behaupteten sie das. Da sie nicht in der Schule aufgetaucht war, waren sie angeblich davon ausgegangen, dass sie krank war. Anke glaubte, dass wenigstens ein oder zwei von ihnen logen, aber an dem Abend hatte sie noch gehofft, dass Lina am nächsten Tag wieder vor der Tür stehen würde. Selbstverständlich reumütig. Sie würde ein paar Wochen Hausarrest bekommen, oder besser noch Internetverbot, das würde sie eher dazu bringen, über ihr Verhalten nachzudenken.

Eine schlaflose Nacht später fehlte von Lina nach wie vor jede Spur, und während Benjamin sich einen freien Tag genommen hatte, um sie zu suchen, hatte Anke die Polizei informiert. Von den Beamten fühlte sie sich nicht wirklich ernst genommen, was vermutlich daran lag, dass es bis zu Linas 18. Geburtstag nicht mehr lange hin war und sie davon ausgingen, dass sie schon wieder auftauchen würde.

Seitdem bewachte Anke das Telefon, während Benjamin nach der Arbeit durch die Stadt fuhr und nach Lina Ausschau hielt. So auch an diesem Abend. Heute war ihr Mann außergewöhnlich lange unterwegs, was in ihr die Hoffnung aufkeimen ließ, dass er endlich Erfolg gehabt hatte und Lina nach Hause brachte.

Als sie eine Autotür auf der Straße hörte, stürmte Anke ans Fenster, das zum Hof zeigte. Es war Benjamins Volvo, der in der Einfahrt stand. Im schwachen Licht der Straßenlaterne erkannte sie auch auf der Beifahrerseite eine Silhouette. Augenblicklich fing sie an zu zittern und ihr Hals schnürte sich zu.

»Er hat sie! O Gott, was für ein Glück!«, stieß sie gepresst hervor und rannte zur Haustür.

Als sie das Außenlicht eingeschaltet hatte, kam die niederschmetternde Erkenntnis. Es war zwar Benjamin, der den gepflasterten Hof entlanggetorkelt kam, aber neben ihm ging nicht Lina, sondern Timo Hörnike, ein guter Freund der Familie. Benjamin war augenscheinlich so betrunken, dass er kaum noch geradeaus gehen konnte und von Timo gestützt werden musste.

Enttäuscht ließ Anke die Schultern sinken. »Du bist in dem Zustand wohl hoffentlich nicht gefahren«, giftete sie ihren Mann an, als er über die Schwelle in die Diele schwankte. Obwohl das irrational war, nahm sie ihm übel, dass er Lina nicht bei sich hatte, und am liebsten hätte sie ihm eine geknallt. Vermutlich hatte er den Abend in der Kneipe verbracht, anstatt nach ihrer Tochter zu suchen.

Anstelle einer Antwort hob Benjamin eine Hand und streckte sie ihr entgegen. Die andere presste er sich auf den Mund und rannte dann los in Richtung des Gästebades.

»Keine Sorge, ich hab hinterm Steuer gesessen«, sagte Timo und reichte ihr die Autoschlüssel.

»Danke dir, das war wirklich nett. Hat er dich extra angerufen, damit du den Chauffeur spielst?« Anke rieb sich müde übers Gesicht. Sie musste dringend Schlaf nachholen, was allerdings ein Ding der Unmöglichkeit war, solange sie nicht wusste, wo Lina steckte und ob es ihr gut ging.

Timo schaute betreten zu Boden. »Nein, nicht wirklich. Wir sind zusammen losgezogen. Ben brauchte einfach mal ein bisschen Ablenkung nach dem ganzen Stress.«

Anke presste die Lippen aufeinander, um nichts Fieses zu entgegnen. Als ob sie das nicht gebrauchen könnte. Wer gönnte ihr denn mal eine Auszeit? Am liebsten hätte sie das Timo an den Kopf geworfen, aber er konnte am wenigsten dafür. »Ich nehme an, sein Pegel bedeutet, dass er keine Spur gefunden hat«, stellte sie lakonisch fest.

»Ist wohl so, ja. Aber sag mal«, Timo nahm sie am Oberarm und führte sie sanft vor die Tür, die er fast bis ins Schloss zog, »Ben hat heute Abend so merkwürdige Andeutungen gemacht.«

»Was meinst du?«

Timo blickte sich mit eingezogenem Kopf um, wie um zu überprüfen, dass niemand sie belauschte. Dann flüsterte er: »Mit jedem Bier wurde er redseliger, du weißt ja, wie das ist. Irgendwann schwafelte er davon, dass wohl zwischen ihm und Lina öfters die Fetzen geflogen sind …«

»Ach, das. Lina ist momentan ein schreckliches Pubertier. Ist doch klar, dass da hin und wieder ein paar härtere Worte fallen.« Sie winkte ab und drehte sich weg, um wieder nach drinnen zu gehen. Hier draußen wurde ihr langsam kalt.

Timo hielt sie am Arm fest. »Das war noch nicht alles.«

Anke runzelte die Stirn. »Was denn noch?«

»Auf der Fahrt deutete er an, dass er vielleicht schuld an ihrem Verschwinden sein könnte.«

Anke war verwirrt. Was hatte das nun wieder zu bedeuten? Redete Ben sich wirklich ein, dass ihre Streitigkeiten verantwortlich dafür waren, dass Lina ausgerissen war? Oder steckte noch etwas anderes dahinter? Andererseits, Betrunkene erzählten viel, wenn der Tag lang war. Genau das sagte sie auch Timo.

Der zuckte nur mit den Achseln. »Wie du meinst. Ich dachte nur, das würde dich vielleicht interessieren. Dass du mal nachhaken willst, was genau er damit meinte oder so.«

Anke legte ihm die Hand auf die Schulter und lächelte ihn an. Auf solche gut gemeinten Tipps konnte sie momentan verzichten. Jetzt ging es darum, Lina zu finden, da hatte sie nicht noch die Kraft, wegen völlig harmloser pubertärer Streitigkeiten Benjamin auf die Füße zu treten. »Danke, aber so, wie er gerade drauf ist, kann ich mir das wohl sparen.«

»Irgendwann ist er ja wieder nüchtern. Morgen …«

»Außerdem haben wir gerade genug Sorgen, da müssen wir uns nicht auch noch untereinander verkrachen, nur weil zwischen den beiden möglicherweise etwas war, das sie dazu gebracht hat, Reißaus zu nehmen. Das können wir zur Not regeln, wenn sie wieder da ist.«

Timo schaute sie verständnislos an und nickte dann. »Gut, eure Sache. Ich sehe dann mal zu, wie ich nach Hause komme. Gute Nacht.« Damit verschwand er die Einfahrt entlang und war schon bald außer Sichtweite.

»Halt, warte«, rief Anke und lief ihm hinterher. Als sie ihn eingeholt hatte, drückte sie ihm Benjamins Autoschlüssel in die Hand. »Hier, nimm ruhig den Wagen. Ben holt ihn morgen wieder ab.«

Sie wartete, bis er davongefahren war, dann ging sie zurück ins Haus. Die Tür zum Gästebad stand offen, von Benjamin war nichts mehr zu sehen. Nur der saure Geruch von Erbrochenem hing noch im Flur. Anscheinend war er schon nach oben ins Bett gegangen.

Anke seufzte und schloss die Haustür hinter sich. Dann würde sie wohl eine weitere schlaflose Nacht allein auf der Couch verbringen.

3

KAPITEL

Irgendwann waren Anke wohl doch die Augen zugefallen, was allerdings nicht dazu führte, dass sie sich am Morgen sonderlich erholt fühlte. Sie hatte im Sitzen geschlafen und war alle zwanzig Minuten hochgeschreckt, um auf ihr Handy und das Festnetztelefon zu schauen, ob sie auch bloß keinen Anruf verpasst hatte. Gegen Viertel nach sieben quälte sie sich vom Sofa hoch in die Küche, um Kaffee zu machen. Von oben hörte sie das Rauschen der Dusche. Benjamin war also auch schon wach.

Während die Siebträgermaschine aufheizte, ging sie ins Gästebad, in dem es immer noch leicht säuerlich nach Erbrochenem roch. Sie wusch sich das Gesicht mit eiskaltem Wasser und ordnete sich die Haare ein wenig. Wenn sie ihrem Mann gleich eine Standpauke für den gestrigen Abend halten und dabei ernst genommen werden wollte, sollte sie besser nicht aussehen wie eine Vogelscheuche.

Zurück in der Küche saß Henri am Esstisch, baumelte mit den Beinen und strahlte sie an.

»Guten Morgen, mein Schatz.« Anke ging zu ihm und gab ihm einen Kuss auf die Wange, woraufhin er seine

Arme um ihren Hals legte. Vor Liebe wurde ihr ganz warm ums Herz und gleichzeitig zog sich ihr Magen zusammen, weil sie an Lina dachte. Es hatte mal eine Zeit gegeben, da hatte das Mädchen auch so reagiert, wenn Anke den Raum betrat.

»Magst du dich mit einem Kakao vor den Fernseher setzen und ich mache dir eine Schale Cornflakes?«, fragte Anke ihren Sohn. Solange seine Comicserien über den Bildschirm flimmerten, würde er nichts mitbekommen, das war sicher. Sie fühlte sich wohler, wenn er bei ihrem Gespräch mit Benjamin nicht dabei war.

Henri nickte begeistert und flitzte ins Wohnzimmer, wo nach wenigen Sekunden die Stimmen der Comichelden aus den Lautsprechern dröhnten. Normalerweise hasste Anke es, wenn er den Ton so laut stellte, aber heute Morgen war ihr das gerade recht.

Während ihr Espresso durch die Kaffeemaschine lief, schäumte sie eine halbe Tasse Milch auf und rührte anschließend Kakaopulver hinein. Zusammen mit einer Schüssel der versprochenen Cornflakes brachte sie ihm die Tasse ins Wohnzimmer und ging dann nach oben. Nur um ganz sicherzugehen, wollte sie einen Blick in Linas Zimmer werfen. Nicht dass sie nachts heimlich zurückgekommen war.

Auf dem Flur begegnete ihr Benjamin, der trotz Dusche zerknittert und elendig aussah.

»Morgen«, murmelte er mit rauer Stimme. So hatte er früher immer geklungen, wenn sie in langen durchzechten Nächten gemeinsam eine Schachtel Zigaretten geleert hatten.

»Na, ausgeschlafen?« Anke konnte sich den süffisanten Tonfall nicht verkneifen.

»Sehe ich vielleicht so aus?«, gab er grummelig zurück und drängte sich an ihr vorbei ins Schlafzimmer, wo er sich seufzend aufs Bett fallen ließ, um Socken anzuziehen.

Anke warf einen schnellen Blick in Linas verwaistes Zimmer und folgte ihm. Bevor sie etwas sagen konnte, hob er die Hand und stöhnte genervt auf.

»Jetzt bitte keine Gardinenpredigt wegen gestern Abend, bloß, weil ich mir in der Kneipe mal einen zu viel gegönnt habe. Das habe ich mir wohl verdient nach der ganzen aussichtslosen Sucherei.«

Anke war so perplex, dass ihr der Mund offen stehen blieb. Das klang geradezu so, als würde sie ihn dazu zwingen, nach ihrer Tochter zu suchen. Als hätte er gar kein Interesse daran, sie wohlbehalten wieder nach Hause zu holen. Ganz davon abgesehen, dass er sich nicht mal gemeldet hatte, um Bescheid zu sagen, wo er war. Wortlos drehte sie sich um und ging wieder nach unten, wo ihr Espresso auf sie wartete.

Sie war so wütend auf ihren Mann, dass sie kaum den Geschmack wahrnahm und sich zusammenreißen musste, nicht in Tränen auszubrechen. Linas Verschwinden, die Warterei auf die erlösende Nachricht, die endlich diese furchtbare Situation beenden würde oder noch besser Lina, die durch die Tür spazierte, all das zermürbte Anke und machte sie so dünnhäutig, wie sie es nicht mal in ihrer eigenen Pubertät gewesen war.

»Was glaubst du eigentlich, wie es mir damit geht?«, fuhr sie Benjamin an, kaum dass der sich ebenfalls in die Küche bequemt hatte. »Den ganzen Tag sitze ich hier und schiele auf das Telefon, während ich versuche, nebenbei meine Arbeit zu erledigen und mich außerdem um Henri zu kümmern.«

»Was ist, Mama?«, rief ihr Sohn aus dem Wohnzimmer, da er wohl seinen Namen gehört hatte. Ausgerechnet heute war seine Aufmerksamkeit offenbar doch nicht allzu sehr von seinen Serien in Beschlag genommen.

»Nichts, Schatz. Schon gut«, rief Anke zurück und senkte dann ihre Stimme. »Es ist nicht so, dass ich nicht auch mal eine Auszeit gebrauchen könnte, aber die nehme ich mir nicht.«

Benjamin holte sich eine Tasse aus dem Schrank und stellte sie unter die Kaffeemaschine. Dann drehte er sich mit verschränkten Armen um. »Tut mir leid, dass ich Henri nicht auch noch für dich übernehmen kann. Du musst dich schon entscheiden. Entweder fahre ich durch die Stadt und suche unsere Tochter oder ich komme nach der Arbeit heim und kümmere mich um ihn. In dem Fall sucht dann aber niemand nach Lina, außer, du möchtest das machen. Wenn dir das lieber ist, sag einfach Bescheid, dann machen wir das ab jetzt so.«

»Ach ...« Anke winkte ab und schüttelte den Kopf. Jetzt kamen ihr doch die Tränen und sie verfluchte sich dafür. Auf keinen Fall wollte sie eine Heulsuse sein, sondern die Starke in der Familie, die dafür sorgte, dass sie trotz der Krisensituation alle zusammenhielten. Sie schluckte und atmete tief durch. »So meinte ich das nicht. Natürlich kümmere ich mich gern um Henri. Aber ich sitze hier den ganzen Abend in der Hoffnung, dass jeden Moment die Tür aufgeht und du gemeinsam mit Lina hindurchmarschierst. Ich starre auf mein Handy und das Festnetz in der Erwartung, irgendeine Nachricht zu erhalten.«

»Ja, und? Mehr als Ausschau nach ihr zu halten, kann ich doch nicht machen. Wirfst du mir im Ernst vor, dass ich sie gestern nicht nach Hause gebracht habe?« Benjamin griff seine Tasse etwas zu schwungvoll und Kaffee schwappte über den Rand.

Anke nahm ein Blatt von der Küchenrolle und wischte den Fleck auf. »Natürlich war das nicht so gemeint. Aber du hättest mir zumindest Bescheid geben können, dass du dich mit Timo auf ein Bier triffst.« Selbstverständlich war es mehr als ein Bier gewesen, auch mehr als zwei oder vier, aber darüber wollte sie jetzt nicht auch noch streiten.

»Damit du mir sofort ein schlechtes Gewissen einreden kannst? Bestimmt nicht.« Suchend ließ Benjamin seinen Blick über die Arbeitsplatte schweifen, fand offenbar nicht, wonach er Ausschau hielt, und ging in den Flur. »Hast du meine Autoschlüssel gesehen?«, rief er von dort.

Anke folgte ihm. »Keine Ahnung«, sagte sie und schaute automatisch zum Schlüsselbrett. Da fiel ihr ein, dass sie Timo gestern Abend ja das Auto mitgegeben hatte.

»Da hab ich schon geguckt, da sind sie nicht. In meiner Hose waren sie auch nicht.«

»Timo hat sie, und deinen Wagen. Irgendwie musste er ja nach Hause kommen, nachdem er für dich das Taxi gespielt hat.«

»Na großartig«, brummte er, als wäre das ihre Schuld. »Jetzt kann ich zusehen, wie ich zu ihm komme.«

»Was hast du denn vor?«, erkundigte Anke sich. Sie erinnerte sich an die Andeutung, die Timo gestern Nacht gemacht hatte.

»Weiter nach Lina schauen, was sonst?« Benjamin nahm sein Handy und öffnete WhatsApp, wohl um Timo wegen des Autos zu schreiben. Wenn sie ihn darauf ansprechen wollte, dann am besten jetzt, bevor er wieder den ganzen Tag unterwegs war. Abends bei seiner Rückkehr wäre die Gelegenheit verstrichen.

»Sag mal, Timo hat da gestern etwas erwähnt …«

Benjamin starrte weiter stur auf sein Handy. »Aha.«

Anke nahm all ihren Mut zusammen. Es war klar, dass der Streit sich nicht legen würde, wenn sie ihn das jetzt fragte, aber andernfalls würde ihr die Sache den ganzen Tag nicht mehr aus dem Kopf gehen. »Er meinte, du hättest ihm gegenüber so etwas gesagt wie, dass du an Linas Verschwinden schuld wärst.«

»An Details von gestern Abend kann ich mich bei aller Liebe nicht erinnern. Ich hätte nicht mal sagen können, dass er mich nach Hause gefahren hat.«

»Ich habe auch nicht verlangt, den genauen Wortlaut wiederholt zu bekommen. Worauf du da angespielt hast, wirst du doch sicherlich noch wissen.« Jetzt, wo sie sich überwunden hatte, wollte Anke dranbleiben. Dass er so ausweichend antwortete, war schon irgendwie merkwürdig. Ein Streit zwischen ihm und Lina war nichts Außergewöhnliches. Wenn das der Grund dafür war, dass er glaubte, an ihrem Verschwinden die Schuld zu tragen, warum sagte er es nicht einfach?

»Willst du jetzt wirklich auf etwas herumreiten, das ich in betrunkenem Kopf gesagt habe, oder sollen wir uns lieber darauf fokussieren, Lina zu finden?«

»Es hat mich eben interessiert ...«

»Keine Ahnung, was du von mir hören willst«, sagte er und machte ein gequältes Gesicht, als würde sie etwas Unmögliches von ihm verlangen. »Jetzt muss ich auf jeden Fall erst mal los, Timo hat nicht ewig Zeit. Frühstücken werde ich bei McDonald's, vielleicht habe ich ja Glück und Lina läuft mir genau da in die Arme. Wenn's was Neues gibt, melde ich mich.« Damit schnappte Benjamin sich seine Jacke vom Haken und verschwand aus der Tür.

»Na großartig.« Anke seufzte und ging zu Henri ins Wohnzimmer.

Nach einer Weile hielt sie es zu Hause nicht mehr aus. Sie programmierte das Haustelefon so, dass alle eingehenden Anrufe auf ihr Handy umgeleitet wurden, und ging mit ihrem Sohn nach draußen. Als es ihr auf dem Spielplatz zu kühl wurde, rief sie ihre Mutter an und kündigte sich zum Kaffee an.

Bei ihrer Ankunft erwartete sie ein noch warmer, selbst gebackener Streuselkuchen und wässriger Kaffee aus der Filtermaschine, den sie nur mit viel Kaffeesahne runterbringen konnte. Der Kuchen hingegen war ein Gedicht, trotzdem stocherte Anke nur mit der Gabel darin herum. Im Gegensatz zu Henri, dessen Appetit ungebrochen war.

Ihre Mutter saß ihr gegenüber am Tisch und betrachtete sie kummervoll. »Willst du gar nichts davon essen? Schmeckt er dir nicht?«, fragte sie nach einer Weile.

Anke zwang sich zu einem Lächeln. Normalerweise war sie eine Stressesserin. Je anstrengender die Zeiten, desto mehr ungesundes Zeug stopfte sie in sich hinein. Dieses Mal war es anders. Sie hatte nicht mal Hunger, von Appetit ganz zu schweigen.

»Doch, mit dem Kuchen ist alles in Ordnung. Ich bekomme nur einfach nichts runter.« Anke seufzte und berichtete ihrer Mutter von dem Streit mit Benjamin. »Ich fühle mich so alleingelassen mit allem. Ja, Benjamin leistet natürlich seinen Beitrag, einen großen sogar. Und doch sitze ich zu Hause und höre dem Telefon beim Schweigen zu. Dazu die Sorgen, was mit Lina passiert sein könnte. Die Vorstellung, dass irgendjemand sie festhält, sie unsere Hilfe braucht und wir nicht da sind, das macht mich wahnsinnig.«

Ihre Mutter legte die Hand auf ihren Unterarm und schaute in Richtung Henri, um ihr zu signalisieren, dass sie sich besser nicht in seiner Anwesenheit ausheulen sollte. Zum Glück war der auf ein Ausmalbild auf dem Tablet konzentriert, sodass er offenbar nichts mitbekommen hatte. »Ihr macht als Familie gerade eine schwere Zeit durch. Dabei geht jeder auf seine Weise mit dem Druck um. Benjamin war doch schon immer eher der Typ, der Dinge mit sich selbst ausmacht«, versuchte sie, Anke zu trösten.

»Unter normalen Umständen kann ich damit auch gut

umgehen, aber jetzt stehe ich einfach zu sehr unter Strom.« Nun probierte Anke doch von dem Kuchen und schaffte es tatsächlich, das ganze Stück aufzuessen.

»Lina geht es gut, glaub mir. Ich spüre das.«

Anke musste sich zurückhalten, nicht mit den Augen zu rollen. Schon immer war ihre Mutter leicht esoterisch angehaucht gewesen, was so gar nicht Ankes Ding war. An so einen Quatsch glaubte sie nicht, doch es war ein sinnloses Unterfangen, ihrer Mutter in diesem Bereich zu widersprechen.

Alles, was Anke fühlte, war jedenfalls die pure Angst, wenn sie an Lina dachte. Wer von ihnen beiden nun richtig lag mit den Gefühlen, würde sich zeigen.

Trotz ihrer unterschiedlichen Ansichten kehrte Anke am frühen Abend mit mehr Zuversicht und fast einem Anflug von schlechtem Gewissen Benjamin gegenüber zurück in ihr Haus. Das Handy hatte sich den ganzen Tag über tot gestellt, aber immerhin hatte sie dieses Mal nicht so versessen drauf gestarrt wie sonst.

Nachdem sie Henri ins Bett gebracht hatte, ließ sie sich aufs Sofa fallen und überlegte, ob sie Benjamin anrufen sollte, entschied sich aber dagegen. Am Ende befürchtete er nur, dass sie ihm weiter Stress machen wollte. Sie konnten sich immer noch vertragen, wenn er nach Hause kam.

Darauf wartete sie an diesem Abend allerdings vergeblich.

4

KAPITEL

Der Hinterhof lag dunkel vor ihr. Hier gab es keine Bewegungsmelder, keine Lampen. Die meisten Bewohner der umliegenden Häuser hatten ihre Rollläden heruntergelassen, sodass auch kaum Licht aus den Wohnungen nach draußen drang. Das wenige Licht von den Straßenlaternen, das es nach hier hinten schaffte, machte aus dem Gerümpel, den Mülltonnen und den Fahrrädern bedrohliche Schatten.

Lina blieb in der dunklen Hofeinfahrt stehen, steckte die Hand in die Jackentasche und betastete ihr Ersatzhandy. Am liebsten hätte sie Pauline angerufen. Sie verstand nicht, warum sie nicht ihr altes Telefon benutzen durfte. Das mit der SIM-Karte sah sie ja noch ein, es wusste schließlich jedes Kind, dass man Menschen darüber orten konnte. Aber sie hätte gern ihr eigenes Gerät behalten mit all den Nummern ihrer Freunde darauf, ihren Bildern, ihren Apps. Stattdessen musste sie so ein uraltes Teil nehmen, das nicht mal gescheite Fotos machen konnte und arschlangsam war.

Während sie so dastand und Mut sammelte, um den dunklen Hof zu durchqueren, nahm sie am Ende der Stahltreppe eine Bewegung wahr. Da, vor dem Fenster, stand da jemand? Vielleicht sogar in der dunklen Wohnung? Linas Herzschlag beschleunigte sich. Sie schaute genauer hin, regte sich nicht, sondern beobachtete nur. Nichts geschah. Vermutlich hatte sie sich das nur eingebildet. Trotzdem wollten ihre Beine ihr nicht gehorchen. Aus der Kneipe an der Straße drangen Stimmengewirr und Musik nach draußen, als einer der Gäste von drinnen die Tür öffnete.

Da sie keinen Bock hatte, auf einen von den besoffenen Kerlen zu treffen, setzte sie sich schließlich doch in Bewegung und hielt auf die Stahltreppe zu, während sie den Schlüssel aus ihrer Tasche hervorkramte. Fast lautlos stieg sie die Stufen empor und schloss atemlos die Tür auf. Noch bevor sie die Wohnung betreten konnte, packte sie jemand von hinten am Arm und legte eine Hand über ihren Mund.

Sie wollte schreien, doch die Finger, die ihre Lippen zusammenpressten, erstickten jeden Ton. Instinktiv ließ sie sich auf die Knie sacken und rutschte ihrem Angreifer so aus der Umklammerung. In Panik kroch sie weg von ihm und schleuderte gleichzeitig ihre Tasche nach hinten. Mit einem Krachen kam die auf dem Boden auf. Mist, das war ihr Tablet. Den Angreifer hatte sie leider verfehlt. Der hechtete bereits hinter ihr her.

Auf der Suche nach einer Alternative, mit der sie sich verteidigen konnte, irrte ihr Blick durch den Raum. Da war nichts in greifbarer Nähe. Der Baseballschläger!

Ihr fiel ein, dass ihr Gastgeber den erwähnt hatte, er würde immer griffbereit neben seinem Bett lehnen. Wenn sie es dorthin schaffte, könnte das ihre Rettung sein. Ihr schnaufender Verfolger trieb sie an. Sie musste es ins Schlafzimmer schaffen.

Ein Satz und sie war auf den Füßen, rannte los. Der Angreifer war jedoch schneller und erwischte ihren Arm. Die Wucht, mit der er sie zurückriss, brachte sie ins Straucheln und sie stürzte. Ihr Handgelenk schlug auf die Tischkante und die Haut riss auf. Blut quoll aus der Wunde. Den Schmerz spürte sie nicht, sie wollte nur weiter.

Er packte sie von hinten, schleuderte sie an den Schultern zu sich herum. Seine Hände legten sich um ihren Hals, umklammerten ihn. Blind vor Angst trat Lina aus, traf ihn am Bein, doch seine Finger drückten nur fester zu. Sie konnte nicht mehr atmen und wand sich unter ihm.

Er bringt dich um. Wenn du dich nicht befreist, bringt der Typ dich um!

Irgendwie bekam sie seine Handgelenke zu fassen, rammte ihre Fingernägel hinein, drückte zu. Für einen Moment lockerte sich der Griff um ihren Hals. Mit einer schnellen Drehung wand sie sich unter ihm hervor und verpasste ihm einen Fußtritt in den Magen.

Er taumelte zurück. Lina zog sich am Sofa hoch, beschmierte dabei das Polster mit Blut und hetzte in Richtung Schlafzimmer.

Dort bekam sie tatsächlich den Baseballschläger zu fassen. Er war aus Metall und viel schwerer, als sie gedacht hatte. Mit einem Schrei wirbelte sie das Teil herum. Genau im richtigen Moment, denn der Angreifer hatte sie beinahe erreicht. Mit einem dumpfen Schlag traf sie den Mann genau an der Schläfe.

Ab diesem Augenblick schien alles nur noch in Zeitlupe abzulaufen. Jetzt erkannte sie den Eindringling, der entsetzt die Hände an seinen Kopf hob. Der Adrenalinpegel in ihrem Blut sackte schlagartig ab und ihre Beine schienen sie nicht mehr tragen zu wollen.

»Nein«, schrie sie und ließ den Schläger fallen. Dann noch mal: »Scheiße, nein!«

5 KAPITEL

Reinhold trottete missmutig hinter Anita her. Die Sonnenstrahlen, die sich vorhin nach einem nicht enden wollenden grauen Winter gezeigt hatten, waren mittlerweile verschwunden und ihm war kalt. Dabei war es seine Idee gewesen, bei dem Wetter einen Spaziergang zu machen. Wer hätte denn ahnen können, dass die Sonne den Wolken nur etwa eine halbe Stunde trotzen würde?

Er freute sich schon darauf, wenn sie wieder täglich eine längere Runde drehen konnten und er nicht mehr diese dämlichen Vitamin-D-Kapseln schlucken musste, die Anita im Internet erstanden hatte. 10.000 I. E., was auch immer das bedeutete, es kam ihm zu viel vor, um es jeden Morgen einzunehmen. Er hatte gelesen, dass eine Überdosierung zu Nierenschäden führen konnte, aber Anita ließ sich nicht davon abbringen, diese Teile zu nehmen. Angeblich wären diese Kapseln alles, was man im Kampf gegen das lästige Coronavirus bräuchte, da sie das Immunsystem auf Hochtouren bringen würden.

Wie dem auch sei, er hoffte, dass Anita die Kälte ebenfalls bald zu viel würde, denn mittlerweile war zusätzlich ein kühler Wind aufgekommen. Reinhold zog die Schultern unter die Ohren und hielt mit einer Hand seinen Filzhut fest, damit der ihm nicht vom Kopf geweht wurde.

»Lass uns da noch an der Brücke vorbei, dann gehen wir zurück«, sagte Anita, deren Seidenschal nach oben geblasen wurde und ihr vor dem Gesicht hing.

Das klang wie Musik in seinen Ohren. Er freute sich schon auf einen schönen Rooibos-Vanilletee mit einem Löffel Honig, einem Schluck Milch und dazu ein paar Shortbreads. Diese trockenen Kekse passten hervorragend zu dem süßen Gebräu, und nach dem Spaziergang konnte er sich allemal erlauben, einen mehr davon zu essen.

Nachdem sie die Sandsteinbrücke passiert hatten, machte Reinhold schnell kehrt, bevor Anita es sich anders überlegen konnte. Sein Blick schweifte über den Main und er entdeckte eine schwarze Plastiktüte, die sich an einem Gebüsch verfangen hatte, das ins Wasser ragte.

»Jesses, da hat wieder einer seinen Müll entsorgt«, schimpfte Reinhold und stakste das rutschige Ufer hinab.

»Du willst doch nicht etwa den Dreck anderer Leute anfassen?«, fragte Anita entsetzt. Sie war auf dem Weg stehen geblieben. »Dafür sind doch andere zuständig. Die Straßenmeisterei oder wie das fürs Wasser heißt.«

»Wasserbauer«, entgegnete Reinhold, obwohl er sich sicher war, dass seine Frau ihn nicht gehört hatte. Draußen trug sie nie ihr Hörgerät, weil die vielen verschiedenen Geräusche sie angeblich verwirrten. »Selbst wenn ich die anrufe, bis die hier angekommen sind, hat sich der Krempel schon gelöst und ist über alle Berge«, fügte er lauter hinzu.

»Na und? Was interessiert's uns dann?«

Reinhold rutschte mit dem Fuß auf einem matschigen Stück aus und ließ sich an der Böschung nach hinten fallen, um sich mit den Händen abzustützen. Sein Herzschlag hatte sich beschleunigt und er war froh, dass er nicht nach vorn und damit kopfüber in den eiskalten Main gestürzt war.

»Willst du vielleicht riskieren, dass eine Ente auf der Suche nach Fressen an der Tüte knabbert und jämmerlich erstickt?« Er drehte sich um und schaute zu seiner Frau hinauf. Erwartungsgemäß hatte sie erschrocken die Augen aufgerissen. Mit Tieren bekam man sie immer. In letzter Zeit wollte sie sogar kein Fleisch mehr essen, weil ihr die armen Masthühner so leidtaten. Dasselbe galt für Rinder und Schweine.

»Dann sei vorsichtig«, rief sie und zupfte nervös an ihrem Seidenschal herum.

Reinhold setzte seinen Abstieg fort und hob auf dem Weg einen längeren Ast auf, um damit nach der Tüte zu angeln. Am Ufer angekommen, suchte er sich einen festen Stand und streckte den Arm mit dem Ast aus. Gerade so schaffte er es, die Tüte zu erreichen, ohne das Gefühl zu haben, nach vorn zu kippen, aber sie wollte sich einfach nicht bewegen lassen. Irgendwas Schweres musste dadrin sein. Neugierig stocherte er mit dem Ast daran herum, bis er ein Loch gefunden hatte. Zwischen dem schwarzen Plastik schimmerte etwas Helles hindurch, das feucht glänzte. Er operierte weiter an dem Loch herum, bis sich etwas aus dem Beutel löste und herausfiel.

Mit einem Platschen landete es im Wasser und wurde von der nächsten Welle direkt vor seine Füße gespült.

Reinhold bückte sich, um es genauer zu betrachten. Als er erkannte, was es war, schreckte er zurück. Ohne darauf zu achten, ob seine Tritte sicher waren, stürmte er die Böschung hinauf. Anita schaute ihn verwirrt an, als er sie erreichte und sich an ihren Oberarmen festklammerte.

»Wir müssen die Polizei rufen«, presste er hervor. Dann übergab er sich auf ihren teuren Seidenschal.

6

KAPITEL

Fabian hatte Josi schon rausgelassen und rumpelte mit dem Auto in Schrittgeschwindigkeit über das Kopfsteinpflaster in der Homburger Straße. Mit der Bahn hätten sie etwa zwanzig Minuten gebraucht, anstatt zehn Minuten mit dem Wagen plus zehn Minuten Parkplatzsuche, aber da Josi in letzter Zeit quasi minütlich auf die Toilette musste, hatte sie darum gebeten, lieber das Auto zu nehmen.

Am Ende der Straße entdeckte er endlich eine Lücke und fuhr hinein, ohne den Blinker zu setzen. Sein Hintermann hupte unnötig lange, während er ihm den Vogel zeigte.

»Jaja, 'tschuldigung«, sagte Fabian. Er war mit dem Kopf woanders und hatte nicht auf den Verkehr geachtet, weil er nicht wusste, was ihn erwartete. Letzte Woche war Josi allein zu dem Geburtsvorbereitungskurs gegangen, da dieser Termin nur für Frauen gewesen war. Geleitet wurde er laut Webseite von einer Hebamme und einer Mentaltrainerin. Letztere sollte die Frauen positiv auf die Geburt einstimmen, unter anderem mit Meditationsübungen und Mentaltechniken. Für ihn klang das eher nach Hokuspokus, aber Josi hatte die Beschreibung gefallen und so hatten sie den Kurs gebucht.

Im Grunde graute es Fabian ein wenig vor dem heutigen Termin. Im Internet hatte er sich Videos von solchen Kursen angeschaut und sich dabei fremdgeschämt, wenn die Männer mit ihren Frauen gehechelt und gestöhnt hatten. Sollte sich das während der Geburt so ergeben, würde er das sicherlich auch tun, aber eben in der Situation und nicht gestellt vor lauter wildfremden Menschen.

Aus der Entfernung sah er einige andere Männer in der Gruppe vor der Hebammenpraxis, was ihn etwas beruhigte. Ein wenig hatte er befürchtet, er könne der Einzige sein, der sich hatte überreden lassen. Obwohl Josi jetzt schon im sechsten Monat war und man den Bauch deutlich sah, fühlte sich das alles noch unwirklich für ihn an. Da sie direkt am Anfang der Schwangerschaft Beschäftigungsverbot erhalten hatte, sah er sich verpflichtet, mehr zu arbeiten, obwohl sie weiterhin Gehalt bekam und ihnen nichts fehlte. Trotzdem war es wohl eine Art Instinkt, die ihn dazu trieb, Überstunden anzuhäufen, wo es sich nur anbot.

Dementsprechend wenig bekam er von der Schwangerschaft mit, die bei Josi bisher glücklicherweise reibungslos verlaufen war. Nach der anfänglichen Morgenübelkeit hatten sich die Komplikationen schnell gegeben und auch die berüchtigten Stimmungswechsel, von denen immer gesprochen wurde, blieben aus. Fabian konnte sich kaum vorstellen, dass er in etwa drei Monaten Vater sein würde und die lebenslange Verantwortung für einen anderen Menschen tragen musste.

Oder darf? Soll?, fragte er sich. Jedenfalls wuchs die Vorfreude stetig an, wenngleich es noch irreal erschien.

Josi stieß ihn mit dem Ellenbogen in die Seite und Fabian bemerkte, dass er sich zwar zu den Wartenden gestellt, aber niemanden gegrüßt hatte. Lächelnd nickte er in die Runde und nuschelte ein »Guten Tag« in sich hinein.

Einige der Männer beachteten ihn gar nicht, sondern standen ein wenig am Rand in einer Gruppe und starrten gemeinschaftlich auf ihre Handys. Sie schienen sich zu kennen und zusammen irgendwas auf den Dingern zu machen, denn hin und wieder schauten sie auf das Display ihres Nebenmannes, woraufhin sie anerkennend nickten oder mit mitleidiger Miene den Kopf schüttelten.

Neben Fabian tippelte Josi nervös von einem Bein aufs andere. Ihre blonden Locken, die einen Kontrast zu dem türkisgrünen Schal um ihren Hals darstellten, hatte sie zu einem Knäuel auf dem Hinterkopf gebunden. »Hoffentlich machen die bald die Tür auf, ich muss so dringend pinkeln«, sagte sie mit verkniffener Miene.

Fabian zog die Augenbrauen hoch, sparte sich aber den Hinweis, dass sie gerade erst zu Hause auf dem Klo gewesen war.

Irgendjemand hatte wohl ihre Bitte erhört, denn zwei Frauen Mitte vierzig mit einbetoniertem Lächeln kamen über die Straße und direkt auf die Praxis zu. Als gehörte es zum Geschäftskonzept, trugen beide einen dunkelbraunen Pagenschnitt, beigefarbene Chino-Hosen und Lederstiefel mit grober Sohle, die sie jedoch auszogen, sobald sie den Raum betraten.

Alle anderen Kursteilnehmer machten es ihnen nach, wie Fabian entgeistert feststellte.

»Du hättest mich ruhig mal vorwarnen können. Was, wenn ich jetzt keine frischen Socken anhätte?«, flüsterte er Josi zu, die eine Lücke suchte, um schnell zum Klo zu kommen.

Josi zwinkerte ihm zu und verschwand. Während sie auf der Toilette war, führte eine der Kursleiterinnen die Teilnehmer in den Seminarraum. Das Zimmer des Altbaus ging nach hinten raus und durch bodentiefe Fenster flutete Licht herein. Die einzelnen Paare verteilten sich auf die an den Wänden bereitgestellten Sitzsäcke und platzierten sich dabei so ungünstig, dass nur zwei voneinander entfernte Säcke übrig blieben.

Mit gespieltem Interesse ging Fabian zu dem Tisch in der Mitte des Raumes und schaute sich die verschiedenen Broschüren an, die darauf lagen und sich hauptsächlich an Frauen richteten. Er fühlte sich fehl am Platz und irgendwie ausgegrenzt, was Unsinn war, denn niemand war hier, um seinen Freundeskreis zu erweitern. Dennoch erinnerte ihn die Situation, wie er hier so unbeachtet und gleichzeitig im Mittelpunkt allein dastand, an seine Schulzeit. Aufgrund seines Übergewichts war er damals schon von den meisten gemieden worden, er hatte keine coole Clique oder gar engere Freunde in der Schule und stand in den Pausen meist allein rum und hoffte, dass bald das Klingeln zum Unterricht ertönte.

Gerade als er überlegte, ob er lieber draußen auf Josi warten sollte, kam sie durch die Tür. Mit einem Blick erfasste sie die Sitzsituation und sorgte schnell dafür, dass die Paare sich umverteilten und sie und Fabian einen Platz nebeneinander bekamen. Kurz darauf kam auch eine der beiden Leiterinnen und eröffnete den Kurs mit einer knappen Begrüßung. Es folgte eine Vorstellungsrunde, die dafür sorgte, dass Fabian sich erst recht in die Schule zurückversetzt fühlte.

Nachdem endlich alle ihre Namen genannt und manche auch ihre halbe Lebensgeschichte erzählt hatten, begann die Hebamme mit der Einführung. Dabei ging sie zuerst auf die körperlichen Grundlagen bei der Geburt ein. Das sollte angeblich die Frauen darauf vorbereiten, was sie in den einzelnen Phasen erwartete, und ihnen so die Angst nehmen. Fabian packte jedoch bei manchen der Beschreibungen das kalte Grausen und er fragte sich, wie jemals eine Frau überhaupt eine Entbindung überstanden hatte, ohne vorher eine Vollnarkose zu bekommen.

Als die Hebamme mit einer Puppe und einem künstlichen Becken vorführte, wie der Weg des Babys durch den Geburtskanal verlief, ertönte aus Fabians Hosentasche die Titelmelodie von *Tatort*. Sein Diensthandy. Obwohl er natürlich Bescheid gesagt hatte, dass er einen wichtigen Termin hatte, war er auf Bereitschaft und durfte es nicht ausschalten.

Missbilligende Blicke aus allen Richtungen flogen ihm zu, während er aufstand und zur Tür hastete, um den Anruf entgegennehmen zu können. Lediglich Josi nickte ihm lächelnd zu. Sie wusste, dieses Klingeln bedeutete, dass etwas Schlimmes passiert war, und er war ihr dankbar, dass sie es ihm nicht übel nahm.

Am Telefon informierte ihn sein Kollege Thomas Wendtner darüber, dass Spaziergänger im Main Teile eines Leichnams gefunden hatten. Fabian schrieb Josi noch eine Nachricht, dass sie sich für den Heimweg ein Taxi nehmen sollte, dann stürmte er zu seinem Auto und machte sich auf zu der Stelle, die Thomas ihm genannt hatte.

Der Fundort am Mainufer in der Nähe der Gerbermühle war kaum zu verfehlen. Diverse Streifenwagen, ein Rettungswagen und der Bestatter hatten auf der Wiese vor dem gehobenen Ausflugslokal geparkt. Etwas weiter hinten sah man etliche Gestalten in weißen Schutzanzügen herumwuseln, außerdem waren zwei Boote der Wasserschutzpolizei auf dem Fluss. Fabian, der sich ebenfalls einen Schutzanzug übergezogen hatte, tauchte unter dem Absperrband hindurch und ging auf das Zelt zu, das die Kollegen als Sichtschutz aufgestellt hatten. Seinen Ausweis vorzeigen musste er nicht, die Streifenbeamten, die den Fundort absicherten, kannten ihn.

Im Zelt traf er auf Helga Kannengießer und Thomas sowie den Rechtsmediziner Dietmar Gering, die allesamt mit angespannter Miene auf einen Tisch starrten. Darauf stand eine Edelstahlwanne mit einem Körperteil in einem schwarzen Plastikbeutel darin. Es handelte sich um einen aufgequollenen Arm, der am Schultergelenk vom Torso abgetrennt worden war. An der Hand hatte bereits die Bildung der sogenannten Waschhaut begonnen, sie war weißlich und runzelig, als hätte die Person zu lange in der Badewanne gelegen.

Fabian räusperte sich, um auf sich aufmerksam zu machen, woraufhin sich die Anwesenden ihm zuwandten.

»Ah, Herr Prior«, grüßte der Rechtsmediziner und nickte ihm zu. »Sie kommen genau richtig, ich wollte gerade meine ersten Erkenntnisse zum Besten geben.«

»Tut mir leid, dass wir dich von deinem Kurs wegholen mussten«, sagte Thomas und hob entschuldigend die Hände.

Fabian winkte ab. »Ehrlich gesagt bin ich deshalb jetzt nicht zu erschüttert. Irgendwie fühlte ich mich da ziemlich unwohl.«

»Genau, die Geburt ist allein Sache der Frau. Was hast du schon damit am Hut?«, stichelte Helga von hinten.

»Du wirst mich noch vermissen, wenn ich erst mal zwei Monate in Elternzeit bin«, gab Fabian gespielt bissig zurück. »Aber lasst uns lieber anfangen. Ist der linke Arm ein Einzelstück?«

»Die Taucher sind dran, aber bislang konnte nur der aus dem Wasser gezogen werden«, antwortete Thomas.

»Deshalb kann ich auch noch nicht allzu viel sagen«, schaltete Gering sich ein. »Anhand der Treibverletzungen, die man hier am Ellenbogen sehen kann, vermute ich, dass der Arm mit der Tüte ein paar Meter unterwegs war, bevor er sich hier im Gebüsch verfangen hat. Der Ellenbogen hat wohl rausgeschaut und ist über den Grund geschleift.« Der Rechtsmediziner deutete auf eine defekte Hautstelle, durch die der Knochen durchschimmerte.

»Die Taucher suchen von hier aus gegen die Strömungsrichtung und stoßen dabei hoffentlich irgendwann auf den Rest«, sagte Helga.

»Können wir ausschließen, dass irgendwo ein Einarmiger rumläuft, weil der Täter lediglich ein Arm des Opfers abgetrennt und entsorgt hat?«, wollte Fabian wissen.

Gering schüttelte den Kopf. »Tut mir leid, das kann ich unmöglich beantworten, ohne seziert zu haben.«

»Wer trennt denn jemandem den Arm ab und versenkt ihn dann in einer Plastiktüte im Main?« Thomas verzog angewidert das Gesicht.

Fabian zuckte mit den Schultern. Die Erfahrung hatte ihn gelehrt, dass keine Möglichkeit zu grotesk oder außergewöhnlich war, um sie von vornherein ausschließen zu können. »Glauben Sie, das Opfer war währenddessen noch am Leben?«

»Was ich Ihnen sagen kann, ist, dass das Opfer ohne eine entsprechende Nachsorge das Abtrennen des Arms kaum überlebt haben dürfte, von daher ist es mittlerweile sehr wahrscheinlich tot. Alles Weitere ist reine Spekulation«, sagte Gering. Er beugte sich nach unten und besah sich die Schnittstelle am Oberarm genauer. »Falls das Opfer am Leben war, muss es sehr gut fixiert oder bewusstlos gewesen sein. Am Gelenk sind relativ saubere Schnittstellen zu sehen, kaum Zipfelbildungen oder Einkerbungen in den Knochen vom mehrfachen Ansetzen. Was auch für ein scharfes Werkzeug spricht und dafür, dass jemand eventuell Ahnung von dem hatte, was er da tat.«

Kurz verspürte Fabian Erleichterung darüber, dass dem

Menschen, zu dem der Arm gehörte, sehr wahrscheinlich die Qual erspart geblieben war, bei vollem Bewusstsein mitzuerleben, wie ein irrer Psychopath ihm diesen abtrennte. Dann rief er sich allerdings in Erinnerung, dass er sich damit nur etwas vormachte. Ohne die anderen Körperteile konnten sie überhaupt nicht sagen, was der Täter ihm alles angetan hatte, bevor der Arm an die Reihe kam.

Helga betrachtete den Inhalt der Edelstahlwanne ebenfalls genauer, während um das Zelt herum am Ufer Strahler aufgestellt wurden. Die Dämmerung würde bald einsetzen. »Ist das ein Männerarm?«, wollte sie wissen.

»Von der Hand her zu urteilen«, setzte Thomas an, wurde aber sogleich von dem Rechtsmediziner unterbrochen.

»Keine vorschnellen Urteile, bitte. Das Gewebe ist bereits aufgequollen und lässt wenig Rückschlüsse darauf zu, wie die ursprüngliche Form mal war. Lassen Sie mich die Sektion vornehmen, dann bekommen Sie Antworten auf Ihre Fragen.«

Auf dem Wasser wurde es unruhig, ein Schlauchboot näherte sich der Fundstelle, ein Mann hielt eine Kamera mit langem Objektiv auf das Ufer gerichtet. Sofort setzte sich eines der beiden Boote von der Wasserschutzpolizei in Bewegung, um die Pressegeier abzufangen. Die Wellen brachten das kleine Schlauchboot gefährlich ins Wanken, woraufhin der Typ mit der Kamera das Gleichgewicht verlor und auf den Rücken fiel.

Fabian richtete seine Aufmerksamkeit wieder auf die Edelstahlwanne. Viel zu fotografieren gab es hier ohnehin nicht. »Haben Sie eine Vermutung, wie lange der Arm bereits im Wasser lag?«, fragte er. Bei der Suche nach dem Opfer war der Zeitpunkt, an dem der Täter den Müllsack mit dem Leichenteil ins Wasser geworfen hatte, ein wichtiger Anhaltspunkt. Zwar war er noch relativ gut erhalten, sodass sie Fingerabdrücke nehmen konnten, doch wenn das Opfer bisher nicht erkennungsdienstlich behandelt worden war, würde ihnen das erst mal auch nicht weiterhelfen. Dasselbe galt für die DNA des Opfers. Ohne Vergleichsprobe würde sie die nicht viel weiterbringen, es sei denn, sie landeten einen Treffer in ihrer Datenbank.

Gering nahm die Hand zwischen seine Finger und schob vorsichtig die Haut auf der Innenseite hin und her, danach besah er sich konzentriert die Nagelbetten. »Die Hohlhand ist weiß und bereits mit Waschhaut überzogen, die allerdings noch festsitzt, und die Nägel sind noch nicht gelockert. Bei der Wassertemperatur würde ich von zwei bis fünf Tagen ausgehen, nicht viel länger. Der Arm war schätzungsweise frisch, als er in die Tüte gepackt wurde, oder er war eingefroren, denn es gibt keine Fäulnisanzeichen.«

Wenn man also davon ausging, dass niemand den Arm monatelang in seiner Gefriertruhe oder das Opfer über Tage gefangen gehalten hatte, konnten sie wohl annehmen, dass die Tat vor weniger als einer Woche begangen worden war. Fabian fragte sich, wo der Rest des Körpers sein mochte. Er glaubte nicht daran, dass es bei dem Arm bleiben würde. Da hatte jemand einen Leichnam zerstückelt und in den Main geworfen.

7 KAPITEL

Anke saß zusammengesunken auf dem Rand ihres Bettes. Ihr fehlte der Antrieb, aufzustehen und einen weiteren enttäuschenden Tag hinter sich zu bringen. Seit sie am Sonntag die Polizei über Benjamins Verschwinden informiert hatte, folgte jeder Morgen dem gleichen Ablauf. Direkt nach dem Aufwachen ging sie in Henris Zimmer, um nachzusehen, ob mit ihm alles in Ordnung war. Was man eben so als in Ordnung bezeichnen konnte, wenn sowohl die große Schwester als auch der Vater nicht mehr nach Hause kamen.

Nachdem sie sich versichert hatte, dass er sicher in seinem Bett lag und nicht ebenfalls verschwunden war, überprüfte sie sämtliche Telefone auf entgangene Anrufe oder Nachrichten. Hatten sich ihre Freunde und ihre Eltern anfangs noch zurückgehalten, trudelten nun gefühlt im Stundentakt Nachfragen per SMS von ihnen ein, ob es denn etwas Neues gab.

Gab es auch heute nicht. Weder von Benjamin oder Lina selbst noch von der Polizei. Überhaupt meldete sich von Letzteren freiwillig niemand. Anke musste quasi täglich um Informationen betteln. Würde sie sich nicht selbst kümmern, ließe man sie über den Stand der Ermittlungen völlig im Dunkeln.

Anke klickte die Nachrichten der Freunde weg, mit denen würde sie sich später befassen. Zuerst musste sie es auf den Handys von Lina und ihrem Mann versuchen. Manchmal drehte sie die Reihenfolge auch um, sie wollte niemanden bevorzugen. Dabei spielte das keine Rolle, denn bei beiden meldete sich stets nur die Mailbox. Heute wählte sie als Erstes die Nummer ihrer Tochter. Den Hörer an ihr Ohr gepresst, saugte sie jedes ihrer trivialen Worte auf, als wären sie nur an sie gerichtet. Linas Stimme zu hören, aber nicht mit ihr kommunizieren zu können, war unerträglich. Trotzdem versuchte sie es etliche Male am Tag mehrmals hintereinander, wie auch bei Benjamin. Es war wie eine Sucht, das Ergebnis blieb jedoch immer gleich. Keiner der beiden schaltete sein Telefon ein oder meldete sich zurück.

Erst nach einer Weile riss sie sich davon los, immer wieder und wieder den Ansagen auf der Mailbox zu lauschen. Allerdings nur, um nun den Beamten zu kontaktieren, der die beiden Vermisstenfälle bearbeitete, und sich nach dem neuesten Stand zu erkundigen.

Der Mann machte inzwischen kein Geheimnis mehr daraus, wie genervt er von diesen Kontrollanrufen war. »Wie ich Ihnen schon mehrfach sagte, Frau Rieker. Ich melde mich, sobald ich etwas in Erfahrung gebracht habe. Leider treten wir momentan auf der Stelle. Der Wagen Ihres Mannes ist bisher von keiner Streife entdeckt worden und die Öffentlichkeitsfahndung nach Ihrer Tochter läuft. Sie müssen schon darauf vertrauen, dass wir unsere Arbeit machen.«

Ernüchtert legte Anke auf. Zu ihrer Arbeit gehörte wohl auch, sich die Angehörigen, so gut es ging, vom Hals zu halten. Dabei wollte sie doch nur wissen, ob die Beamten etwas Neues herausgefunden hatten. Für sie war es absolut nicht nachvollziehbar, wie man nach nun über einer Woche, die Lina verschwunden war und drei Tagen in Benjamins Fall, keinerlei Anhaltspunkte haben konnte. Die beiden konnten sich unmöglich in Luft aufgelöst haben.

Ankes Mutter versuchte ihr einzureden, dass die Ungewissheit auch etwas Gutes hatte. In ihren Augen bedeutete das angeblich Hoffnung, dass der schlimmste Fall noch nicht eingetreten war. Anke konnte das nicht bestätigen. Die Warterei zermürbte sie, Unruhe durchsetzte jede Faser ihres Körpers. Mit jeder Stunde sank ihre Zuversicht, dass alles ein gutes Ende nehmen würde. Sie wünschte sich, endlich aus diesem Albtraum aufzuwachen, doch es war bittere Realität, mit der sie irgendwie zurechtkommen musste. Lina und Benjamin waren verschwunden, und die Polizei hatte nicht den Hauch einer Ahnung, was geschehen sein könnte.

Neben den Sorgen waren Ankes Tage zunehmend von Angst bestimmt. Es konnte kein Zufall sein, dass innerhalb nicht mal einer Woche sowohl ihre Tochter als auch ihr Mann nicht mehr nach Hause gekommen waren. Irgendjemand musste es auf ihre Familie abgesehen haben. Aber warum? Wer sollte ihr so etwas antun? Das Schlimmste war die Ungewissheit darüber, ob auch Henri in Gefahr war, oder sie selbst.

Diese Frage hatte sie der Polizei gestellt, als sie am Sonntag völlig aufgelöst die Vermisstenanzeige für Benjamin erstattet hatte. Eine Antwort darauf hatte sie nicht erhalten. Seitdem zermarterte sie sich den Kopf darüber, doch sie kam zu keinem Ergebnis. Nur dass ihrem Mann etwas zugestoßen sein musste, da war sie sich sicher. Auch wenn sie gestritten hatten, wäre Benjamin niemals in ein Hotel gegangen, ohne ihr Bescheid zu geben. Er liebte Henri und allein um seinetwillen hätte er sich inzwischen gemeldet. So schlimm war ihre Auseinandersetzung außerdem nicht gewesen.

Das Telefon, das nachts auf dem Nachttisch neben Ankes Kopf lag, klingelte. Wie jeden Morgen meldete sich ihre beste Freundin Ronja, um sich nach ihr zu erkundigen. Heute jedoch begann sie das Gespräch nicht damit, nach Ankes Befinden zu fragen.

»Hast du es schon gelesen?« Ihre Stimme klang alarmiert.

Ankes Puls setzte für einen Schlag aus, nur um sich dann zu beschleunigen. »Was meinst du?«

»Du warst also noch nicht im Internet? Es ist alles voll mit der Meldung«, sagte Ronja.

»Nein, verdammt, ich bin gerade erst aufgewacht.« Sie griff nach ihrem Handy, um Google zu öffnen, brachte es aber nicht über sich. Die nackte Angst vor dem, was sie dort zu Gesicht bekommen würde, umklammerte ihr Inneres und ließ sie kaum atmen. Sie hatte das Gefühl, sich jeden Moment übergeben zu müssen. »Was ist passiert? Was steht überall im Internet?«, würgte sie hervor.

»Im Main wurde eine Leiche gefunden. Aber Anke, das muss noch gar nichts bedeuten, deshalb rufe ich nur an, um dir das zu sagen. Ich dachte, du sitzt jetzt völlig fertig ...«

Die restlichen Worte ihrer Freundin gingen in dem Rauschen unter, das sich in Ankes Kopf ausbreitete. Mittlerweile hatte sie es geschafft, die Nachrichtenseite aufzurufen, und sah es schwarz auf weiß. Ein Foto von einem weißen Zelt am Ufer des Mains begleitete den Artikel, vier Personen waren darin zu erkennen, die sich über einen nicht erkennbaren Gegenstand beugten. Sie überflog die Zeilen, las nochmals, aber fand keine Informationen darüber, ob es sich bei der Wasserleiche um einen Mann oder eine Frau handelte. Ihre Hände zitterten so sehr, dass ihr das Smartphone runterfiel.

»Bist du noch dran? Ich komme jetzt vorbei, okay?«, hörte sie aus dem Lautsprecher neben sich auf dem Bett. Unbewusst hatte sie dort das Festnetztelefon abgelegt. Sie antwortete nicht.

»Anke? Hör mal, wenn das einer von den beiden wäre, dann hättest du längst Bescheid bekommen. Das wird alles schon wieder ...«

Anke schüttelte ermattet den Kopf. Nichts würde schon wieder werden, das spürte sie. In ihr Leben war ein riesengroßes Loch gerissen worden, das sich niemals würde füllen lassen.

8

KAPITEL

Das Internet, die Zeitungen, das Radio. Alles war seit gestern voll mit Meldungen darüber, dass man im Main Leichenteile gefunden hatte. In den sozialen Medien teilten sich die Leute die Finger wund und kommentierten, was das Zeug hielt. Sie drückten ihr Mitgefühl für die Hinterbliebenen aus, die noch nicht einmal ermittelt worden waren. Laut den übereinstimmenden Berichten war das Opfer nicht identifiziert, und auch, wie viele Körperteile bislang gefunden worden waren, wurde nirgends erwähnt. In den Kommentaren wünschte man dem Täter die Pest an den Hals, Hodenkrebs oder die Wiedereinführung irgendwelcher mittelalterlichen Foltermethoden, um ihn zu bestrafen. Ganz Frankfurt schien hinter ihm her zu sein. So ein verdammter Mist.

Ein Gutes hatte die Berichterstattung jedoch: Durch die Omnipräsenz hatte quasi keine Gefahr für ihn bestanden, neue Entwicklungen zu verpassen, sodass er sofort darauf reagieren konnte. Damit, dass die Leichenteile so schnell nach oben geschwemmt wurden, hatte er nicht gerechnet. Natürlich war er nicht so naiv zu glauben, dass die Plastiksäcke, die er mit Steinen beschwert und ins

Wasser geworfen hatte, für immer auf dem Grund des Mains bleiben würden. Aber auf ein wenig mehr als drei Tage hatte er schon gehofft. Vielleicht ein Jahr, etwas in der Art, sodass er genug Zeit hatte, sich um den Rest zu kümmern.

Jetzt musste er aktiv werden, obwohl er sich noch gar keine abschließenden Gedanken gemacht hatte. Kopflose Reaktionen waren nie gut, viel zu oft endeten sie im Chaos. Das hatte der vorzeitige Fund der Leichenteile mal wieder eindeutig bewiesen.

Ursprünglich hatte er den Wagen in ein paar Wochen in irgendeinem zwielichtigen Viertel einer anderen Stadt abstellen wollen, um die Spur von Frankfurt wegzuführen. Vielleicht Berlin oder irgendwo im Osten. In Leipzig gab es doch diese berüchtigte Straße, in der die Kriminalität besonders hoch war. Eisenbahnstraße, genau. So hieß sie.

Nach dem Fund der Leiche hatte sich aber alles geändert und der Wagen musste sofort verschwinden. Es war nur eine Frage der Zeit, bis sie sämtliche Autos dieses Typs überprüfen würden, da half auch kein gefälschtes Kennzeichen mehr.

Er umklammerte das Steuer fester, während er über die dunkle Landstraße raste. Bislang war ihm niemand begegnet, nur einen Fuchs am Straßenrand hatte er gesehen und ein Wildschwein im Mondlicht auf dem Feld. Hauptsache, keines der Viecher rannte ihm vors Auto, das würde ihm gerade noch fehlen. Nicht, dass es ihm um das Tier leidtun würde, aber dass ihm jetzt der Wagen wegen eines Wildwechsels kaputtging und er ihn im Straßengraben stehen lassen musste, hätte der ganzen Misere die Krone aufgesetzt.

Das Glück war ihm dieses Mal gewogen, er erreichte die Abzweigung, die zu dem kleinen See führte, ohne Zwischenfall. Am Ufer angekommen, stoppte er den

Wagen und gönnte sich noch einen Moment Ruhe. Müde lehnte er sich zurück, schloss die Augen und entspannte sich. Etwas Kraft tanken für den Rückweg mit dem Rad, mitten durch den Wald in finsterer Nacht. Mit Sicherheit würde es drei Stunden oder länger dauern, bis er wieder in der Stadt war. Allerdings blieb ihm nichts anderes übrig, als diese Anstrengung auf sich zu nehmen, denn er konnte sich wohl kaum ein Taxi mitten ins Nirgendwo bestellen. Davon abgesehen, dass es fraglich war, um die Zeit überhaupt eines zu finden, würde sich der Fahrer an ihn erinnern. Es kam wahrscheinlich nicht allzu häufig vor, dass sich jemand um diese Uhrzeit von so einem entlegenen Ort abholen ließ.

Der See eignete sich perfekt, um den Wagen loszuwerden. Die Lage war weit genug außerhalb, sodass ihn niemand beobachten würde, man konnte mit dem Auto bis ans Wasser fahren und weder Schwimmer noch Taucher würden das Wrack im Sommer entdecken, da das Baden hier verboten war.

Nach einer Weile, in der er beinahe eingenickt wäre, schreckte er durch ein Geräusch auf. Es hatte geklungen wie ein Säugling, den man irgendwo da draußen von der Brust seiner Mutter gerissen hatte. Eine Gänsehaut überzog seinen Körper, obwohl er wusste, dass es nur ein Kauz oder etwas in der Art war. Seine Müdigkeit war durch das Adrenalin wie weggeblasen und er stieg aus dem Wagen.

Sein Rad lag auseinandergebaut im Kofferraum und er holte es raus, um im Scheinwerferlicht das Vorderrad zu montieren. Als er das erledigt hatte, lehnte er es an einen Baum etwas vom Ufer entfernt, schloss den Kofferraum und schaltete das Licht aus. Nur die Innenbeleuchtung erhellte die unmittelbare Umgebung schwach, dahinter versank der Wald in undurchdringlicher Schwärze. Sein gesamtes Vorhaben kam ihm auf einmal fürchterlich dumm vor und er zögerte.

Was, wenn ihm auf dem Rückweg wieder ein Wildschwein begegnete? Oder gleich eine ganze Rotte. Ein Auto hatte gegen diese bis zu einhundert Kilo schweren Tiere schon schlechte Karten, wenn eines davon ihm aber ins Rad rannte, sähe es übel für ihn aus. Da er sich auf den Waldwegen halten wollte, um nicht an der Straße gesehen zu werden, würde er bei einem Unfall mit Pech eine halbe Ewigkeit verletzt herumliegen, bevor ihn jemand fand.

»Sei's drum«, sagte er und schnaufte durch die Nase. Wie viel Pech müsste er haben, dass ausgerechnet dann ein Wildschwein über den Weg pflügte, wenn er dort entlangradelte? Wenn man sich im Vorfeld ausmalte, was alles schiefgehen konnte, dürfte man am Morgen erst gar nicht sein Bett verlassen. Und selbst dort konnte einem die Decke wortwörtlich auf den Kopf fallen.

Er warf einen letzten Blick in den Innenraum des Autos, um sicherzugehen, dass er nichts vergessen hatte. Die Tasche mit dem kaputten Tablet lag auf der Rückbank, also nahm er sie und verstaute sie im Kofferraum. Wie es der Teufel wollte, würde der Wagen beim Sinken mit einem der Fenster irgendwo hängen bleiben oder es würde beim Aufprall auf den felsigen Grund zerbersten und irgendeine Strömung beförderte das Gerät am Ende ans Ufer. Dass er nichts aus seinen Fehlern lernte, konnte ihm keiner vorwerfen. Schließlich löste er die Handbremse. Es tat sich nichts. Der Wagen stand auf dem schlammigen Untergrund am Ufer des Sees und bewegte sich keinen Zentimeter nach vorn.

»Mein Gott, du Scheißteil, jetzt mach schon«, fluchte er und seine Stimme kam ihm in der Stille des Waldes so laut vor, als hätte er durch ein Megafon gesprochen. Wütend trat er gegen den Kotflügel, dann ging er ans Heck und lehnte sich dagegen. Mit aller Kraft stemmte er seine Füße in den Schlick, da setzte sich das Auto mit einem Ruck in

Bewegung und rollte nach vorn. Er verlor das Gleichgewicht und fiel auf die Knie, während das schwarze Wasser des Sees das Licht der Innenbeleuchtung schluckte.

Mit Genugtuung beobachtete er, wie der Wagen langsam unterging. Es ertönte noch ein lautes Gluckern, mit dem die restliche Luft aus dem Fahrzeug entwich, und kurze Zeit später lag die Wasseroberfläche wieder ruhig vor ihm. Mittlerweile hatten seine Augen sich an die Dunkelheit gewöhnt und er entdeckte an der anderen Seite des Ufers auf ein paar Klippen etwas, das sein Blut in den Adern gefrieren ließ.

Zwischen den Bäumen zeichnete sich ein hellerer Bereich ab, als hätte dort jemand ein Zelt aufgestellt. Vielleicht war es nur ein Sandhügel, der bei diesen Lichtverhältnissen und aus der Entfernung wie etwas anderes wirkte. Wer würde schon bei diesen Temperaturen mitten im Wald an einem See campen?

Jemand, der kein Zuhause hat, beantwortete er seine Frage. Obdachlose gab es auch auf dem Dorf, und aufgrund mangelnder Möglichkeiten schlugen die ihr Nachtlager nicht selten irgendwo außerhalb auf, möglicherweise auch an einem verlassenen Teich.

So leise wie möglich schlich er sich die Böschung hoch zu den Klippen. Immer wieder knackten Äste unter seinen Füßen und er blieb stehen, um nicht den Eindruck zu erwecken, dass jemand auf das Zelt zuging. Auf den letzten Metern musste er einen steilen Hang hinaufkraxeln, um auf das Plateau zu gelangen. Seine Hände waren von der Kälte fast taub, als er sich an ein paar Wurzeln festkrallte, die aus dem Sandboden wuchsen. Wenn er jetzt abrutschte und stürzte, könnte er über den Rand ins Wasser fallen. Bei den Temperaturen nicht gerade ungefährlich.

Oben angekommen, schmerzten seine Armmuskeln und er war außer Atem von dem Aufstieg. Er atmete durch und starrte fassungslos auf die schmale Lichtung, die schwach vom Mondlicht beschienen wurde. Vor ihm tat sich ein Gebilde aus Schnüren und Planen auf, darunter eine verschlissene Schlafstätte, ein Campingkocher und, soweit er das auf den ersten Blick erkennen konnte, ein Müllbeutel voller Plastikflaschen.

Innerlich stöhnte er auf. Wie viel Pech konnte man haben? Würde er an Vorzeichen glauben, wäre er spätestens jetzt überzeugt davon, dass die ganze Aktion zum Scheitern verurteilt war.

»Hallo, ist da jemand?«, rief er. Unter der Plane regte sich nichts. Vielleicht hatte er Glück und der Penner lag im Saufkoma.

»Mir ist da ein Missgeschick passiert, das haben Sie vielleicht gesehen.« Ein Lachen kitzelte in seinem Hals, doch er unterdrückte es und verlieh seiner Stimme einen flehenden Tonfall. »Hören Sie mich? Ich hatte da unten am See geparkt und das Auto ist einfach losgerollt. Haben Sie vielleicht ein Telefon?«

Es blieb still, dann plötzlich ein Rascheln. Schritte folgten, die sich schnell entfernten. Ein Schatten verschwand im Unterholz. Die Person, die hier hauste, flüchtete vor ihm. Das konnte nur eins bedeuten: Sie hatte ihn beobachtet und glaubte ihm nicht, dass es sich um einen Unfall handelte. Sein Jagdinstinkt war geweckt. Hastig setzte er dem Schatten hinterher. Auf dem Weg griff er sich einen dicken Ast, schwer genug, um damit Schaden anrichten zu können.

9

KAPITEL

Helga saß auf der Bank in der Umkleide der Rechtsmedizin und hatte den Kopf in die Hände gestützt. Das grelle Licht der Neonröhren stach in ihren Augen und die Kopfschmerzen, die sie seit ein paar Tagen quälten, kehrten gerade wieder zurück. Ihre Freundin Mona behauptete steif und fest, dass sie krank würde, was Helga aber bezweifelte. Zumindest die Coronatests waren allesamt negativ gewesen, so schlimm konnte es also nicht sein. Vermutlich lagen die Schmerzen und die empfindlichen Augen nur daran, dass sie in letzter Zeit schlecht schlief. Mona sagte, sie solle sich eine Auszeit nehmen und krankschreiben lassen, aber das kam für Helga momentan nicht infrage. Nicht bei dem schwierigen Fall, der aktuell vor ihnen lag.

Seit dem Fund des Arms waren zwei Tage vergangen. Mittlerweile hatten die Taucher sechs weitere Müllsäcke geborgen, auf die der Leichnam vom Täter aufgeteilt worden war. Einer mit dem anderen Arm, zwei mit den jeweils am Knie durchtrennten Beinen, zwei mit dem Torso, der am Bauchnabel zerteilt war und einen mit dem Kopf. Im brackigen Mainwasser war es gar nicht so leicht gewesen, die restlichen Säcke zu finden. Der Täter hatte die einzelnen Teile in jeweils zwei Müllbeutel gepackt und mit Steinen beschwert, wohl in der Hoffnung, dass sie so schnell nicht wieder auftauchen würden.

Mit Ausnahme des einen, der von dem älteren Ehepaar entdeckt worden war, hatte dieses Vorhaben auch durchaus funktioniert. Bei dem Arm war der Müllsack jedoch aufgerissen, wodurch die Steine herausgefallen waren. So hatte die Strömung den Sack mitgerissen und nach oben getrieben, wo er sich in einem Strauch am Ufer verfangen hatte.

Die Identifizierung des Leichnams stand noch aus. Gering hatte es zwar geschafft, trotz der Waschhaut Fingerabdrücke zu nehmen, die waren allerdings nicht im System. Jetzt hofften sie, durch Vermisstenfälle und einen DNA-Abgleich fündig zu werden. Während Fabian und sie der Obduktion beiwohnen würden, durchforstete Thomas schon mal die entsprechenden Datenbanken nach passenden Einträgen.

Helga atmete noch einmal tief durch und betrat dann den Sektionssaal. Dort warteten schon Fabian und Gering mit seinen beiden Sektionsassistenten auf sie. Zum Glück fragte keiner, wo sie so lange gesteckt hatte.

»Da wir nun vollzählig sind, legen wir doch direkt los«, sagte Gering und ging zu dem Edelstahltisch, auf dem die Leichenteile in ihrer ursprünglichen Anordnung lagen. Sie waren bereits gewaschen und vom Schlamm des Maingrundes befreit worden, der trotz der ordentlichen Verklebung in die Säcke eingedrungen war. Helga mied den Blick auf den durchtrennten Torso, aus dem die gräulichen Gedärme quollen und auch Fabian schien sich auf den Kopf zu fokussieren.

»Eins kann ich schon mal vorwegnehmen, ertrunken ist unser Mann nicht«, verkündete Gering mit einem ironischen Unterton.

Einer der Assistenten, den Helga bisher noch nicht hier

gesehen hatte, kicherte los, verzog aber sogleich schuldbewusst das Gesicht. Sie konnte es ihm nicht verübeln. Ohne eine gesunde Portion Humor ließ sich der tägliche Umgang mit den Toten nur schwer ertragen. Sie selbst hatte oft genug damit zu kämpfen, und sie musste die Leichen im Gegensatz zu den Mitarbeitern der Rechtsmedizin nicht den ganzen Tag ansehen.

Sie betrachtete nun ebenfalls das Gesicht genauer. An der Schläfe war eine etwa zehn Zentimeter lange Wunde zu sehen. Die Haare des Mannes waren hellbraun und durchzogen von einzelnen grauen Strähnen. Die Augen waren milchig trüb, sodass ihre Farbe so nicht mehr zu erkennen war.

»Können Sie schon eine Einschätzung zu seinem Alter abgeben?« Helga holte ihr Handy hervor, um Thomas die Informationen zukommen zu lassen, damit der seine Suche nach Vermisstenfällen genauer eingrenzen konnte.

»Wir alle sehen dasselbe auf meinem Tisch liegen«, entgegnete Gering und begab sich zum Kopf des Leichnams. »Da die Haut bereits aufgequollen ist, lässt sich das schwer beurteilen. Anhand der Haarfarbe und des Zahnstatus würde ich Mitte bis Ende vierzig schätzen. Der Körper befindet sich in einem einigermaßen unversehrten Zustand, sieht man von der defensiven Zerstückelung ab. Will heißen, wir haben es hier nicht mit einem Drogenabhängigen oder Obdachlosen zu tun, die Person war gut genährt und, soweit man das bislang beurteilen kann, auch gesund.«

Helga tippte die Angaben mit und schickte die Mail an Thomas raus. Ihr Kopf pochte, als würde jemand mit einem Presslufthammer darin herumwüten, und sie wünschte sich, sie hätte etwas zu trinken dabei.

»Was ist da an der Schläfe passiert?«, wollte Fabian wissen.

»Meine Güte, Sie haben es heute aber eilig«, sagte Gering kopfschüttelnd. Mit einer fließenden Bewegung drehte er sich um und deutete auf einen Bildschirm, auf dem Aufnahmen eines durchleuchteten Schädels zu sehen waren. »Wir haben die Einzelteile bereits eine CT durchlaufen lassen.«

»Sie werden ihn jetzt also nicht direkt aufsägen?«, fragte Helga dazwischen. Gering schüttelte zu ihrer Erleichterung den Kopf. Das kreischende Geräusch der Knochensäge, die sich durch den Schädel fraß, hätte sie in ihrem Zustand vermutlich nur schwer ertragen können. Natürlich war sie an den Ergebnissen interessiert, aber momentan musste sie nicht unbedingt live dabei sein, wie das Gehirn entnommen und die Organe gewogen wurden.

»Wie Sie sich anhand des Verletzungsmusters denken können, fand hier eine mechanische Gewalteinwirkung gegen den Kopf statt. Das Werkzeug war ein länglicher, schwerer und glatter Gegenstand, vielleicht eine Eisenstange oder Ähnliches. Der Schlag kam von vorn und etwas unterhalb des Opfers, der Angreifer dürfte demnach ein wenig kleiner gewesen sein.«

Unwillkürlich fasste Helga sich an die Schläfe und stellte sich die fürchterlichen Schmerzen vor, die der Mann durchlitten haben musste. Nicht zum ersten Mal fragte sie sich, ob Menschen, die Opfer eines so brutalen Angriffes wurden, tatsächlich alles genau mitbekamen oder ob da die Schutzfunktionen des Körpers einsetzten. Mona hatte ihr mal von einem Motorradunfall erzählt, in den sie auf der Autobahn verwickelt wurde. Dabei hatte sie sich den Oberschenkel gebrochen, war aber noch von der linken Fahrspur aus hinter die Leitplanke geklettert, damit die nachkommenden Fahrzeuge sie nicht umfuhren. Erst als der Rettungswagen eintraf, hatte sie gemerkt, wie schwer sie verletzt war.

»War diese Wunde tödlich?«, fragte Fabian und holte sie damit aus ihren Gedanken.

»Neben der Quetsch-Risswunde, die Sie hier sehen, hat die Gewalteinwirkung auch fassbare Schädigungen des Gehirns nach sich gezogen. Der Hirnstamm ist zwar nicht eingeklemmt gewesen, es hätte also eine Chance auf Überleben bestanden, aber folgenlos wäre der Angriff nicht geblieben. Die gute Nachricht für das Opfer ist jedoch, er dürfte unmittelbar danach länger andauernd bewusstlos gewesen sein.«

Wenn das die gute Nachricht ist, was soll dann bitte die schlechte sein?, dachte Helga, während Fabian beinahe die gleiche Frage an den Gerichtsmediziner richtete.

»Soweit ich das, ohne ihn zu öffnen, sehen kann, liegt eine organische Anämie vor. Er war demnach noch am Leben, als man ihn zerstückelt hat.«

Diese Nachricht mussten Helga und Fabian erst einmal sacken lassen. Alle schwiegen betroffen. Nur das Ticken der altmodischen Wanduhr sowie das leise Brummen der Kühlung aus dem Flur waren zu hören.

Gering unterbrach schließlich die Stille. »Wie ich bereits am Dienstag erwähnte, gehe ich nicht davon aus, dass er zu diesem Zeitpunkt noch bei Bewusstsein war. Die Kopfverletzung bestätigt diese Annahme für mich. Die Schnittränder sind allesamt zu sauber.« Er nahm eines der Beine und hielt es erst Helga und dann Fabian hin. »Hätte der Mann sich gewehrt, würde das anders aussehen. So umfangreich kann man jemanden gar nicht fixieren, dass er diesen schrecklichen Vorgang regungslos über sich ergehen lässt. Vor allem nicht, ohne Fesselungsspuren zu hinterlassen.«

Helga nickte. In dem Sinne war es wirklich eine gute Nachricht, dass der Mann nach dem Schlag vermutlich nicht mehr bei Bewusstsein gewesen war. »Wer tut so etwas

Abartiges?«, murmelte sie vor sich hin. Es gehörte schon einiges an Skrupellosigkeit dazu, einen Menschen bei lebendigem Leib zu zerteilen. Das war eine andere Liga, als wenn jemand im Streit zu fest zuschlug oder im Affekt mit einem Messer auf einen Kontrahenten einstach. Eigentlich hatte sie diese Frage nicht laut aussprechen wollen, doch Gering ging auf sie ein.

»Direkte Rückschlüsse auf den Täter sind oft nicht sonderlich zuverlässig, deshalb möchte ich mich damit zurückhalten. Dennoch finde ich es eindrücklich, dass kaum Übungsschnitte zu erkennen sind, keine Einkerbungen in den Knochen oder Anschnitte der Gelenkflächen.«

»Sie wollen also andeuten, dass der Täter Erfahrung im Zerteilen von Körpern haben könnte, sei es als Metzger oder Arzt oder so etwas?«, versuchte Fabian, Gering trotz seiner Zurückhaltung auf eine Aussage festzunageln.

»Ich werde Ihre Ermittlungen nicht durch eine sichere Annahme meinerseits in die Irre führen. Allerdings würde ich schon besondere anatomische Kenntnisse vermuten und auch das benutzte Werkzeug sieht mir professionell aus. Stumpf war es jedenfalls nicht. Genaueres dazu kann ich Ihnen sagen, wenn ich mit der Sektion fertig bin. Aber wie gesagt, versteifen Sie sich nicht darauf, diese Rückschlüsse sind reine Spekulation meinerseits.«

»Klar«, sagte Helga, »wir bleiben in alle Richtungen offen.« Gut, dass Fabian und nicht Thomas hier war. Sosehr sie ihn als Kollegen schätzte, so schnell war er manchmal dabei, sich auf eine bestimmte Theorie zu fixieren. Für ihn wären Gerings Ausführungen der perfekte Vorwand gewesen, ab jetzt mit Scheuklappen durch die Ermittlungen zu gehen. Auf die darauffolgenden, immer wiederkehrenden Diskussionen, um ihn von neuen Ansätzen zu überzeugen, konnte sie gut verzichten.

Gering war inzwischen wieder zum Kopfende des Edelstahltisches gegangen und hatte sich die handliche Knochensäge geschnappt. »Dann beginnen wir jetzt mit Ihrem Lieblingsteil der Obduktion und schauen uns das Gehirn des Mannes an«, sagte er.

Helga drehte sich um und winkte ab. »Ich gehe mir eben was zu trinken holen«, murmelte sie und verließ den Sektionssaal, ohne eine Antwort abzuwarten. Mit diesen hämmernden Kopfschmerzen könnte sie das Geräusch der Säge wirklich nicht ertragen. Hoffentlich wartete Gering mit dem Öffnen des Schädels nicht, bis sie aus dem Personalraum zurück war.

10

KAPITEL

Thomas und Fabian standen vor einem gepflegten Einfamilienhaus aus den Sechzigern im Nordosten von Frankfurt. In der Datenbank hatte Thomas einen vermissten Familienvater aus Preungesheim gefunden, der ihr Mordopfer sein könnte. Das geschätzte Alter der Leiche passte, und auch das Foto, das die Ehefrau bei der Vermisstenanzeige abgegeben hatte, sah dem Kopf des Toten, von den Aufquellungen abgesehen, ziemlich ähnlich.

Jetzt waren sie hier, um sich eine DNA-Probe zu holen, denn eine Identifizierung der zerstückelten Leiche konnte man der Ehefrau wohl kaum antun. Für alle Fälle hatten sie ein Foto des abgetrennten Kopfes dabei, den Gering ab dem Hals mit einem Tuch abgedeckt hatte, sodass man nicht erkannte, was dem Mann angetan worden war. Sollte die Frau darauf bestehen, für ihre eigene Gewissheit einen Blick auf den Leichnam zu werfen, hatten sie zumindest etwas, das sie ihr zeigen konnten.

Fabian war froh, dass Thomas ihn begleitete. Aus ihrem Team war er derjenige, der bei den Gesprächen mit Hinterbliebenen am meisten Einfühlungsvermögen bewies. Helga, die wegen Kopfschmerzen darum gebeten hatte, im Büro bleiben zu dürfen, und auch Fabian fühlten sich oft unsicher im Umgang mit den Trauernden und fanden meist nicht die richtigen Worte.

Hintereinander stiegen sie eine schmale Granittreppe hinauf und klingelten an der Haustür. Als hätte die Frau schon dahinter gewartet, riss sie die Tür nur wenige Sekunden danach auf. Sie trug eine graue Jogginghose und eine ausgeleierte beigefarbene Strickjacke, die ihrer ohnehin blassen Hautfarbe einen ungesunden Ton verlieh. Ihr Gesicht war aufgequollen, als wäre sie gerade erst aufgestanden, und die Haare zu einem unordentlichen Dutt gebunden. Mit angsterfüllten Augen starrte sie Thomas und Fabian an. Zu ihren Füßen stand ein kleiner Junge, der sich an ihrem Bein festklammerte.

»Frau Anke Rieker?«, erkundigte sich Fabian, um sich zu versichern, dass sie nicht die falsche Person vor sich hatten.

Die Frau nickte, ihre Gesichtsfarbe schien immer bleicher zu werden. »Sind Sie von der Polizei?«, fragte sie mit schwacher Stimme.

»Kripo Frankfurt, Wendtner mein Name. Das hier ist mein Kollege Prior.« Thomas griff in die Tasche seines Jacketts, um seinen Dienstausweis hervorzuholen. »Dürfen wir einen Moment reinkommen?«

Anke Rieker ging auf die Knie und schaute das Kind ernst an. »Henri, gehst du mal bitte nach oben in dein Zimmer?«

Der Junge beachtete sie nicht, sondern starrte Thomas und Fabian interessiert an. Fabian lächelte ihn an, wusste aber nicht so wirklich, wie er auf die Neugierde des Kindes reagieren sollte. Es fehlte ihm komplett an Erfahrung mit diesem Alter. Wie sollte das erst werden, wenn sein eigener Nachwuchs auf der Welt war? Würde er dann wissen, wie er mit ihm umzugehen hatte?

»Warum habt ihr keine Uniform an, wenn ihr die Polizei seid?«, fragte der Junge verwundert.

»Henri, ich hab gesagt, dass du auf dein Zimmer gehen sollst«, wiederholte Anke Rieker ihre Aufforderung.

»Wir sind Polizisten in einer ganz bestimmten Abteilung. Da muss man keine Uniform tragen«, erklärte Fabian.

»Seid ihr dann auch wirklich echt?«

Thomas hielt dem Jungen seinen Ausweis hin. »Schau mal hier, da siehst du den Polizeistern und das Landeswappen. Und wenn du schon lesen kannst, da oben steht *hessische Polizei* und darunter *Kriminalpolizei*.«

»Cool«, hauchte der Junge beeindruckt. »Habt ihr meinen Papa gefunden?«

»Lässt du uns jetzt einen Moment allein mit deiner Mama sprechen?«, bat Fabian ihn mit belegter Stimme. Schon bei dem Gedanken, der Frau mitteilen zu müssen, dass Henris Vater sehr wahrscheinlich nicht mehr nach Hause kommen würde, wurde ihm schwer ums Herz.

»Na gut. Mama, darf ich *Paw Patrol* …«

»Nein, Henri«, sagte Anke Rieker streng. »Nach oben auf dein Zimmer, habe ich gesagt.«

Der Junge zog eine Schnute, drehte sich dann aber widerwillig um und trollte sich die Treppe hinauf. Thomas und Fabian folgten Anke Rieker in die Küche, wo sie sich auf einen Stuhl am Esstisch fallen ließ und in Tränen ausbrach.

»Sie … Sie haben ihn gefunden, oder?«, stammelte sie zwischen zwei Schluchzern, die ihren Körper durchrüttelten. »Er ist … die Leichenteile, die Sie im Main gefunden … Ist das Benjamin?«

Etwas verloren stand Fabian vor der Anrichte, während sich Thomas neben die Frau setzte und ihr die Hand auf den Unterarm legte. »Noch wissen wir nicht mit Sicherheit, ob es sich bei dem Leichnam um Ihren Mann handelt, aber wir befürchten es. Um ihn zu identifizieren, bräuchten wir eine DNA-Probe von ihm. Eine Zahnbürste wäre gut.«

Sie schüttelte ihn ab und warf verzweifelt die Hände in die Luft. »O Gott! Ich hab es gleich geahnt, als ich in der Zeitung davon gelesen habe.« Zitternd atmete sie ein, schüttelte den Kopf und schaute Thomas dann fest in die Augen. »Ich will ihn sehen.«

»Frau Rieker, das ist keine gute Idee. Der Anblick …«

»Es ist mir egal, wie er aussieht«, unterbrach sie Fabian sofort. Ihr Tonfall war nun resolut. Ihre Hand auf dem Tisch hatte sich zu einer Faust geballt. »Ich brauche die Gewissheit, dass er es ist. Meine Mutter kann auf unseren Sohn aufpassen, dann können wir gleich in die Pathologie fahren.« Sie stand so heftig auf, dass ihr Stuhl umkippte, und nahm ihr Handy, das neben Fabian auf der Anrichte lag.

»Es tut mir leid, aber so einfach können wir nicht in die Rechtsmedizin«, sagte Thomas, der ebenfalls aufgestanden war. »Wenn Sie sich wirklich sicher sind, dass Sie sich das antun wollen, haben wir ein Foto dabei.«

Anke Rieker zögerte einen Moment, ihre Überzeugung schien kurz ins Wanken zu geraten. Allerdings nicht für lange. »Zeigen Sie es mir.« Mechanisch stellte sie den umgefallenen Stuhl wieder auf und setzte sich. Fabian zog den Ausdruck hervor und legte ihn vor ihr auf dem Tisch ab.

Augenblicklich verlor sie ihre zurückgewonnene Fassung. »Nein, das darf nicht sein«, flüsterte sie und strich mit einem Finger über die Wunde an der Schläfe. »Mein armer Ben. Was ist nur passiert?« Sie schaute auf und zwischen Fabian und Thomas hin und her. »Wer hat ihm das angetan? Und was ist mit meiner Tochter?«, fragte sie unter Tränen.

»Ihrer Tochter?«, wiederholten Thomas und Fabian fast zeitgleich.

»Lina. Sie ist verschwunden. Seit über einer Woche fischen Ihre Kollegen im Trüben. Benjamin wollte nach ihr suchen und kam am Samstag nicht mehr nach Hause.«

»Das tut mir furchtbar leid, aber von Ihrer Tochter wissen wir bislang nichts.« Fabian ärgerte sich, dass die Kollegen von der Abteilung für vermisste Personen nichts davon bei Benjamin Riekers Eintrag in der Datenbank vermerkt hatten. Das gab dem Fall eine völlig neue Dimension. »Fühlen Sie sich in der Lage, uns zu erzählen, was passiert ist?«

Unverhohlen starrte Anke Rieker Fabian an. »Sollte das nicht Ihre Aufgabe sein, das herauszufinden?«

»Selbstverständlich«, sagte er. »Aber dafür brauchen wir jetzt so viele Informationen wie möglich, auch wenn es Ihnen schwerfällt. Wie alt ist Lina? Wurde sie entführt oder ist sie ausgerissen?«

»Das habe ich doch alles schon erzählt. Lina ist siebzehn, in vier Monaten ist ihr Geburtstag. Bisher gingen wir davon aus, dass sie freiwillig abgehauen ist. Jedenfalls hofften wir das. Ihr Tablet ist verschwunden, ebenso das Ladegerät. Ich weiß nicht, ob auch Kleidung fehlt, ihr ganzer Schrank ist vollgestopft. Mädchen eben ... Haben Sie Kinder?« Obwohl es angenehm warm in der Küche war, rieb sie sich fröstelnd über die Arme.

Thomas schüttelte stumm den Kopf.

»Noch nicht«, antwortete Fabian. In der aktuellen Situation hielt er es nicht für angemessen, der Frau zu erzählen, dass er in ein paar Monaten Vater sein würde. »Hatte Lina denn einen Grund, davonzulaufen?«

Sie zuckte mit den Achseln und schlang die Arme schützend um sich. »Hat den nicht jeder Teenager in dem Alter? Es gibt Momente, da hasst man seine Eltern, weil sie einem Regeln aufzwingen wollen, die man nicht versteht. Spätestens mit sechzehn wünscht man sich doch nichts sehnlicher, als endlich ausziehen zu können. Manche versuchen dann, es zu beschleunigen.«

»Also gab es einen konkreten Anlass? Einen Streit, der eskaliert ist oder eine Ankündigung von ihr, dass sie ihre Sachen packen und verschwinden würde?«, hakte Thomas nach.

»Nein, ich glaube nicht. Jedenfalls nicht mit mir. Ich wollte mit meinem Mann am Samstag darüber sprechen, aber er hat sich da nicht drauf eingelassen und jetzt ... jetzt ist er tot!« Ihre Mundwinkel zitterten und ihre Augen waren kurz davor überzulaufen, dann riss sie sich zusammen. »Mit Lina war die Pubertät nicht so einfach. Vielleicht sogar noch ein wenig schwieriger als bei anderen. Wir haben sie als kleines Baby von einer Drogensüchtigen adoptiert. Das kleine Bündel war bereits im Mutterleib von diversen Substanzen abhängig und hatte einen schweren Start ins Leben. Mein Mann und ich hatten es damals nicht leicht mit ihr. Nicht enden wollende Schreianfälle, sie schlief kaum mehr als eine Stunde am Stück, hatte oft Durchfall und war kränklich. Doch wir haben unser Bestes gegeben, sie groß zu kriegen. Zum Dank machte sie uns das bei jedem noch so kleinen Streit immer wieder zum Vorwurf ...«

»Sie weiß also, dass sie nicht Ihre leibliche Tochter ist?«, fragte Fabian.

»Selbstverständlich. Wir haben es ihr gesagt, als ich mit Henri schwanger wurde. Er ist so etwas wie ein Wunder. Eigentlich hieß es, ich könne niemals Kinder bekommen, und zehn Jahre nach der Adoption passierte es plötzlich. Am Anfang hatte ich starke körperliche Probleme, mir war oft übel und ich hatte Kreislaufprobleme. Lina wollte natürlich wissen, ob das damals bei ihr auch so war. Als sie dann noch Fotos von meinem Schwangerschaftsbauch mit ihr sehen wollte, blieb uns nichts anderes übrig, als es ihr zu sagen.«

Das klang für Fabian so, als hätten sie nicht vorgehabt, ihrer Adoptivtochter die Wahrheit über ihre Herkunft zu erzählen, wenn die Schwangerschaft nicht gewesen wäre. Da es für die Ermittlungen jedoch nicht von Relevanz war, verkniff er sich weitere Nachfragen in diese Richtung. »Wie hat Ihre Tochter diese Information aufgenommen?«, wollte er stattdessen wissen.

»Zunächst ganz okay. Sie hat verstanden, dass sie bei ihrer leiblichen Mutter nicht so behütet wie bei uns aufgewachsen wäre. Lina war froh, bei uns eine Familie gefunden zu haben, bald sogar mit einem Brüderchen. Dann schlug allerdings die Pubertät zu und die Adoption wurde immer wieder zum Streitthema. Nicht selten warf sie uns an den Kopf, dass sie gar nicht richtig zu uns gehörte und sich auch nicht ausgesucht hätte, bei uns *Scheißmenschen*«, das letzte Wort setzte Anke Rieker mit den Fingern in Anführungszeichen und man sah ihrem Gesicht an, wie sehr sie dieser Ausdruck noch immer schmerzte, »aufwachsen zu müssen. Dabei haben wir uns immer bemüht, keinen Unterschied zwischen den beiden Kindern zu machen. Wir lieben Lina, als wäre sie unsere eigene Tochter. Gerade nach dem, was wir zu Beginn mit ihr durchgemacht haben. So etwas schweißt zusammen.«

Sie waren stets bemüht, ging es Fabian durch den Kopf. Vielleicht hatten die Eltern in ihren Augen die beiden Kinder gleichbehandelt, aber aus Linas Perspektive konnte das durchaus anders aussehen. Ein Kleinkind benötigte viel Aufmerksamkeit, wodurch ein selbstständigerer Teenager leicht hinten runterfallen konnte und in der Folge rebellierte.

»Sie erwähnten vorhin, dass Ihr Mann am Samstag nach Lina suchen wollte, aber nicht wieder nach Hause gekommen ist«, sagte Thomas. »Erzählen Sie uns bitte von dem Tag.«

»Was soll ich da groß sagen? Er ist morgens aufgebrochen und kam nicht mehr zurück.« Sie warf einen flüchtigen Blick auf das Foto vom Kopf ihres Mannes, dann drehte sie es energisch mit der Rückseite nach oben.

Fabian hatte sein Notizbuch gezückt, um die Informationen mitzuschreiben. »Hatte er einen konkreten Anhaltspunkt, wo Lina sich aufhalten könnte? Wo wollte er sich umschauen? Bestimmt ist er doch nicht einfach durch die Stadt gefahren, in der Hoffnung, dass sie ihm irgendwann vors Auto läuft. Hat er Sie den Tag über auf dem Laufenden gehalten?«

»Ich wünschte, er hätte es. Wir haben uns gestritten, bevor er losgefahren ist, und ich habe den Tag bei meiner Mutter verbracht.« Sie senkte den Kopf und kämpfte erneut mit den Tränen. Offenbar quälte sie der Gedanke, dass sie und ihr Mann im Streit auseinandergegangen waren. »Als ich abends nach Hause gekommen bin, war er noch nicht zurück, aber das war nicht ungewöhnlich. Die Tage zuvor war er auch lange unterwegs. Hinweise, wo Lina stecken könnte, hatten wir nicht. Soweit ich weiß, ist er tatsächlich einfach durch die Stadt gefahren und hat an Plätzen nach ihr gesehen, wo sie sich sonst gern aufhält, aber er hat sie nie erwischt. Seit anderthalb Wochen ist sie wie vom Erdboden verschluckt. Sie muss bei jemandem untergekommen sein, oder aber sie ist auch ... Nein! Daran will ich gar nicht denken!«

Fabian fragte sich, in welche Gegenden Benjamin Rieker die Suche nach seiner Adoptivtochter geführt hatte. War er zur falschen Zeit am falschen Ort gewesen? Möglicherweise hatte er etwas herausgefunden, das irgendjemand unter allen Umständen geheim halten wollte, sodass dieser Jemand dafür sogar über Leichen ging. Oder er hatte an die falschen Türen geklopft, um die richtigen Fragen zu stellen, die sein Schicksal besiegelt hatten.

Sobald sie hier fertig waren, mussten sie sich schnellstmöglich darum kümmern, die Standortdaten von Benjamin Riekers Mobilfunkanbieter zu besorgen. Man konnte vom Aussetzen der Vorratsdatenspeicherung halten, was man wollte, die Suche nach Vermissten erschwerte es deutlich. Nach einer Woche, also in zwei Tagen, würden sämtliche Standortdaten gelöscht werden und sie könnten nur noch spekulieren, wo der Mann sich am Tag seines Verschwindens aufgehalten hatte.

Und noch ein Gedanke kam ihm, der ihn beunruhigte. Vor seinem inneren Auge tauchten weitere Müllsäcke auf dem schlammigen Grund des Mains auf. Weitere Leichenteile, die der Täter versenkt hatte und die sie bisher nicht gefunden hatten. War Lina Rieker längst tot? Unwillkürlich schaute er sich um, ob irgendwo Fotos von dem Mädchen hingen. Dabei entdeckte er im Wohnzimmer einen offenen Kamin. Daneben stand eine Kamingarnitur bestehend aus einem Schüreisen, einer Ascheschaufel und einem Besen.

»Sie sagten, Sie waren den gesamten Samstag über nicht zu Hause, richtig? Es wäre also möglich, dass Ihr Mann hierher zurückgekehrt ist und im Haus angegriffen wurde«, sagte er, während er rüber ins Wohnzimmer ging, um sich das Kaminbesteck genauer anzusehen. Es schien einiges an Gewicht zu haben, war vermutlich aus Stahl geschmiedet und ziemlich hochwertig. Das Schüreisen könnte zu der Wunde am Kopf des Opfers passen. Blutspuren konnte er auf den ersten Blick nicht daran entdecken, was aber nichts heißen musste.

Anke Rieker folgte ihm. »Wie meinen Sie das? Sie glauben doch nicht etwa, dass er hier bei uns zu Hause …?«

»Wir müssen alles in Betracht ziehen. Würden Sie uns Ihre Erlaubnis erteilen, dass die Spurensicherung sich Ihr

Haus mal genauer ansieht?«, sagte Fabian. »Wie war das an dem Tag, als Lina verschwunden ist? Waren Sie da auch nicht zu Hause?«

Anke Rieker schien kurz zu überlegen und schüttelte vehement den Kopf. »Normalerweise arbeite ich im Homeoffice, aber an dem Tag kam ein wichtiger Kunde bei uns vorbei und ich bin vormittags in die Firma gefahren, wo ich bis zum späten Nachmittag blieb. Ich habe für beide Tage ein Alibi, falls Sie das meinen.« Ihr Ton wurde mit jedem Satz angespannter.

»Das ist gut, aber darauf wollte ich gar nicht hinaus«, beschwichtigte Fabian sie. Dennoch würden sie natürlich überprüfen, ob sie in Bezug auf ihren Aufenthaltsort die Wahrheit gesagt hatte.

»Sondern?« Verständnislos schaute sie ihn an, dann schien es ihr zu dämmern. »Sie denken, dass die beiden hier gestorben sind, nicht wahr? Dass jemand in unser Haus gekommen ist, um meine Familie zu ermorden. Zweimal! O Gott!« Sie schlug die Hände vor den Mund und riss die Augen angsterfüllt auf.

»Es ist eine Möglichkeit, die wir in Betracht ziehen müssen«, erwiderte Thomas, der Fabians Gedankengang offenbar folgen konnte. »Gibt es jemanden, der Ihnen oder Ihrem Mann etwas Böses wollen könnte? Wurden Sie bedroht oder etwas Ähnliches?«

»Du liebe Güte, nein. Das hätte ich doch längst bei Ihren Kollegen erwähnt. Warum sollte uns jemand so sehr hassen, dass er dafür einen Mord begeht oder sogar zwei?«

»Nun, wenn es so ist, werden wir es herausfinden«, rutschte es Fabian heraus, und er hätte sich am liebsten auf die Zunge gebissen. Niemals etwas versprechen, was man am Ende vielleicht nicht halten konnte. Noch hatten sie keinerlei Anhaltspunkt, in welche Richtung sie überhaupt ermitteln sollten, geschweige denn einen Verdächtigen.

Was auch bedeutete, dass die Frau und ihr Sohn geschützt werden mussten, für den Fall, dass der Täter tatsächlich die gesamte Familie auslöschen wollte. »Gibt es jemanden, bei dem Sie kurzfristig für ein paar Tage unterkommen können?«, fragte er.

»Sie glauben also wirklich, dass wir in Gefahr sind?« War Anke Rieker vorher schon blass gewesen, wich ihr jetzt sämtliche Farbe aus dem Gesicht. Ihr Blick zuckte durch den Raum, als würde sie in ihrer unmittelbaren Umgebung nach dem Angreifer suchen.

»Wie gesagt, momentan können wir das nicht ausschließen. Zur Sicherheit würden wir dafür sorgen, dass rund um die Uhr eine Polizeistreife in Ihrer Nähe ist, ob Sie nun hierbleiben oder irgendwo unterkommen.«

Kraftlos ließ Anke Rieker sich auf die Couch sinken. »Was haben wir bloß getan? Wer zum Teufel tut uns das an?«, flüsterte sie voller Verzweiflung.

Das werden wir hoffentlich so schnell wie möglich herausfinden, dachte Fabian.

11

KAPITEL

Der Kerl lag nackt vor ihm, geknebelt und die Hand- und Fußgelenke mit Klebeband umwickelt. Seine Muskeln zitterten vor Anstrengung von den Versuchen, sich zu befreien und seine Miene spiegelte eine Mischung aus Panik und Unverständnis wider. Er kapierte nicht, warum ihm das passierte.

Na ja, wenn er nicht ganz blöd war, wusste er natürlich schon, wie er auf diesem Tisch gelandet war. Die Frage, die er sich stellte, war vermutlich eher, warum ausgerechnet ihm das Schicksal so übel mitspielte. In seinem Leben hatte er wohl schon genug Schläge einstecken müssen, wahrscheinlich sowohl im übertragenen als auch im wahrsten Sinne des Wortes.

Aber was geschehen war, ließ sich nun nicht mehr rückgängig machen. Zeugen konnte er nicht gebrauchen und der Kerl hatte es in der Hand, sein Leben zu zerstören. So wie Linas Adoptivvater ihres beinahe zerstört hätte. Dafür hatte er seine gerechte Strafe erhalten, und auch der Mann vor ihm musste dran glauben. Vorsicht war besser als Nachsicht, diese Redewendung existierte nicht ohne Grund.

Aber sein Tod wäre nicht umsonst. Vermutlich war das nicht sonderlich tröstlich für ihn, die Teile seines Körpers würden jedoch einen guten Zweck erfüllen.

Die brillante Idee war ihm gestern Nachmittag gekommen, als er zum Kaffee die *Stern Crime* durchgeblättert und einen Artikel über einen Serienkiller gelesen hatte. Zwei zerstückelte Leichen, umgebracht mit derselben Tatwaffe und auf dieselbe Art und Weise, beide im Main entsorgt. Das würde die Polizei schnell auf eine falsche Fährte locken und von Lina ablenken.

Jetzt war er froh, dass er nicht aufgegeben, sondern die gesamte restliche Nacht am See nach dem Kerl aus dem Lager gesucht hatte. Zwischendurch hatte er schon an sich gezweifelt, ob er denn wirklich jemanden gesehen hatte, der sich zwischen die Bäume geflüchtet hatte. Letztendlich hatte sich seine Beharrlichkeit ausgezahlt.

Da er ihn wohl schwerlich auf dem Fahrrad transportieren konnte, war er zunächst ohne sein Opfer nach Hause gefahren. Natürlich nicht, ohne den Mann zuvor niederzuschlagen und ihn in einer Senke von der Wurzel eines umgestürzten Baumes zusammengeschnürt und geknebelt zurückzulassen.

Nachdem er geduscht und sich mit einem ausgiebigen Frühstück gestärkt hatte, war er zu Lina gefahren, um auch sie mit Essen zu versorgen. Heute Nacht dann hatte er sein Opfer im Wald abgeholt. Es grenzte an ein Wunder, dass er überhaupt noch lebte und nicht erfroren war bei den Temperaturen, die draußen herrschten. Dafür hatten wohl die unzähligen Schichten seiner stinkenden Klamotten gesorgt, die er später noch verbrennen musste. Vor dem, was ihm jetzt blühte, würden sie ihn nicht schützen.

Den Kerl unbemerkt in den Kühlraum der Hütte zu verfrachten, hatte die nächste Herausforderung dargestellt, schließlich lag Lina schlafend im Wohnbereich nebenan. Es hatte ihn einige graue Haare gekostet, bis er den Typen endlich auf den Tisch verfrachtet hatte. Ständig hatte er sich nach Lina umgeguckt, ob die auch wirklich noch schlief. Das war gar nicht so einfach, wenn man einen schweren, leblosen Körper über den Boden schleifen musste. Als das geschafft war, musste er sich keine Gedanken mehr machen.

Da Lina Vegetarierin war, würde sie niemals auf die Idee kommen, einen Blick hier reinzuwerfen und zu riskieren, auf ein ausgenommenes Tier zu treffen, denn sie wusste, dass dieser Raum genau dafür da war.

Oder auf einen ausgenommenen Mann, dachte er und konzentrierte sich wieder auf den Kerl, dessen jämmerliches Dasein er jetzt beenden würde. Er setzte das Messer an der Schulter seines Opfers an und ritzte in die Haut. Augenblicklich geriet der Körper in Wallung, Schweiß trat auf die Stirn des Mannes. Er zitterte, als hätte man ihn unter Strom gesetzt, und brüllte in den Knebel. So konnte er auf keinen Fall saubere Schnitte machen.

Spielte es überhaupt eine Rolle, wie sauber er die Gelenke durchtrennte? Höchstwahrscheinlich schon. Er konnte nur mutmaßen, aber sicherlich war das einer der Punkte, auf die die Polizei bei ihren Ermittlungen ein Augenmerk legte. Das Wichtigste war, dass die Beamten in beiden Fällen denselben Täter annahmen, er durfte im entscheidenden Moment keinen Fehler begehen. Irgendwie musste er den Kerl ruhigstellen.

Kurzentschlossen rammte er ihm den Griff des Messers gegen die Stirn. Drei Schläge waren nötig, bis seine Gegenwehr erstarb. Die Muskeln erschlafften und der Kopf fiel leblos zur Seite.

»Geht doch, du Mistkerl«, murmelte er und schaute auf sein Handy, wo er überprüfte, wie viel Zeit ihm noch blieb, bis Lina aufwachen würde. Keine Zeit für Trödeleien, immerhin musste er noch die Eimer mit dem Blut hier rausschaffen, ohne dass sie etwas davon mitbekam. Er verband seine Bluetooth-Kopfhörer mit seinem Telefon und startete eine Playlist. Im Rhythmus der Musik machte er sich an seine blutige Arbeit.

12

KAPITEL

Am nächsten Morgen fand sich das Team rund um Fabian zu einer Dienstbesprechung im K11 in der Adickesallee ein, um die ersten Erkenntnisse zusammenzuführen. Ergänzt wurden sie durch Arne Stahl und Hendrik Böcking, die für die Ermittlungen im Vermisstenfall von Benjamin Rieker zuständig gewesen waren. Fabian, Thomas und Helga sicherten sich drei Plätze nebeneinander in der Nähe des Tischs mit den Getränken und den Kaffeekannen. Da Kommissariatsleiter Marek Peitsch sich angekündigt hatte, konnte sich der Termin ziehen. In dem Fall war es gut, nah an der Quelle für Koffein zu sitzen.

Stahl und Böcking hockten weiter hinten im Raum, die Köpfe gesenkt wie zwei jugendliche Ladendiebe, die man beim Stehlen erwischt hatte und nun darauf warteten, dass ihre Eltern sie abholten.

»Sieh mal einer an, denen steht das schlechte Gewissen ins Gesicht geschrieben«, murmelte Fabian seinen beiden Kollegen zu. »Die wissen genau, welchen Mist sie bei der Dokumentation gebaut haben.«

Thomas stimmte ihm nickend zu, während Helga mehr körperlich als geistig anwesend zu sein schien. Offenbar hatte sie nicht mal mitbekommen, dass Fabian mit ihr gesprochen hatte.

»Alles in Ordnung bei dir?«, fragte er und stupste sie mit dem Ellenbogen in die Seite.

Helga schreckte hoch, als hätte er sie aus einem tiefen Schlaf geweckt. »Hm? Du meinst mich?«

»Na, wer sieht denn hier sonst aus wie eine Hauptdarstellerin aus *The Walking Dead?* Und ich meine nicht die Überlebenden.« Fabian grinste, während Helga weniger amüsiert schien.

»Ja, alles okay.«

»So siehst du aber nicht gerade aus«, sagte Thomas, der eine Banane aus seiner Hosentasche hervorzauberte und die Schale aufbrach.

»Ist das jetzt ein Verhör, oder wie? Brauche ich einen Anwalt?«

Fabian hob abwehrend die Hände. »Sorry, wenn wir uns über unsere Kollegin Gedanken machen. Bist du heute mit dem falschen Fuß aufgestanden, oder wie?«

»Schon gut, ihr habt ja recht.« Seufzend ließ Helga die Schultern hängen. »Momentan bin ich irgendwie nicht ganz auf der Höhe. Sobald ich meine Augen oder meinen Kopf zu schnell bewege, versucht mein Gehirn, aus dem Schädel auszubrechen. Außerdem schlafe ich schlecht und irgendwie ... Vielleicht ist eine Grippe im Anmarsch.«

Fabian zog die Augenbrauen hoch und rutschte mit seinem Stuhl ein Stück von ihr weg.

»Keine Angst, es ist nicht das böse C. Hab jeden Tag einen Test gemacht, alle negativ. Ein bisschen Ingwertee mit Zitrone und abends einen Paprikasalat, dann wird das schon wieder.« Sie lächelte, wirkte aber nicht gerade überzeugt.

»Du solltest besser zum Arzt gehen und dich krankschreiben lassen«, sagte Thomas.

»Hast du dich mit Mona abgesprochen? Schlag dir das aus dem Kopf. Solange es mir nicht schlechter als jetzt geht, lasse ich euch mit diesem verdammten Scheißfall nicht allein.« Sie nickte zu der Pinnwand, an der bereits die Fotos der Leichenteile aus der Gerichtsmedizin sowie Aufnahmen des Fundortes vom Boden und aus der Luft aufgereiht waren.

Als hätte man ihn gerufen, betrat nur einen Moment später der Kommissariatsleiter den Raum, um das Meeting zu eröffnen. Nach der Begrüßung ließ er die beiden Beamten aus der Vermisstenabteilung ihre Erkenntnisse zusammenfassen.

Viel hatten sie bislang nicht vorzuweisen, obwohl sie bereits seit vier Tagen mit den Ermittlungen zu Benjamin Rieker betraut waren. Natürlich trugen sie die typische Entschuldigung vor. Eine erwachsene Person durfte ihren Aufenthaltsort selbst bestimmen und solange keine Hinweise auf ein Verbrechen vorlagen ...

»Und Sie fanden es nicht merkwürdig, dass die Adoptivtochter einige Tage zuvor ebenfalls verschwand?« Fabian konnte sich die bissige Frage nicht verkneifen. Zwar hätte Benjamin Rieker auch mit etwas mehr Eifer bei der Untersuchung des Falls nicht gerettet werden können, denn laut Gering war er sehr wahrscheinlich in der Nacht von Samstag auf Sonntag verstorben, also noch bevor seine Frau überhaupt die Polizei angerufen hatte. Nichtsdestoweniger verstand Fabian nicht, weshalb die Kollegen trotz dieses Zusammenhangs nicht engagierter vorgegangen waren, immerhin war das minderjährige Mädchen weiterhin spurlos verschwunden.

»Tatsächlich haben wir uns hauptsächlich auf die Tochter konzentriert«, gab Böcking zu.

»Und, wo steckt sie?«, fragte Peitsch schneidend. Auch

er schien nicht begeistert von der Arbeit der beiden Kollegen.

»Alle Ansätze liefen leider ins Leere. Ihr Handy wurde am Tag ihres Verschwindens ausgeschaltet und ließ sich nicht mehr orten. Die Befragungen der Freundinnen und Freunde des Mädchens haben rein gar nichts ergeben. Angeblich weiß niemand, wo sie steckt«, rechtfertigte sich Böcking. »Der letzte Anruf, den sie getätigt hat, ging an einen Freund der Familie. Derselbe übrigens, bei dem Rieker am Samstagvormittag sein Auto abgeholt hat.«

»Und worum ging es bei dem Telefonat? Das dürften Sie doch wohl in Erfahrung gebracht haben.«

»Um ihre Ausbildung. Herr Hörnike wollte ihr für die Bewerbungen mit Kontakten weiterhelfen, sodass sie vorab mal ein Praktikum absolvieren kann.« Böcking klang patzig. Kein Wunder, so wie er von Peitsch angegangen wurde. Auch wenn er es ein bisschen verdiente, empfand Fabian Mitleid mit dem Kollegen, da er selbst schon in dessen Haut gesteckt hatte.

»Das deutet doch eher darauf hin, dass ihr etwas zugestoßen sein könnte«, sagte Fabian. »Warum sollte sie sich am Mittag noch um ihre Ausbildung bemühen, nur um dann von zu Hause auszureißen?«

»Natürlich haben wir das in Betracht gezogen, sind aber aufgrund der Gesamtumstände zu einer anderen Annahme gekommen«, antwortete Stahl. »Wir vermuten, dass sie lediglich den Schein aufrechterhalten wollte. Das Tablet und das Ladegerät wurden mitgenommen. Frau Rieker konnte uns nicht mit Sicherheit sagen, ob Kleidung fehlt, vermutet es aber. Eine Lösegeldforderung gab es nicht, und auch sonst fällt das Mädchen aus dem Alter raus, in dem man mit einer Kindesentführung rechnen muss.«

»Die eingeleitete Öffentlichkeitsfahndung hat leider wenig Brauchbares ergeben«, ergänzte Böcking.

»Was soll das heißen? Werden Sie doch bitte konkret«, forderte Peitsch.

»Nichts, um genau zu sein. Viele Anrufe, die aber ins Leere geführt haben. Keiner hat uns zu Lina Rieker gebracht. Schon allein, weil wir mit der Auswertung beschäftigt waren, ist der Fall des Vaters etwas hinten runtergefallen«, sagte Stahl. »Sein Kennzeichen wurde an sämtliche Streifen rausgegeben, aber das Auto ist bislang nicht aufgetaucht.«

Jetzt waren sie vollends im Rechtfertigungsmodus und Böcking meldete sich wieder zu Wort. »Für den Zusammenhang zwischen dem Verschwinden von Vater und Tochter haben wir verschiedene Theorien aufgestellt. Zum einen die, dass Benjamin Rieker seine Adoptivtochter entführt und sich anschließend abgesetzt hat, nachdem er sie einige Tage versteckt hielt.«

»Was so nicht sein kann, wie wir mittlerweile wissen«, warf Fabian ein.

»Stimmt. Dass er sie entführt hat, könnte trotzdem zutreffen, und er ist ein Zufallsopfer oder es kam zum Streit mit jemandem. Oder aber er hat der Adoptivtochter etwas angetan und die Ehefrau hat es herausgefunden, woraufhin sie ihn getötet und zerstückelt hat. Vielleicht lief die Ehe nicht so gut, wie sie es darstellt und sie hatte die Tat an ihrem Ehemann geplant und die Tochter selbst entführt, um davon abzulenken.« Stahl war richtig in Fahrt gekommen mit dem Spekulieren. Normalerweise sammelten sie in ihren Besprechungen erst alle Fakten und schlossen dann das Brainstorming an, aber Peitsch ließ ihn reden, auch wenn sie einiges davon gleich wieder verwerfen konnten.

Fabian dachte kurz über die Theorie der sich rächenden Ehefrau nach. Es lag durchaus im Bereich des Möglichen, dass es so abgelaufen war, wenn er es auch für unwahrscheinlich hielt. Noch heute würde die Spurensicherung das Haus gründlich auf den Kopf stellen und dabei früher oder später auf etwas stoßen, das Anke Rieker überführen würde, sollte sie für den Tod ihres Mannes verantwortlich sein. Fabian hatte allerdings eine andere Vermutung.

Da sie gerade dabei waren, wollte er ebenfalls seine Überlegungen zum Verbleib des Mädchens teilen. »Es könnte auch sein, dass Benjamin Rieker etwas auf die Spur gekommen ist, in das er sich besser nicht eingemischt hätte. Seine Adoptivtochter könnte in die falschen Kreise geraten sein. Denken wir mal zurück an den Fall vor ein paar Jahren, in dem eine junge Frau zum Opfer eines Loverboys wurde, der sie dann zur Prostitution gezwungen und letztlich für viel Geld an einen kranken Sadisten verkauft hat. Wenn Rieker den falschen Leuten zu nah gekommen ist, könnte das für ihn tödlich geendet haben. Ein ähnliches Szenario wäre, dass Lina Rieker ermordet wurde, ihr Adoptivvater dem Täter auf die Spur kam und deshalb sein Leben lassen musste.«

»Na schön. Sieht man von den ganzen wilden Spekulationen ab, stehen wir quasi bei null. Herr Prior, wenn Sie gerade dabei sind, hat die Befragung der Ehefrau gestern irgendwelche neuen Informationen ergeben? Ist sie irgendwie verdächtig oder konnte sie jemanden benennen, den sie für den Tod ihres Mannes verantwortlich macht?«

Fabian schüttelte bedauernd den Kopf. »Fürs Erste gibt es da nichts Neues zu berichten. Vor dem Verschwinden von Benjamin Rieker haben er und seine Frau gestritten, weshalb sie den gesamten Samstag über keinen Kontakt zu ihm hatte. Die Standortdaten seines Handys sind bereits beim Mobilfunkanbieter angefordert. Hoffen wir, dass sie keinen richterlichen Beschluss wollen, und falls doch, dass sie schnell reagieren und wir ihn vor morgen noch einholen können. Nach dem Wochenende haben wir keine Chance mehr, an die Daten ranzukommen.«

»Der Tagesablauf liegt also vorerst im Dunkeln. Fangen Sie mit der Befragung seines Umfeldes an. Vielleicht hat ihn noch jemand gesehen.«

»Wie bereits erwähnt, hat das Opfer laut seiner Frau am Morgen sein Auto bei Timo Hörnike abgeholt«, sagte Thomas. »Der hat ihn am Vorabend wohl nach Hause gefahren, weil Rieker zu betrunken war. Die beiden hatten sich abends in einer Kneipe getroffen.«

»Dann sprechen Sie zuerst mit diesem Freund. Welche Erkenntnisse zur Tat selbst gibt es?«

Fabian warf Helga einen Blick zu, die aber nicht danach aussah, als wäre sie scharf drauf, eine Übersicht zu geben. Deshalb stand er auf, ging nach vorn und fasste zusammen, was die Obduktion ergeben hatte. »Die Tatwaffe war stumpf, rund und sehr wahrscheinlich ziemlich schwer. Dietmar Gering vermutet eine Eisenstange oder einen Schlagstock, etwas in diese Richtung eben«, schloss er seinen Bericht. Er nahm eine Nahaufnahme der aufgeplatzten Schläfe in die Hand und hielt sie vor die Anwesenden. Dann schaute er fragend in Richtung Thomas, ob er etwas vergessen hatte.

»Der Angriff erfolgte, während der Täter vor oder seitlich von Rieker stand. Abwehrverletzungen waren keine zu finden, es gab also keinen Kampf. Der Schlag, lediglich ein einzelner, kam seitlich von unten«, ergänzte dieser. Zur Verbildlichung stand er auf und schwang eine imaginäre Schlagwaffe von unten über die Seite nach oben. »Das könnte für eine spontane Tat während eines Streits sprechen, bei dem der Täter sich den nächstbesten Gegenstand geschnappt und zugeschlagen hat. Möglich ist auch, dass jemand dem Opfer aufgelauert hat und der Täter aus seinem Versteck getreten ist, um ihn dann niederzuschlagen.«

Peitsch runzelte die Stirn. »Bei Letzterem würde ich eher mit einem Angriff von hinten rechnen, aber lassen wir die Möglichkeit in dieser frühen Phase nicht außer Acht. Kommen wir erst mal zurück zur Ausgangslage, bevor wir mit der Interpretation und den Hypothesen anfangen.«

Fabian ärgerte sich, dass der Kommissariatsleiter ihn nun auf den korrekten Ablauf hinwies, wohingegen er Stahl und Böcking hatte drauflos spekulieren lassen. Er schluckte eine Erwiderung herunter und fuhr fort.

»Zwischen dem Angriff auf das Opfer und der Zerstückelung sind etwa zwei bis drei Stunden vergangen«, erklärte er. »Die Hämatome waren im Ansatz ausgebildet und sichtbar, was bedeutet, dass Benjamin Rieker noch eine Weile gelebt haben muss, bevor der Täter ihm die Gliedmaßen abgetrennt hat. Vermutlich wurde er in dieser Zeit zum eigentlichen Tatort transportiert. Der Fundort entspricht diesem nicht, sonst hätten wir dort eine entsprechende Menge Blut finden müssen. Aufgrund der vorhandenen Vitalfunktionen blutete das Opfer während der Zerstückelung aus. Da es in den Tagen zwischen dem Verschwinden und dem Auffinden nicht geregnet hat, hätten wir dementsprechend irgendwo am Mainufer Spuren finden müssen.«

»Es wäre auch ziemlich leichtsinnig, einen Menschen mitten in der Öffentlichkeit zu zerteilen«, sagte Mario Palumbo mit Blick auf die Aufnahmen, die am Fundort gemacht worden waren. Die restlichen Anwesenden murmelten Zustimmung. »Rund um die Gerbermühle ist spät nachts zwar garantiert nichts los, aber man muss doch immer damit rechnen, dass jemand vorbeikommt, wenn man sich auf die Wiese hockt und losschnetzelt.«

»Wobei ich mich frage, weshalb der Täter die Leichenteile ausgerechnet dort in den Main geworfen hat. Es gibt sicher noch abgelegenere Stellen, vor allem in stehenden Gewässern, wo die Gefahr geringer gewesen wäre, dass die Säcke durch die Strömung über den Boden schleifen und aufreißen«, sagte Peitsch. »Wir sollten jedenfalls einen Zeugenaufruf in der Presse starten. Wer auch Tage vor der Entsorgung des Leichnams irgendwas beobachtet hat, das uns weiterbringen könnte, soll sich umgehend melden. Außerdem sind weder die Kleidung noch der Wagen des Opfers aufgetaucht, auch davon sollten wir ein Foto veröffentlichen. Herr Prior, Sie kümmern sich darum, ähnliche Kleidung für ein Foto zu organisieren, und setzen dann bitte umgehend die Pressestelle in Kenntnis.«

»Möglicherweise wollte der Täter, dass die Leiche schnell gefunden wird, weil er damit eine Botschaft senden wollte. Oder aber er ist nicht besonders routiniert in der Beseitigung sterblicher Überreste«, kam Thomas auf Peitschs Ursprungsfrage zurück. »Wenn er zum ersten Mal gemordet hat, könnte er auch Skrupel gehabt haben, eine weitere Strecke mit den Säcken zurückzulegen und hat den erstbesten, nachts unbelebten Ort gewählt, den es in näherem Umkreis der Stadt gibt. Das spräche für einen Tatort in der Nähe der Gerbermühle.«

Fabian schüttelte den Kopf. Diese Hypothese überzeugte ihn nicht nur deshalb nicht, weil es durchaus bessere Orte für die Entsorgung des Leichnams gegeben hätte, sondern auch, weil die Spuren der Zerteilung eine andere Sprache sprachen. »Ich glaube eher nicht, dass der Täter unerfahren ist. Jemand, der in Panik eine Leiche zerteilt, um sie verschwinden zu lassen, hat doch in der Regel weder das passende Werkzeug noch die ruhige Hand, so saubere Schnitte zu vollführen, wie sie in diesem Fall vorliegen. Hier wurde keine Säge aus dem Baumarkt verwendet oder das Hackebeil aus der Küche, sondern Profiwerkzeug. Der

Täter ist zudem äußerst brutal und skrupellos vorgegangen. Da war jemand ohne Gewissen am Werk.«

Peitsch betrachtete in Ruhe die Nahaufnahmen der Schnittränder und stimmte Fabian zu. »In diesem Punkt scheint sich ein klares Bild zu zeichnen. Der Mensch, der das hier gemacht hat, war bei der Tatausführung nicht nervös, das Tatwerkzeug der Zerstückelung war dem Obduktionsbericht nach sehr wahrscheinlich ein perfekt geschärftes Ausbeinmesser. Durchaus möglich, dass dies nicht die erste Leiche war, die er zerteilt hat. Welche Rückschlüsse können wir noch zum Täter ziehen?«

»Er dürfte mobil sein, denn er wird wohl kaum die Säcke einzeln zum Main getragen haben«, sagte Mario und erntete ein zustimmendes Nicken des Chefs.

»Um zurück auf Fabians Ausführungen zum Angriff auf den Kopf zu kommen«, sagte Tillmann Schwarzkopf, der neben Mario saß, »der Täter scheint ja den Spuren nach kleiner als das Opfer gewesen zu sein. Vielleicht hat er den Körper nur zerteilt, weil er kräftemäßig nicht in der Lage war, ihn im Ganzen zu transportieren. Über die Ablage könnte er sich gar keine Gedanken gemacht haben, Hauptsache, er ist die Leiche los.«

»Da Rieker zu diesem Zeitpunkt noch gelebt hat, muss er zumindest damit gerechnet haben, dass sein Opfer während der Zerteilung aufwacht und sich wehrt oder schreit. Gering hat keine Spuren von Knebelung gefunden«, sagte Thomas, der mit verschränkten Armen auf die Pinnwand schaute. »Er muss also über eine Örtlichkeit verfügen, die er für sicher genug erachtet hat. Eine leer stehende Lagerhalle in einem Industriegebiet, wo nachts nichts los ist, ein abgelegenes Haus, irgend so was halt. Im Keller einer Mietwohnung wird er das Gemetzel jedenfalls nicht veranstaltet haben. Was ich damit sagen will: Gut möglich, dass er auch den Bewusstlosen bereits zu diesem Ort transportiert hat. Dafür braucht es Kraft.«

»Jetzt geraten wir in eine Sackgasse, da uns noch Fakten zur Ausgangslage fehlen«, stoppte Peitsch die Ausführungen. »Um uns hier nicht den Mund fusselig zu orakeln, sollten wir auf die Standortdaten von Riekers Handy warten. Herr Prior, Sie koordinieren inzwischen bitte die Aufgaben und halten mich ständig auf dem Laufenden. Bis auf die Zeugenaufrufe geht nichts an Informationen an die Presse raus, damit der Täter nicht gewarnt oder gar provoziert wird, das muss ich hoffentlich nicht extra erwähnen. Wir haben es mit einer extrem gewaltbereiten Person zu tun, die mindestens eine, womöglich zwei Personen bestialisch ermordet hat.«

13

KAPITEL

Das Wasser war so kalt, dass es auf seiner Haut schmerzte, während er sich das Blut von den Unterarmen schrubbte. Die meisten machten den Fehler, Blut mit warmem Wasser abzuwaschen – oder besser gesagt, es zu versuchen. Bei höherer Temperatur geronnen allerdings die Eiweiße schneller. War das erst mal geschehen, ließen sie sich nicht mehr mit Wasser lösen. Aus Kleidung bekam man mit etwas Pech die Flecken dann überhaupt nicht mehr heraus. Auf der Haut sah das natürlich anders aus, aber warum sollte er es sich unnötig schwer machen? Er hatte keine Lust, sich mit einer Wurzelbürste zu bearbeiten, bis er wundgeschrubbt war. Da ertrug er lieber ein bisschen eiskaltes Wasser.

Beim Zerlegen des Kerls in seine Einzelteile hatte er zwar Handschuhe getragen, aber da sein Opfer noch gelebt hatte, als er ihm die Arme abtrennte, war es eine schmutzige Angelegenheit gewesen, und er hatte sich über den Rand der Gummihandschuhe hinaus besudelt. Die Wechselkleidung lag bereit, doch zuvor musste er die Körperteile einpacken, um sie in der kommenden Nacht zu entsorgen. Er konnte es kaum abwarten, das endlich erledigt zu haben, und mal wieder mehr als ein paar Stunden am Stück schlafen zu können. Normalerweise war er kein Typ, der viel Schlaf brauchte, aber die letzten Tage saßen ihm schon etwas in den Knochen.

Er stellte das Wasser ab und rubbelte seine Arme trocken, bevor er sich ein frisches Paar Gummihandschuhe überstreifte. Mit zwei Müllsäcken ging er zum Tisch, um mit dem Verpacken zu beginnen. Er hob den Kopf an den Haaren hoch und wollte ihn in die Tüte verfrachten, doch dann hielt er inne. Als hätte der Tote plötzlich die Augen geöffnet und zu ihm gesprochen, warf er den Schädel von sich und zurück auf den Tisch, dass das Blut nur so spritzte.

Im Schein der Deckenlampe beugte er sich nach unten und drehte den Kopf mit spitzen Fingern so, dass er die Stirn betrachten konnte. Er hatte sich nicht getäuscht. Das durfte doch wohl nicht wahr sein. Auf der Stirn des Toten zeichnete sich ein ovaler Fleck in der Form der Endkappe seines Messers ab. Bei genauerem Hinsehen erkannte man sogar leicht die spiralförmigen Verzierungen des handgefertigten Griffabschlusses aus Messing.

Vor lauter Wut hätte er am liebsten den Schädel an die Wand gepfeffert und wäre auf dem zerstückelten Kerl herumgetrampelt, bis nichts als eine blutige Masse von ihm übrig war. Ein solcher Ausbruch würde ihm zwar jetzt Erleichterung verschaffen, dabei allerdings in der Folge mehr Probleme bereiten, weshalb er davon absah.

Anstatt auszurasten, ließ er sich resigniert auf den Boden sinken. Nicht genug, dass er sich die ganze Nacht um die Ohren geschlagen hatte, jetzt musste er sich auch noch einen neuen Plan zurechtlegen. In diesem Zustand konnte er den Kopf auf keinen Fall mit den restlichen Leichenteilen entsorgen. Der Griff seines Messers war einzigartig, ein selbst hergestelltes Einzelstück. Nach der

Endkappe hatte er lange gesucht und war schließlich in einem Antiquitätenladen fündig geworden.

Wenn die Typen von der Mordkommission nicht gänzlich verblödet waren, würden sie den Abdruck entdecken, seine Wichtigkeit erkennen und ihr Augenmerk bei den Ermittlungen darauf legen. Mit etwas Pech würde sie das über kurz oder lang zu ihm führen. Das durfte er auf keinen Fall riskieren. Aber jetzt war nicht die Zeit, eine Entscheidung zu treffen, was er damit tun würde. Es eilte ja nicht, im Gegensatz zu dem ganzen Rest. Lina würde bald aufwachen und dann wunderte sie sich sicher, wenn sie Geräusche aus dem Raum hörte. Eine Erklärung, was er um diese Uhrzeit dort drin wollte, hatte er nicht. Morgen war auch noch ein Tag, und mit etwas Schlaf in den Knochen konnte er bestimmt besser nachdenken.

Bevor er sich auf den Weg machte, packte er die Leichenteile sowie die Kleidung des Kerls ordentlich in je zwei Müllsäcke, die er in der Ecke des Kühlraums verstaute. Danach spülte er das Blut und die anderen Körperflüssigkeiten weg, zog sich um und verließ leise den nach Tod und Verderben stinkenden Raum.

14

KAPITEL

Fabian hatte Helga und Thomas mit der Befragung von Timo Hörnike beauftragt, der Benjamin Rieker mutmaßlich als Letzter lebend gesehen hatte. Als Leiter der Ermittlungsgruppe wollte er sich währenddessen darum kümmern, dem Mobilfunkanbieter vor dem Wochenende noch ein wenig Dampf unter dem Hintern zu machen, damit sie an die Standortdaten kamen.

Wochenende ... Zwei freie Tage könnte Helga gut gebrauchen, um sich ein wenig zu erholen und hoffentlich diese verdammten Kopfschmerzen loszuwerden. Es war jedoch absehbar, dass sie darauf vorerst nicht hoffen konnte. Die Presse überschlug sich mit reißerischen Berichten zu den Leichenteilen aus dem Main und beunruhigte damit die Bevölkerung. Nachdem nun klar war, dass es sich bei ihrem Leichnam um einen unbescholtenen Familienvater handelte, würde das noch schlimmer werden, Helga konnte die Schlagzeilen förmlich vor sich sehen. Sie mussten den Fall so schnell wie möglich lösen.

Mario und Tillmann hatten die undankbare Aufgabe bekommen, erneut den Freundinnen und Freunden der verschwundenen Lina Rieker auf den Zahn zu fühlen. Sobald Helga und Thomas bei Hörnike fertig waren, sollten sie die beiden unterstützen. Vielleicht würden die Jugendlichen ja ihr Schweigen brechen, wenn sie erfuhren, dass es sich bei der Leiche im Main um den Adoptivvater ihrer Freundin handelte.

Helga hatte ihr eigenes Auto genommen, weil sie eigentlich auf der Fahrt eine rauchen wollte. Jetzt saß sie mit der unangezündeten Zigarette hinter dem Steuer und verspürte nicht das geringste Bedürfnis, sie anzustecken. Jedes Mal, wenn sie ihre Augen bewegte, schien ihr Kopf explodieren zu wollen. Und das, obwohl sie vor dem Losfahren schon die zweite Ibu 600 an diesem Tag eingeworfen hatte.

Vielleicht war das genau der richtige Zeitpunkt, um diese lästige Angewohnheit endlich aufzugeben. Vielleicht aber auch nicht, denn Helga liebte es, zu rauchen. Ja, das war unvernünftig, und wenn sie irgendwann mal Lungenkrebs bekam, würde sie der Vergangenheits-Helga dafür in den Hintern treten. Momentan konnte sie sich allerdings nicht vorstellen, ihren Tag ohne die regelmäßigen Raucherpausen zu gestalten, oder gar auf die Verdauungszigarette zu verzichten.

Wie aus Trotz wühlte sie an einer roten Ampel in ihrer Hosentasche und beförderte das Feuerzeug zutage, mit dem sie die Zigarette anzündete. Als das Navi lautstark verkündete, dass sie ihr Ziel erreicht hatte, war der Großteil davon unangerührt verglüht, sie hatte nur zweimal daran gezogen. Den Stummel warf sie aus dem Fenster, schnallte sich ab und ging zu Thomas, der auf der anderen Straßenseite bereits auf sie wartete. Wahrscheinlich hatte er mit seinem BMW auf dem Weg ein paar Radfahrer umgenietet, damit er bloß vor ihr hier war.

»Du weißt aber schon, dass das eine ziemliche Umweltsünde ist«, sagte er mit einem Nicken zu dem Baum, vor dem sie geparkt hatte.

»Was meinst du genau? Die paar Kilometer, die ich mit der Karre fahre? Da ist es schlimmer fürs Klima, mit 200 über die Autobahn zu brettern.«

»Nein, die Kippe. Das Wegwerfen aus dem Auto ist nicht umsonst verboten.«

Helga verdrehte die Augen. Verdammte Nichtraucher. Ständig versuchten sie, einem das Qualmen madigzumachen. »Willst du mich jetzt dafür anzeigen? Ist doch nur eine Kippe im Randstein, meine Güte.«

»Wenn jeder so denkt ... aber es geht nicht um die Zigarette, die da liegt.« Thomas schaute sie so vorwurfsvoll an wie ihr Vater damals, wenn sie in Englisch mal wieder nur eine Vier mit nach Hause gebracht hatte. »Das ist pures Umweltgift. Die Filter sind mit Weichmachern besprüht, dazu Druckfarben, Bindemittel und Klebstoffe. In einem Stummel stecken außerdem etliche Giftstoffe. Nikotin und Blei, Chrom bis hin zu Arsen oder Benzol. Es kann viele Jahre dauern, bis sich der Scheiß zersetzt hat. In dieser Zeit gelangen die Giftstoffe über den Boden bis ins Grundwasser und machen es für kleine Wassertiere unbewohnbar.«

Helga war perplex. So eine Lehrstunde hatte sie von ihm nicht erwartet. »Bist du jetzt bei der *Nächsten Generation* oder wie? Muss ich Angst haben, dass du mich demnächst mit Kartoffelbrei bewirfst? Wozu machen die das überhaupt, hm? Als könnte Picasso was dafür, dass wir unsere Welt zugrunde richten.«

»*Letzte Generation* heißen die, und man muss nicht zu denen gehören, um sich wegen unserer Umwelt zu sorgen. Davon abgesehen finde ich, dass die ganz gute Ziele haben. Nur wenden sie die falschen Mittel an und ziehen so eben den Unmut der Gesellschaft auf sich, anstatt Mitstreiter zu gewinnen.«

»O mein Gott.« Helga streckte ihm abwehrend die Hände entgegen. »Du hast doch nicht mal Kinder, warum bist du denn plötzlich so radikal, was die Zukunft der Erde angeht?«

»Ich brauch keine Kinder, um mir Gedanken darüber zu machen, wie ich in dreißig Jahren einen Sommer überstehen soll. Denk doch mal ein paar Monate zurück, wie wir alle zerflossen sind im Büro. Das wird noch schlimmer die nächsten Jahre. Außerdem rotten wir ganze Tierarten mit unserem klimaschädlichen Verhalten aus ...«

»Schon gut, schon gut, ich heb sie ja auf, bevor du mich bei Luisa Neugebauer verpfeifst«, sagte Helga und schlenderte zurück zu ihrem Auto, um nach der Kippe zu suchen. Im Randstein rund um den Käfer lagen mindestens zwanzig davon. »Scheiß drauf«, murmelte sie und machte wieder kehrt. Ganz bestimmt würde sie nicht die angesabberten Stummel wildfremder Leute aufsammeln, da konnte sich Thomas auf den Kopf stellen und mit den Füßen wackeln oder sich zur Not am Asphalt festkleben.

Zurück auf der anderen Seite hatte Thomas schon geklingelt und wartete an der geöffneten Tür auf sie.

»Sie heißt Neubauer. Ohne *ge*«, sagte er, während sie die Treppe nach oben stiegen. Natürlich hatte er darauf bestanden, nicht den Aufzug zu nehmen, wofür Helga ihn verfluchte.

Ihr Hirn explodierte mittlerweile nicht mehr, es hatte sich in eine Atombombe verwandelt und das Innere ihres Schädels kontaminiert. Auf der Hälfte der Strecke hatte sie das Gefühl, sich augenblicklich übergeben zu müssen. Vielleicht wär es doch vernünftiger, heute Nachmittag in einer Arztpraxis vorbeizuschauen, damit sie am Wochenende nicht noch beim ärztlichen Notdienst landete. Andererseits würde der sie wahrscheinlich nur krankschreiben und das wollte sie nicht. Bis auf die Kopfschmerzen ging es ihr ja nicht schlecht.

Oben an der Wohnungstür stand Timo Hörnike. Obwohl sie sich nicht angekündigt hatten, sah die Wohnung blitzeblank aus, als hätte er Besuch von der Schwiegermutter erwartet. Der Inhalt des Schuhschranks in der Diele ließ darauf schließen, dass er allein hier lebte oder zumindest nicht mit einer Frau. Trotzdem war die Einrichtung stilvoll und aufeinander abgestimmt, was Helga beeindruckte. Unwillkürlich fragte sie sich, ob er schwul war, strich aber dieses Klischee sofort wieder aus ihrem Kopf. Auch heterosexuelle Männer konnten guten Geschmack in Sachen Interieur haben.

Hörnike führte sie in sein Arbeitszimmer, das einem Herrenhaus entsprungen zu sein schien. Die hohen Wände des Altbaus waren in Dunkelgrün gestrichen, wovon sich der weiße Stuck hell absetzte. Massive Regale aus dunklem Holz zogen sich über die Stirnseite, vollgeräumt bis unter die Decke mit Ordnern und roten Büchern voller Gesetzestexte. Helga ging darauf zu und betrachtete sie.

»Sie sind Steuerberater?«, fragte sie das Offensichtliche.

»Gut erkannt. Falls Sie einen brauchen, muss ich Sie allerdings enttäuschen. Ich bin momentan ausgebucht, tut mir leid.« Er ging hinter seinen Schreibtisch und räumte ein paar Unterlagen in die oberste Schublade. »Mandantengeheimnisse«, erklärte er grinsend.

»Keine Sorge, wir sind keine Spione vom Finanzamt«, erwiderte Thomas und setzte sich unaufgefordert auf einen der drei Lederstühle, die vor dem Tisch standen.

Das Lächeln auf Hörnikes Gesicht gefror. »Selbst wenn, wäre das auch nicht schlimm. Selbstverständlich sind die Erklärungen und Bilanzen absolut sauber.«

Helga verdrehte innerlich die Augen. Das war ja ein

hervorragender Start ins Gespräch. So bekam man Zeugen ganz sicher auf seine Seite, indem man erst mal ihre Berufsehre ankratzte. »Sicher können Sie sich denken, weshalb wir hier sind«, sagte sie schnell, um sie wieder von dem Glatteis runterzuführen.

Hörnikes Mundwinkel senkten sich noch weiter ab. Sein Blick driftete kurz ins Leere. »Es ist so schrecklich, was mit Ben passiert ist. Seine Frau hat mich gestern direkt angerufen, nachdem Sie bei ihr waren.«

»Noch ist die Identifizierung nicht abgeschlossen, aber es ist zu befürchten, dass wir Ihnen unser Beileid aussprechen müssen«, sagte Thomas. »Waren Sie gut befreundet?«

Ein betretenes Nicken, zu mehr war Hörnike wohl gerade nicht fähig. Plötzlich sprang er aus seinem Sessel hoch. Er räusperte sich und fragte mit belegter Stimme: »Kann ich Ihnen was zu trinken anbieten? Wasser oder Kaffee?« Anscheinend brauchte er einen Moment für sich.

»Gern ein Wasser«, sagte Thomas und blickte Helga an.

»Ebenso.«

Während sie darauf warteten, dass er zurückkam, schaute Helga sich um. Vor ihr auf dem Schreibtisch lag ein Bilderrahmen mit der Rückseite nach oben. Vermutlich war er umgekippt, als Hörnike so schwungvoll aufgestanden war. Sie griff danach und stellte ihn wieder hin. Die minimale Erschütterung auf dem Tisch reichte aus, um das Ungetüm von einem Apple iMac aus dem Ruhezustand zu wecken, und der Bildschirm sprang an.

»Ups«, sagte sie leise. Neugierig lehnte sie sich ein wenig vor, um zu erkennen, welches Programm geöffnet war. Mit dem Ellenbogen fegte sie dabei einen Briefumschlag vom Tisch und zuckte zurück.

»Du bist aber heute auch besonders geschickt.« Grinsend bückte sich Thomas, um das Kuvert aufzuheben, das vor seine Füße gesegelt war. Er hielt es ihr hin. »Hast du wenigstens was Interessantes entdeckt?«

»Eigenwilligen Musikgeschmack hat der Herr Steuerberater.« Helga platzierte den Brief zurück an die Stelle, an der er vorher gelegen hatte. Kurz darauf betrat Hörnike mit einem Tablett mit Gläsern in der Hand den Raum.

Er stellte das Tablett ab und reichte jedem von ihnen ein Wasserglas mit einer Scheibe Zitrone darin. Sein Blick fiel auf das Bild, das Helga aufgestellt hatte, und nachdem er die Hände frei hatte, legte er es wieder mit dem Rücken nach oben hin. Das machte Helga neugierig. Zu gern hätte sie sich den Rahmen gegriffen und nachgesehen, was für eine Aufnahme sich darin befand.

»Entschuldigen Sie, ich bin gegen den Schreibtisch gekommen und dachte, es wäre dabei umgefallen«, sagte sie in der Hoffnung, dass er sich dazu äußern würde. Er tat ihr den Gefallen.

»Nichts für ungut. Das ist meine ... verstorbene Frau. Momentan komme ich nicht gut mit den Erinnerungen klar.«

»Oh«, machte Helga. Da war sie mit vollem Anlauf in den Fettnapf getreten. Typisch. Wenn sie eines besonders gut draufhatte, dann das. »Mein Beileid.«

Hörnike winkte ab. »Schon gut, das ist lange her. Bald jährt sich ihr Tod zum achtzehnten Mal. Nachdem sie kurz zuvor unsere gemeinsame Tochter verloren hat, fand sie wohl auch ihr Leben nicht mehr lebenswert.« Er stieß einen Seufzer aus, dann wandelte sich seine Miene und er setzte einen geschäftsmäßigen Gesichtsausdruck auf. »Alles Vergangenheit, das Leben geht weiter. Also, dann stellen Sie mir mal Ihre Fragen, irgendwann muss ich mich ja auch wieder um meine Mandanten kümmern«, sagte er mit vor der Brust verschränkten Armen.

Um Thomas zu signalisieren, dass er die Gesprächsführung übernehmen sollte, nippte Helga an ihrem Wasser. Das Glas war angenehm kühl und sie war versucht, es sich einen Moment an die Schläfe zu halten, um ihren Kopfschmerzen Linderung zu verschaffen.

»Sie haben Herrn Rieker am Tag seines Verschwindens morgens noch gesehen«, sagte Thomas. »Erzählen Sie uns bitte davon.«

Hörnike löste die Verschränkung seiner Arme und faltete stattdessen die Hände vor sich auf dem Tisch. »Viel gibt es da nicht zu sagen. Wie ich schon Ihren Kollegen am Montag zu Protokoll gegeben habe, war er vormittags nur kurz hier, um sein Auto abzuholen.«

»Wo wollte er im Anschluss hin?«

»Da kann ich nur spekulieren«, sagte Hörnike achselzuckend. »Wir haben nicht viel gesprochen, er schien mir noch ziemlich verkatert zu sein und war etwas wortkarg. Ich habe ihn auch nicht gefragt, weil ich mir dachte, dass er weiter nach Lina suchen wird, wie die Tage davor.«

»Hat er Ihnen denn mal erzählt, wie er dabei vorgeht?«, hakte Thomas nach, während Helga sich darauf konzentrierte, ihre Augen irgendwie vor der Helligkeit abzuschirmen. Draußen war die Sonne hinter dem wolkenverhangenen Januarhimmel durchgeblitzt und schien ihr genau ins Gesicht, was die freigesetzten Partikel der Atombombe in ihrem Kopf zum Rotieren brachte.

»Da ist wohl Anke die bessere Ansprechpartnerin für Sie. Ben und ich haben uns nur kurz darüber unterhalten, als ich Freitag zu der Kneipe gekommen bin, in die er mich gebeten hat.«

»Dann verraten Sie uns doch bitte, was er Ihnen da erzählt hat.«

»Kaum etwas. Er hat eben Privatdetektiv gespielt. Ben war davon überzeugt, dass Lina irgendwo bei Freunden untergekommen ist, deshalb hat er sich stundenlang bei den in seinen Augen vielversprechendsten Kandidaten vor die Tür gestellt und darauf gewartet, ob er sie entdeckt.«

»Ohne Erfolg«, sagte Helga. Es war mehr eine Feststellung als eine Frage.

»Sieht so aus. Am Freitag war er deswegen ziemlich frustriert und brauchte ein paar Bierchen. Daraus wurden ein paar zu viel, woraufhin ich ihn nach Hause gefahren habe.«

Helga konnte kaum glauben, dass die Suche nach der Adoptivtochter nicht das vorherrschende Thema an dem Abend in der Kneipe gewesen sein sollte. »Mehr hat er Ihnen wirklich nicht verraten? Es wäre gut, wenn wir Hinweise darauf hätten, ob er sich bei seinen Nachforschungen mit irgendwem angelegt hat, dem er besser nicht auf die Füße getreten wäre.«

»Nein, wie bereits gesagt, haben wir uns nur kurz darüber unterhalten. Ich hatte das Gefühl, er wollte sich hauptsächlich ablenken und deswegen nicht weiter in die Tiefe gehen. Denken Sie, dass die beiden Vorfälle etwas miteinander zu tun haben?« Hörnike rieb sich über den Nacken, der von der Sonne beschienen wurde.

»Was glauben Sie denn?«, gab Thomas die Frage an ihn zurück.

Der Steuerberater zuckte die Achseln. »Darüber mache ich mir schon länger Gedanken, bin aber zu keiner wirklichen Lösung gekommen. Indirekt vielleicht, das könnte ich mir vorstellen.«

Thomas lehnte sich interessiert nach vorn. »Inwiefern?«

»Soweit ich weiß, saß er viel im Auto vor irgendwelchen Häusern herum und hat gewartet. Möglicherweise ist das jemandem suspekt vorgekommen und es kam zum Streit ...« Er stockte und winkte ab. »Ach, vergessen Sie's. Das klingt wie an den Haaren herbeigezogen. Wahrscheinlich ist das alles nur ein sehr trauriger Zufall. Das

Schicksal meint es mit manchen Familien eben nicht besonders gut.«

Da wusste Hörnike wohl, wovon er sprach, denn offenbar war er einer derjenigen, denen das Leben nicht immer wohlgesonnen gewesen war. »An Zufälle glauben wir bei der Kripo eher nicht«, entgegnete Helga mürrischer, als sie geplant hatte.

»Sie haben also schon einen Verdacht?«

Thomas erteilte Hörnikes Neugier eine Abfuhr. »Dazu können wir uns leider nicht äußern, wie Sie sicherlich verstehen.«

»Da Sie gut mit Herrn Rieker befreundet waren, wissen Sie doch bestimmt, wie es um seine Ehe bestellt war«, sagte Helga, die sich das Brainstorming der Dienstbesprechung in Erinnerung gerufen hatte. »Gab es öfter Streit zwischen ihm und der Tochter oder der Ehefrau? Hatte er vor, die Familie zu verlassen?«

Hörnike machte eine abwehrende Geste. »Oh, nein, nein! Damit wollen Sie doch nicht andeuten, dass Anke ihm das angetan haben könnte?« Er schüttelte vehement den Kopf. »Auf keinen Fall. Zwischen den beiden war alles bestens und sie hat Ben abgöttisch geliebt. Nie im Leben würde sie ihren Mann umbringen, dazu wäre sie gar nicht in der Lage. Schon rein körperlich nicht, haben Sie sie mal angesehen? Sie wiegt die Hälfte von Ben.«

Das wäre nicht die erste Ehefrau, die die Ermordung ihres Mannes in Auftrag gegeben hätte, dachte Helga und nahm sich vor, die Kontenbewegungen der Riekers zu überprüfen. »Was ist mit Lina?«

»Was soll mit ihr sein?« Hörnike pustete abfällig die Luft durch die Nase aus. »Sie ist gerade mal siebzehn Jahre alt. Die Vorstellung, dass sie Ben ermordet hat, ist völlig abwegig. Lina ist ein ganz normaler Teenager und keine eiskalte Mörderin.«

Auch dieser Aussage würde Helga nur bedingt zustimmen. Sie erinnerte sich noch gut an einen Fall, der sich in Bayern zugetragen hatte. Ähnlich wie in dem Film *Natural Born Killers* hatten die sechzehnjährige Tochter eines Ärzte-Ehepaares sowie deren achtzehnjähriger Freund die Eltern des Mädchens im Schlaf erstochen. Als Tatmotiv wurden innerfamiliäre Streitigkeiten angegeben. So ungewöhnlich und selten es auch sein mochte, es war nicht ausgeschlossen, dass eine jugendliche Tochter ihre Eltern ermordete. »Hat sie vielleicht einen festen Freund, von dem niemand etwas wusste und bei dem sie untergekommen sein könnte?«, fragte sie, um den Gedanken weiterzuführen.

»Warum fragen Sie mich das? Auch hier wüsste Anke eher eine Antwort.« Hörnike schaute flüchtig auf die Uhr und gähnte, vermutlich um ihnen zu signalisieren, dass er genug von ihrem Gespräch hatte.

»Der Vollständigkeit halber müssen wir Sie noch fragen, wo Sie sich am letzten Samstag aufgehalten haben, nachdem Herr Rieker seinen Wagen bei Ihnen abgeholt hat«, sagte Thomas, der sich nicht aus der Ruhe bringen ließ.

»Bin ich jetzt verdächtig, nur weil er am Vormittag seines Verschwindens bei mir zu Hause war?« Der Steuerberater sprang vom Stuhl auf und ging hinter seinem Schreibtisch hin und her, die Hände hinter dem Rücken verschränkt. Er klang persönlich beleidigt. »Hören Sie, Sie verschwenden Ihre Zeit mit Ermittlungen an der falschen Stelle. Ben war mein Freund, vielleicht sogar mein bester. Nach dem Verlust meiner Tochter und dem Tod meiner Frau wurden die Riekers so etwas wie meine Ersatzfamilie und jetzt kommen Sie und wollen mir unterstellen, dass ich Ben so etwas Fürchterliches angetan haben soll?«

»Wir unterstellen überhaupt nichts«, antwortete Thomas unbeeindruckt. »Es ist wichtig, dass wir so früh wie möglich alle infrage kommenden Personen als Verdächtige ausschließen können, damit wir eben nicht unsere Zeit verschwenden. Wenn Sie uns also bitte die Frage beantworten würden.«

»Aha.« Er setzte sich wieder. »Ich war hier und habe gearbeitet. Ohne Zeugen, bevor Sie fragen, aber das lässt sich anhand der Daten nachvollziehen, die ich eingegeben habe. Am späteren Abend war ich im Fitnessstudio. Wenn ich den ganzen Tag am Schreibtisch sitze, powere ich mich da gern aus. Tagsüber ist es mir zu überfüllt, deswegen bevorzuge ich es, nicht vor zehn Uhr zu trainieren.«

»Welches war das?«, wollte Helga wissen. Das Handy in ihrer Hosentasche vibrierte. Sie zog es hervor und schielte auf das Display. Fabian rief an. Sie lehnte ab und konzentrierte sich auf ihr Gegenüber.

»*Day and night Sports* in Enkheim.«

Helga notierte sich den Namen, um die Angaben des Zeugen später zu überprüfen. Sie wechselte einen Blick mit Thomas, woraufhin sie sich zunickten und beide aufstanden.

»Gut, das war's fürs Erste. Sollte Ihnen noch was einfallen, was für unsere Ermittlungen von Relevanz sein könnte, melden Sie sich bitte«, sagte Thomas, während Helga schon auf dem Weg in die Diele war.

»Wiedersehen«, rief sie Hörnike zu und klickte mit dem Daumen auf Fabians Nummer.

Es benötigte gerade mal ein Freizeichen, da hatte er schon abgehoben. »Seid ihr schon durch?«, fragte er ohne Begrüßung.

»Gerade auf dem Weg zum Auto«, antwortete Helga.

»Gut, dann macht euch, so schnell ihr könnt, auf den Weg nach Fechenheim in die Uhlfelderstraße. Es gibt Neuigkeiten.«

15

KAPITEL

Der kühle Wind blies Fabian in den Nacken. Jetzt ärgerte er sich, dass er vorhin seinen Schal im Büro gelassen hatte, bloß weil mal kurz die Sonne hinter den Wolken hervorgeschaut hatte. Die war mittlerweile wieder verschwunden und es sah nach Regen aus – oder bei den Temperaturen wohl eher nach Schnee. Hier im Industriegebiet mit den niedrigen Fabrikgebäuden und den vielen Freiflächen außenrum fühlte es sich noch kälter an als in der Innenstadt.

Er stand vor einem drei Meter hohen Stahlgitterzaun, auf dessen Oberseite ein weiterer Meter gewickelter Stacheldraht befestigt war. Dieser schützte den Parkplatz für sichergestellte Fahrzeuge der Polizei, wo Fabian auf Helga und Thomas sowie den Abschleppwagen wartete, der jeden Moment mit dem Auto von Benjamin Rieker eintreffen dürfte. Oder dem, was davon übrig war.

Ein Angler hatte am gestrigen Nachmittag an einem See einen Ölfilm auf dem Wasser entdeckt und die Polizei im Glauben gerufen, jemand hätte in dem See seinen Müll entsorgt. Die Beamten waren mit einem Sonargerät angerückt und hatten in einer Tiefe von etwa drei Metern auf einem Felsen ein Objekt von der Größe eines Pkw geortet. Aufgrund der Lichtverhältnisse hatte die Bergung erst heute Morgen stattgefunden. Nachdem die Kollegen das Auto mittels Datenbank als das von Benjamin Rieker identifiziert hatten, war Fabian sofort informiert worden.

Fröstelnd zog er die Jacke enger um sich. Er beneidete die Mitarbeiter der Spurensicherung nicht um ihren Job. Zwar würden sie den Wagen später in der angrenzenden Halle untersuchen, viel wärmer war es da allerdings auch nicht.

Das Fenster des Pförtnerhäuschens an der Zufahrt öffnete sich und Werner Poppelsdorf, einer der drei Wachmänner am Tor, streckte den Kopf heraus. Er war mittlerweile weit über fünfzig und Fabian fragte sich, was er ausrichten sollte, falls sich mal wirklich jemand vornahm, sich an dem Fuhrpark der sichergestellten Fahrzeuge zu bedienen. Vermutlich nichts.

»Hör'n Sie mal, woll'n Sie nicht doch reinkommen auf'n Käffche? Die Maschine hab ich grad angeschmissen, ist also ganz frisch.«

Der Gedanke an eine wärmende Tasse Kaffee in einer nicht ganz so kalten Umgebung war verlockend. Da Fabian jedoch wusste, wie häufig – oder eher wie selten – die Maschinen in solchen Räumlichkeiten entkalkt und gereinigt wurden, verzichtete er dankend. Noch zu gut erinnerte er sich an die Befragung, bei der sie den Hausmeister eines Parkhauses als Zeugen vernommen hatten. Den angebotenen Kaffee hatte Fabian angenommen und sich beim Trinken über den merkwürdigen Geschmack gewundert. Als er beim Gehen die Maschine sah, mit der er zubereitet worden war, hätte er sich am liebsten übergeben. Der Deckel der Kanne war verkrustet und so schmutzig, als hätte ihn noch nie jemand unter fließendes Wasser gehalten, und der Rest des Geräts sah auch nicht besser aus.

»Bestimmt nicht? Ist kalt wie im Sack draußen«, ließ der Wachmann nicht locker. »Da soll mir noch mal einer was vom Klimawandel erzählen. Der Heizofen in diesem Kabuff schafft die Temperaturen jedenfalls nicht.«

»Hm.« Innerlich stöhnte Fabian auf. Eine solche Diskussion hatte ihm gerade noch gefehlt. »Silvester war es so warm, da hätte man auch im T-Shirt anstoßen können«, merkte er vorsichtig an, da er sich eine Erwiderung darauf doch nicht verkneifen konnte.

»Ach, das hatt'n wir doch früher schon. Januar, Februar, März. Da kommt die Kälte ausm Osten immer erst hier rüber.«

Auch in diesem Punkt stimmte Fabian nicht mit dem Mann überein. Er erinnerte sich noch zu gut an ein Jahr, in dem der Schnee zu Weihnachten gefühlt meterhoch gelegen hatte. Dieses Fest war ihm so ins Bewusstsein gebrannt, weil er damals zu Heiligabend zu seinen Großeltern aufbrechen wollte und sein Polo Fox Baujahr 1992 schlapp gemacht hatte. Nach einem Anruf beim ADAC hatte er geschlagene anderthalb Stunden in eisiger Kälte auf den Pannendienst gewartet, während die Familie es sich bei Würstchen und Kartoffelsalat gemütlich gemacht hatte.

»Wiss'n Sie, früher war es im Sommer auch wochenlang warm. 2003 zum Beispiel, von Juni bis September über die dreißig Grad und jeden Tag blauer Himmel und Sonne. Nach der Arbeit hab ich quasi im Freibad gewohnt. Damals hat das noch niemand Klimawandel genannt.«

»Joah«, gab Fabian ihm halbherzig recht, um seine Ruhe zu haben. So ganz stimmte das nicht. Wenn er sich nicht täuschte, hatte die erste Klimakonferenz stattgefunden, bevor er in den Achtzigern geboren worden war.

Zum Glück hatte sich die Diskussion in diesem

Moment erledigt, denn in die Sackgasse bog der BMW von Thomas ein, gefolgt von einem gelben Abschleppwagen. Als der Pförtner ihn sah, öffnete er das mechanische Tor, das sich in Zeitlupengeschwindigkeit aufschob. Mit etwas Verzögerung kam auch Helga mit ihrem Käfer vorgefahren.

Sie stellte ihren Wagen auf dem Parkplatz vor dem Gelände ab und kam mit Thomas zu Fabian herüber. Gemeinsam betraten sie den mit Schlaglöchern übersäten Hof. Der Wachmann schloss das Tor hinter ihnen, während sie den Abschleppwagen dabei beobachteten, wie er den verbeulten Volvo ablud.

»Unser Mann scheint darauf zu stehen, Dinge im Wasser zu entsorgen«, sagte Thomas mit Blick auf Benjamin Riekers Auto.

»Nach jemandem mit Angelschein suchen wir schon mal nicht«, entgegnete Fabian nicht ganz ernst gemeint. Er musterte die eingedrückte Front des schwarzen Wagens.

Beim Untergehen war der Volvo mit der Schnauze auf dem Felsen aufgekommen, auf dem er am Ende auch gestanden hatte, was sich für die Bergung als günstige Fügung herausstellte. So hatte man ihn nur aus drei Metern Tiefe bergen müssen. Wäre er über die Kante gekippt, hätte er in knapp zehn Metern gelegen, was die Sicherung wesentlich aufwendiger gestaltet hätte. Überhaupt konnten sie von Glück sagen, dass es um diese Jahreszeit einen Angler nach dort draußen verschlagen hatte, denn ohne den aufmerksamen Mann hätten sie das Wrack womöglich nie entdeckt.

Mittlerweile hatte der Fahrer des Abschleppwagens seine Arbeit beendet. Fabian, Thomas und Helga zogen sich Handschuhe über und näherten sich dem Fahrzeug. Obwohl es nicht lange im Wasser gelegen haben konnte, stank es wie ein gekipptes Aquarium. Die Fenster waren heruntergelassen und gaben den Blick auf den durchnässten Innenraum frei.

Fabian öffnete die Fahrertür und beugte sich in den Wagen. Er wusste nicht, was er zu finden hoffte, denn der Mörder hatte wohl kaum ein handgeschriebenes und einlaminiertes Geständnis hinterlassen. Dennoch hatte er selbst einen Blick darauf werfen wollen, bevor er die Spurensicherung dranließ. Den Gestank ignorierend, schaute er sich um. Blutanhaftungen konnte er keine entdecken, weder auf den Vorder- noch auf den Rücksitzen, die aus Leder bestanden.

So wirklich hatte er das auch nicht erwartet. Sofern dort überhaupt etwas gewesen war, hatte das Wasser vermutlich oberflächliche Schmierspuren weggespült, wie leider wohl auch sämtliche andere Spuren. Zerteilt hatte der Täter Benjamin Rieker wohl kaum in dessen Auto. Die Verletzung an seinem Kopf war nicht so schwerwiegend gewesen, dass er den Innenraum vollgeblutet hätte, selbst wenn man ihn in dem Wagen transportiert hätte. Fabian schaute sich weiter um. Im Fußraum lag ein kleiner Fisch, der sich den falschen Unterschlupf ausgesucht hatte.

Thomas, der sich die Beifahrerseite vorgenommen hatte, öffnete derweil das Handschuhfach und zog ein Smartphone hervor, aus dem das Seewasser heraustropfte. Er schüttelte es kurz aus, um es in einer Beweismitteltüte zu verstauen, während Fabian nach hinten zum geräumigen Kofferraum des Kombis ging. Widerstrebend legte er die Hand auf die Vertiefung zum Öffnen. Die Abdeckung war über die Ladefläche gezogen, sodass er keine Ahnung hatte, was sich darin befand.

Womöglich würden ihm gleich die toten Augen der vermissten Lina Rieker entgegenstarren. Für einen Moment zögerte er und wappnete sich innerlich gegen diesen

Anblick. Dann ruckte er an der Klappe. Sie bewegte sich keinen Millimeter.

Was sollte das denn jetzt? Die Türen waren doch auch nicht abgeschlossen gewesen. Sollte die Zentralverriegelung nicht für den gesamten Wagen gelten? Oder hatte sich die Klappe wegen des Wasserdrucks so fest angesaugt, dass er sie nicht aufbekam? Er versuchte es noch mal mit mehr Kraft, das Ergebnis blieb dasselbe. Der Kofferraumdeckel ließ sich nicht bewegen.

»Du brauchst den Schlüssel«, tönte Helga besserwisserisch von hinten.

»Danke für deine Expertise«, murmelte Fabian und ging zurück zur Fahrertür, wo er sich in den Wagen lehnte. Er kniete sich auf den Sitz und die Feuchtigkeit durchdrang eiskalt seine Hose. Neben dem Lenkrad gab es kein Schloss und somit auch keinen Schlüssel, der steckte. Alles elektronisch. Er suchte weiter und klappte die Sonnenblenden nach unten, kein Schlüssel. Auch wurde er weder in der Mittelkonsole noch in einem der Fußräume fündig. Mit den Händen fuhr er unter den Sitzen entlang und fand einen weiteren toten Fisch, aber keinen Schlüssel.

»Was schaffst du denn da?«, fragte Thomas, der unterdessen den durchnässten Inhalt des Handschuhfachs in Beweismitteltüten verpackt und in seinem Auto zwischengelagert hatte.

Fabian schälte sich aus dem dunstigen Innenraum hervor. »Ich suche den verdammten Schlüssel, damit wir den Kofferraum aufbekommen«, sagte er und rieb sich über die feuchten Stellen an den Knien.

»Lass mich mal!« Thomas drängte sich an ihm vorbei und hockte sich vor die offene Tür. Er hielt Fabian wohl für blind.

»Im Fußraum hab ich schon geschaut. Bis auf ein paar Fischleichen ist da nichts«, sagte er. Ein klackendes

Geräusch ertönte und strafte ihn Lügen, da sich die Kofferraumklappe einen Spalt öffnete.

Thomas richtete sich wieder auf und zwinkerte ihm zu. »Ein Wunderwerk der Technik, diese Autos. Mit dem Schlüssel hättest du eh nichts ausrichten können, die Elektronik dürfte hin sein.«

Innerlich schlug sich Fabian die flache Hand vor die Stirn. Den Hebel hatte er völlig vergessen. Bei seinem popeligen Skoda Fabia befand sich die Notentriegelung in der Kofferraumklappe und gebraucht hatte er sie noch nie.

Gemeinsam gingen sie zum Heck und nun trat auch Helga näher. Mit einem mulmigen Gefühl drückte Fabian die Klappe nach oben. Es erwartete sie gähnende Leere. Kein Leichnam, nur ein einsames Tablet mit gesprungenem Display sowie das dazugehörige Ladegerät lagen auf der Ladefläche. Thomas zog einen weiteren Beweismittelbeutel aus der Jackentasche und nahm das Tablet hoch. Auf der Rückseite befanden sich eine Handvoll bunter Sticker. Eine Regenbogenflagge forderte dazu auf, so zu leben, dass die AfD etwas dagegen hätte, eine Avocado mit Sonnenbrille überdeckte das Markenlogo und eine dreiköpfige schwarze Katze fletschte die Zähne ihrer drei Münder.

»Das ist doch nie und nimmer das Tablet von Herrn Rieker«, stellte Helga das Offensichtliche fest.

Fabian stimmte ihr zu. »Wohl eher das seiner Tochter. Was bedeutet, dass er bei seiner Suche erfolgreich war.«

»Stellt sich die Frage, wo Lina jetzt steckt und warum er niemandem etwas gesagt hat«, sagte Helga.

»Meint ihr, das Teil funktioniert noch?«, fragte Thomas und drehte das Gerät in seinen Händen, bis er einen Schalter fand und draufdrückte.

»Nein«, rief Helga sofort aus. Ihre Hand schnellte nach vorn, um Thomas das Tablet wegzunehmen. »Bist du noch ganz bei Trost? Wenn du versuchst, es einzuschalten, machst du noch mehr kaputt.«

»Es geht ja gar nicht an. Hier, siehst du, das Display bleibt dunkel. Vermutlich ist der Akku hin.«

»Oder du hast es jetzt vollständig versaut mit deinem Versuch«, motzte Helga weiter und verfrachtete das Tablet in einen Beweismittelbeutel. »Nachdem mir mein Handy mal in die Badewanne gefallen ist, hab ich es genau dadurch schrottreif gemacht, dass ich es zu früh einschalten wollte.«

»Wollen wir hoffen, dass dem nicht so ist.« Fabian fragte sich, was dieser Fund zu bedeuten hatte. Helga hatte recht, Rieker musste seine Adoptivtochter wohl aufgestöbert haben, andernfalls würde ihr Tablet nicht in seinem Kofferraum liegen. Aber was war danach passiert? Möglicherweise wollte er sie nach Hause holen und der Täter hatte ihn am Auto aufgehalten und umgebracht, wobei das Gerät heruntergefallen und das Display gesprungen war. Oder er hatte sowohl Rieker als auch Lina getötet und das Tablet zusammen mit dem Wagen entsorgt. Aber wo war dann die Leiche des Mädchens und wo ihre restlichen Sachen?

Das Klingeln seines Telefons riss Fabian aus den Gedanken. Mit der linken Hand zog er den Latexhandschuh von seinen Fingern und nahm es aus seiner Jackentasche. Es war Mario.

»Wir haben sie«, rief er ins Telefon.

Fabian zog die Augenbrauen hoch. »Lina? Sag mir bitte, dass sie lebt.«

»Das weiß ich leider noch nicht ...«

»Was soll das heißen?«, unterbrach Fabian ihn. Wie konnten sie das nicht wissen, wenn Tillmann und Mario sie doch gefunden hatten?

»Weil wir bisher nur herausgefunden haben, bei wem sie sich zuletzt aufgehalten hat. Eine Freundin von ihr hat ausgepackt, nachdem sie erfahren hat, dass Linas Vater getötet wurde. Eine Adresse hat sie nicht, sie konnte nur angeben, dass Lina bei einem Mann untergekommen ist, den sie aus einem Onlinegame kennt. Er wohnt irgendwo in der Innenstadt in der Nähe vom Justizzentrum. Und noch etwas Interessantes: Benjamin Rieker hatte diese Info auch.«

16
KAPITEL

Anke ließ ihren Blick über das Chaos gleiten, das die Mitarbeiter der Spurensicherung im Haus hinterlassen hatten. Wo sollte sie bloß anfangen? Überall war dieses graue Pulver verteilt, sie hatten in ihren Unterlagen gewühlt, in die Schränke geschaut und eine Chemikalie versprüht, die Blutspuren sichtbar machen konnte, selbst wenn man sich noch so große Mühe gegeben hatte, sie zu entfernen. Dieses Zeug war wirklich erstaunlich.

Noch immer sah sie den leuchtenden Fleck auf der Arbeitsplatte vor sich. Es war schon einige Wochen her, dass sie sich beim Kräuterhacken so heftig in die Fingerkuppe geschnitten hatte, dass sie zunächst drauf und dran gewesen war, in die Notaufnahme zu fahren. Selbstverständlich hatte sie für ihr Empfinden danach gründlich sauber gemacht und doch hatte die Fläche, auf die ihr Blut getropft war, intensiv geleuchtet.

Besonderes Augenmerk hatten die Männer auf das Kaminbesteck im Wohnzimmer gelegt. Erst hatten sie es fein säuberlich mit ihrem Pulver eingepinselt, anschließend mit einem Klebeband die Fingerabdrücke daran gesichert und es letztlich mit dem Zeug eingesprüht und akribisch sogar mit Lupen betrachtet. Da war Anke aufgegangen, dass möglicherweise sie selbst unter Verdacht stand. Auf dem Foto hatte sie an Benjamins Schläfe eine Platzwunde gesehen und die Beamten wollten anscheinend überprüfen, ob ihm die mit einem Teil aus dem Set zugefügt worden war.

Wie konnten sie überhaupt in Betracht ziehen, dass sie in der Lage wäre, ihren eigenen Mann umzubringen? Auch wenn zwischen ihnen – wie vermutlich bei jedem anderen Paar der Welt – hin und wieder die Fetzen geflogen waren, sie hatte Benjamin geliebt.

Jedenfalls waren die Leute in ihren weißen Anzügen nach einigen Stunden wieder abgezogen und hatten Chaos und den Gestank nach der Chemikalie hinterlassen, die sie versprüht hatten. Angeblich sollte die so gut wie geruchlos sein, aber Anke konnte sie definitiv wahrnehmen, obwohl sie direkt danach die Fenster aufgerissen hatte, so lange, bis das Thermometer im Wohnzimmer nur noch zwölf Grad anzeigte.

Jetzt stand sie vor der Unordnung und fragte sich, wie sie das alles schaffen sollte. Henri hatte sie mit einem Tablet und einer Playlist sämtlicher *Paw Patrol*-Folgen, die sie auf YouTube gefunden hatte, in seinem Zimmer geparkt, das die Spurensicherung einigermaßen verschont hatte. Sie hätte ihn auch zu ihrer Mutter bringen können, doch es fühlte sich falsch an, ihn abzuschieben, noch falscher, als ihn vor ein paar fröhliche Videos zu setzen. Der Junge verstand gar nicht, wie ihm geschah, und er brauchte seine Mutter. Nicht nur, dass seine Schwester seit mittlerweile zwei Wochen nicht mehr nach Hause kam und seine Eltern sich deshalb merkwürdig verhielten, jetzt hatte er auch noch seinen Vater verloren.

Verzweifelt schlug Anke die Hände vors Gesicht. Ob er das überhaupt schon begreifen konnte? Dass Benjamin ihm niemals wieder eine Gutenachtgeschichte vorlesen oder ihm morgens einen Kakao ans Bett bringen würde? Sie selbst hatte es nicht mal realisiert, dass ihr Mann wirklich tot sein sollte, dabei hatte sie das Foto gesehen und verstanden, was die Kripobeamten ihr gesagt hatten. Wie musste es ihm erst gehen? Wie sollten sie das alles überstehen?

Um sich abzulenken, machte sie sich daran, das Wohnzimmer aufzuräumen. Mit einem feuchten Mikrofasertuch wischte sie über den grauen Staub, der dadurch nur verschmierte und sich noch hartnäckiger festzusetzen schien. Der Leiter der Spurensicherung hatte ihr geraten, einen Tatortreiniger zu beauftragen, sich um die Reinigung zu kümmern und in der Zeit woanders unterzukommen.

Bei dem Gedanken lachte Anke spöttisch in sich hinein. Warum wollte nur niemand verstehen, dass sie das Haus nicht verlassen konnte? Nicht, solange sie nicht wusste, was mit Lina geschehen war. Wenn ihre Adoptivtochter irgendwie mitbekam, was man Benjamin angetan hatte und beschloss, zurückzukommen, dann musste Anke hier sein.

Sie schaute zum Fenster, fast in der Erwartung, Lina draußen auf dem Hof zu sehen. Stattdessen war da nur das Zivilfahrzeug des Überwachungsteams, das seit gestern dort postiert war, um ihr Sicherheit zu vermitteln. Es funktionierte nur leidlich. Sobald die Dämmerung einsetzte, so wie jetzt, nahm Ankes Beklemmung zu. Dabei half auch die Erkenntnis, dass Benjamin sehr wahrscheinlich nicht hier im Haus umgebracht worden war, kaum.

Bevor es komplett dunkel war, ging sie durch die Räume im Untergeschoss und schaltete sämtliche Lichter an. Jetzt konnte sie aufgrund der Spiegelung zwar nicht mehr sehen, was draußen vor sich ging, aber sie fühlte sich zumindest ein wenig sicherer, denn die Beamten vor der Tür würden sofort merken, wenn sie angegriffen werden sollte.

Sollte sie sich wünschen, dass Benjamins Mörder es

auch bei ihr versuchte? Die Vorstellung, dass er sich ins Haus schleichen könnte, um ihr oder Henri etwas anzutun, machte ihr unglaubliche Angst. Auf der anderen Seite wäre das vielleicht ein Ende mit Schrecken. Immerhin war die Polizei direkt vor Ort und könnte ihn sofort festnehmen.

Außerdem würde sie sich nicht so einfach von ihm umbringen lassen. Im Gegenteil, sie würde kämpfen wie eine Löwin. Man las doch immer wieder davon, dass Menschen in Extremsituationen über sich hinauswuchsen, was sowohl die physische als auch die psychische Kraft betraf. Benjamin war nicht darauf vorbereitet gewesen, attackiert zu werden, sie hingegen schon. Beim kleinsten Geräusch, das ihr merkwürdig vorkam, würde sie sich das Nächste schnappen, das ihr als Waffe dienen konnte. Ein Messer aus dem Küchenblock, eins von den Kaminbestecken, einen Stuhl. Egal was, sie würde nicht zögern, damit anzugreifen und um ihr Leben zu kämpfen.

Anke malte sich aus, wie der Kerl vor ihr stand und sie ihn mit dem Schürhaken niederknüppelte. Ein Gefühl der Genugtuung breitete sich in ihr aus. Wie Angelina Jolie in *Mr. & Mrs. Smith* wich sie ihm in ihrer Vorstellung aus, nur um dann selbst zuzuschlagen und sich dafür zu rächen, was er ihrer Familie angetan hatte. Ihm denselben Schmerz zuzufügen, den sie gerade fühlte. Die Beamten müssten sie von ihm wegzerren, damit sie ihn nicht zu Brei schlug.

In Wirklichkeit hätte sie ihm gar nichts entgegenzusetzen. Seit Tagen, eigentlich sogar seit zwei Wochen, hatte sie kaum geschlafen und wenn, dann waren die Nächte alles andere als erholsam gewesen. Sie ging auf dem Zahnfleisch, konnte manchmal tagsüber vor Müdigkeit kaum die Augen offen halten. Die Sorgen um Lina hatten sie schon zermürbt, aber Benjamins Tod hatte ihr den Rest gegeben. Sie wäre ein leichtes Opfer, und bis die Beamten im Haus wären, könnte der Täter längst nach oben gelangt sein, um sich Henri zu schnappen.

Ob sie nach dem Tod alle wiedervereint sein würden? Bislang hatte Anke nicht daran geglaubt, dass es ein Jenseits gab, in dem alle Liebsten auf einen warteten, aber in diesem Moment fand sie den Gedanken überaus tröstlich.

Sie wischte sich über das Gesicht und bemerkte erst jetzt, dass sie noch immer den Lappen in der Hand hielt, mit dem sie erfolglos das Pulver hatte entfernen wollen. Sie warf ihn auf den Wohnzimmertisch und ließ sich aufs Sofa fallen. Dort holte sie ihr Handy hervor und suchte im Internet nach einer Methode, wie man den Grafitstaub – daraus bestand das Pulver, wie sie nun lernte – am besten entfernt bekam. Dabei stieß sie auf etliche Seiten von Tatortreinigern, die allesamt natürlich nicht ihr Geheimnis verraten wollten. Einer hatte ein Video auf YouTube hochgeladen und in der Hoffnung, darin eine Antwort zu finden, klickte sie es an.

Es handelte sich allerdings nicht um eine Anleitung, sondern um die Reportage eines Privatsenders, bei der der Inhaber der Reinigungsfirma wohl mitgewirkt hatte. Da Anke die Stimme des Kommentators angenehm fand, ließ sie es trotzdem laufen. Schon nach wenigen Minuten wurden ihre Augenlider schwer und sie merkte, wie sie einnickte.

Nicht so schlimm, dachte sie. *Nur mal kurz ausruhen, dann bin ich danach fit genug, um hier weiterzumachen.*

Sie hörte ein Geräusch aus der Küche und schreckte auf. Sofort war sie auf den Beinen und riss den Schürhaken aus der Halterung. Adrenalin pumpte durch ihre Adern und vertrieb die Müdigkeit in Sekundenschnelle. Wie lange hatte sie geschlafen?

Ein schneller Blick zur Uhr auf dem Receiver verriet ihr, dass es etwa eine halbe Stunde gewesen war. Wieder hörte sie ein Geräusch. Schritte. Da war definitiv jemand. Gerade so konnte sie sich zurückhalten, zu rufen. Sollte der Eindringling ruhig denken, dass sie noch schlief. So konnte sie ihn überraschen.

Wie war es überhaupt möglich, dass niemand bemerkt hatte, wie er ins Haus gekommen war? Schliefen die Polizisten in dem Auto etwa? Anke kanalisierte die Wut, die sie auf die beiden Beamten empfand, und schlich sich zur Küche. Ein Schatten. Der Kerl stand vor der Anrichte. Vermutlich suchte er sich gerade ein Messer aus, mit dem er sie abstechen würde.

Mit angehaltenem Atem presste Anke sich gegen die Wand neben der Tür. Sobald er einen Schritt über die Schwelle machte, würde sie ihm mit voller Wucht das Schüreisen über den Schädel ziehen und dann zum Fenster rennen, um um Hilfe zu rufen. Wo war überhaupt ihr Handy? Vermutlich lag es noch auf dem Sofa. Hätte sie doch bloß früher daran gedacht.

Der Eindringling räusperte sich. Dann rief er ihren Namen. »Anke, bist du wach?«

Ihr gefror das Blut in den Adern. Er musste sie bemerkt haben. Ihr Puls dröhnte so laut in ihren Ohren, dass sie nicht mitbekam, wie er plötzlich vor ihr stand. Sie holte zum Schlag aus, doch er war schneller und hielt ihren Arm fest.

»Nein«, kreischte sie und versuchte, sich aus seinem Griff zu winden. »Hilfe!«

Der Mann packte ihr Gesicht. »Hey, hey, ganz ruhig«, sagte er.

Erst jetzt wurde Anke bewusst, wer der Eindringling war. Vor ihr stand Timo, der sie mit aufgerissenen Augen anstarrte. »Ich bin es doch nur. Alles ist gut.«

Anke ließ den Schürhaken fallen und brach in Tränen aus. Tröstend streichelte Timo ihren Oberarm, bis sie sich beruhigt hatte.

»Verflucht noch mal«, schluchzte sie, als sie wieder sprechen konnte. »Wie zum Teufel bist du hier reingekommen? Da draußen sollten zwei Polizisten sein, die genau das verhindern müssten.«

»Die haben mich auch kontrolliert, aber vorbeigelassen, nachdem ich mich ausgewiesen habe. Da du auf mein Klingeln nicht geöffnet hast, habe ich mit dem Ersatzschlüssel aufgesperrt, den ihr bei mir deponiert habt. Ich dachte mir schon, dass du vielleicht schläfst.«

Anke war völlig perplex. Sie hatte so tief geschlafen, dass sie sein Klingeln überhört hatte? Nicht auszudenken, wenn statt Timo der Mörder in ihr Haus eingedrungen wäre. Henri und sie könnten nun beide tot sein und das nur, weil sie für einen Moment die Kontrolle über sich verloren hatte. »Was machst du überhaupt hier?«, flüsterte sie. Die Erschöpfung ergriff nun vollständig Besitz von ihr und sie hatte das Gefühl, sich keine Minute länger auf den Beinen halten zu können.

»Ich habe euch was gekocht und wollte das vorbeibringen. Wildschweingulasch. Hatte ich noch in der Tiefkühltruhe. Du hast doch bestimmt seit Tagen nichts Richtiges mehr gegessen. Komm, wir setzen uns und ich mache dir einen Kaffee. Nicht, dass du mir hier gleich umkippst.«

Anke nickte schwach und ließ sich von ihm in die Küche führen. Ihr Puls hatte sich mittlerweile normalisiert.

»Du siehst immer noch aus wie jemand, der einen Geist gesehen hat«, sagte Timo besorgt.

»Ein bisschen fühlt es sich so an. Ich hab echt geglaubt, dass Benjamins Mörder gekommen ist, um uns auch noch umzubringen.«

Timo legte seine Hand auf ihre. Sie fühlte sich warm

an, vermutlich, weil ihre so kalt war, als hätte sie eine Schale mit Eiswürfeln gehalten.

»Hat die Polizei denn schon jemanden in Verdacht? Glauben die, dass ihr in Gefahr seid?«, fragte er.

»Keine Ahnung. Solche Details verraten die mir nicht. Sie haben jedenfalls jemanden abgestellt, der unser Haus überwacht. Nur für alle Fälle, behaupten sie. Aber das macht mir eine Heidenangst.«

»Verständlich. An deiner Stelle würde ich darauf bestehen, dass sie dich über den Ermittlungsstatus …«

Anke ließ ihn nicht ausreden und stand auf. Sie musste unbedingt nach Henri sehen. Auch wenn der vermutlich nicht mitbekommen hatte, was hier unten passiert war, wollte sie sich doch vergewissern, dass es ihm gut ging. Außerdem hatte sie einen Entschluss gefasst. Sie würde mit ihrem Sohn zu ihrer Mutter fahren, um dort für die nächste Zeit unterzukommen. Sosehr sie auch für Lina da sein wollte, sollte die wiederkommen, in diesem Haus würde sie es allein keine Stunde länger aushalten. Auch nicht mit einer Zivilstreife vor der Tür.

17

KAPITEL

»Wieso um alles in der Welt hat dieses Mädel nicht früher mit der Sprache rausgerückt?« Peitsch tigerte wie ein eingesperrter Bär im Besprechungsraum auf und ab. »Ist ja nicht so, als wäre sie nicht befragt worden. Was glaubt die eigentlich, was wir hier machen? Ist das alles ein Witz für sie? Daran, dass ihre Freundin möglicherweise in Gefahr schwebt, hat sie wohl keine Sekunde gedacht. Behinderung der Justiz nennt man das.«

Mario hatte sich mit dem Hintern an die Fensterbank gelehnt und schaute ihm mit verschränkten Armen dabei zu, wie er sich bemühte, eine Spur in den Nadelfilzteppich zu laufen. Als Überbringer der Nachricht hielt er sich zurück, um nicht in den Fokus von Peitschs Gefühlswallungen zu geraten.

»Bei allem Respekt«, sagte Fabian, der zwar verstehen konnte, dass der Kommissariatsleiter wütend war, seine Reaktion aber für übertrieben hielt. »Pauline hat durch ihre falsche Aussage bei der ersten Befragung nicht verhindert, dass jemand wegen einer Straftat zur Rechenschaft gezogen wird.«

Peitsch blieb stehen und schaute Fabian mit zu

Schlitzen verengten Augen an. »So? Woher wollen Sie das so genau wissen, dass zu diesem Zeitpunkt noch keine Straftat vorlag? Womöglich war Lina Rieker zu dem Zeitpunkt schon tot, umgebracht von dem Unbekannten aus dem Internet. Oder sie war noch am Leben und benötigte Hilfe. Ein Türsteher angeblich, das kann alles sein. Vielleicht eher ein Zuhälter, der sich junge Frauen im Internet anlacht. Oder aber er gehört zu einer Rockerbande, die sich Rieker vorgenommen haben, nachdem er ihnen zu nahe gekommen ist.«

Daran hatte Fabian auch gedacht, doch es war nun nicht mehr zu ändern, dass die Freundin nicht schon vorher ausgepackt hatte. Immerhin hatten sie jetzt endlich einen Anhaltspunkt, wo sie nach Lina Rieker suchen mussten. Einen, den ihr Adoptivvater ebenfalls gehabt hatte. Laut Paulines Aussage hatte Rieker sie bedroht, woraufhin sie ihm gebeichtet hatte, was sie wusste. Die ersten zwei Tage nach ihrem Verschwinden war Lina bei ihrer Freundin untergekommen, deren Eltern auf Geschäftsreisen waren. Als Rieker dann immer öfter dabei gesehen wurde, wie er vor den Wohnungen von Linas Freunden Wache hielt, hatte das Mädchen beschlossen, sich einen anderen Unterschlupf zu suchen.

Am Freitag schließlich hatte Pauline Rieker dann verraten, wo Lina steckte. Fabian war überzeugt, dass sie sich im Tag vertan haben musste. Rieker war am Samstag nach seiner Suche nicht mehr nach Hause zurückgekehrt. Hätte er bereits am Freitag erfahren, wo Lina sich aufhielt, hätte er sicherlich nicht einen Tag gewartet, um sie aufzusuchen. Außerdem hätte er Freitag seiner Frau oder zumindest seinem Freund davon erzählt. Stattdessen war er mit Hörnike an dem Abend in einer Kneipe gewesen, um sich hemmungslos zu besaufen.

Zwischenzeitlich hatte Peitsch seine Bahnen wieder

aufgenommen, allerdings etwas gemächlicher als zuvor. »Na schön, das Kind ist ohnehin in den Brunnen gefallen. Sich jetzt im Nachhinein darüber aufzuregen, bringt auch nichts. Herr Prior, Sie machen sich sofort daran, endlich die Daten des Mobilfunkanbieters zu bekommen. Lassen Sie sich nicht abwimmeln. Zur Not rufe ich persönlich alle Richter beim Amtsgericht an, bis ich einen finde, der uns den Beschluss heute noch fertig macht.«

Darum hätte ich mich längst kümmern können, wenn ich mir nicht Ihren Wutausbruch hätte anhören müssen, dachte Fabian, nickte aber nur. Möglicherweise brauchte er das überhaupt nicht. Seit sie aus Fechenheim zurück waren, war er noch nicht dazu gekommen, in sein E-Mail-Postfach zu schauen, um zu überprüfen, ob er schon eine Rückmeldung erhalten hatte.

»Wenn die das verbummeln und die Daten gelöscht sind, haben wir ein Riesenproblem«, fuhr Peitsch mit seinen Ausführungen fort, als wäre das nicht jedem Anwesenden im Raum klar. »In dem Fall können wir nämlich damit anfangen, das gesamte Gerichtsviertel nach irgendwelchen ominösen Türstehern zu durchkämmen, die ihre Freizeit gern in Onlinespielen verbringen. Das entwickelt sich schnell zur Mammutaufgabe.«

Helga, die zusammengesunken in der Ecke saß, hob die Hand wie eine Schülerin, die darum bitten wollte, zur Toilette gehen zu dürfen. »Wenn es in Ordnung ist, würde ich mich für heute abmelden. Es geht mir wirklich nicht gut und ich müsste mich dringend hinlegen.«

Obwohl der Kommissariatsleiter nicht gerade begeistert aussah, schaute er zu Fabian, um die Frage an ihn weiterzugeben.

»Fahr nach Hause und ruh dich aus, wir kommen heute auch ohne dich klar«, sagte der, was Peitsch offenkundig missfiel.

»Also schön. Morgen früh stehen Sie dann hoffentlich wieder pünktlich und erholt auf der Matte. Momentan kann ich keine Ausfälle gebrauchen«, gab er missmutig von sich, woraufhin Helga sich erhob, sich an die Stirn tippte und den Besprechungssaal wie ein geprügelter Hund verließ.

Fabian wusste, wie schwer ihr diese Bitte gefallen sein musste, denn sie war niemand, der andere gern im Stich ließ. Anscheinend ging es ihr wirklich nicht gut.

»Meine Herren, worauf warten Sie? Die Zeit rennt«, polterte Peitsch direkt weiter. »Sie wissen alle, was zu tun ist. An die Arbeit.« Damit ging auch er.

Zurück in seinem Büro rief Fabian sofort die E-Mails ab. Die Telefonate mit dem Amtsgericht blieben Peitsch erspart, denn Riekers Mobilfunkanbieter hatte sich gemeldet und die Auswertung der Standortdaten geschickt.

Er öffnete die Datei und kopierte die Koordinaten, bei denen sich Rieker am vergangenen Samstagabend zuletzt aufgehalten hatte. Tatsächlich zeigte ihm Google Maps einen Bereich im Frankfurter Gerichtsviertel an. Den genauen Standort gaben die Daten nicht her. Die Funkzelle, in die sein Handy sich eingewählt hatte, war etwa zweihundert Quadratmeter groß, doch das schränkte ihren Suchbereich zumindest schon mal erheblich ein. Laut der Datei hatte Rieker sich zwischen acht und halb zwölf am Abend nicht aus diesem Funknetz herausbewegt, danach war das Handy ausgeschaltet worden.

Thomas, der neben ihm Platz genommen hatte, tatschte mit dem Zeigefinger auf den Monitor und hinterließ einen fettigen Abdruck. Ein paar Krümel des Proteinriegels, den er in der Hand hielt, fielen auf Fabians Tastatur. »Sieh mal, der war am Abend zuvor schon mal da. Hier, von halb neun bis nach zwölf.«

»Das war doch der Zeitraum, in dem er sich mit seinem

Kumpel in einer Kneipe hat zulaufen lassen«, sagte Fabian. Er drehte sich zu Mario, der an Helgas Schreibtisch saß. »Diese Pauline war sich ganz sicher, dass sie Rieker am Freitag über Linas Aufenthaltsort informiert hat?«

»Ich halte es für unwahrscheinlich, dass sie da was verwechselt hat«, sagte Mario. »Sie hat davon gesprochen, dass er sie nach der Schule mit dem Auto verfolgt hat. Hielt sich wohl für besonders unauffällig, aber sie hat ihn bemerkt. Bei ihr zu Hause stand er dann ein paar Stunden vorm Haus herum, und als sie am frühen Abend wieder raus ist, hat er sie angesprochen.«

»Merkwürdig. Das kann doch kein Zufall sein, dass er den Abend dann ausgerechnet in einer Kneipe im Gerichtsviertel verbringt«, murmelte Fabian. »Aber warum geht er sich lieber betrinken, anstatt nach Lina zu suchen, wenn er da schon wusste, dass sie irgendwo in der Nähe sein müsste? Und warum hat er niemandem davon erzählt?«

»Vielleicht wollte er seiner Frau keine großen Hoffnungen machen, bevor er Lina nicht gesund und munter angetroffen hat«, schlug Thomas vor.

»Dann hätte er das doch aber Hörnike gegenüber erwähnt, ihn vielleicht sogar um Hilfe gebeten. Außerdem erklärt das nicht, warum er die Gelegenheit nicht genutzt hat, nach ihr zu suchen, immerhin hat er die Tage zuvor nichts anderes gemacht. Jetzt weiß er, wo sie sich ungefähr aufhält, und informiert weder die Polizei noch wird er sonst irgendwie tätig.«

»Also ich an seiner Stelle hätte mir erst mal einen Überblick über die Lage verschaffen wollen«, warf Mario ein. »Pauline sprach davon, dass Lina bei einem Türsteher untergekommen ist. Da marschiert man nicht einfach in die Wohnung und verlangt von der Tochter, dass sie mit nach Hause kommt.«

Die Erklärung leuchtete Fabian schon eher ein. Allerdings hatte Rieker sich wohl weniger einen Überblick verschafft, sondern sich bis zur Besinnungslosigkeit betrunken, wenn man seiner Frau Glauben schenken konnte. Sie mussten unbedingt noch mal mit Timo Hörnike reden, um den Abend genauer zu beleuchten, jetzt, da er eine andere Bedeutung für den Verlauf der Ermittlungen bekommen hatte. Aber das hatte Zeit, wichtiger war es für den Moment, Lina zu finden, denn sie konnten nicht ausschließen, dass sie in Gefahr war. Da sich das Justizzentrum allerdings in unmittelbarer Nähe zur Innenstadt befand, gab es zahlreiche Möglichkeiten, wo Rieker und sein Freund sich an dem Abend aufgehalten haben könnten.

»Habt ihr den Namen des Lokals, wo die beiden waren?«, fragte er Thomas.

»Puh, wir haben ihn danach gefragt, aber Helga hat mitgeschrieben. Lass mich mal überlegen …« Thomas steckte sich den Rest des Riegels in den Mund und ließ die Verpackung auf Fabians Schreibtisch fallen. Mit in Falten gelegter Stirn starrte er an die Decke. »Irgendwas mit *Ja* am Anfang. *Ja weiter? Ja super?*«

Mit der Maus zoomte Fabian in die Map rein und schob die Karte von links nach rechts. Direkt neben dem Parkhaus am Gericht wurde er fündig. »*Na und*«, rief er aus.

»Ah, genau, das war es«, sagte Thomas und tatschte erneut mit seinem fettigen Zeigefinger auf den Bildschirm. »Statten wir denen einen Besuch ab? Hat seit einer Stunde geöffnet.«

»Wenn du nichts Besseres vorhast, würde ich dich gern auf eine Cola einladen«, antwortete Fabian und klimperte mit dem Autoschlüssel. Bevor sie aufbrachen, wischte er noch mit einem Tuch über seinen Monitor und entfernte Thomas' Müll.

18

KAPITEL

Lina fror. Nein, sie fror nicht einfach nur, alles an ihr war eiskalt. Die Hände, die Füße, die Nasenspitze, der Arsch. Der kleine Heizlüfter brummte zwar beständig vor sich hin, schaffte es allerdings nicht, die Temperatur auch nur annähernd in einen angenehmen Bereich zu bringen. Vor allem nicht, solange der Wind durch die Ritzen bei den Fenstern pfiff. Nur wenn sie direkt im Luftstrahl hockte, war es auszuhalten, aber dann konnte sie nicht richtig atmen.

Bestimmt würde sie bald eine Blasenentzündung bekommen, sollte sie noch länger hier drinbleiben müssen. Keine besonders schöne Aussicht, wenn man bedachte, dass sie sich momentan in ein verdammtes Kompostklo erleichtern musste. Angeblich würde man nichts riechen, die Einstreu würde das verhindern, was Lina so nicht bestätigen konnte. Zumal das Teil nur durch einen Vorhang vom Rest der Hütte getrennt war.

Jedes Mal, wenn sie sich darauf hockte, lauschte sie mit angehaltenem Atem, ob sie den Motor hörte. Die Vorstellung, gerade zu pinkeln, während er reinkam und sich nur ein Stück Stoff zwischen ihnen befand, war ihr so unangenehm, dass sie jeden Toilettengang so lange hinauszögerte wie möglich. Allerdings war er bisher nur morgens aufgetaucht und hatte sie dann den Rest des Tages allein gelassen. Mit ihrem Handy, das keinen Empfang hatte. Spitze. Die meisten Apps, die er ihr zum Zeitvertreib heruntergeladen hatte, funktionierten ohne Internet gar nicht und die paar, die sie nutzen konnte, rissen sie nicht gerade vom Hocker. Was hätte sie nicht für eine ordentliche Runde *Fortnite* gegeben.

Mit ihrem lädierten Handgelenk würde sie da allerdings wenig reißen. Die Schmerzen waren zwar besser geworden und die Wunde hatte sich geschlossen, aber es tat immer noch weh, sobald sie die Hand benutzte. Zum Glück hatte sich nichts entzündet, was in der Hütte hier leicht hätte passieren können. Sauber war es nicht gerade, dabei hatte Lina nun wirklich keine hohen Ansprüche.

So langsam hatte sie genug von diesem Loch. Es wollte ihr nicht in den Kopf gehen, warum sie hier mitten im Wald versauern musste. In dieser beschissenen Hütte mit dem Kühlraum, vor dem sie sich gruselte, weil sich hinter dessen Tür tote Tiere befanden. Letzte Nacht hatte sie sogar geglaubt, Geräusche da drin zu hören. Fast hätte sie die Tür aufgemacht, weil sie sich vorstellte, dass eins der Tiere womöglich noch gar nicht richtig tot war und ihre Hilfe brauchte. Die Angst davor, nicht zu wissen, wie sie überhaupt reagieren sollte, hatte sie allerdings davon abgehalten. Stattdessen hatte sie sich mit den Händen auf den Ohren zusammengerollt und die Augen zugekniffen. Irgendwann war sie dann wohl eingeschlafen und am Morgen waren die Geräusche verschwunden.

Sie hasste ihren Adoptivvater dafür, dass sie wegen ihm nun hier drin versauern musste. Und für alles, was er ihr sonst noch angetan hatte. Sie wollte ihr altes Leben zurück, zumindest einen Teil davon. Stück für Stück hatte er es kaputtgemacht und ihr Zuhause in einen Ort verwandelt, an dem sie es nicht mehr aushielt.

Es zerriss Lina das Herz, wenn sie daran dachte, dass sie deshalb Henri womöglich niemals wiedersehen würde. Den kleinen Kerl hatte sie echt lieb gewonnen, auch wenn sie das niemals öffentlich zugeben würde. Und ihre Mutter ... Obwohl sie oft stritten, sie war eigentlich immer auf Linas Seite gewesen. Warum sollte sie das jetzt nicht auch sein?

Die Bilder der einen Nacht tauchten wieder vor ihrem inneren Auge auf. Der Baseballschläger, wie er auf den Kopf zu sauste. Wie er gegen die Schläfe prallte und Benjamin augenblicklich in sich zusammengesackt war, als hätte ihm jemand den Stecker gezogen. Das Blut aus der Wunde. Wie er auf dem Boden aufgeprallt war. Sein leerer Gesichtsausdruck. Diese Bilder würden sie nie wieder loslassen.

Lina zog die Knie an und legte ihren Kopf darauf ab. Ein Schluchzen schüttelte ihren Körper und die Tränen liefen unkontrolliert über ihre Wangen. Ihr Leben war im Arsch.

19

KAPITEL

Das *Na und* lag direkt gegenüber dem ehemaligen Polizeigefängnis Klapperfeld, das von 1886 bis 2003 als Gefängnis in Betrieb gewesen war und heute von einem autonomen Zentrum als Museum genutzt wurde.

Die Kneipe selbst war ein kleines Raucherlokal, und der beengte Raum wirkte durch die dunkelgrün gestrichenen Wände noch winziger, als er ohnehin schon war. Unter der Decke waren Lichterketten aufgehängt und vermittelten den Eindruck, Weihnachten stünde kurz bevor. Hinter der altmodischen Theke aus hellbraunem Holz stand ein dunkelhaariger Kerl vor einer Wand aus Spirituosen und arbeitete sich an irgendeiner Liste ab.

Viele Gäste waren noch nicht anwesend, nur drei Männer saßen einzeln auf Barhockern an verschiedenen Stehtischen über ihre Biere gebeugt. Einer rauchte still vor sich hin, die anderen starrten auf den Fernseher über dem Tresen, auf dem eine Sportsendung lief.

Fabian und Thomas zogen sich zwei Stühle an der Theke hervor und setzten sich. Der Wirt schaute auf und zog verwundert die Augenbrauen zusammen. Vermutlich waren ihre Outfits zu schick für die Klientel, die üblicherweise hier ein und aus ging. Das sprach dafür, dass Rieker vor einer Woche nicht zufällig hier gewesen war, sondern mit einer bestimmten Intention. Der Laden wirkte nicht gerade wie seine Stammkneipe.

»Was darf's sein?« Der Mann schob die Liste beiseite.

»Zwei Cola Zero«, antwortete Thomas und legte seinen Dienstausweis auf den Tresen. »Und ein paar Antworten auf unsere Fragen, wenn's geht.«

»Zero. So ein Blödsinn haben wir nicht. Hier gibt's nur ungesunde Sachen. Alkohol, Zucker, zur Not 'n Kaffee, den können Sie dann auch ohne Zucker trinken.« Er zuckte mit den Schultern.

»Wasser?«, fragte Fabian, obwohl er ein wenig Koffein gut gebrauchen könnte. Da er aber bereits die Filtermaschine neben dem Handwaschbecken im Nebenraum entdeckt hatte, verzichtete er lieber auf den Kaffee.

Der Wirt seufzte, holte zwei Gläser hervor und goss ihnen aus einer Flasche Selters ein. »Was wollen Sie denn wissen?«

Fabian nahm sein Glas entgegen. »Hatten Sie am letzten Freitag auch Dienst hier, Herr …?«

»Hakim. So nennen mich alle hier. Und ich hab immer Dienst, der Laden gehört mir.«

»Wunderbar.« Er holte einen Ausdruck mit dem Foto von Rieker hervor und zeigte es dem Wirt. »Dieser Mann war vergangenen Freitag mit einer Begleitung hier. Können Sie sich an ihn erinnern?«

Hakim warf nur einen flüchtigen Blick auf das Bild. »Klar. Der war wie Sie, so jemanden vergisst man nicht so einfach. Kommt nicht gerade täglich vor, dass sich so feine Schnösel hier rein verirren. Der saß da vorn am Eck und hat sich ganz schön volllaufen lassen, im Gegensatz zu seinem Kumpel. Der wollte nur alkoholfreies Bier.«

»Wann kamen die beiden denn und wie lange sind sie geblieben?«, wollte Thomas wissen.

»Schätze mal, so gegen neun sind sie reingeschneit, vielleicht viertel nach«, sagte Hakim, ohne lange nachzudenken. »Um halb eins hatte der von dem Foto dann mehr als genug und sein Freund hat ihn rausgebracht. Was hat er denn angestellt?«

»Wir sind dabei, das herauszufinden. Leider kann er sich selbst nicht mehr dazu äußern, denn er lebt nicht mehr«, erklärte Fabian.

Hakim zog die Mundwinkel nach unten und stieß einen Pfiff durch die Zähne aus. »Sagen Sie bloß, das ist der, den sie aus dem Main gefischt haben?«

Fabian nickte. »Deshalb würden wir von Ihnen gern wissen, ob Ihnen an dem Abend etwas aufgefallen ist.«

»Nö, was soll mir aufgefallen sein? Er hat 'ne ordentliche Menge Geld in meine Kasse gespült, das war's.«

»Na ja, es könnte zum Beispiel sein, dass er sich mit jemandem gestritten hat, etwas in der Art. Betrunkene neigen dazu, mit Leuten aneinanderzugeraten, mit denen sie sich besser nicht anlegen sollten.«

Hakim lachte heiser. »Bei mir gibt's keine Schlägereien, hier ist alles friedlich. Die Leute wissen genau, dass sie Hausverbot auf Lebenszeit bekommen, wenn sie Stress anfangen. So was kann ich nicht gebrauchen. Hier darf jeder herkommen, um seine Probleme im Alkohol zu ertränken, nicht um sich neue aufzuhalsen.«

Schade, dachte Fabian. *Das wäre ja auch zu einfach gewesen.* »Könnte es sein, dass er draußen vor der Tür auf jemanden getroffen ist? War er die ganze Zeit über hier drin oder hat er Ihr Lokal zwischendurch mal für längere Zeit verlassen?«

Dieses Mal musste Hakim etwas länger überlegen. »Also ein paarmal ist er schon vor die Tür gegangen, um eine zu rauchen. Dabei hab ich ihn darauf hingewiesen, dass er das gar nicht muss, aber er wollte wohl frische Luft schnappen. Aufgefallen wäre mir aber nicht, dass es draußen irgendwelchen Ärger gab. Und so wirklich lang war er auch nie verschwunden. Eine Zigarettenlänge eben.«

»Und sein Kumpel, ist er mit ihm rausgegangen?«

»Nö, der hat sich an sein Bierglas geklammert und nervös dreingeschaut. Ist vermutlich so Leute wie meine Kundschaft nicht gewöhnt. Der war ja noch schnöseliger drauf als der andere hier.«

Somit konnte es durchaus sein, dass Rieker sich draußen nach seiner Tochter umgesehen oder herumgefragt hatte, ohne dass Timo Hörnike etwas davon mitbekam. Aber wieso hatte er seinen Freund nicht eingeweiht? Weil er befürchtete, sich in eine gefährliche Situation zu begeben, den falschen Leuten zu nahe zu kommen, was letztlich wohl auch geschehen war? Wenn er Hörnike aber nicht mit reinziehen wollte, warum hatte er dann ausgerechnet diese Kneipe gewählt?

»Wir vermuten, dass er auf der Suche nach einer jungen Frau war«, sagte Thomas und stieß Fabian mit dem Ellenbogen an, der das Foto von Lina Rieker hervorzog. »Die hier. Haben Sie die zufällig auch schon mal gesehen? Letzten Freitag oder in den Tagen davor?«

Wieder schaute Hakim nur kurz den Ausdruck an und schüttelte dann vehement den Kopf. »Die ist doch garantiert unter achtzehn. Davon abgesehen, dass Frauen hier nur sehr selten verkehren, lasse ich keine Minderjährigen rein.«

»Schauen Sie noch mal genauer hin«, bat Fabian und schob das Foto in seine Richtung. »Vielleicht haben Sie das Mädchen ja nicht in Ihrem Laden gesehen, sondern draußen. Es ist die Tochter von dem Mann, den wir, wie Sie so schön sagten, *aus dem Main gefischt haben,* und sie wird vermisst.«

Nun ließ Hakim sich herab, das Foto doch eingehender zu betrachten. »Glaube, die hab ich ohne Scheiß schon mal gesehen. Mehrfach sogar. Ich meine, das wäre die neue Freundin von so einem Rocker, der ganz in der Nähe wohnt. Ein Türsteher und eine Kante von Mann, dieser Kerl.«

Fabian stellten sich die Nackenhaare auf. Das war der Durchbruch, auf den sie gehofft hatten. Ein Rocker und Türsteher, der ein minderjähriges Mädchen bei sich beherbergte, dessen Vater kurz darauf ermordet und zerstückelt im Main entsorgt wurde. Das alles passte wie die Faust aufs Auge und war fast schon zu idiotensicher, um wahr zu sein. Jetzt mussten sie nur hoffen, dass Lina Rieker noch lebte und ihm nicht ebenfalls zum Opfer gefallen war. »Wann sind Sie ihr zuletzt begegnet?«

»Puh. Letzte Woche vielleicht? Keine Ahnung, ist schon ein bisschen her.«

Mist. Das verpasste Fabians Zuversicht einen Dämpfer. Allerdings musste das nicht bedeuten, dass sie ebenfalls tot war. Dennoch wurde er wütend auf Hakim. Linas Foto war durch die Medien gegangen, sogar in der Hessenschau gezeigt worden. Es hätte den Wirt nur einen Anruf gekostet, dann könnte Rieker noch am Leben sein und das Mädchen wieder zu Hause. »Warum sind Sie denn nicht auf die Idee gekommen, sich nach dem Aufruf in der Presse bei der Polizei zu melden, wenn Sie sie doch gesehen haben? Ihnen wird doch wohl kaum entgangen sein, dass nach ihr gesucht wird«, fuhr er den Mann an.

»Davon hab ich nix mitbekommen«, wiegelte Hakim ab.

»Ihr Bild war in sämtlichen regionalen Zeitungen, außerdem in den Nachrichten. Garantiert wurde es in den sozialen Medien noch und nöcher geteilt. Wie können Sie das übersehen haben?«

Hakim verzog abfällig das Gesicht. »Zeitung les ich nicht mehr, die schreiben spätestens seit Corona eh nur Mist. Dasselbe mit den Nachrichten. Alle gleichgeschaltet, alle von der Politik und den großen Konzernen kontrolliert. Denen kann man gar nichts glauben. Deshalb bin ich auch nicht in den sozialen Medien, da wird überall der gleiche Unsinn verbreitet. Ich hab meine eigenen Quellen, wo ich mich informiere. Auf YouTube gibt es echt gute Videos zum aktuellen Weltgeschehen.«

O nein, dachte Fabian. *Nicht einer von denen.* Natürlich stimmte es, dass die Presse sich nicht immer haarklein an die vorliegenden Fakten hielt, aber eine Weltverschwörung zur Verdummung der Bevölkerung gab es ganz sicher nicht. Es war schon etwas beängstigend, dass immer mehr Menschen an so einen Unsinn glaubten und stattdessen lieber dubiose Quellen heranzogen, um sich zu informieren. Wenn das so weiterging, würde die Gesellschaft vor die Hunde gehen. »Sei's drum«, sagte er, da er sich jetzt nicht mit dem Mann über solche Grundsätzlichkeiten streiten wollte. »Man kann ja nicht immer alles mitbekommen.«

»Wo genau wohnt denn dieser Türsteher, dessen Freundin sie ist?«, fragte Thomas, der schon seinen Geldbeutel rausgeholt hatte, um ihre zwei Wasser zu bezahlen.

»Oh, ich weiß nicht, ob sie wirklich seine Freundin ist. Das hab ich bloß vermutet, weil der immer so junge Dinger anschleppt.«

»Die Frage würden wir ihm gern selbst stellen. Also, wo wohnt er?«

Hakims Gesichtsausdruck nahm gequälte Züge an. Offenbar rang er mit sich, ihnen die Antwort zu geben.

»Es geht darum, einen skrupellosen Mörder zu schnappen. Sicher wollen Sie so jemanden nicht in Ihrer Nähe haben, wenn Sie nachts die Kneipe zuschließen, oder?«, setzte Thomas ihm zu.

Das überzeugte ihn offensichtlich. »Sie haben es aber nicht von mir, okay?«

Fabian und Thomas nickten einträchtig.

»Seine Wohnung ist direkt im Hinterhof.«

»Vielen Dank, Hakim. Wir wissen Ihre Ehrlichkeit zu schätzen.« Thomas legte einen Zwanziger auf den Tresen und sie verließen das Lokal.

20

KAPITEL

Auf dem Weg nach Hause machte Helga einen Abstecher nach Enkheim. Ihre Schuldgefühle darüber, dass sie sich abgemeldet und ihre Kollegen im Stich gelassen hatte, trieben sie dazu, zumindest noch diese Aufgabe zu erledigen. Das Fitnessstudio, in dem sich Hörnike am Tatabend aufgehalten haben wollte, lag in einer Seitenstraße gegenüber einer Reihe von Supermärkten. Sie betrat das ehemalige Lagergebäude durch die hellrote Eingangstür und stieg das eiskalte Treppenhaus nach oben.

Im Studio begrüßten sie die typischen Geräusche einer Muckibude: leise Musik, das Surren der Laufbänder, auf denen sich die Leute den Bürotag aus den Knochen rannten, das Knallen der Trainingsgeräte begleitet vom Stöhnen der Pumper. Sofort meldete sich ihr schlechtes Gewissen. Wie lange war sie jetzt nicht mehr in ihrem Studio gewesen, obwohl sie jeden Monat brav einen Haufen Kohle überwies? Dank Corona hatte sie eine Weile eine gute Ausrede gehabt und wäre Mona nicht gewesen, hätte sie die Gelegenheit wohl genutzt, den Vertrag zu kündigen. Doch ihre Freundin hatte sie überredet, es nicht zu tun, und so langsam war es an der Zeit, mal wieder den inneren Schweinehund zu überwinden.

Hinter dem orangefarbenen Tresen stand ein höchstens sechzehnjähriges Mädel, die Helga mit gelangweiltem Blick begrüßte. Das Schild an ihrem Poloshirt verriet, dass ihr Name Krissie war.

»Die Karte, bitte«, forderte sie kaugummikauend.

»Ich bin kein Mitglied«, erklärte Helga und kramte nach ihrem Dienstausweis.

»Probetraining geht nur Montag bis Donnerstag. Allein können Sie nicht an die Geräte gehen, da muss ein Trainer dabei sein.« Krissie bückte sich, um unter dem Tresen einen Flyer hervorzuziehen, den sie Helga hinhielt.

Helga streckte ihr ihrerseits den Ausweis entgegen. Das Mädchen schaute darauf, dann Helga an und schließlich wieder auf den Ausweis. Das Kauen hatte sie unterbrochen. »Kripo?«

»Gut kombiniert. Ich bin hier, weil ich das Alibi eines eurer Mitglieder überprüfen will.«

Krissies Augen weiteten sich, der Kaugummi ruhte zwischen ihren Eckzähnen. »Alibi?«

Eloquent geht anders, dachte Helga. Die Tür hinter ihr öffnete sich und ein Muskelberg schob sich hinein. Im Vorbeigehen warf er seine Karte auf den Tresen, blieb am Wasserspender daneben stehen, wo er eine Trinkflasche befüllte, und begrüßte Krissie mit Namen. Das Mädel zog den Mitgliedsausweis durch einen Kartenleser und legte ihn in ein Fach. Daraufhin händigte sie dem Bodybuilder einen Schlüsselanhänger aus. »Nummer elf«, sagte sie.

»Letzte Woche, Samstagabend gegen neun«, sagte Helga, die keine Lust hatte, sich hier drin länger aufzuhalten als nötig. In ihrer dicken Jacke staute sich die Körperwärme und sie spürte förmlich, wie sich unschöne

Schweißflecke unter ihren Achseln bildeten. »Warst du da zufällig auch hier?«

»Nee«, entgegnete Krissie. Mehr als ein Wort am Stück bekam sie wohl nicht heraus, dabei war Helgas Auftreten doch gar nicht so einschüchternd.

»Gibt es einen Chef oder eine Chefin, mit der ich mich mal unterhalten könnte?«

»Ich bin allein hier. Nur der Laurin ist noch da, der macht gerade den Spinningkurs.«

Ah, da geht ja doch mehr als ein Wort. Helga schaute sich um, entdeckte aber nicht, wonach sie suchte. »Habt ihr hier Überwachungskameras? Die Aufnahmen würde ich mir gern mal ansehen.«

»Keine Kameras, sorry.«

»Auch nicht draußen auf dem Parkplatz oder im Hausflur?«

»Nicht dass ich wüsste.«

Großartig. Warum einfach, wenn es kompliziert ging? »Könntest du in den Dienstplan schauen, wer letzte Woche Samstag hier war, und mir den Namen geben?«, versuchte Helga es weiter, ohne sonderlich optimistisch zu sein. Wenn derjenige, der am letzten Samstag hier gestanden hatte, genauso engagiert bei der Sache war wie Krissie, würde sie nicht viel weiterkommen. Dann kam ihr eine Idee. Sie deutete auf das Kartenlesegerät. »Oder warte. Wie ist das mit den Ausweisen? Die registrieren doch bestimmt, welche Mitglieder zu welcher Uhrzeit hier sind, oder?«

Krissie knatschte mittlerweile wieder auf ihrem Kaugummi herum. »Glaub schon.«

»Was heißt, du glaubst es?«

Eine großbusige Schönheit mit halbdurchsichtigen Leggins kam aus dem Trainingsbereich herübergestakst, musterte Helga in ihrer Jacke kurz und lehnte sich neben ihr an den Tresen.

»Machst du mir eben einen Proteinshake, Krissie? Vanilla-Wheat, bitte.«

»Kann ich eben?«, fragte Krissie an Helga gerichtet, die widerwillig nickte. Noch weniger, als hier unnötig Zeit zu verbringen, wollte sie ungebetene Zuhörer bei ihrem Gespräch dabeihaben. Erst recht nicht, wenn sie Helga schmerzlich vor Augen führten, was man mit regelmäßigem Training alles erreichen konnte. Es reichte schon, dass sie mit Mona eine Fitnessqueen zu Hause sitzen hatte.

Mit unsicheren Handgriffen bediente Krissie die Shake-Maschine, befüllte sie mit Pulver und Wasser und reichte die – wie Helga aus eigener Erfahrung wusste – nach Pappe und Chemie schmeckende Pampe dann der Frau.

Mit leerem Gesichtsausdruck stellte sich Krissie endlich wieder zu Helga.

»Nun?«

»Sorry, was wollten Sie noch mal wissen?«

Ein genervtes Stöhnen entfuhr Helga. Hatte das Mädel gekifft, bevor sie ihren Job hier angetreten hatte? »Nach den Ausweisen habe ich gefragt. Werden die Zeiten, die sich die Mitglieder hier aufhalten, irgendwo registriert? Kannst du darauf zugreifen?«

»Woher soll ich wissen, wie das funktioniert? Ich bin hier nur Aushilfe, einmal die Woche. Schülerjob. Keine Ahnung, was da passiert. Ich zieh die Karte durch und geb den Schlüssel für den Spind in der Umkleide raus, und wenn die Leute wieder gehen, zieh ich den Ausweis durch und geb ihn zurück.«

»Ob der Name der Person, die dir den Ausweis gegeben hat, da irgendwo auf dem Monitor erscheint, wirst du aber hoffentlich wissen, oder?«

Krissie strengte sichtlich ihre Gehirnzellen an. Anscheinend ging sie gerade im Kopf durch, was genau passierte, wenn ein Mitglied von einem Mitarbeiter angemeldet wurde. »Ja«, sagte sie schließlich gedehnt.

Das klang wie Musik in Helgas Ohren. Ganz sicher sollte sich dann irgendwo auf dem Server finden lassen, ob und wie lange Hörnike am vergangenen Samstag trainiert hatte. Allerdings bezweifelte sie, dass Krissie an die Daten rankommen würde, fragte aber trotzdem.

»Nee, kein Plan, sorry«, gab Krissie die erwartete Antwort.

Helga seufzte. »Bestimmt hat der Chef eine Handynummer, oder?« *Und sag bitte nicht wieder so was wie: keine Ahnung oder kein Plan,* fügte sie in Gedanken hinzu.

»Ja, die von der Chefin ist hinten im Büro, für Notfälle und so.«

»Wunderbar. Dann gehst du jetzt mal dorthin und holst sie mir. Denn das hier ist so was wie ein Notfall.« Sie überlegte, Krissie von dem blutrünstigen Killer zu berichten, dem sie auf den Fersen waren, entschied sich aber dagegen. Das Mädchen wirkte nicht gerade wie jemand, der eine solche Information sonderlich gut verarbeiten konnte. Erfreulicherweise hatte sie diese Anregung auch gar nicht nötig. Sie nickte nur und verschwand hinter einer Tür mit der Aufschrift *Personal.*

Kurze Zeit später kehrte sie mit einem Ausdruck zurück, an dessen oberem Ende sich noch durchsichtiges Klebeband befand. Offenbar hatte sie ihn abgepopelt, anstatt die Nummer einfach abzuschreiben.

Helga, unter deren Jacke mittlerweile gefühlt ein Vulkan brodelte, holte ihr Handy raus und wählte die Nummer. Das Glück blieb ihr hold, ihr Anruf wurde sofort entgegengenommen. In kurzen Worten trug sie ihr Anliegen vor und die Chefin des Studios versicherte ihr, dass sie ihr bis Montag die geforderten Daten zukommen lassen würde. Zufrieden legte Helga auf und schob Krissie den Zettel sowie ihre Visitenkarte über den Tresen. »Die legst du deiner Chefin bitte ins Büro auf die Tastatur. Nicht verschlampen oder vergessen, es ist wichtig«, sagte sie.

Krissie nickte und betrachtete die Karte. Ihr Gesicht spiegelte eine Mischung aus Faszination und Unbehagen wider. »Kripo. Echt krass«, murmelte sie. »Was hat der denn gemacht, von dem sie ein Alibi brauchen? Muss ich jetzt irgendwie Angst haben oder so?«

»Quatsch, mach dir mal keine Sorgen«, sagte Helga und wandte sich zum Gehen. Sie hatte alles, was sie brauchte. »Hoffen wir mal, dass er einfach nur trainieren war«, murmelte sie in sich hinein, als sie durch die Tür in die angenehme Luft des Treppenhauses verschwand.

21

KAPITEL

Er parkte den Wagen ein Stück entfernt von der Hütte und ging den Rest der Strecke zu Fuß. Das war zwar zeitraubend und aufwendiger, aber so würde Lina nicht von dem Geräusch des Motors oder der zuschlagenden Tür aufwachen. Sie musste nicht unbedingt mitbekommen, dass er mitten in der Nacht noch einmal gekommen war, auch wenn er sich für den Fall der Fälle eine Ausrede zurechtgelegt hatte. Dennoch wollte er sich die Diskussion lieber ersparen.

Wie ein Schatten schlich er den dunklen Weg entlang. Dafür gab es eigentlich keinen Grund, denn um diese Zeit war hier unter Garantie niemand, der ihn beobachten könnte. Trotzdem fühlte es sich besser an, sich unauffällig zu bewegen.

Bei dem Gedanken musste er kurz lachen. Sollte er wirklich jemandem begegnen, wäre es alles andere als unauffällig, wie er hier verstohlen herumhuschte. Besser, er verhielt sich ganz normal, also richtete er sich auf, drückte die Schultern durch und marschierte weiter. Erst als er in die Nähe der Hütte kam, verlangsamte er seine Schritte und achtete darauf, dass er nicht auf einen morschen Ast trat.

Er schloss die Tür auf und betrat den Innenraum, wo es noch finsterer zu sein schien als draußen, da das schwache Mondlicht es nicht durch die Fenster schaffte. Nachdem er einen Moment gewartet und Linas regelmäßigem Atem gelauscht hatte, bewegte er sich langsam in Richtung Kühlraum. Behutsam zog er die Tür auf, darauf bedacht, so wenig Geräusche wie möglich zu machen.

Ein bisschen erinnerte ihn das an früher, wenn er sich als Teenager nachts aus der Wohnung der Eltern geschlichen hatte, um mit seinen Freunden sinnloserweise draußen rumzuhängen. Damals hatte er gelernt, dass man alles nur möglichst langsam machen musste, um unbemerkt zu bleiben.

In der Stille der Nacht hörten sich die Plastiksäcke, in die er die Leichenteile eingewickelt hatte, für ihn dennoch an wie ein Presslufthammer. Vielleicht nicht ganz so schlimm, aber viel lauter, als er es sich erhofft hatte. Stoisch räumte er einen Sack nach dem anderen vor die Hütte, bis der Kühlraum leer war. Zuletzt kontrollierte er noch, ob irgendwelche Flüssigkeiten ausgetreten waren, was nicht der Fall war. Offenbar hatte er sie ordentlich genug verschlossen.

Nachdem er sämtliche Körperteile zu seinem Auto geschleppt und im Kofferraum verstaut hatte, war er trotz der eisigen Temperaturen nass geschwitzt. Heute konnte sich seine Fitnessuhr auf keinen Fall beschweren, dass er zu wenig Schritte gemacht hätte. Vermutlich reichten die für den Rest der Woche aus.

Er drapierte noch eine Decke über den Säcken und ging dann mit der Schaufel zurück zur Hütte, um den Kopf zu holen. Wie befürchtet war der Abdruck des Griffabschlusses auf der Stirn des Toten mit der Zeit immer deutlicher geworden, sodass er den Schädel auf keinen Fall mit dem Rest des Leichnams entsorgen konnte. Deshalb hatte er beschlossen, ihn im Wald zu vergraben. Er musste nur zusehen, dass er das Loch ausreichend tief buddelte, damit sich nicht ein hungriger Fuchs oder ein neugieriger Hund daran zu schaffen machte und so seinen gesamten Plan torpedierte.

Zur Begeisterung seines Schrittzählers, der vibrierend verkündete, dass er einen neuen Rekord aufgestellt hatte, ging er mit Kopf und Schaufel tiefer in den Wald, bis er auf einer kleinen Lichtung eine seiner Meinung nach geeignete Stelle gefunden hatte. Als er die Schaufel in die Erde stieß, stellte er zu seinem Entsetzen fest, dass der Boden steinhart war. Immer wieder versuchte er es, sprang mit seinem gesamten Gewicht auf das Blatt und schaffte es doch nur wenige Zentimeter tief. Auf diese Weise würde er die ganze Nacht graben müssen, um tief genug zu kommen, selbst wenn nur die oberste Schicht gefroren war.

Er hielt inne und wischte sich über die schweißnasse Stirn. Was nun? Er konnte sich wohl kaum bis zum nächsten Morgen mit dem verdammten Loch abmühen, zumal der Ausgang ungewiss war. Immerhin musste er noch den Rest der Leiche entsorgen und damit konnte er keinesfalls warten, bis die Sonne aufgegangen war.

Frustriert feuerte er die Schaufel von sich und stieß einen Fluch aus. So viel Zeit und Mühe für nichts und wieder nichts verschwendet. Vielleicht sollte er den Kopf zurück in den Kühlraum legen und warten, bis der Boden getaut war. Aber es fühlte sich einfach nicht richtig an, ein Beweisstück so lange in seiner unmittelbaren Umgebung zu lagern. So abgebrüht wie Jeffrey Dahmer war er nun wirklich nicht. Nein, er musste das Ding loswerden, und zwar heute Nacht.

Am besten, er warf ihn einfach in einen Müllcontainer

eines Wohnblocks. Damit der Sack nicht sofort entdeckt würde, müsste er zwar etwas im Unrat fremder Leute wühlen, aber das war es wert. Wenn der Müll am Montag erst einmal abgeholt worden war, landete der Schädel in der Verbrennungsanlage und wäre damit für immer verschwunden.

Ja, das war die Lösung. Warum war er denn nicht vorher darauf gekommen? Stattdessen hatte er es sich unnötig kompliziert gemacht.

Er bückte sich, um die Schaufel aufzuheben und erstarrte.

Nicht weit von ihm entfernt schälte sich der Strahl einer Taschenlampe durch die Dunkelheit. Schnell zog er sich seine Mütze tief ins Gesicht und zog den Schal übers Kinn. Kurz darauf hörte er das Knacken von Zweigen, gefolgt von einem kratzigen Hecheln. Vor ihm stand eine Fußhupe von einem Dackel und nicht weit dahinter dessen Herrchen, der ihm mit der Taschenlampe mitten ins Gesicht leuchtete. Mit der Hand schirmte er seine Augen ab, um nicht geblendet zu werden.

»Ja du liebe Güte, was hab ich mich erschreckt, guter Mann«, sagte der Taschenlampenhalter, bei dem es sich offenbar um den Revierförster handelte, denn er hatte ein Gewehr geschultert. »Was haben Sie denn mitten in der Nacht hier draußen zu suchen?«

Der Lichtkegel richtete sich zuerst auf die Schaufel, dann auf den Müllsack, an dem der verdammte Dackel reges Interesse zeigte.

»Na, das gibt's ja nicht. Sie hatten jetzt aber nicht vor, Ihren Müll hier im Wald zu entsorgen, oder?« Der Mann nahm das Gewehr von der Schulter und hielt es in der freien Hand.

Der Dackel schnüffelte immer heftiger an dem Sack herum, sodass er ihn aufhob und an seine Brust drückte.

»Nein, eh, so ist das nicht«, stammelte er. Wie zum Teufel sollte er da bloß wieder rauskommen? Die Schaufel lag außerhalb seiner Reichweite und der Förster hatte eine Waffe. Die Chancen, dass er ihn überwältigen konnte, ohne selbst Schaden zu nehmen, standen äußerst schlecht.

»Sondern?«, hakte der Förster ungeduldig nach.

»Könnten Sie vielleicht erst mal Ihren Hund zurückpfeifen?«, bat er, da das Mistvieh nicht lockerlassen wollte und mittlerweile an seinem Bein hochhüpfte.

»Was haben Sie denn da in der Tüte, wenn der Bodo da so interessiert dran ist?« Der Mann wollte einfach keine Ruhe geben und schon gar nicht seinen Dackel unter Kontrolle bringen.

Vielleicht sollte er dem Mistvieh den Schädel eintreten, dann hätte sich zumindest das Problem Bodo erledigt. Aber dann würde der Förster mit Sicherheit die Polizei rufen. Bei der Vorstellung, wie er den Hund plattmachte, kam ihm eine Idee.

Theatralisch zog er die Mundwinkel nach unten und schniefte. »Ich wollte nur meine Katze hier vergraben. Sie wurde heute Abend überfahren und ich hab keinen eigenen Garten«, sagte er mit weinerlicher Stimme und tätschelte den Schädel des Obdachlosen durch den Plastiksack. Bevor der Förster etwas entgegnen konnte, fuhr er fort. »Mir ist klar, dass das nicht erlaubt ist, aber ich konnte den Gedanken nicht ertragen, dass Mikesch zu irgendeiner Tierverwertung kommt. Hier im Wald hätte ich ihn ab und zu mal besuchen können und ...« Er brach ab und wischte sich mit der freien Hand über die Augen. Hoffentlich war der Förster ein Tierfreund und nicht einer von denen, die frei laufende Katzen zum Spaß abschossen.

Das Glück schien auf seiner Seite zu sein. Der Mann schulterte sein Gewehr wieder und rief seinen Hund zu sich, der aufs Wort hörte. »Nun ja, da werden Sie bei den momentanen Bodenverhältnissen keine guten Karten haben. Wenn Sie nicht wollen, dass Ihr Mikesch einem Fuchs als Nachtessen dient, sollten Sie ihn wieder mitnehmen. Es gibt die Möglichkeit, sein Tier zu kremieren und sich die Urne ins Regal zu stellen. Das habe ich mit Bodos Vorgänger gemacht.«

»Ach ja?« Er musste nicht mal vorgeben, überrascht zu sein. Gab es wirklich Leute, die ihr totes Tier verbrennen ließen, um es im Anschluss wieder zu sich nach Hause zu holen? »Das wusste ich ja gar nicht. Danke für den Tipp. Ich wünsche Ihnen noch eine gute Nacht.« Er hob die Schaufel auf und ging in die Richtung, wo er seinen Wagen vermutete.

»Ach, junger Mann. Einen Moment noch«, rief der Förster ihm hinterher.

Er blieb stehen, ohne sich umzudrehen. Den Griff der Schaufel hielt er fest in der Hand, bereit zuzuschlagen, sollte der Kerl doch einen Blick in die Tüte werfen wollen.

»Sie haben nicht zufällig ein verletztes Wildschwein gesehen? Mir wurde ein Wildunfall gemeldet und ich bin jetzt auf der Suche nach dem Tier, um es zu erlösen.«

»Nein, tut mir leid«, sagte er erleichtert und nahm dann die Beine in die Hand, um in der Dunkelheit zu verschwinden.

22

KAPITEL

Es war kurz nach acht am Samstagmorgen, als Fabian den Dienstwagen im Parkhaus am Gericht abstellte, um Silas Marinescu, so hieß der Türsteher, erneut einen Besuch abzustatten. Am Vorabend hatten sie bei der Wohnung im Hinterhof niemanden angetroffen, und ein Blick durch die Fenster hatte ihnen keinen Hinweis darauf gegeben, ob Lina Rieker sich dort aufhielt. Thomas und Fabian hatten noch kurz gewartet, bevor sie eine Zivilstreife angefordert hatten, um die Hofeinfahrt die Nacht über zu beobachten. Nur für den Fall, dass Hakim seine Offenheit im Nachhinein bereuen und den Kerl warnen sollte.

Erst am frühen Morgen hatte die Streife vermeldet, dass Marinescu zurückgekehrt war. Zu diesem Zeitpunkt war das *Na und* längst geschlossen und Hakim lag vermutlich in seinem Bett. Marinescu hingegen würde nicht viel Schlaf bekommen, was für die Befragung nicht die schlechteste Voraussetzung war. Ein müder Kopf war nicht gut im Lügen.

Gemeinsam mit Helga und Thomas stieg Fabian die Stahltreppe zu der Wohnung hinauf, die über den Garagen im Hinterhof lag. Sie stellten sich nebeneinander links und rechts von der Tür auf und Fabian klingelte. Als sich eine Weile nichts rührte, versuchte er es erneut. Nach einem Moment hörte man im Inneren Geräusche. Kurz darauf öffnete sich die Tür einen Spalt und ein zerknautschtes Gesicht erschien, das ihnen müde entgegenblinzelte.

Fabian hielt ihm seinen Dienstausweis hin. »Guten Morgen. Herr Marinescu, nehme ich an?«

Der Türsteher rieb sich übers Gesicht und studierte anschließend mit hochgezogenen Augenbrauen den Ausweis. Als er realisierte, wer da vor seiner Tür stand, wurde der Spalt kleiner, sodass nur noch eines seiner Augen zu sehen war, mit dem er nach draußen linste. »Kripo? Was wollen Sie von mir?«

»Es wäre nett, wenn Sie uns kurz reinlassen würden, damit wir uns mit Ihnen über Lina Rieker unterhalten können«, sagte Thomas und drückte gegen das Türblatt, das sich keinen Millimeter bewegte. Anscheinend hatte Marinescu sich von der anderen Seite mit seinem gesamten Körpergewicht dagegen gelehnt.

»Ist gerade ungünstig. Ich bin eben erst nach Hause gekommen und hab mich hingelegt, um zu schlafen.«

»Wenn Sie uns verraten, wo Lina sich aufhält, brauchen wir unter Umständen gar nicht so lange«, log Fabian. Selbstverständlich würden sie es nicht dabei belassen, zu erfragen, wo das Mädchen steckte.

»Keine Ahnung, von wem Sie überhaupt reden.« Marinescu hatte anscheinend beschlossen, sich unwissend zu stellen.

Fabian kramte das Foto von Lina hervor, das sie gestern Hakim gezeigt hatten, und hielt es vor das Auge, das mittlerweile schon ein wenig wacher aussah. »Da Sie offenbar ein schlechtes Namensgedächtnis haben, hilft Ihnen das vielleicht auf die Sprünge.«

»Wer behauptet denn, dass die bei mir wäre?«

»Das spielt keine Rolle«, gab Thomas zurück. »Lassen Sie uns jetzt rein oder müssen wir hier mehr Aufsehen erregen? Bestimmt sollen doch die Nachbarn nicht mitbekommen, dass die Kripo etwas von Ihnen will ...« Seine Stimme war Stück für Stück ein wenig lauter geworden, sodass das Wort *Kripo* überdeutlich durch den Hof hallte.

»Ist ja schon gut«, murmelte Marinescu und riss die Tür auf. Nur in Boxershorts und Muskelshirt stand er vor ihnen. Die volltätowierten Beine waren muskulös, die Arme ebenso, wie man es bei einem Türsteher erwarten würde. Seine nackten Füße steckten in einem Paar Badelatschen von Adidas, was ihm das Aussehen eines Bademeisters verlieh. »Kann ich mir wenigstens was anziehen?«, fragte er missmutig, während Fabian gefolgt von Thomas und Helga die Wohnung betrat.

»Haben Sie ein Fenster im Schlafzimmer?«, stellte Fabian die Gegenfrage.

Marinescu verdrehte genervt die Augen. »Kommen Sie halt mit, wenn Sie Schiss haben, dass ich abhaue.«

Das ließ Fabian sich nicht zweimal sagen und folgte ihm. Das Wohnzimmer, das sie durchquerten, war unaufgeräumt, die Couch, die vor einem wackeligen Holztisch stand, wirkte gammelig und verlebt. Einen krassen Kontrast dazu bildete der protzige Schreibtisch mit der riesigen Glasplatte, auf dem ein teurer Curved Monitor thronte. An der Wand hing das neueste Modell eines OLED-Fernsehers in mindestens achtzig Zoll. Hier lag die Priorität eindeutig auf der aktuellsten Technik und nicht auf der Einrichtung.

Marinescu nahm sich die Hose, die vor seinem Bett lag, und streifte sie über. Danach zog er eine Sportjacke über das Muskelshirt und setzte sich auf das Bett, um sich noch Socken anzuziehen. Fabians Blick fiel auf einen Baseballschläger aus Metall, der neben dem Kopfende stand, und seine Muskeln spannten sich an. *Ein schwerer und glatter*

Gegenstand wie eine Eisenstange oder ein Schlagstock, kamen ihm die Worte des Rechtsmediziners in den Sinn. Oder eben ein Baseballschläger.

Er wandte den Blick ab und sagte zunächst nichts dazu, denn er wollte Marinescu nicht unbedingt darauf aufmerksam machen.

»Wären Sie dann so weit?«, fragte er, da der Türsteher noch immer auf dem Bett saß.

»Ja, mein Gott. Ich bin halt müde, machen Sie mal keinen Stress.« Er wuchtete sich von der Matratze hoch und trottete zurück ins Wohnzimmer, wo Thomas vor dem Sofa stand und die Polster inspizierte. Helga hatte sich neben der Eingangstür postiert und gegen die Wand gelehnt. Sie sah mindestens genauso müde aus wie Marinescu.

»Also, was wollen Sie über die Lina wissen?«

»Jetzt kennen Sie sie plötzlich doch?«, fragte Fabian mit gespieltem Erstaunen.

»Lassen wir doch die Spielchen. Sie hat hier für ein paar Tage gepennt und ist dann weitergezogen. Mehr hab ich nicht zu sagen.«

Thomas richtete sich auf und ging im Wohnzimmer auf und ab. »Woher kennen Sie das Mädchen? Ihnen ist klar, dass sie minderjährig ist? Sie sind doch mindestens Mitte zwanzig, oder nicht?«

»Ich hab mir keinen Ausweis zeigen lassen.« Marinescu stand etwas verloren im Raum und zuckte mit den Schultern.

»Und meine erste Frage?«

Der Türsteher stöhnte genervt. Sein akkurat geschnittener Militärhaarschnitt stand am Oberkopf unordentlich ab, was ihm das Aussehen eines verschlafenen Schuljungen verlieh. »Aus *Fortnite*. Ein Onlineshooter. Junge Menschen spielen so etwas.« Er schaute abfällig zwischen Fabian und Thomas hin und her. »Deshalb werden übrigens nicht alle zum Amokläufer, auch wenn das in der Presse oder von Leuten wie Ihnen gern so dargestellt wird.«

»Und weiter? Sie werden wohl nicht als Wildfremde Adressen ausgetauscht haben und plötzlich stand sie bei Ihnen vor der Tür«, sagte Fabian, der nicht auf die Provokation einging. Er hatte keine Vorurteile gegenüber Gamern, saß er doch selbst in seiner Freizeit manchmal vor der Konsole, um ein paar Zombies abzuschlachten oder in einer postapokalyptischen Welt Rätsel zu lösen.

»So ungefähr ist es gelaufen, ja. Wir zocken schon eine ganze Weile immer mal wieder zusammen im Team, und da unterhält man sich auch über dies und das, wenn man so viel Zeit miteinander verbringt.«

Fabian wartete, ob er noch etwas hinzufügen wollte, doch er war offenbar fertig. »Sie haben also gemeinsam in diesem Shooter Leute abgeballert, und Lina hat Ihnen dies und das erzählt. Wie kam es jetzt dazu, dass sie plötzlich bei Ihnen eingezogen ist? Und hat es Sie so gar nicht interessiert, dass ihr Foto durch die Presse ging und sie gesucht wird?«

Marinescu schüttelte den Kopf und winkte ab. »In fremde Angelegenheiten mische ich mich nicht ein. Wenn ein siebzehnjähriges Mädel unbedingt weg von Zuhause will, wird sie schon ihre Gründe dafür haben.«

»Sie haben eine Minderjährige vor der Polizei versteckt und das bezeichnen Sie als sich nicht einmischen? Die Eltern sind voller Sorge, ob es ihrer Tochter gut geht oder ob ihr etwas zugestoßen ist. Ist Ihnen das völlig egal?« Die ignorante Einstellung des Muskelprotzes brachte Fabian aus der Fassung. Er stellte sich vor, wie es ihm wohl gehen würde, wenn sein Kind später einmal wegen eines Streits, einer Lappalie von zu Hause ausriss. Wie er vor Angst umkam, während es bei irgendeinem schmierigen Kerl auf dem Sofa übernachtete, der sich einen Dreck darum scherte, wie es den Eltern mit der Situation ging. Das war alles andere, als sich nicht einzumischen.

Marinescu schien sich nicht dazu äußern zu wollen, er schwieg beharrlich.

»Wo hält Lina sich im Moment auf?«

»Keine Ahnung, wo sie ist. Vermutlich bei ihrem Vater.«

Thomas und Fabian wechselten einen beunruhigten Blick und auch in Helga kam Bewegung. Sie stieß sich von der Wand ab und trat zu ihnen.

»Was soll das heißen, bei ihrem Vater?«, fragte Fabian. Hatte Marinescu auch sie zerstückelt und in den Main geworfen, wo die Taucher sie noch nicht gefunden hatten? Wenn dem so sein sollte, wäre es das merkwürdigste Geständnis, das sie je bekommen hatten.

Helga räusperte sich. »Ihnen ist schon klar, dass wir Linas Vater mittlerweile gefunden haben?«

»Und da ist sie nicht, oder wie?« Marinescu zog ein verständnisloses Gesicht.

»Wollen Sie uns damit sagen, dass Sie Lina gemeinsam mit ihrem Vater in den Main geworfen haben?«, fragte Fabian, dann hob er die Hand und belehrte Marinescu vorsorglich darüber, dass es ihm freistand, sich zu dem Tatvorwurf zu äußern, und er sich nicht selbst belasten musste. Außerdem wies er ihn darauf hin, dass er jederzeit einen Anwalt hinzuziehen konnte.

»Lina ist tot oder was?«, fragte Marinescu nur entgeistert, ohne auf das einzugehen, was Fabian ihm gesagt hatte. Die Verblüffung schien ehrlich zu sein, aber es gab Leute, die sich gut verstellen konnten.

»Ihr Vater ist es jedenfalls. Seine zerstückelte Leiche haben wir die Tage aus dem Main geborgen, auch wenn Sie sich reiflich Mühe gegeben haben, dass die Säcke unter

Wasser bleiben«, entgegnete Thomas. »Wir haben gehofft, Sie könnten uns aufklären, was mit Lina geschehen ist.«

Marinescu sah sich hektisch um und Fabian machte sich innerlich schon bereit, den Koloss von einer Flucht abzuhalten. Statt zur Tür oder zu einem Fenster zu rennen, zog der Türsteher sich den Schreibtischstuhl ran und ließ sich mit einem Seufzen darauf fallen. Er schüttelte verständnislos den Kopf. »Hören Sie, ich hab keine zwei Stunden geschlafen und absolut keine Ahnung, wovon Sie reden. Mit diesem Typen, der aus dem Main gezogen wurde, hab ich nichts zu tun und ich weiß nicht, wo Lina steckt. Verfickte Scheiße, wo versuchen Sie gerade, mich reinzuziehen? Ich hab nichts gemacht, außer einem Mädel in Not meine Hilfe anzubieten, und jetzt das ...«

Fabian dachte an den Baseballschläger im Schlafzimmer und ihm kam eine Idee. Vielleicht war der Typ naiv genug, sich darauf einzulassen. »Wenn Sie sich nichts vorzuwerfen haben, gibt es eine Möglichkeit, die Sache abzukürzen.«

»Und die wäre?«, fragte Marinescu mit hängenden Schultern.

»Würden Sie sich damit einverstanden erklären, wenn wir die Spurensicherung kurz hier durchschicken?«

Der Türsteher hob den Kopf und schaute Fabian mit zusammengezogenen Augenbrauen an. Seine rechte Hand rieb nervös über seinen Hinterkopf. Wahrscheinlich wog er gerade ab, ob er nach dem Mord ordentlich genug sauber gemacht hatte. Fabian könnte ihm verraten, dass es unmöglich war. Nie und nimmer hatte er sämtliche Spuren vernichtet, sodass sie nichts mehr finden würden, allerdings würde er sich hüten, den Kerl vorzuwarnen. »Also, wie sieht's aus? Sollten Sie nichts zu verbergen haben, dürfte das doch kein Problem darstellen.«

»Von mir aus«, stieß Marinescu mit zusammengebissenen Zähnen hervor. Fabian glaubte, sich verhört zu haben, und Thomas ging es offenbar ähnlich.

»Sie sind einverstanden?«, fragte auch Helga mit deutlicher Verwunderung in der Stimme.

Schnell warf Fabian ihr einen Blick zu, der sie zum Schweigen bringen sollte, damit Marinescu nicht auf die Idee kam, es sich anders zu überlegen. Die Beweislage war momentan noch so dünn, dass sie nur schwer einen Durchsuchungsbeschluss bekommen würden, ohne seine Zustimmung sähe es also düster aus.

»Meine Fresse! Machen Sie halt, wenn Sie mich danach endlich in Ruhe lassen. Das nächste Mal überleg ich mir sehr genau, ob ich jemanden auf meinem Sofa pennen lasse, das schwör ich.«

»In Ordnung, dann rufe ich jetzt die Kollegen an«, sagte Fabian. Ein wenig wunderte er sich schon darüber, dass es so einfach gewesen war. Hatte der Überfall auf Rieker am Ende gar nicht in dieser Wohnung stattgefunden? Peitsch wäre überhaupt nicht begeistert, wenn sie jetzt eine Menge vom Budget für diesen Einsatz verbliesen und nichts dabei rauskam. Andererseits gab es auch Männer, die an freiwilligen Massengentests teilnahmen, obwohl sie wussten, dass sie schuldig waren.

Nein, Fabian war sich sicher, dass sie hier auf der richtigen Spur waren. Sie standen so kurz davor, den Mörder von Benjamin Rieker zu überführen und dadurch hoffentlich auch zu erfahren, was mit Lina geschehen war. Er holte sein Handy raus und wählte die Nummer der Kriminaltechnik, um ein Team anzufordern.

23

KAPITEL

Helga beobachtete die Geister von der Spurensicherung dabei, wie sie durch die Wohnung des Türstehers wuselten. Dank der Aufregung waren die Grippesymptome, die sie in der Nacht kaum hatten schlafen lassen, wie weggeblasen. Was Adrenalin alles mit dem Körper anstellen konnte, war faszinierend. Vielleicht wirkte auch endlich mal eine der Ibus, die sie sich in den letzten Tagen wie Smarties reinpfiff.

Der muskelbepackte und volltätowierte Silas Marinescu stand mit teilnahmsloser Miene mitten in seinem Wohnzimmer und schaute drein, als könnte er kein Wässerchen trüben. Es war sein gutes Recht, der Durchsuchung beizuwohnen, und das hatte er in Anspruch gekommen.

Noch immer wunderte Helga sich darüber, weshalb er so dumm gewesen war, sie mit der KTU in seine Wohnung zu lassen. Es sollte sich mittlerweile zu jedem herumgesprochen haben, dass die Methoden der Kriminaltechnik heutzutage so ausgefeilt waren, dass damit jede noch so kleine Spur aufzustöbern war. Er hätte auch ablehnen und somit Zeit gewinnen können, bis sie einen Durchsuchungsbeschluss besorgt hatten, um sich währenddessen abzusetzen, einen Anwalt zu kontaktieren oder sonst was zu tun. Stattdessen hatte er ihnen einfach die Erlaubnis gegeben, ihm das Verbrechen nachzuweisen, das er mutmaßlich begangen hatte. Umso besser für sie, dass er ihnen seine Zustimmung erteilt hatte.

Daran, dass sie etwas finden würden, zweifelte Helga nicht. Der Baseballschläger im Schlafzimmer passte exakt auf die Beschreibung, die Gering von der Tatwaffe des Angriffs gegen den Kopf gegeben hatte. Bestimmt nutzte Marinescu das Teil nicht für Sport, denn er sah nicht athletisch aus, sondern eher als würde er seine Freizeit mit Bankdrücken verbringen. Jedenfalls, wenn er nicht gerade mit minderjährigen Mädchen online irgendwelche Ballerspiele zockte und sie im Anschluss zu sich nach Hause einlud.

Doch der Baseballschläger war nicht das Einzige, was Helga aufgefallen war. Während Fabian dafür gesorgt hatte, dass Marinescu sich auch wirklich nur ein paar Klamotten überwarf und nicht die Gelegenheit nutzte, aus dem Fenster zu türmen, hatte sie sich kurz in der Wohnung umgesehen. Auf der Sitzfläche des schmuddeligen Sofas war ihr eine hellere Stelle ins Auge gesprungen, auf die sie Thomas aufmerksam gemacht hatte. Es sah ganz danach aus, als hätte da vor nicht allzu langer Zeit jemand einen Fleck entfernt. Möglicherweise handelte es sich dabei um das Blut von Benjamin Rieker, der hier im Wohnzimmer mit dem Baseballschläger niedergeschlagen worden war.

Einen Blick ins Bad hatte sie auch geworfen. Marinescu hatte eine große Badewanne, in der er den Leichnam bequem hätte zerteilen können. Lediglich entsprechende Messer hatte sie auf die Schnelle keine entdecken können, was aber nicht hieß, dass Silas Marinescu keine besessen und sie nach der Tat entsorgt hatte.

Endlich bewegte sich einer der Geister in seinem weißen Schutzanzug in Richtung Sofa. Gespannt fokussierte Helga sich auf den Türsteher, der momentan noch keine Gefühlsregung zeigte. War er sich wirklich so sicher, dass er es geschafft hatte, das Blut so ordentlich wegzuschrubben, dass es selbst die Kriminaltechniker mithilfe von Luminol nicht mehr sichtbar machen konnten? Natürlich gab es durchaus Methoden, mit denen man Blutflecken rückstandslos entfernen konnte, aber für einen Laien war es so gut wie unmöglich. Selbst wenn die Techniker nur eine kleine Restspur fanden, standen die Chancen gut, dass sie die DNA der Spur analysieren und nachweisen konnten, dass Rieker in diesem Raum verletzt worden war.

Der Kriminaltechniker wies Marinescu an, sich von dem Sofa zu entfernen, damit er gefahrlos seine frisch zusammengemischte Chemikalie versprühen konnte. Vor sich hin grummelnd setzte sich der Türsteher in Bewegung und stellte sich direkt neben Helga. Angesichts seiner Größe und vor allem Breite fühlte sie sich ein wenig unwohl, ließ sich aber nichts anmerken. Zumindest beruhigte es sie etwas, dass so viele andere Leute anwesend waren. Der Typ überragte sie locker um zwei Köpfe und hatte Bizepse, die so breit waren wie Helgas wenig trainierte Oberschenkel. Wenn er wollte, könnte er sie zusammenfalten wie ein Päckchen.

Der Geist war fertig mit Sprühen und gab seinem Kollegen ein Zeichen.

»Ich verdunkle jetzt den Raum«, kündigte der daraufhin an und ließ die Rollläden herunter.

Fabian und Thomas kamen zu ihr und Silas Marinescu herüber und stellten sich neben sie. Gebannt starrten sie alle auf das Sitzpolster. Mit bloßem Auge war kein Leuchten auf dem Stoff des Sofas zu erkennen, was aber nichts heißen musste. Der Türsteher, der dies offenbar nicht wusste, atmete leise aus. Anscheinend sah er sich schon aus dem Schneider.

Der Geist nahm eine Kamera, drehte an den Einstellungen herum und knipste ein Bild. Dann schaute er auf das Display. Sogar von hier aus erkannte man das blaue Leuchten. Im schwachen Licht der Kamera nickte der Mann.

Im selben Moment bekam Helga einen Stoß in die Rippen, der ihr die Luft aus der Lunge presste.

Wie ein Besessener stürmte Marinescu los in Richtung Haustür, wobei er Thomas über den Haufen rannte, der gegen Fabian taumelte. Kaum eine Sekunde später war der Türsteher verschwunden, man hörte nur das metallische Poltern, mit dem er die Stufen der Stahltreppe runterhastete. Seine Badelatschen hatte er noch in der Wohnung von den Füßen gekickt und rannte auf Socken weiter.

Thomas und Fabian setzten sich sofort in Bewegung und liefen hinterher. Auch Helga folgte ihnen, obwohl sie noch damit zu kämpfen hatte, wieder ordentlich Luft zu bekommen. Ein gutes Stück hinter ihren Kollegen stolperte sie die Treppe hinunter.

»Bleiben Sie sofort stehen«, rief Fabian und zückte seine Waffe, obwohl er unmöglich einen Warnschuss abgeben konnte. Sie befanden sich mitten in der Innenstadt und es waren viel zu viele Passanten unterwegs.

Einen davon, eine ältere Frau, hatte Marinescu auf seiner Flucht umgerissen. Vor dem Hoftor lag sie stöhnend auf dem Asphalt und deutete in die Richtung, in die der Flüchtige abgehauen war. Der hatte mittlerweile die dreispurige Straße überquert und rannte in Richtung der Friedberger Anlage. Helga wollte der Frau auf die Füße helfen, doch die war schon dabei, sich hochzurappeln, wobei ihr ein hinzugeeilter Fußgänger unter die Arme griff. Also rannte Helga weiter Thomas und Fabian hinterher.

Ausgerechnet jetzt sprang die Ampel für die Autos auf Grün, doch Thomas war bereits auf der Fahrbahn und blieb mit ausgebreiteten Armen stehen, um die Fahrzeugkolonne vom Anfahren abzuhalten. Diese Verzögerung wurde mit ungeduldigem Hupen quittiert, doch alle Fahrer blieben stehen. Helga spurtete hinter Fabian her auf die andere Seite. Sie fiel langsam zurück. Ihre Form ließ in letzter Zeit immer mehr zu wünschen übrig, da sie im Winter zu bequem war, sich zum Joggen aufzuraffen.

Thomas hatte sich ebenfalls wieder in Bewegung gesetzt und überholte sie auf Höhe des Pausenhofs der Berufsfachschule. Etwas weiter vorn sah sie Silas Marinescu mit einem ordentlichen Vorsprung hinter dem Bethmannweiher zwischen den Bäumen verschwinden. Da sie sich vor ihren beiden Kollegen keine Blöße geben wollte, biss sie die Zähne zusammen und legte an Geschwindigkeit zu. Helga rannte, so schnell es ihre Beine und ihre Lunge zuließen. Tatsächlich schaffte sie es, ein wenig aufzuholen. Am Rand des Ententeichs starrten die Passanten ihnen mit aufgerissenen Augen hinterher.

Keiner von ihnen war auf die Idee gekommen, sich dem Flüchtenden in den Weg zu stellen, was Pech und Segen zugleich war. Niemand konnte sagen, ob Marinescu es in Kauf nehmen würde, einen Unschuldigen zu verletzen oder gar zu töten, um seine Flucht fortführen zu können. Andererseits verschwand er langsam aus ihrer Sichtweite.

»Verdammt, wo ist er hin?«, rief Fabian, der vorweg rannte.

Hektisch schaute Helga sich um. Auch von ihrer Position aus war Marinescu nirgends mehr zu sehen.

»Wir sichern die andere Seite um den See«, brüllte Thomas seinem Kollegen zu. Unvermittelt schlug er einen Haken und packte Helga am Arm, damit sie ihm über die Weggabelung folgte.

Die war mittlerweile völlig außer Atem, schaffte es aber noch irgendwie, Schritt zu halten. Es war jedoch nur eine Frage der Zeit, bis sie nicht mehr konnte. Ein Taubenpärchen tippelte vor ihr über den Weg und sie wich nach rechts aus.

Auf einmal riss sie ein stechender Schmerz in der Flanke von den Füßen. Wie von einem unsichtbaren Seil gestoppt fiel Helga zu Boden und krümmte sich. Wimmernd hielt sie sich die Seite und wollte nach Thomas rufen, der offenbar nichts von ihrer Misere mitbekommen hatte. Sie bekam keinen Ton raus, der Schmerz raubte ihr die Sinne. Hatte Marinescu sich etwa in einem Gebüsch versteckt und sie angeschossen? Aber dann hätte sie einen Knall hören müssen.

Ihr Herz trommelte so heftig gegen ihren Brustkorb, als versuchte es, sich den Weg nach draußen zu bahnen. Helga wollte sich umsehen, doch sie bekam ihren Kopf einfach nicht vom frostigen Boden gehoben. Hatte sie eben noch geschwitzt, war ihr mit einem Mal so kalt, dass sie am ganzen Körper zitterte. Unkontrolliert schlugen ihre Zähne aufeinander, so heftig, dass sie Angst hatte, sich einen Schneidezahn abzubrechen.

Wie durch Watte hörte sie dumpfe Schritte, die sich ihr näherten. Ein paar Füße tauchten in ihrem Sichtfeld auf, blieben vor ihr stehen. Ihr Blick verschwamm, dann verlor sie das Bewusstsein.

24

KAPITEL

Fabian stand vor dem Vernehmungsraum und ließ die Schultern kreisen, um die Anspannung loszuwerden. Seit Helga von dem Rettungswagen mitgenommen worden war, hatten sie nichts von ihr gehört – und das würden sie so bald wohl auch nicht, außer sie wäre selbst in der Lage, sich zu melden. Er befürchtete, dass dies leider nicht so schnell der Fall sein würde, denn bis zum Eintreffen des Notarztes hatte sie das Bewusstsein nicht wiedererlangt.

Keiner von ihnen wusste, was passiert war. Während der Verfolgung von Marinescu war sie plötzlich umgekippt und auf dem Weg liegen geblieben. Thomas hatte erst bemerkt, dass sie nicht mehr direkt hinter ihm war, nachdem Fabian den Türsteher erwischt und festgesetzt hatte. Es wäre für seine Flucht wohl besser gewesen, sich im Fitnessstudio etwas intensiver mit Ausdauertraining zu beschäftigen, anstatt immer nur die Muskeln zu stählen.

Jedenfalls war Helga verschwunden. Sie fanden sie am Boden zwischen einer Traube von Menschen, von denen sich niemand bemüßigt fühlte, Erste Hilfe zu leisten. Anscheinend war sie ganz plötzlich mitten im Laufen umgefallen. Fabians unmittelbare Befürchtung war, dass

Marinescu sie bei dem Stoß vor seinem Fluchtversuch mit irgendetwas gestochen und vergiftet hatte, was er auch dem Notarzt mitgeteilt hatte. Bis zum Eintreffen seines Anwaltes hatte sich der Verdächtige geweigert, ein Wort zu sagen, und ein entsprechender Gegenstand konnte bei ihm zwar nicht sichergestellt werden, aber den hätte er beim Weglaufen längst im Gebüsch entsorgt haben können.

Obwohl Fabians Gedanken ständig um Helga kreisten und darum, wie es ihr in diesem Moment ging, musste er sich jetzt auf seine bevorstehende Aufgabe konzentrieren. Hinter der Tür saß Silas Marinescu mit einem Pflichtverteidiger und wartete darauf, seine Aussage zu machen. Mario, der die Vernehmung begleiten würde, war ebenfalls bei ihnen, während Thomas einen Backgroundcheck zum Verdächtigen durchführte.

Mit durchgedrückten Schultern betrat Fabian schließlich den Raum. Er setzte sich Marinescu gegenüber und machte zunächst die fürs Protokoll notwendigen Angaben. Dann belehrte er ihn erneut über seine Rechte, was der Türsteher stoisch zur Kenntnis nahm.

»Da ich nichts zu verbergen habe, werde ich natürlich gern Ihre Fragen beantworten«, sagte er, nachdem Fabian geendet hatte.

Ein Blick zum Pflichtverteidiger verriet Fabian, dass der keine Einwände hatte. Insgesamt wirkte er eher genervt von seiner Aufgabe hier, anstatt dass er sich besonders engagieren wollte. Das konnte ihnen nur recht sein und war allemal besser als ein ständig dazwischen schießender Anwalt.

Er wandte sich wieder dem Verdächtigen zu. »Wenn dem so ist, erklären Sie mir doch am besten zuallererst, weshalb Sie vor uns davongelaufen sind.«

»Was hätten Sie denn an meiner Stelle gemacht?«

»Sie meinen, wenn ich nichts zu verbergen hätte? Dann

wäre ich natürlich kooperativ gewesen, was denn sonst«, gab Fabian achselzuckend zurück.

»Nachdem Sie mich davor so angegangen sind? Für Sie war ich ja schon schuldig, bevor die Spurensicherung überhaupt meine Bude betreten hat.«

»Womit Sie einverstanden waren, falls Sie das vergessen haben sollten. Und wir haben Ihnen lediglich ein paar Fragen gestellt. Niemand hat Sie vorverurteilt oder gar für schuldig befunden.« Das war nur die halbe Wahrheit. Zumindest Fabian hatte ihn durchaus verdächtigt. Nicht nur, dass er vorgab, keine Information darüber zu haben, wo Lina momentan steckte, obwohl sie zuvor bei ihm Unterschlupf gefunden hatte, sondern Rieker hatte sich am Abend seiner Ermordung in der Funkzelle aufgehalten, in der Marinescus Wohnung lag. Dazu fand sich in seiner Wohnung eine der möglichen Tatwaffen, was die Arbeit der Spurensicherung mittlerweile annähernd bestätigt hatte, da sie Blutanhaftungen darauf sichergestellt hatten. Fabian war überzeugt davon, dass die DNA-Analyse bestätigen würde, dass es sich dabei um Riekers Blut handelte.

»Mag ja sein. Mir kam es anders vor und da hab ich halt Panik bekommen und etwas überreagiert«, gab Marinescu ein wenig kleinlaut zu.

»Eine Überreaktion, bei der Sie meine Kollegin tätlich angegriffen haben.«

»Das war doch bloß ein leichter Schubser im Affekt, meine Güte. Sie ist doch nicht aus Glas, oder?«

Vor Wut über diese lapidare Ausrede ballte Fabian eine Faust. Auch wenn Helga sich immer für zu mopsig hielt, in seinen Augen war sie eine schmale Person und noch dazu viel kleiner als Marinescu. Vom Gewicht brauchten sie gar nicht erst anzufangen, der muskelbepackte Türsteher wog sicherlich das Doppelte von ihr. »Und um sicherzugehen, dass wir Ihnen nicht weiter folgen, haben Sie ihr was gespritzt?«, fragte er.

Marinescu schaute ihn verständnislos an. »Wovon reden Sie?«

»Jetzt tun Sie mal nicht so, als hätten Sie keine Ahnung, wovon ich spreche. Während der Verfolgung ist meine Kollegin urplötzlich umgekippt. Das passiert doch nicht aus heiterem Himmel. Bei dem Angriff gegen sie müssen Sie ihr irgendetwas injiziert haben.« Fabian stützte sich auf dem Tisch ab und lehnte sich rüber zu Marinescu. »Verraten Sie mir, was das war, damit wir den Ärzten diese Information zukommen lassen können, dann wird Ihnen das als mildernder Umstand angerechnet.«

Es war deutlich zu sehen, wie es in Marinescus Hirn ratterte. »Das stimmt nicht, was Sie mir da anhängen …«

»Sagen Sie mir, um welches Gift es sich handelt, damit die Ärzte unsere Kollegin entsprechend behandeln können«, brüllte Fabian ihn an.

»Nach Paragraf hundertsechsunddreißig, Absatz eins der Strafprozessordnung ist es als Beschuldigter Ihr Recht, zur Sache zu schweigen«, erklärte der Pflichtverteidiger lakonisch, als wäre er aus einem tiefen Schlaf erwacht.

Fabian wäre ihm am liebsten über den Mund gefahren. Natürlich stimmte das, aber es ging hier um die Gesundheit einer Kriminalbeamtin.

»Aber ich will mich dazu äußern«, sagte Marinescu bestimmt. »Ihrer Kollegin habe ich überhaupt nichts getan, außer sie zu schubsen. Was glauben Sie denn? Dass ich für den Fall der Fälle immer eine aufgezogene Spritze daheim rumliegen habe, mit der ich mir den Weg freikämpfen kann? Woher sollte ich das überhaupt haben? Wenn ich mich verteidigen will, dann habe ich meine Muskeln.«

Und den Baseballschläger. Nüchtern betrachtet musste Fabian zugeben, dass die Aussage des Türstehers einleuchtend klang. Trotzdem blieb da Helga, die aus heiterem Himmel bewusstlos zusammengebrochen war. Andererseits war es vielleicht gar nicht so plötzlich gekommen. Schon seit einigen Tagen hatte sie nicht gerade wie das blühende Leben ausgesehen.

»Sie bleiben endgültig bei dieser Aussage?«, gab er Marinescu noch eine Chance, auszupacken.

»Was soll ich denn sonst sagen? Ich habe nichts getan, weder Ihrer Kollegin noch Linas Adoptivvater.«

»Wie Sie meinen«, entgegnete Fabian achselzuckend. »Sollten die Ärzte herausfinden, dass Sie gelogen haben, ist Ihre Chance auf Strafminderung im Fall des tätlichen Angriffs auf Vollstreckungsbeamte bei einer Diensthandlung vertan. Haben Sie das verstanden?«

»Ich bin doch nicht blöd.«

Die einen sagen so, die anderen sagen so, dachte Fabian und lehnte sich wieder in seinem Stuhl zurück. »Sie haben also überhaupt nichts von dem getan, was Ihnen vorgeworfen wird, und sind trotzdem aus Ihrer Wohnung geflüchtet. Wollen Sie mir erklären, warum?«

»Jedes Kind, das schon mal einen Krimi gesehen hat, weiß doch, was diese blauen Spuren da zu bedeuten haben, die Sie auf meinem Sofa gefunden haben.«

»Und das wäre?«

»Na, dass da eben irgendwelches Blut geklebt hat.«

Fabian nickte. »Für das Sie keine Erklärung haben, nehme ich an.«

»Nee, hab ich nicht. Das Teil ist gebraucht von eBay-Kleinanzeigen. Das kann ich auch beweisen, Sie können gern die Nachrichten mit dem Verkäufer sehen. Wer weiß, was die Leute vorher damit gemacht haben.«

»Wir werden die DNA der Spur überprüfen und sollte sie mit der Probe des Opfers übereinstimmen, dann sollten Sie besser eine gute Begründung parat haben, wie das Blut auf Ihre Couch kam«, sagte Fabian, obwohl er noch gar nicht wusste, ob es den Kriminaltechnikern gelungen war, überhaupt DNA zu sichern. Luminol konnte das Blut zwar nach dessen Entfernung sichtbar machen, aber es war durchaus möglich, dass der Reinigungsversuch so erfolgreich gewesen war, dass es nicht für einen Vergleich ausreichte. Blieb noch der zweite Gegenstand, auf dem man Blutspuren gesichert hatte. »Was ist mit dem Baseballschläger? Haben Sie den ebenfalls gebraucht gekauft?«

Marinescus Augen weiteten sich. »Da war auch was drauf?«

»Stimmt, das haben Sie gar nicht mehr mitbekommen, da Sie da schon Ihren Spaziergang durch den Park unternommen haben.«

Der Türsteher schaute zu seinem Anwalt, als könnte der an den Tatsachen etwas ändern.

»Wie bereits erklärt, ist es nach Paragraf hundertsechsunddreißig, Absatz eins der Strafprozessordnung als Beschuldigter Ihr Recht, zur Sache zu schweigen«, leierte der nur gelangweilt herunter.

»Zu dem Baseballschläger möchte ich mich nicht äußern«, sagte Marinescu sogleich.

Fabian seufzte. »Wie Sie meinen. Fangen wir am besten von vorn an. Erzählen Sie uns doch bitte fürs Protokoll noch mal, woher Sie Lina Rieker kennen und wie es dazu kam, dass dieses minderjährige Mädchen bei Ihnen, einem sechsundzwanzigjährigen Mann, untergekommen ist.«

Marinescu wiederholte die Geschichte, die er schon in seiner Wohnung zum Besten gegeben hatte: dass sie sich bei einem Internetspiel kennengelernt hatten und sie ihn irgendwann gefragt hatte, ob sie ein paar Nächte bei ihm übernachten dürfte. »Als ich dann letzte Woche Sonntag von der Arbeit heimgekommen bin, war sie mitsamt ihren Sachen verschwunden«, schloss er seinen Bericht ab.

»Gut, dass Sie es gerade selbst ansprechen«, hakte Fabian ein. »Nach Ihrem Alibi hätte ich Sie ohnehin noch gefragt. Sie haben in der Nacht von Samstag auf Sonntag gearbeitet. Zu welchen Zeiten genau?«

»Von sechs bis sechs«, kam die Antwort wie aus der Pistole geschossen. »So wie jedes Wochenende.«

»Sie sind Türsteher, oder? Dann können Ihre Kollegen das sicher bestätigen.«

Marinescu verzog das Gesicht. »Momentan bin ich bei einer Zeitarbeitsfirma für Wach- und Sicherheitspersonal. Samstags und sonntags übernehme ich die Nachtschichten für Objektschutz in einem Industriegebiet. Ein easy Job, es gibt Schichtzulage und man hat seine Ruhe.«

»Es kann demnach niemand bezeugen, dass Sie die ganze Nacht über dort waren?«, fragte Mario, der sich bislang vornehm zurückgehalten hatte und sich das Herumgeeiere wohl nicht mehr länger anhören wollte. Er und Fabian hatten sich vorher abgesprochen, dass hauptsächlich Fabian die Befragung übernehmen sollte.

Erneut warf Marinescu seinem Anwalt einen Hilfe suchenden Blick zu, der sich jedoch weiterhin unbeteiligt gab. »Die Stechuhr höchstens.«

Fabian nahm sein Handy und schrieb Thomas eine Nachricht, dass der die Angaben beim Arbeitgeber überprüfen sollte. Zusätzlich sollte er zusehen, ob er noch eine Funkzellenüberprüfung anfordern konnte, bevor es zu spät und die Daten gelöscht waren. Denn selbst wenn die Zeitarbeitsfirma Marinescus Aussage bestätigen sollte, bedeutete das noch lange nicht, dass er auch die gesamte Nacht bei dem zu bewachenden Objekt verbracht hatte. Er hätte sich genauso gut einstechen können, um dann zurück zu seiner Wohnung zu fahren.

Aber woher hätte er wissen sollen, dass Rieker dort auftauchte? Vielleicht, weil der am Vortag bei dem Mann geklingelt und nach seiner Adoptivtochter gefragt hatte. Daraufhin könnte Marinescu ihn für den nächsten Abend zu sich bestellt haben, um ihn dann eiskalt zu ermorden, weil am Freitag möglicherweise die Umstände für ihn nicht gepasst hatten.

»An diesem Sonntagmorgen, an dem Lina angeblich ohne Ankündigung nicht mehr da war«, setzte Fabian die Befragung fort, »haben Sie sich überhaupt nicht gewundert, wo Ihre Besucherin steckt?«

»Nö«, sagte Marinescu wie selbstverständlich.

»Und warum nicht?«, fragte Fabian genervt. Der Mistkerl ließ sich wirklich jedes Wort aus der Nase ziehen.

»Weil sie ja angekündigt hat, nur ein paar Tage zu bleiben.«

»Um dann was zu tun? Zurück nach Hause zu gehen?«

Marinescu, der gerade aus seinem Plastikbecher getrunken hatte, prustete die Luft aus und verschluckte sich. »Ganz bestimmt nicht, nach dem, was sie so über ihren komischen Adoptivvater erzählt hat. Der Typ muss ein echter Wichser gewesen sein.«

Fabian schaute zu Mario, der sich interessiert vorbeugte und die Ellenbogen auf die Knie stützte. »Geht das ein bisschen genauer?«, fragte er.

»Na ja, ich hab sie beim Zocken bestimmt nicht nach Details gefragt, da hat man andere Sachen im Kopf. Sie hat halt gesagt, dass er sie anekelt und sie sich wünschte, er wäre tot und so was. Dass sie ihn halt niemals wiedersehen will.« Mit einem Mal hellte sich seine Miene auf, als hätte er gerade einen genialen Einfall gehabt. »Wissen Sie was? Vielleicht war sie es, die Ihrem Mordopfer mit meinem Baseballschläger eins übergezogen hat und dann abgehauen ist. So muss es gewesen sein.«

Ein spöttisches Lachen entfuhr Mario, dann rollte er mit den Augen und winkte ab. Fabians Reaktion fiel ähnlich aus. »Da haben Sie ja doch eine alternative Theorie dafür gefunden, wie die Blutspuren an Ihren Baseballschläger und auf Ihr Sofa kommen. Aber spinnen wir das mal weiter. Lina Rieker hat also ihren Adoptivvater ermordet, weil es hin und wieder Streit zu Hause gab und sie ihn, wie etliche Teenager überall auf der Welt, niemals wiedersehen wollte. Sie wissen, in welchem Zustand Herr Rieker von uns aus dem Main geborgen wurde? Ich meine mich zu erinnern, es Ihnen gesagt zu haben.«

Für einen Moment dachte Marinescu nach, dann schien es ihm einzufallen. »Er war zerstückelt.«

»Ganz genau«, bestätigte Fabian. »Lina Rieker, siebzehn Jahre alt und vielleicht fünfzig Kilo schwer, hat ihren Adoptivvater also nicht nur erst erschlagen, sondern dann auch zerstückelt und eigenhändig aus Ihrer Wohnung gebracht, das alles ohne Führerschein oder Auto, und im Anschluss noch alles gereinigt, damit Sie nichts davon mitbekommen. Klingt das so weit richtig für Sie?«

Ein Schatten huschte über Marinescus Gesicht, da er wohl selbst merkte, wie unsinnig seine Theorie war. »Wenn Sie das jetzt so sagen ... aber es könnte doch sein, dass sie Hilfe hatte. Schließlich bin ich nicht der Einzige, mit dem sie online gezockt hat. Wer weiß, ob sie da nicht den Nächsten mit in ihre Scheiße reingezogen hat, bei dem sie jetzt ist.«

Fabian dachte einen Moment darüber nach. Wie hoch war wohl die Wahrscheinlichkeit, dass Lina online gleich zwei Männer aus der näheren Umgebung kennengelernt hatte, die bereit waren, sich mit einer Minderjährigen zu treffen, und sie bei sich aufzunehmen? Einer davon so gewissenlos, dass er ihr dabei half, einen Mord zu vertuschen? Unmöglich war es wohl nicht, das Internet war ein Moloch, sodass sie es in Betracht ziehen mussten, wenngleich er nicht daran glaubte.

»Also gut«, sagte er. »Nehmen wir an, es wäre so oder so ähnlich abgelaufen. Trotzdem frage ich mich, weshalb Sie sich so gar nicht gewundert haben, wo Ihre Besucherin abgeblieben ist.«

»Das hab ich doch schon gesagt. Sie meinte von Anfang an, dass sie nur ein paar Tage bleiben will. Ich bin ja kein Babysitter und war auch ganz froh, meine Wohnung wieder für mich zu haben.«

Fabian rieb sich die Stirn. Bisher hatte Marinescu sich bei seiner Aussage nicht widersprochen. Was nicht heißen musste, dass er die Wahrheit sagte, er könnte auch ziemlich abgebrüht sein. Aber mittlerweile war Fabian tatsächlich geneigt, ihm zu glauben. »Hat sie Ihnen gegenüber denn erwähnt, was sie nach diesen Tagen vorhatte, wenn sie nicht nach Hause zurückwollte?«

»Hat sie«, antwortete der Türsteher gedehnt. »Anscheinend wollte sie bei ihrem Vater einziehen.«

»Das verstehe ich nicht. Gerade haben Sie noch gesagt, dass sie ihn niemals wiedersehen wollte.«

»Nein, nicht bei dem Arschloch. Vor ein paar Wochen hat sie wohl herausgefunden, wer ihr leiblicher Vater ist. Bei dem wollte sie wohnen.«

25

KAPITEL

»Halt! Warten Sie!« Mona hastete durch das Foyer der Uniklinik auf die Aufzüge zu und rannte dabei fast einen älteren Herrn mit einem Rollator um. Genau vor ihrer Nase glitten die Türen des Fahrstuhls lautlos zu.

»Arschlöcher«, murmelte sie in ihre Maske, die ihr runtergerutscht war und unter der Nase hing. Mona zupfte sie wieder an die korrekte Stelle und hämmerte auf dem Rufknopf herum. Ungeduldig stiefelte sie vor den vier Aufzügen auf und ab. Warum dauerte das denn so lange? Als hätte es sie nicht schon genug Zeit gekostet, dass man sie vor der Tür wieder weggeschickt hatte, weil sie keinen Coronatest vorweisen konnte. Über zehn Minuten hatte es gedauert, bis sie im Testzentrum auf der anderen Straßenseite drangekommen war, weitere fünfzehn, bis sie den Wisch endlich in der Hand hielt und reingelassen wurde.

Die Gedanken in ihrem Kopf rotierten. Da sie als Notfallkontakt in Helgas Handy gespeichert war, hatte ein Rettungssanitäter sie benachrichtigt, dass Helga in die Ambulanz der Inneren eingeliefert worden war. Details bekam sie keine genannt, schließlich waren sie nicht verheiratet oder verwandt. Niemand von Helgas Kollegen ging ans Telefon, also war Mona sofort in ein Taxi gesprungen und hergefahren.

Am Morgen war Helga früh aufgestanden, da sie heute einen Einsatz bei einem Verdächtigen in dem Mordfall der zerstückelten Wasserleiche gehabt hatten. Etwas Schlimmes musste passiert sein, wenn sie augenscheinlich nicht in der Lage war, sich persönlich zu melden. Sogar wenn ihr jemand den halben Arm abgehackt hätte, hätte sie darauf bestanden, wenigstens kurz bei Mona anzurufen, da war sie sich sicher. In ihrer Vorstellung lag ihre Freundin mit einer lebensbedrohlichen Schussverletzung im OP, und dieser Gedanke machte sie rasend. Auch wenn sie nichts ausrichten konnte, um Helga zu helfen, wollte sie doch zumindest so schnell wie möglich wissen, was geschehen war.

Der Etagenwegweiser, der jeweils zwischen zwei Fahrstühlen angebracht war, verriet ihr, dass Helga vermutlich im fünften Stock lag, wenn die Aussage des Rettungssanitäters stimmte. Gerade beschloss sie, die Treppe zu nehmen, da erklang der ersehnte Ton, der ankündigte, dass ein Fahrstuhl das Stockwerk erreicht hatte. Mona stürmte nach ganz rechts, wo sich die Türen aufschoben, und musste erst wieder einen Schritt zur Seite machen, um eine Pflegerin mit einem Krankenbett vorbeizulassen.

Mit unendlicher Langsamkeit kroch die Kabine nach oben und hielt natürlich in jeder Etage, wo Leute mit einer Gelassenheit zu- oder ausstiegen, als ginge es hier für niemanden um Leben und Tod.

Als sie im fünften Stock angekommen waren, stürzte Mona auf den Flur, wo eine Krankenschwester am Empfangstresen hinter einer Wand aus Plexiglas saß.

»Kannengießer«, sagte Mona außer Atem, obwohl sie nun wirklich keine weite Strecke zurückgelegt hatte. »Helga

Kannengießer suche ich. Ein Kollege von Ihnen hat mich angerufen, dass sie hier in die Ambulanz gebracht wurde.«

Mit einer Gelassenheit, die Mona auf die Palme brachte, tippte die Frau etwas in den Computer ein. »Sind Sie denn eine Angehörige?«, fragte sie schließlich.

»Nein, aber ihre Lebensgefährtin und der Notfallkontakt. Deshalb hat man mich ja benachrichtigt.«

»Tut mir leid, in dem Fall kann ich keinerlei Informationen zu möglichen Patienten rausgeben.« Die Frau widmete sich wieder dem Bildschirm.

»Können Sie mir bitte wenigstens sagen, ob Frau Kannengießer hier ist? Geht es ihr gut?« Dumme Frage. Niemandem, der als Notfall eingeliefert wurde, ging es wohl wirklich gut. Abgesehen vielleicht von den Leuten, die wegen eines schmerzenden Knöchels Sonntagabend den Notruf wählten.

Dieses Mal schaute die Frau nicht mal auf. »Wie ich schon sagte, keine Angaben.«

Obwohl sie damit gerechnet hatte, machte Mona die Ignoranz der Frau wütend. Sie ballte eine Faust. »Ich will doch gar keine Details, sondern nur wissen, ob sie lebt.« Nächste dumme Frage. Natürlich lebte sie, sonst wäre Mona nicht von dem Rettungssanitäter angerufen worden, sondern von Thomas oder Fabian, der sie darüber informiert hätte, dass Helga in der Kennedyallee bei Dietmar Gering im Keller lag. Monas Hirn war einfach nicht in der Lage, ordentlich zu funktionieren.

»Hören Sie, wir sind hier nicht in einer amerikanischen Krankenhausserie.« Sie beugte sich ein wenig vor und senkte die Stimme. »Da Sie ohnehin Bescheid wissen, bestätige ich Ihnen ausnahmsweise, dass Ihre Lebensgefährtin eingeliefert wurde. Und ab jetzt sind meine Lippen verschlossen.«

»Ach, kommen Sie schon!« Am liebsten hätte Mona die

Frau am Kragen gepackt und ordentlich geschüttelt, aber im Endeffekt hatte sie die Vorschriften nicht gemacht, sondern hielt sich nur daran. Allerdings war es wohl kein gutes Zeichen, dass die Frau so überhaupt nichts verraten wollte. Wäre es harmlos, hätte sie Mona zumindest Entwarnung gegeben. Ihre Verzweiflung wuchs und sie suchte krampfhaft nach einem Argument, mit dem sie die Krankenschwester überzeugen konnte.

»Mehr kann ich nicht für Sie tun«, sagte die Frau mit Nachdruck und schaute an Mona vorbei hinter sie, wo schon die nächsten Besucher warteten. »Wenn Sie jetzt bitte zur Seite gehen würden …«

Zähneknirschend gab Mona ihren Platz frei. Statt wieder nach Hause zu fahren, stellte sie sich in die Nähe der Glasabtrennung, hinter der die Intensivstation lag, wo Helga womöglich um ihr Leben kämpfte. Ganz bestimmt würde sie nicht gehen, sondern auf Helgas Vater warten. Den hatte sie aus dem Taxi angerufen, damit er sich ebenfalls auf den Weg ins Krankenhaus machte.

Die Tatsache, dass sie in dieser Situation ihrer Freundin nicht beistehen konnte, trieb Mona die Tränen in die Augen. Sie war kurz davor, einfach loszustürmen, um auf der Station nach Helga zu suchen, riss sich aber zusammen.

Mit einem Zischen schob sich die Glastür auf und zwei Ärzte kamen heraus. Beide trugen Ganzkörperschutzanzüge und über ihren Atemschutzmasken zusätzlich noch Vollvisiere. Ihre Montur erinnerte Mona an den Film *12 Monkeys,* in dem Gefangene in Schutzanzügen aus dem Untergrund an die Erdoberfläche geschickt werden, um Proben eines Virus zu nehmen, der die Menschheit beinahe ausgelöscht hatte.

Im Vorbeigehen schnappte Mona die Unterhaltung zwischen den beiden auf. »Der LDH-Wert im Blut und die Hämolyse könnten auf die von den Kollegen der Patientin vermutete Vergiftung hindeuten. Allerdings konnten wir bislang weder im Blut noch im Urin Venena nachweisen. Zur Sicherheit sollten wir dennoch Aktivkohle verabreichen.«

»Sie ist bei der Kripo, richtig? Haben die denn keine Idee, womit sie intoxikiert wurde? Könnte es sich um eine Virusinfektion handeln?«

Angespannt hielt Mona den Atem an. Bei der Patientin, über die sich die beiden unterhielten, musste es sich um Helga handeln. Möglichst unauffällig folgte sie den Ärzten, wobei sie darauf achtete, dass die Schwester hinter dem Tresen sie nicht bemerkte.

»In der Probe konnten keine Antikörper von den typischen Viren nachgewiesen werden, aber ausgeschlossen ist es nicht. Der erhöhte Interleukin-2-Rezeptor könnte dafürsprechen.«

Plötzlich blieb einer der Ärzte stehen, sodass Mona fast in ihn reinrannte. Da sie auf ihrem Handy die Fachbegriffe notiert hatte, mit denen die beiden um sich warfen, hatte sie nicht nach vorn geschaut.

»Der Ferritin-Gehalt ist ja astronomisch hoch. Hast du so etwas schon mal gesehen?«

»Das kann auch von der Hämolyse kommen, aber du hast recht. Der Wert ist mehr als bedenklich. Ich würde vorschlagen, wir bleiben dabei, erst mal Sonografie, um die Splenomegalie zu bestätigen, die du ertastet hast, außerdem schauen wir uns die Leber an, und sobald die Patientin stabil ist, sehen wir sie für eine Knochenmarksbiopsie sowie Leberpunktion vor. Da Phlebotomie als Therapieansatz wegen der Anämie ausscheidet, verabreichen wir zunächst Deferoxamin und schauen …«

»Hey!« Mona wurde an der Schulter gepackt und fuhr herum. Vor ihr stand die so diskrete Krankenschwester, die ihr nichts über Helgas Zustand verraten wollte. »Hier können Sie nicht rein. Außerdem hab ich Sie vorhin schon weggeschickt. Was glauben Sie eigentlich, was Sie da machen?«

»Herausfinden, wie es meiner Freundin geht«, patzte Mona zurück und versuchte, die Tränen zurückzudrängen, die ihr in die Augen schossen. »Anscheinend wurde sie vergiftet. Wenn sie stirbt, dann ...« Sie hob hilflos die Hände und merkte, wie ihre Augen nun doch überliefen. Die Ärzte waren längst außer Hörweite.

»Ich verstehe ja, wie Sie sich fühlen müssen, aber uns sind die Hände gebunden. Gehen Sie bitte freiwillig, denn ich möchte ungern den Sicherheitsdienst rufen.«

Mona warf ihr einen giftigen Blick zu, fügte sich aber. Was blieb ihr anderes übrig? Jetzt musste sie darauf vertrauen, dass die Ärzte alles richtig machten, auch wenn sie gerade nicht unbedingt danach geklungen hatten, der Lösung auf der Spur zu sein.

Mit hängenden Schultern ließ sie sich von der Krankenschwester zu den Aufzügen führen. Als sich die Türen öffneten, hörte sie eine vertraute Stimme. »Himmel, Mona!« Helgas Vater trat auf den Gang und seinem Gesicht war deutlich abzulesen, wie ihn die Angst packte, als er Mona so vor sich sah. »Was ist mit Helga? Sag mir nicht, dass sie es nicht geschafft hat!«

Mona schüttelte den Kopf und ließ sich von ihm in die Arme ziehen. Beruhigend streichelte er ihr über den Rücken, während sie hemmungslos in seine Winterjacke schluchzte. »Was ist denn nur passiert? Wo ist meine Tochter?«, fragte er, nachdem sie sich ein wenig beruhigt hatte.

»Ich ... weiß es nicht«, sagte Mona, der ihr Zusammenbruch vor den Umherstehenden inzwischen unangenehm war. Normalerweise zeigte sie ungern Gefühle vor anderen Menschen, aber die Sorge um Helga hatte Besitz von ihr ergriffen und ihre Hemmungen fallen lassen. »Kein Wort haben sie mir verraten. Es tut mir leid, wenn mein Ausbruch dir einen Schrecken eingejagt hat, aber ich war einfach so verzweifelt, weil sie mich wegschicken wollten, und was die Ärzte gesagt haben ... Ach! Keine Ahnung.« Ernüchtert ließ sie die Schultern hängen. Im Endeffekt hatten die Ärzte nur Fachchinesisch von sich gegeben. Die Begriffe, mit denen sie um sich geworfen hatten, konnten alles bedeuten. In ihrer Panik hatte Monas Hirn daraus gemacht, dass Helga kurz vor dem Sterbebett stand.

»Jetzt bin ich ja da«, sagte Helgas Vater und nahm sie sanft am Arm, um ihr zu signalisieren, dass sie ihm folgen sollte. »Schauen wir mal, ob jemand Zeit für mich hat, um uns über den Zustand meiner Tochter zu informieren.«

26

KAPITEL

»Und, was hältst du von ihm?« Thomas saß zurückgelehnt auf seinem Bürostuhl, die Füße über die Ecke des Schreibtisches hochgelegt, als Fabian nach Abschluss der Befragung ihr gemeinsames Büro betrat.

Der hatte beschlossen, seinem Kollegen zunächst nichts über die Bombe zu erzählen, die Marinescu während der Vernehmung hatte platzen lassen. Bevor sie sich mit dieser Information und deren Auswirkungen auf die Ermittlungen beschäftigten, mussten sie die wichtige Entscheidung treffen, ob gegen den Türsteher ein dringender Tatverdacht vorlag und sie einen Haftantrag stellen lassen wollten, oder ob sie ihn vorerst gehen ließen.

»Ich bin mir nicht sicher«, gab Fabian zu, was Thomas sichtlich missfiel. Ihm selbst wäre es auch lieber gewesen, zu einem anderen Schluss gekommen zu sein, aber es war nun mal die Wahrheit. »Anfangs war ich überzeugt davon, dass wir den Richtigen haben. Der Großteil seiner Aussage klang jedoch schlüssig und irgendwie ... Er wirkte nicht, als würde er mir einen Haufen Lügen auftischen.«

Thomas nahm die Füße vom Tisch und setzte sich aufrecht hin. »Was sagt Mario dazu?«

»Der kümmert sich noch ums Protokoll, aber ich meine, dass es ihm ähnlich geht. Wie sieht es mit seinem Alibi aus? Konntest du schon jemanden bei seinem Arbeitgeber erreichen?« Fabian nahm die Wasserflasche vom Tisch und trank in großen Schlucken. Nach längerer Zeit in dem fensterlosen Vernehmungszimmer fühlte er sich immer wie ausgetrocknet, trotz oder gerade wegen der Belüftungsanlage.

»Sogar den Chef persönlich. Laut Stechuhr war Marinescu die ganze Nacht über bei der Automatisierungstechnik Schneider. Er war jedoch allein eingesetzt, so besteht theoretisch die Möglichkeit, dass er sich nur eingestochen und dann vom Acker gemacht hat. Zeugen gibt es also keine.«

Genau wie Fabian es sich gedacht hatte. Allerdings machte ein fehlendes Alibi einen noch lange nicht zum Mörder, sonst hätten sie schon etliche Verdächtige zu Unrecht einbuchten müssen. So gut wie alle alleinstehenden Menschen hatten niemanden, der bezeugen konnte, wo sie sich in der Nacht aufgehalten hatten. »Bitte sag mir, dass das mit der Funkzellenabfrage seines Handys noch geklappt hat.«

Diesmal schüttelte Thomas den Kopf. »Am Wochenende ist nur das Callcenter zu erreichen, das mit irgendwelchen Studenten besetzt ist. Die kommen an so was natürlich nicht ran, und übermorgen sind die Daten futsch.«

Fabian verkniff es sich, Thomas ein patziges *ich weiß* entgegenzuschleudern. Immerhin konnte der auch nichts für die Umstände, die zu den Verzögerungen der Mordermittlung geführt hatten. Hätten sie den Toten doch nur ein paar Tage früher identifiziert …

»Dafür hab ich womöglich einen anderen Lichtblick für dich«, verkündete Thomas. »Marinescus Chef, Lars Krayer, zeigte sich sehr kooperativ. Die Firma, wo unser Mann in der fraglichen Nacht eingesetzt war, hat neben dem patrouillierenden Sicherheitspersonal auch Überwachungskameras auf dem Gelände installiert. Krayer hat angeboten, sich für uns um die Aufnahmen zu kümmern. Mit etwas Glück können wir damit das Alibi entweder bestätigen oder ihn festnageln, weil darauf zu sehen ist, wie er sich aus dem Staub macht.«

Das klang schon besser. Warum hatte Marinescu sie nicht selbst darauf hingewiesen, wenn die Aufnahmen doch beweisen könnten, dass er die ganze Nacht auf dem Gelände der Firma geblieben war? Vielleicht genau aus dem Grund, dass es eben nicht stimmte. Oder aber er wusste überhaupt nichts von den Kameras, was ihnen entgegenkommen würde, da er sich dann völlig unbedarft verhalten hätte. »Warum rufen wir nicht selbst schnell an? Den Umweg über die Zeitarbeitsfirma braucht es doch nicht«, sagte er.

»Erstens hat er mich darum gebeten, es selbst versuchen zu dürfen. Der Ruf seiner Firma ist ihm wichtig, und wenn da nur Gerüchte aufkommen, dass er Kriminelle beschäftigt, ist er einige Kunden ganz schnell los. Deshalb würde er gern verschleiern, weshalb diese Aufnahmen gebraucht werden.«

Das war einleuchtend für Fabian. Er fragte sich zwar, mit welcher Lüge Marinescus Chef nach den Überwachungsvideos fragen wollte, aber das musste ja nicht seine Sorge sein. Für die Gerichtsverwertbarkeit konnten sie sich später immer noch einen Beschluss holen, sollten die Bänder etwas zeigen, das für die Täterschaft von Marinescu sprach. »Und zweitens?«

»Zweitens wird bei der Automatisierungstechnik Schneider am Wochenende nicht gearbeitet, weshalb wir da momentan keinen erreichen würden. Krayer kennt den

Chef aber persönlich. Mit etwas Glück fährt er für ihn heute noch in die Firma und wir haben sie nachher.«

»Gut, dann soll er sich darum kümmern. Bleibt uns mehr Zeit, das Leben von Marinescu ein wenig auseinanderzunehmen.« Fabian schielte auf den Stapel Papier, der neben der Tastatur seines Kollegen lag. »Vorstrafen? Gefängnisaufenthalte? Fälle von Gewalttaten?«

»Da wären wir bei dem Punkt angekommen, wo ich sagen würde, der Muskelprotz könnte unser Mann sein«, sagte Thomas und schnappte sich die obere Seite. »Du hast dreimal hundert Gummipunkte erhalten. Marinescu ist vorbestraft, er saß schon mal im Knast und er hat eine Menge Gewalttaten auf dem Kerbholz. Angefangen hat er damit schon in frühester Jugend. Diebstähle mit vierzehn, Drogenkonsum an der Taunusanlage, wurde dann immer häufiger im Bahnhofsviertel aufgegriffen. Mit siebzehn war er im Jugendgefängnis in der JVA Rockenberg.«

Fabian zog die Augenbrauen hoch. Nach Rockenberg kamen die schwereren Fälle, bei denen es nicht mit einem Arrest getan war. Um dort zu landen, musste man sich schon als Intensivtäter hervorgetan haben. »Wie lange saß er dort ein?«

»Zweieinhalb Jahre. Er und ein paar Freunde haben nachts an einer S-Bahn-Station zwei Jugendlichen aufgelauert, um ihre Handys zu klauen. Als die sie nicht rausrücken wollten, hat die Gruppe sie krankenhausreif geschlagen. Dabei haben sie unter anderem Schlagringe und – Überraschung – Baseballschläger benutzt. Die Überwachungskameras haben alles aufgezeichnet, weshalb er schnell geschnappt wurde.«

»Hm, okay. Das klingt ziemlich übel.« Wenn Fabian das so hörte, kamen ihm doch wieder Zweifel. Marinescu war ihm ehrlich vorgekommen, aber womöglich war er einfach abgebrühter im Umgang mit der Polizei, als Fabian erwartet hatte. Wenn man ein Dauergast auf den Revieren war, verlor man irgendwann den Respekt vor der Vernehmungssituation. Man lernte, die Beamten zu belügen, ohne eine Gefühlsregung zu zeigen. Glaubhaft Lügen vorzutragen, war reine Übungssache. »Wie zum Teufel hat er es mit dem Register geschafft, bei einem Security-Unternehmen unterzukommen?«

»Hab ich mich auch schon gefragt«, sagte Thomas. »Leider hat der Computer die Ergebnisse aus der Datenbank erst nach meinem Telefonat mit Krayer ausgespuckt, sonst hätte ich ihn drauf ansprechen können. Entweder verlangt er keine Führungszeugnisse vor der Einstellung oder Marinescu hat sie gefälscht. Aber im Endeffekt kann uns das auch egal sein.«

Das stimmte, und doch juckte es Fabian in den Fingern, mit Lars Krayer ein ernstes Gespräch über seinen Mitarbeiter zu führen. »Mit spätestens zwanzig dürfte er wieder aus Rockenberg draußen gewesen sein. Wie sieht es seitdem aus?«

»Tja, es scheint, als hätte die Zeit im Knast unseren Muskelprotz geläutert. Das Jobcenter wies ihn einer Resozialisierungsmaßnahme zu, er hat dann irgendwann regelmäßig Jobs gemacht und sich an alle Gesetze unseres Landes gehalten. Oder sagen wir so, er hat sich zumindest nicht mehr erwischen lassen. Vielleicht hat er seine Aggressionen auch einfach in seinem Job rausgelassen. Als Türsteher kann man ja durchaus mal die ein oder andere Prügelei anzetteln, ohne dass es direkt zu einer Anzeige kommt.«

»Möglich«, brummte Fabian. Sechs Jahre, in denen Marinescu sich nichts zu Schulden hatte kommen lassen und jetzt plötzlich dieser Ausbruch. Das kam ihm nicht schlüssig vor. Möglich war es durchaus, aber es wollte in seinen Augen nicht so recht passen. Man baute sich doch kein bürgerliches Leben auf, um dann wegen eines Mädchens, das man im Internet kennengelernt hatte und mit dem man augenscheinlich nicht mal etwas am Laufen hatte, alles wieder wegzuwerfen.

Andererseits ... Sie konnten nicht mit Sicherheit wissen, ob zwischen den beiden nichts passiert war, bislang hatten sie dazu nur Marinescus Aussage. Er nahm sich vor, Linas Freundeskreis noch einmal zu befragen. Nach den neuesten Erkenntnissen über den angeblichen Kontakt zwischen Lina und ihrem leiblichen Vater mussten sie ohnehin noch mal neu ansetzen. Worüber er jetzt auch endlich mal mit Thomas sprechen sollte.

»War's das, was wir zu ihm haben?«

»Findest du es etwa nicht genug? Ich hab mir für meinen Vortrag echt Mühe gegeben.«

»Nein, so war das nicht gemeint. Ich wollte das nur abschließen, bevor ich zu etwas anderem komme. Also, was sagst du? Haftantrag oder lassen wir ihn vorerst gehen?«

»Hm.« Thomas verschränkte die Hände hinter dem Kopf. »Ich bin fast dafür, dass wir ihn ziehen lassen und ihm ein Observationsteam an die Fersen heften. Mal schauen, was er so vorhat, wenn er glaubt, aus unserem Fokus zu sein. Möglicherweise führt er uns direkt zu Lina Rieker. Sobald wir die Ergebnisse zu den Blutproben aus der KTU haben, können wir ja noch mal neu entscheiden.«

»Da bin ich bei dir. Dann gebe ich Mario Bescheid, dass er alles organisiert.«

Nachdem Fabian das erledigt hatte, war es endlich an der Zeit, die überraschende Neuigkeit bekannt zu geben. »Während der Befragung hat Marinescu übrigens ganz nebenbei eine neue Hypothese aufs Brett gebracht«, sagte er.

»Wer würde das nicht, wenn er des Mordes verdächtigt wird?«, entgegnete Thomas wenig angefixt. »Ich würde mir auch irgendwas aus den Fingern saugen, um von mir abzulenken.«

»Das schon, aber es ist jetzt nicht so, dass er mir diese alternative Theorie in den Mund gelegt hat. Es kam mir eher so vor, als hätte er es gar nicht erst erwähnt, wenn ich nicht nachgebohrt hätte.«

»Ach ja? Was ist es denn? Ein großer Unbekannter?«

»So in etwa. Gegen Ende des Gesprächs sind wir wieder auf den Aufenthaltsort von Lina Rieker zurückgekommen und warum er sich gar nicht gewundert hat, dass sie plötzlich nicht mehr da war, als er von der Arbeit nach Hause kam. Dabei erwähnte er, dass sie ohnehin nur ein paar Tage bleiben wollte, da sie schon eine neue Unterkunft hätte. Und jetzt halt dich fest: Angeblich wollte sie bei ihrem leiblichen Vater einziehen.«

Thomas zog eine skeptische Miene. »Das ist ja ein Ding. Warum sind denn ihre Adoptiveltern nicht auf die Idee gekommen, die Polizei über diesen Mann zu informieren? Soweit ich mich erinnere, stand von ihm nichts in der Ermittlungsakte.«

»Weil sie allem Anschein nach nichts von ihm wussten. Laut Marinescu hat sich dieser Mann Lina erst vor Kurzem offenbart, was sie für sich behalten hat.«

»Und weshalb sollte sie dann den Zwischenstopp bei dem Muskelprotz eingelegt haben? Das riecht für mich nach einem reinen Ablenkungsmanöver, das er sich im Laufe der Befragung überlegt und am Ende ausgepackt hat.«

»Die Frage habe ich ihm auch gestellt«, sagte Fabian, der langsam etwas genervt war. Für wie naiv hielt Thomas ihn eigentlich? Natürlich hatte er die Aussage nicht ohne Weiteres für bare Münze genommen, dafür hatte er im Laufe seiner Dienstjahre genug Erfahrung mit Verdächtigen gesammelt. »Lina hatte eigentlich genau das vor. Es war angeblich abgesprochen, dass sie erst ein paar Tage später bei Riekers abhauen sollte, um direkt bei dem Mann einzuziehen. Bis dahin wollte er wohl noch irgendwelche Vorbereitungen treffen. Dann hat sie es aber anscheinend aufgrund eines Streites nicht mehr zu Hause ausgehalten und wollte früher weg, weshalb sie erst bei ihrer Freundin untergekommen ist und anschließend als Übergangslösung Marinescu angesprochen hat.«

Einen Moment sagte Thomas nichts und schien zu überlegen, ob ihn diese Version überzeugte. Tat sie offenbar nicht, er schüttelte den Kopf. »Mag ja alles sein, aber für mich riecht das trotzdem nach einer Finte. Man kann zwar nach leiblichen Angehörigen suchen, aber das geht soweit ich weiß nur vonseiten der Kinder und nicht andersrum. Es sei denn, es war eine offene Adoption, was allerdings extrem selten ist, und dann hätten das auch die Adoptiveltern gewusst. Jana hatte mal so einen Fall.« Bei der Erwähnung des Namens seiner Ex-Freundin nahm seine Stimme einen melancholischen Klang an. Offenbar war er immer noch nicht vollständig darüber hinweg, dass er die Beziehung mit seinem dämlichen Seitensprung versaut hatte.

»Das müssten wir halt recherchieren, aber mir kam eine ganz andere Idee. Überleg doch mal. Lina hatte offenbar kein Problem, sich mit wildfremden Männern im Internet über ihre Probleme zu Hause zu unterhalten. Denkbar, dass sie dabei alles hin und wieder etwas dramatischer dargestellt hat, als es wirklich war. Du weißt doch, wie Teenager eben so sind. Eine Woche Fernsehverbot und die Eltern werden zu den schlimmsten Monstern, die es jemals auf der Welt gab.«

Thomas lachte prustend los. »Fernsehverbot? Mann, du lebst ja hinterm Mond. Das juckt doch heute keinen mehr.«

»Jaja, ich hab jetzt nur an meine Jugend gedacht. Dann eben Tabletverbot. In ihrem Fall wäre das vermutlich besonders wirkungsvoll gewesen, da sie zusammen mit anderen diesen Shooter gespielt hat. Jedenfalls berichtet sie voller Dramatik darüber, dass sie unbedingt weg von zu Hause will, und spart dabei nicht die Tatsache aus, dass ihre Eltern gar nicht ihre leiblichen Verwandten sind.« Langsam kam Fabian richtig in Fahrt und in seinem Kopf formte sich ein genaues Bild von dem, was vorher nur ein vages Gedankenspiel gewesen war. »Wenn sie das bei der falschen Person gemacht hat, könnte die letztlich die Gelegenheit beim Schopfe gepackt und sich unter einem anderen Account als ihr leiblicher Vater ausgegeben haben. Zur Sicherheit sollten wir uns am Montag dennoch bei der zentralen Adoptionsstelle um Akteneinsicht bemühen und den leiblichen Vater überprüfen. Wenn schon nicht über den offiziellen Weg, gibt es sicherlich auch da Möglichkeiten, herauszufinden, was aus dem Kind geworden ist. Ich denke, das ist ein Ansatz, der sich weiterzuverfolgen lohnt.«

Nun schien Thomas nicht mehr ganz so skeptisch wie zuvor zu sein. »Verdammt, da könnte echt was dran sein. Eine spontane Masche, die sich irgend so ein pädophiler Wichser hat einfallen lassen.«

»Ganz genau. Und als Lina gemerkt hat, dass Rieker ihr auf die Spur gekommen ist, hat sie bei dem Mann Druck gemacht, damit er sie schneller zu sich holt. Der Mord könnte dann tatsächlich mehr oder weniger eine Zufallstat gewesen sein. Rieker kommt am Samstag zurück zu der Adresse, wo er Lina vermutet. Ausgerechnet zum selben Zeitpunkt befindet sich auch der angebliche Vater dort. Es kommt zum Streit, Rieker wird niedergeschlagen und der Rest ist Geschichte.«

»Aber glaubst du denn, dass sie noch mit dem Kerl mitgegangen wäre, nachdem er mit einem Baseballschläger ihren Adoptivvater zu Brei geschlagen hat?«, fragte Thomas, der nach wie vor nicht vollständig überzeugt war.

»Freiwillig vielleicht nicht, aber wer sagt, dass er ihr noch die Wahl gelassen hat? Linas kaputtes Tablet, das er gemeinsam mit Riekers Auto entsorgt hat, könnte dafürsprechen, dass der weitere Verlauf nicht gewaltfrei vonstattengegangen ist. Es war ja nicht davon auszugehen, dass das Wrack so schnell wieder auftaucht. Und nur, um das noch mal klarzustellen, nichts von dem hat Marinescu auf den Tisch gebracht, um von sich abzulenken. Er hat lediglich den leiblichen Vater erwähnt.«

»Scheiße, Mann, ich glaube, du hast recht. Wenn dieser Scheißkerl, wer auch immer er ist, Lina entführt hat, dürfen wir keine Zeit verlieren.«

27 KAPITEL

Die Kälte kroch ihm in die Knochen, als hätte sie es sich zum heutigen Tagesziel erklärt, Hartmut in die Knie zu zwingen. Obwohl er die letzten Nächte in den Vorräumen von Banken auf den Heizgittern verbracht hatte, fühlten sich seine Klamotten immer noch klamm an. Wegen der ganzen Krisen, die momentan das Land beutelten, waren die Leute auf der Straße geizig, sodass er es sich nicht mal leisten konnte, in einen Waschsalon zu gehen, um einen Teil seiner Sachen zu waschen und zu trocknen. Dann wäre er wenigstens für kurze Zeit mal trocken gewesen, aber so ...

Die Winter schienen auch immer länger zu werden und er dazu immer älter, was es nicht leichter machte. So langsam hatte er das Leben auf der Straße satt, doch was sollte er tun? Immer öfter dachte er mit Wehmut an das Leben zurück, das er damals verlassen hatte. Die blondierten Haare und die im Solarium gebräunte Haut, die ihn zum Frauenschwarm gemacht hatten. Das alles war vorbei, vergangen und er würde es niemals wieder zurückbekommen.

Nun war seine Haut zerfurcht, faltig und an seiner Stirn wuchs ein Ekzem, das einfach nicht verschwinden wollte. Seine Haare waren nichts als eine verfilzte Matte, die nicht mal dann annähernd gepflegt aussah, wenn er sich in einer Notunterkunft hatte duschen können. Immer wieder nahm er sich an kalten Wintertagen vor, dass er etwas ändern würde, es musste, doch er wusste nicht, wo er anfangen sollte. Er passte einfach nicht mehr in die Welt. Die Straße war zu seiner Heimat geworden, wenn es auch ein einsames und mühseliges Leben war.

Mit einem Ächzen lehnte er sich gegen den Einkaufswagen, in dem er seine Habseligkeiten transportierte. Schrott für andere Leute, für ihn Dinge, mit denen er sich in den Sommermonaten in Parks eine Art Zuhause zusammenschusterte. Die Rollen des Wagens gruben sich in den vom Regen aufgeweichten Sandweg, sodass er Mühe hatte, überhaupt vorwärtszukommen.

Der Spielplatz am Main war wegen des Mistwetters menschenleer und er beschloss, sich eine Pause zu gönnen. Er ließ den Wagen auf dem Weg stehen und ging zu einer der Bänke. Mit dem Ärmel seiner Jacke wischte er notdürftig die Wasserpfützen herunter und ließ sich darauf sinken. Trotz mehrerer Paar Socken waren seine Füße so kalt, dass er sie kaum noch spürte. Auch irgendwie gut, denn er wusste, dass er dann über kurz oder lang auch die Schmerzen nicht mehr fühlen würde.

Für einen Moment schloss er die Augen und stellte sich vor, wie die Sonne hinter der grauen Wolkendecke hervorkam und sein Gesicht wärmte. Auch im Januar konnte die schon ordentlich was ausmachen, aber seit Tagen war da nur diese verdammte graue Dunkelheit, sodass man mittags schon meinen könnte, der Tag wäre vorbei.

Als sein Magen laut knurrte, öffnete er die Augen und schaute direkt auf einen dunkelblauen Berg aus Müllsäcken, die am Ufer lagen. Interessiert sah er genauer hin.

Vielleicht war das ein Glücksfall. Menschen warfen so allerhand Zeug einfach irgendwo in die Landschaft, das man noch hervorragend gebrauchen konnte. Er wunderte sich immer wieder, was alles zu finden war, wenn man nur genau hinschaute.

Durch seine Aufmerksamkeit, die stets auf den Wegrand gerichtet war, war er an seine Schaumstoffmatratze gekommen, die zusammengerollt unten in dem Einkaufswagen lag, und auch an seinen Hut, mit dem er Geld sammelte. Sogar ein altes Handy hatte er mal gefunden, was ihm allerdings nichts brachte, da er es nicht aufladen konnte, und eine Beinprothese, bei der er aber irgendwann beschlossen hatte, sie nicht weiter mitzuschleppen, auch wenn sie ein lustiges Gimmick war. Die hatte er dann im Fundbüro abgegeben, obwohl er nicht glaubte, dass die wirklich jemand verloren hatte. Wem kam denn mal eben so ein kompletter Unterschenkel mit Fuß abhanden, ohne dass er es merkte?

Hartmut stand auf und stapfte zum Ufer, wo er die Säcke begutachtete. Sechs Stück waren es, einige schwerer, andere leichter. Allesamt waren sie oben ordentlich mit Klebeband verschlossen, sodass er keinen Blick auf den Inhalt werfen konnte. Da es gerade wieder anfing zu nieseln, würde er das wohl auch auf später verschieben und tastete nur neugierig darauf herum. Es waren große Gegenstände, relativ hart und in einem Sack etwas Weiches. So richtig konnte er es nicht ausmachen, weil seine Finger zu kalt waren, also beschloss er, die Teile einzupacken und mitzunehmen.

Sicher war sicher, später konnte er sie immer noch wegschmeißen, sollte es sich doch nur um unbrauchbare Haushaltsabfälle handeln, was er aber nicht glaubte. Niemand machte sich die Mühe, das Zeug hier raus an den Main zu schleppen, um es da zu entsorgen. Nein, in diesen Säcken musste etwas Besonderes sein, das spürte er.

Einen nach dem anderen schleppte er zu seinem Einkaufswagen und räumte darin herum, bis er genug Platz fand, alles darin zu lagern. Weiter vorn kamen ein paar Jugendliche den Weg entlang. Jetzt musste er sich beeilen, denn er hatte schon oft genug erlebt, dass die sich gern mit Leuten wie ihm anlegten. Er packte den Griff seines Einkaufswagens, warf sich nach hinten und riss ihn herum, sodass er ihn in die andere Richtung zu dem befestigten Weg schieben konnte.

Mit dem zusätzlichen Gewicht der Säcke ließ er sich noch schlechter bewegen als vorher. Die Jugendlichen kamen immer näher und waren jetzt schon fast bei ihm angekommen. Er senkte den Kopf und starrte auf den Griff, als hätte er da etwas besonders Wichtiges zu tun, in der Hoffnung, dass sie ihn ignorieren würden. Tatsächlich gingen sie an ihm vorbei, scheinbar ohne ihm Beachtung zu schenken.

»Hey, wartet mal«, sagte plötzlich einer von ihnen, als sie bereits ein paar Meter weiter waren. Es war ein Mädchen, das in seinen weiten Hosen und mit der Mütze auf dem Kopf eher wie ein Junge aussah. Sie drehte sich um und kam auf ihn zu.

»Hier«, sagte sie und Hartmut hob verwundert den Blick. Sie hielt ihm die Hand mit einem Zehneuroschein entgegen. »Kaufen Sie sich aber was zu Essen davon, kein Alkohol.«

»Oh, ähm ... klar«, stammelte Hartmut. Damit hatte er nun wirklich nicht gerechnet. »Vielen Dank, junge Dame.«

Als die Jugendlichen außer Sichtweite waren, schaute er sich verstohlen um. Da ihn niemand zu beobachten schien, wuchtete er den Wagen in das Gebüsch am Ufer und verdeckte ihn mit ein paar Ästen, sodass man ihn nicht gleich sah. Mit einer Tüte voll Ersatzkleidung und den zehn Euro in seiner Jackentasche machte er sich auf den Weg zum Waschsalon. Um seinen neuesten Fund würde er sich dann irgendwann später kümmern. Die Säcke würden schon nicht davonlaufen.

28

KAPITEL

Als Fabian am Abend die Tür zu dem Hinterhaus aufschloss, das er mit Josi bewohnte, fühlte er sich wie gerädert. Seit sechs Uhr in der Früh war er auf den Beinen, und der Tag war ereignisreich gewesen, wenngleich sich nicht der erhoffte Durchbruch eingestellt hatte.

Lars Krayer, der Chef des *Muskelprotzes*, wie Thomas ihn so schön nannte, hatte Wort gehalten und ihnen die Aufnahmen der Überwachungskameras noch am Nachmittag zugeschickt. Im Schnelldurchlauf hatten sie sich anhand des Bildmaterials davon überzeugen können, dass Marinescu seinen Job überraschenderweise sehr ernst zu nehmen schien. Beinahe jede Stunde sah man ihn über den Hof patrouillieren oder konnte ihn dabei beobachten, wie er an der Hauswand Schattenboxen betrieb. Wenn diese Aufnahmen keine Fälschung waren oder Gering mit seinen Annahmen zum Todeszeitpunkt nicht völlig danebenlag – von beidem ging Fabian nicht aus – hatte Silas Marinescu ein Alibi und war allem Anschein nach unschuldig, was den Mord an Rieker betraf.

Auf der einen Seite war es natürlich gut, ihn von der Liste der Verdächtigen streichen zu können, aber auf der anderen Seite blieb die Frage, was sich an diesem Abend in seiner Wohnung zugetragen hatte. Und ob es sich überhaupt wie angenommen dort zugetragen hatte, denn um das zu beantworten, mussten sie die Ergebnisse der KTU abwarten. Es müsste schon mit dem Teufel zugehen, wenn keine der Blutspuren zu ihrem Mordopfer passte, aber es gab immer wieder Entwicklungen, mit denen man nicht rechnete.

Das erneute Gespräch mit Pauline, der Freundin von Lina Rieker, die letztlich den entscheidenden Hinweis auf deren Aufenthaltsort geliefert hatte, war gänzlich ergebnislos geblieben. Lina hatte ihr zwar ebenfalls davon erzählt, dass sich ihr leiblicher Vater bei ihr gemeldet hatte, aber ansonsten ein großes Geheimnis daraus gemacht. Weder hatte sie ihrer nach eigenen Angaben besten Freundin einen Namen genannt, noch wo ihr angeblicher Erzeuger lebte oder wie er sie kontaktiert hatte. Pauline war, wie auch Fabian und Thomas, über diese Verschlossenheit ihrer Freundin verwundert gewesen. Darauf angesprochen, hätte Lina das damit begründet, dass ihr Vater sie um Stillschweigen gebeten habe.

Für Fabian war dies ein eindeutiger Hinweis, dass dieser Mann Lina gegenüber keine guten Absichten hatte. Warum sonst sollte er so versessen darauf sein, seine Identität geheim zu halten? Und was genau hatte er noch, wie Marinescu es genannt hatte, *vorbereiten* müssen, um seine Tochter bei sich aufzunehmen? Wäre er tatsächlich der leibliche Vater, hätte er doch eher dafür gesorgt, dass Lina die paar Monate bis zu ihrem achtzehnten Geburtstag bei der Adoptivfamilie blieb. Danach hätte ihr freigestanden, bei ihm einzuziehen, selbst wenn die Adoptiveltern nicht einverstanden gewesen wären.

Auch stellte sich die Frage, wie der Mann Lina überhaupt gefunden haben sollte. Sie mussten sich das noch von der zentralen Adoptionsstelle bestätigen lassen, aber Fabians Internetrecherche hatte Thomas' Annahme bestätigt. Bei einer sogenannten Inkognitoadoption war es für die leiblichen Eltern auf offiziellem Weg unmöglich, an die Identität der Adoptionsfamilie zu kommen. Alles, was sie über ihr weggegebenes Kind erfahren konnten, waren sehr allgemeine Informationen wie zum Beispiel, welche Art von Schule es besuchte oder ob es mit Geschwistern aufwuchs. Das war aber auch nur dann der Fall, sofern die Adoptiveltern diese Details freigaben.

Theoretisch war es möglich, leibliche Kinder mithilfe von privaten Detekteien zu finden, aber Fabian stellte sich die Erfolgschancen gering vor, auch wenn die Webseiten der entsprechenden Anbieter etwas anderes versprachen.

Als er den Flur betrat, versuchte Fabian, all diese Gedanken aus seinem Kopf zu verbannen. Auch wenn es schwerfiel, er hatte jetzt Feierabend und brauchte dringend etwas Ruhe. Er hatte kaum seine Schuhe abgestreift, da kam Lumpi aus dem Wohnzimmer geschossen, um ihn zu begrüßen. Der kleine Hund war mittlerweile ein alter Mann und hörte nicht mehr so gut, weshalb er nicht mehr schon an der Tür parat stand, wenn Fabian nach Hause kam. Er beugte sich runter, um dem Tier den Kopf zu tätscheln.

Bald würde ein neues Lebewesen bei ihnen einziehen, wohingegen Lumpi sie wohl leider in absehbarer Zeit verlassen würde, denn in Menschenjahren gerechnet war er bereits über achtzig. Anfangs hatte Fabian ein wenig gebraucht, sich an den kleinen Wirbelwind zu gewöhnen, mittlerweile konnte er sich ein Leben ohne ihn gar nicht mehr vorstellen. Wie schwer musste es für Josi sein, wenn der Terrier nicht mehr bei ihnen sein würde?

Als hätte sie ihren Namen in seinen Gedanken gehört, schob sie sich durch die Wohnzimmertür. »Ach, Sie wohnen auch noch hier?«, fragte sie und zwinkerte ihm zu.

»Manchmal, ja. Du weißt doch, wie es ist«, antwortete er, obwohl kein Vorwurf hinter ihren Worten steckte. Wenn das Kind erst mal da war, würde sich etwas ändern müssen, denn immerhin wollte er seinen Sohn oder seine Tochter – sie hatten sich das Geschlecht bislang nicht verraten lassen – aufwachsen sehen und die Entwicklung des Kindes nicht einzig auf Fotos und Videos mitverfolgen.

Josi kam zu ihm, um ihm einen Kuss zu geben. »Und du weißt hoffentlich, dass wir heute Abend bei deinen Eltern zum Essen sind.«

O nein! Die allmonatlichen Termine zum Familienessen bei seinen Eltern waren fest im Kalender eingetragen, aber heute hatte Fabian diese Verabredung völlig verdrängt. Eigentlich hatte er sich auf einen Abend auf dem Sofa gefreut, stattdessen würde er ihn jetzt mit nervigen Unterhaltungen über Josis und seine Zukunft verbringen müssen. Fabian liebte seine Mutter, keine Frage, aber sie konnte bisweilen äußerst anstrengend sein, was sich noch potenzierte, seit sie von Josis Schwangerschaft erfahren hatte.

Man hätte meinen können, dass sie endlich Ruhe geben würde, wo sie doch jetzt alles hatte, was sie sich immer so sehr für Fabian gewünscht hatte. Eine Frau an seiner Seite, ein Enkelchen für sie. Stattdessen bemängelte sie ständig, dass Fabian sich nicht ordentlich genug auf die Vaterrolle vorbereitete, und gab schon jetzt wohlgemeinte Tipps, obwohl das Kind nicht mal auf der Welt war. Als hätte sein Vater sich damals auch nur in irgendeiner Form auf seine zwei Söhne vorbereitet. Hinbekommen hatte er es trotzdem.

Gequält schaute er auf die Uhr. »Kann ich mich wenigstens noch eine halbe Stunde hinsetzen?«, fragte er.

»Ausnahmsweise geht das auch länger. Ich war so frei, ihnen abzusagen.«

Fabian wusste nicht, ob er entsetzt oder begeistert sein sollte. Noch nie hatte seine Mutter sonderlich verständnisvoll auf seinen Job reagiert, war doch geplant gewesen, dass er als ältester Sohn später einmal die Metzgerei übernahm. Dort hätte er wenigstens geregelte Arbeitszeiten gehabt und wäre immer pünktlich zum Familienessen gekommen. Wenn Josi ihr also erzählt hatte, dass er wegen des Falls zu viel um die Ohren hatte, würde er sich garantiert beim nächsten Telefonat mit seiner Mutter etwas anhören dürfen.

Josi sah ihm seine Befürchtung wohl an, denn sie streichelte sich mit vielsagendem Blick über den Bauch. »Puh, in letzter Zeit geht es mir nicht so gut, das hast du doch mitbekommen. In dieser Phase der Schwangerschaft passiert das schon mal und ich muss mich dringend ausruhen. Deine Mutter hatte natürlich vollstes Verständnis und schickt deinen Vater morgen Vormittag vorbei, damit er uns die Reste bringt.«

Ein Grinsen schlich sich auf Fabians Gesicht. »Genau deshalb habe ich mir die beste Frau der Welt geschnappt. Weil sie immer das Richtige tut«, sagte er.

»So ist das also, du hast mich geschnappt. Gut, dass ich das jetzt auch mal erfahre, sonst hätte ich mich für den Rest meines Lebens wundern müssen, wie ich hier gelandet bin.« Sie streckte ihm die Zunge raus und lachte, wobei sie an einer blonden Locke zupfte, die ihr ins Gesicht gefallen war. »Komm mit ins Wohnzimmer, die Pizza ist schon bestellt.«

Eine Stunde später lümmelte Fabian satt und zufrieden auf dem Sofa. Normalerweise hätte er jetzt die notwendige Bettschwere, um vor dem Fernseher ein kleines Nickerchen zu machen und dann direkt ins Bett zu fallen. Heute Abend jedoch fingen seine Gedanken schon wieder zu kreisen an. Er sah zu Josi, die neben ihm lag und ihren Schwangerschaftsbauch streichelte.

»Die Pizza scheint deinem Nachkommen geschmeckt

zu haben. Er bedankt sich mit wildem Gestrampel«, sagte sie, als sie seinen Blick bemerkte.

»Wie du schon sagst, es ist mein Nachkomme. Ich wäre entsetzt, würde Pizza da nicht gut ankommen.« Mit einem Lächeln dachte Fabian daran, dass sie es zur Familientradition machen sollten, samstags Pizza zu bestellen. Oder vielleicht besser montags, denn dann gab es einen Grund, sich auf den Wochenanfang zu freuen. Ja, Montag war eine gute Idee.

»Ich muss dich mal was fragen«, sagte er, nachdem sie eine Weile schweigend in den Fernseher gestarrt hatten.

Josi wuchtete sich in den Polstern hoch, sodass sie aufrecht saß. »Das klingt ernst«, sagte sie.

»Irgendwie ist es das auch.« Fabian zögerte und suchte nach den richtigen Worten. Vielleicht war es doch keine so gute Idee, wie er geglaubt hatte. Wie Lina war Josi ein Adoptivkind, nur war sie schon wesentlich älter gewesen, als ihre jetzige Familie sie aufgenommen hatte. Im Heim, in dem sie bis zu ihrem achten Lebensjahr aufgewachsen war, hatte sie keine guten Erfahrungen gemacht, um es milde auszudrücken. Es war ein dummer Einfall, sie jetzt damit zu belästigen und zu riskieren, unschöne Erinnerungen heraufzubeschwören, gerade in ihrer aktuellen Situation. »Ach nein, lieber doch nicht«, sagte er.

In gespieltem Entsetzen riss Josi die Augen auf und tippte ihm an die Brust. »So nicht, mein lieber Herr Kommissar. Du kannst nicht so anteasern und dann einen Rückzieher machen. Ich will jetzt wissen, worum es geht. Raus mit der Sprache!«

Fabian seufzte. Da hatte sie nun auch wieder recht, und da sie ohnehin keine Ruhe geben würde, konnte er es auch einfach ansprechen. »Stell dir vor, dass es damals, als du siebzehn warst …«

»Hey, sag das nicht so, als wäre das schon ewig her!«

»Sorry, ich hab ganz vergessen, dass das erst zwei Jahre her ist. Also stell dir eben vor, dass es *vor Kurzem,* als du siebzehn warst, schon das Internet in der heutigen Form gegeben hätte. Soziale Medien, Online-Games, all der Kram.«

»Es gab den AOL-Messenger. Erinnerst du dich noch an die Werbung mit Boris?« Sie verstellte ihre Stimme. »*Ja, bin ich denn schon drin, oder was?*«

Fabian runzelte die Stirn. »Da warst du doch aber nicht siebzehn, als der Spot im Fernsehen lief! Ich war zu dem Zeitpunkt ja nicht mal so alt.«

»Ist doch egal, der flackerte jedenfalls über die Bildschirme, als ich jung war. Und ich erinnere mich, dass ich mit diesem AOL-Messenger gechattet habe.«

»Gut, dann nehmen wir den als Beispiel«, sagte Fabian. Er wusste zwar nicht, auf welchem Weg Lina Riekers vermeintlicher Erzeuger sie kontaktiert hatte, aber das spielte für seine Frage keine Rolle. »Jedenfalls schreibt dir da ein wildfremder Mann, vielleicht auch einer, mit dem du vorher schon gechattet hattest, dass er dein leiblicher Vater wäre.«

Josi verzog angewidert die Mundwinkel. »Ihh, das klingt ja gruselig.«

»Ja, nicht wahr? Du hättest ihm also nicht ohne Weiteres geglaubt?«

Dieses Mal zögerte sie mit ihrer Antwort. »Das kommt wohl auf die Umstände an«, sagte sie schließlich. »Wäre ich verzweifelt auf der Suche nach meiner Herkunft gewesen, möglicherweise schon. In dem Alter ist man ja teilweise noch ziemlich naiv. Für mich hat sich die Frage nie gestellt. Erstens habe ich mich bei meinen Eltern gut aufgehoben gefühlt und war ihnen unendlich dankbar, dass sie mich aus dieser Hölle von Heim geholt haben. Und zweitens hab ich meine Erzeuger dafür gehasst, dass ich wegen ihnen dort überhaupt gelandet bin. Also vermutlich hätte ich den Typen blockiert und nichts von ihm hören wollen.«

Fabian nickte. Josis Situation konnte man mit der von Lina Rieker wirklich nur schwer vergleichen. »Wenn du aber unglücklich zu Hause gewesen wärst, vielleicht sogar mit dem Gedanken gespielt hättest, auszureißen, wie wäre es dann gewesen? Hättest du irgendwelche Nachweise verlangt, Informationen zum Beispiel, die nur er haben kann? Oder wärst du drauf eingestiegen?«

Wieder überlegte Josi und nagte dabei unbewusst an ihrem Daumennagel. »Schwierig zu beantworten, muss ich sagen. Aus heutiger Sicht würde ich mich schon wundern, wie um alles in der Welt er mich gefunden haben sollte. Das wird den leiblichen Eltern nämlich gar nicht so leicht gemacht, wenn mich nicht alles täuscht. Wenn überhaupt, funktioniert es in die andere Richtung, Kinder können ihre leiblichen Eltern über die Behörde finden, Eltern ihre Kinder nicht. Vermutlich hätte ich mich mit meinem Wissen als Erwachsene an die Adoptionsbehörde gewandt. Aber als Teenager, der raus von zu Hause will und nicht darüber nachdenkt, dass es da draußen in der Welt Männer gibt, die dir Böses wollen ... Ja, da hätte ich möglicherweise diesen Strohhalm ergriffen, ohne genauer nachzufragen.«

Und wenn du merkst, dass du dem Falschen vertraut hast, ist es zu spät, dachte er. Fabian wusste selbst nicht, was er mit dieser Antwort anfangen und wohin diese Unterhaltung führen sollte. Wahrscheinlich wollte er einfach nur ein Gespür dafür bekommen, wie leicht es war, ein Mädchen in Linas Situation reinzulegen und davon zu überzeugen, dass man der leibliche Vater war, um sie zu sich zu locken. »Damit hast du meine nächste Frage eigentlich schon beantwortet. Glaubst du, es gibt andere Möglichkeiten, die neue Identität seiner leiblichen Tochter aufzuspüren? Wie würde eine Detektei das angehen?«

»Bestimmt. Aber du, ich bin kein Detektiv, da wäre Mona die bessere Ansprechpartnerin.«

Mona, Helgas Freundin, die eine Detektei betrieb. Sicher hatte die momentan andere Sorgen, als ihm Auskünfte zur Arbeitsweise von Privatermittlern zu geben. Den Tag über hatte Fabian völlig verdrängt, was am Morgen geschehen war. Jetzt holte es ihn mit voller Wucht wieder ein. Dass sie noch nichts von Helga selbst oder wenigstens von Mona gehört hatten, war womöglich ein schlechtes Zeichen.

29

KAPITEL

Obwohl noch nichts wirklich nach Plan lief, war seine Laune an diesem Morgen deutlich besser als die letzten Tage. Er hatte endlich ein paar Stunden Schlaf bekommen, die sogar erholsam gewesen waren. Am Abend war er gegen elf wie ein Stein ins Bett gefallen und erst um neun Uhr wieder aufgewacht.

Diesen Sonntag würde er dafür nutzen, den ganzen Mist zumindest für einen Tag hinter sich zu lassen. Jeder brauchte mal eine Pause, und seine war längst überfällig. Er würde sich jetzt Brötchen und Croissants holen und auf dem Weg die Sonntagszeitungen mitnehmen, um gemütlich und in aller Ruhe zu frühstücken. So richtig ausgiebig mit Cappuccino und frisch gepresstem Orangensaft und dabei die Nachrichten durchstöbern. Dann erst würde er zur Hütte aufbrechen, um Lina etwas vorbeizubringen, die würde schon bis mittags nicht verhungert sein.

Gut, der Ausflug zur Hütte passte nicht so wirklich zu seiner Pause, aber er konnte sie wohl kaum einen kompletten Tag dort allein lassen. Es ärgerte ihn schon ein wenig, dass es sich wegen ihr so kompliziert darstellte. Nur noch eine Woche hätte sie durchhalten müssen, dann wäre ihr gefälschter Pass gekommen und sie hätte sich in den Bus nach Kroatien setzen können. Etwas mehr Ausdauer und alles wäre so viel unkomplizierter gelaufen. Doch da musste er jetzt durch, ein Rückzieher kam für ihn nicht infrage. Hoffentlich hatte sie sich, wie behauptet, wenigstens dieses Mal an seine Anweisung gehalten und niemandem von ihm erzählt, sonst hätte er bald ein dickes Problem.

Stopp!, brachte er seinen Kopf zum Schweigen. *Pause!* Die hatte er sich vorgenommen und damit würde er jetzt anfangen. Er zog seine Jacke an, wickelte den Schal um seinen Hals und trat vor die Wohnungstür.

Auf dem Weg nach unten kam er der elendigen Zicke Margot Zöll aus dem Erdgeschoss, auch genannt Blockwart, entgegen, die gerade dabei war, das Treppenhaus zu fegen.

Die Alte hob den Kopf und beglubschte ihn durch die Glasbausteine ihrer Brille, als wüsste sie nicht ganz genau, wer da vor ihr stand.

»Guten Morgen«, grüßte er sie freundlich, um nicht ihren Unmut auf sich zu ziehen.

»Ach, Sie sind's. Bei Ihnen hätt ich gleich eh noch vorbeigeschaut.« Ihre Stimme war so schrill und nervig, dass es in seinen Ohren klingelte. »Kann des sein, dass Sie letzte Woche vergessen haben, dass Sie mim Kehren dran sind? Mal wieder?«

Genervt verzog er das Gesicht zu etwas, das nach einem Lächeln aussehen sollte. Nicht nur die Tatsache, dass sie am frühen Sonntagmorgen wegen einer solchen Lappalie bei ihm klingeln wollte, ging ihm auf den Sack. Auch dass sie sich ständig beschwerte, sie hätte beim Kehren zu viel zu tun und ihn daraufhin jedes Mal beschuldigte, seinen Dienst in der Vorwoche nicht erledigt zu haben, machte ihn wütend. Dabei bezog sie nicht mal das Wetter mit ein, denn momentan wurde draußen gestreut und natürlich sahen die Stufen dementsprechend aus.

Zugegebenermaßen kümmerte er sich meistens tatsächlich nicht darum, das Treppenhaus zu putzen, aber das spielte ja keine Rolle. So viel mehr Dreck verursachten die Bewohner innerhalb von einer Woche nun wirklich nicht, und die Zöll musste ja eh fegen, ob da nun etwas mehr oder weniger Schmutz anfiel, war doch egal. Aber dieses Mal würde er ihr eine reinwürgen. Die Presse war die ganze Woche voll mit Meldungen über die Mainleiche gewesen, davon hatte sie garantiert gelesen. Er weckte den Schauspieler in sich und setzte eine trauernde Miene auf.

»O ja, das hab ich wohl versäumt. Tut mir sehr leid, aber wissen Sie ...« In der Hoffnung, dass sich ein paar Tränchen bilden würden, blinzelte er heftig. »Bestimmt haben Sie es in den Nachrichten mitbekommen. Ein Freund von mir ...« Er brach ab, um ihre Reaktion zu beobachten, die wie gewünscht ausfiel. Die alte Zicke kaufte ihm seinen Auftritt anscheinend ab. Dabei musste er sich wirklich zusammenreißen, betroffen zu wirken. Sein Freund, von wegen. Wer wollte schon so einen Menschen zum Freund haben? Schade, dass er nicht mehr auf dem eiskalten Grund des Mains vor sich hin trieb, wie er es verdient hätte. Stattdessen würde er ein ordentliches Begräbnis bekommen, dieser Mistkerl.

»Jetzt sagen Sie mir aber net, dass des der war, den man im Main ...«

Er zog geräuschvoll die Nase hoch. »Doch genau der. Schreckliche Sache, das können Sie mir glauben. Deshalb werde ich demnächst wohl auch für ein paar Monate ins Ausland gehen zum Arbeiten und meine Wohnung währenddessen untervermieten. Nur, dass Sie schon mal Bescheid wissen.« Diese Lüge hatte er zur Vorbereitung in den letzten Wochen jedem erzählt, der sie hören wollte, und auch jedem, der sie nicht hören wollte. So würde niemand Verdacht schöpfen, wenn endlich der Zeitpunkt gekommen war, sich mit Lina aus dem Staub zu machen. Zum Glück hatte niemand gefragt, was er mit seinem Job denn im Ausland zu tun hatte, aber da wäre ihm auch irgendwas eingefallen. »Also, ich muss dann mal. Schönen Sonntag noch.«

»Ja, Ihnen auch. Und mein Beileid«, gab der Blockwart zurück.

Als er vom Bäcker zurückkehrte, war die Zöll zum Glück verschwunden, sodass er ohne weitere Behelligung in seine Wohnung gehen konnte. Während er frühstückte, durchstöberte er die verschiedenen Zeitungen nach einer Nachricht darüber, dass sein zerstückelter Obdachloser gefunden worden war. Sogar die Frankfurter Ausgabe der BILD am Sonntag hatte er mitgenommen. Wenn irgendwo etwas über Leichenteile zu finden wäre, dann dort.

Leider wurde er enttäuscht. Anscheinend hatte sich bisher niemand um die Säcke gekümmert. Hoffentlich hatte die Stadtreinigung sie nicht einfach eingesammelt, ohne den Inhalt zu beachten. Dann wäre alles umsonst gewesen. Nun ja, nicht ganz umsonst, immerhin hatte er einen Zeugen beseitigt, der ihn im Zweifel hätte identifizieren können, wenn es um die Frage ging, wer das Auto im See versenkt hatte. Denn das hatte man, wie er gestern zu seinem Entsetzen auf einer regionalen Nachrichten-Webseite gelesen hatte, schon geborgen.

Zunächst hatte er befürchtet, dass ihn noch eine weitere Person gesehen haben könnte, die dann die Polizei gerufen hatte, aber unter dem Artikel war ein Aufruf, dass Zeugen, die etwas Ungewöhnliches um den See herum beobachtet hatten, sich melden sollten. Wahrscheinlich war es einfach nur Pech. So viel wie er musste man erst mal davon haben.

Jedenfalls gab es keine Berichte darüber, dass eine weitere Leiche aufgetaucht war, auch nicht im Internet. Das war Mist, denn die Ermittlungen sollten möglichst bald in eine falsche Richtung geleitet werden, bevor die Polizei zu viel herumstocherte. Ehe er zu Lina fuhr, würde er einen kleinen Abstecher an den Main machen. Dort wollte er prüfen, ob die Säcke noch dort waren, wo er sie so am Ufer platziert hatte, dass sie auch ja nicht zu übersehen waren. Falls sie nämlich bereits weggeräumt waren, musste er so bald wie möglich handeln. Die Idee, mit dem fingierten Serienkiller von den wahren Beweggründen abzulenken, war einfach zu gut, um sie nicht weiterzuverfolgen.

30

KAPITEL

Kälte. Überall um sie herum. Das war das Erste, was Helga spürte. Sie fror dermaßen, dass ihre Zähne unkontrolliert aufeinanderschlugen und sämtliche Muskeln zitterten. In Schüben lief es ihr wie Wasser knapp über dem Gefrierpunkt über ihren Körper, als stünde sie nackt in einem winterlichen Regenguss. Gleichzeitig trat ihr der Schweiß aus allen Poren, und der Stoff ihrer Kleidung klebte feucht an ihrer Haut. Ein beißender Geruch nach Desinfektionsmitteln stieg ihr in die Nase. Hinter der Stelle zwischen ihren Augenbrauen hämmerte ein fürchterlicher Schmerz in ihrem Schädel.

Sie hob die Hand, um ihre Stirn zu betasten. Ein stechendes Gefühl sorgte dafür, dass sie den Arm wieder sinken ließ. Irgendetwas pikste sie in den rechten Handrücken. Es kostete unendlich viel Kraft, den Kopf zu drehen und blinzelnd die Augen zu öffnen. Zuerst kam ein durchsichtiger Schlauch in ihr Sichtfeld, der zu einem mit einer Flüssigkeit gefüllten Plastikbeutel führte. Eine Infusion.

Die Erkenntnis traf sie wie ein Schlag. Sie musste im Krankenhaus sein. Im selben Moment spürte sie, dass jemand ihre andere Hand hielt und behutsam streichelte.

»Bist du wach?«, fragte eine bekannte Stimme neben ihr.

In Zeitlupe drehte sie den Kopf in die Richtung, trotzdem wurde ihr von der Bewegung übel. Auf einem Stuhl neben ihr saß Mona und schaute sie besorgt an. Helga wollte etwas sagen, doch ihr Mund war so trocken, dass nur ein Krächzen herauskam und die Zunge am Gaumen klebte.

»Brauchst du was zu trinken?«, fragte Mona und stand auf, ging um das Bett herum und hielt ihr einen Becher mit Schnabelaufsatz an die Lippen.

Mühsam richtete Helga sich auf, um sich nicht zu verschlucken. Das Zeug, das ihr in den Mund lief, schmeckte zwar nach Wasser, war aber dickflüssig wie Bratensoße. Das Mundgefühl war so eklig, dass sie würgen musste.

»Was ... ist passiert?«, fragte sie, nachdem sie die Übelkeit erfolgreich heruntergekämpft hatte.

»Weißt du es nicht mehr? Wir haben gestern darüber gesprochen. Da warst du schon mal wach«, antwortete Mona. Die Sorgenfalten auf ihrer Stirn vertieften sich.

Schwach schüttelte Helga den Kopf, was sie auf der Stelle bereute, denn das bisschen angedickte Flüssigkeit in ihrem Magen wollte sich sofort wieder auf den Rückweg machen.

»Kein Wunder, bei dem Fieber, das du hattest. Mittlerweile haben die Medikamente zum Glück angeschlagen. Sagen zumindest die Ärzte. Wie geht es dir?« Mona schenkte ihr ein tapferes Lächeln, das aber eher danach aussah, als würde sie gleich in Tränen ausbrechen.

Am liebsten wollte Helga sie in den Arm nehmen und trösten, doch das Hinsetzen und Trinken hatte sie bereits sämtliche Kraft gekostet, die sie hatte aufbringen können. Was zum Teufel war nur mit ihr los? Sie kniff die Augen zusammen und versuchte, sich zu erinnern, wie sie hierhergekommen war. Das Nachdenken war so anstrengend wie eine Wanderung bei Nebel durch einen Sumpf. Der Einsatz bei diesem Türsteher fiel ihr ein. Eine Kante von Kerl, gefühlt doppelt so groß wie sie selbst. Dann ein Stoß in die Nieren. Mit der linken Hand betastete sie vorsichtig ihre Rippen und zuckte vor Schmerzen zusammen.

»Eine ist gebrochen«, erklärte Mona. »Hast du dir wohl bei deinem Einsatz als Stuntfrau zugezogen. Weißt du das noch?«

»Keine Ahnung«, flüsterte Helga. Sie wollte gern noch etwas trinken, ekelte sich aber vor dem Zeug in dem Becher. Ein Schluck eiskalte Cola, das wäre jetzt was, am besten mit einem Schnitzer Limette drin. Sie überlegte, ob sie Mona bitten sollte, ihr eine zu holen. Ohne die Limette selbstverständlich, die würde sie hier wohl kaum auftreiben können. Vorher wollte sie aber endlich erfahren, was mit ihr geschehen war. »Jetzt sag schon, was los war.«

Mona fasste für sie zusammen, was sich ihres Wissens am Vortag ereignet hatte. Für Helga ergaben sich dadurch jedoch nur noch mehr Fragen. »Warum bin ich plötzlich umgekippt?«, war die Drängendste neben der, wann sie nach Hause durfte. Allein der Geruch in diesem Krankenzimmer würde ihre Genesung verzögern, ganz egal, was sie hatte. Dazu kam diese grässliche Flüssigkeit, die sie nur aus der Geriatrie kannte. Ihre Oma hatte sie damals bekommen, da sie nach einem Schlaganfall nicht mehr richtig schlucken konnte. Helgas Schluckreflex funktionierte hervorragend, wozu also brauchte sie diesen Mist?

»Das weiß bis jetzt niemand so genau. Die Ärzte sagen, es könnte irgendein Gift sein, das dir verabreicht wurde«, antwortete Mona sichtlich besorgt. »Eine Substanz konnte allerdings nicht nachgewiesen werden, und es ist unklar, wie das vonstattengegangen sein soll, denn einen Einstich oder so hat man nicht gefunden. Kannst du dich erinnern, ob du in der Wohnung von diesem Kerl irgendwas zu dir genommen hast? Hat er dir was zu trinken angeboten oder hast du in eine Süßigkeitenschale gegriffen?«

»Ganz sicher nicht.« Da brauchte Helga gar nicht lange zu überlegen. Auch wenn die Erinnerungen an den Einsatz verschwommen waren, sie wusste, dass sie niemals etwas anrühren würde, das ein Verdächtiger ihr anbot, geschweige denn sich an Snacks bedienen, die in einer unbekannten Umgebung herumlagen.

»Ihre zweite Vermutung geht in Richtung Infekt, irgendein fieser Virus. Dazu passt, dass du die letzten Tage schon so groggy warst. Dein Blutbild ist jedenfalls eine Katastrophe, alle Organwerte sind miserabel, die Milz außergewöhnlich vergrößert …«

Helga war beeindruckt, wie Mona die ganzen Infos auswendig herunterrattern konnte. Sie selbst hätte schon jetzt nicht mehr genau aufzählen können, was ihre Freundin ihr gerade erklärt hatte. »Und jetzt?«, fragte sie.

Mona zuckte mit den Schultern. »Momentan machen sie nicht viel. Sie haben dir für alle Fälle Aktivkohle verabreicht, die einige Gifte bindet und dann aus dem Körper leitet. Da sie noch im Dunkeln tappen, hast du ansonsten nur Infusionen bekommen, damit du nicht dehydrierst, und außerdem was gegen Fieber. Sobald du wieder stabiler bist, wollen sie das ganze Untersuchungsprogramm fahren. Knochenmarksbiopsie, die Leber punktieren …«

»Klingt nach einer Menge Spaß«, sagte Helga und versuchte sich an einem Grinsen, das ihr offenbar nur so mittelgut gelang, denn Mona schenkte ihr einen mitleidigen Blick.

Sie setzte sich zu ihr auf die Matratze und drückte vorsichtig ihren Arm, als wären ihre Knochen zerbrechlich wie Eierschale. »Mann, du hast uns einen ganz schönen

Schrecken eingejagt«, sagte sie. Aus der Nähe sah Helga, dass ihre Augen gerötet waren, wahrscheinlich vom Weinen. Dabei war Mona sonst gar nicht der emotionale Typ. Nicht mal, als sie von diesem Serienkiller, der sich für einen Jahrhundertkünstler hielt, beinahe umgebracht worden wäre, hatte sie so mitgenommen gewirkt.

Helga war dieser Moment auf eine seltsame Weise unangenehm. Sie wollte nicht, dass Menschen sich Sorgen um sie machten oder ihretwegen traurig waren. Schon gar nicht jemand wie Mona, die sich sonst immer im Griff hatte. Und erst ihr Vater. Die Vorstellung, wie es ihm mit der Nachricht gegangen sein musste, nachdem er vor ein paar Jahren schon seine Frau viel zu früh verloren hatte … Obwohl Helga nichts dafürkonnte, dass sie jetzt hier im Krankenhaus lag, bekam sie ein schlechtes Gewissen.

»Ist mein Handy irgendwo?«, fragte sie schnell, um sich abzulenken. »Ich muss mich dringend bei Fabian oder Thomas melden.«

»Denen hab ich schon Bescheid gesagt, wie es um dich steht, keine Sorge«, sagte Mona und machte keine Anstalten, ihr das Telefon zu geben.

»Danke, das ist lieb. Mich interessiert aber auch brennend, was gestern bei den Ermittlungen rauskam. Deshalb würde ich sie gern fix anrufen«, beharrte Helga auf ihrer Bitte.

»Einen Teufel wirst du tun«, antwortete Mona streng. »Seit Tagen erzähle ich dir, dass du dich schonen sollst. Ob das jetzt ein Infekt ist oder du mit irgendeiner Scheiße vergiftet wurdest, spielt keine Rolle. Solange niemand weiß, was genau mit dir nicht stimmt, bist du nicht über den Berg und schonst dich gefälligst. Ich hab keinen Bock, dich zu verlieren, nur weil du ein unvernünftiger Klotz bist.« Nun brachen bei ihr endgültig die Dämme. Tränen rannen ihr über die Wangen und sie riss sich die Maske vom Gesicht, die sie ohnehin schon nicht mehr über dem Mund getragen hatte, um sie wegzuwischen.

»Ist ja gut«, murmelte Helga und streckte ihre Hand nach ihr aus. »Ab jetzt keine Arbeit, bis ich fit genug dafür bin. Versprochen.« *Oder bis du mich später allein lässt,* fügte Helga in Gedanken hinzu. Irgendwann waren die Besuchszeiten ja auch mal vorbei, und sie konnte sich wenig Schlimmeres vorstellen, als zum Nichtstun verdammt zu sein.

31

KAPITEL

Als Fabian und Thomas am Montagmorgen ins Büro kamen, wartete bereits Jan Fleischer, ein Mitarbeiter aus der Technikabteilung auf sie. Während der Rest des Ermittlungsteams den Sonntag genutzt hatte, um sämtliche Freundinnen und Freunde von Lina Rieker sowie deren Adoptivmutter noch einmal aufzusuchen und sie zu dem plötzlich aus der Versenkung aufgetauchten leiblichen Vater zu befragen, war Fleischer anscheinend auch nicht untätig gewesen.

Im Gegensatz zu ihnen – offenbar hatte Lina lediglich Pauline von diesem unbekannten Mann erzählt – hatte der Techniker allerdings etwas vorzuweisen, womit sie weiterarbeiten konnten.

»Ich hab gute und schlechte Nachrichten für euch«, sagte Jan Fleischer und deutete auf eine externe Festplatte, die er auf Fabians Schreibtisch abgelegt hatte. »Die schlechte ist, dass wohl irgendein besonders kluger Kopf das Tablet einschalten wollte, nachdem es aus dem Wasser geholt wurde.«

Wie ein normalerweise gewissenhafter Schüler, der im Gegensatz zu sonst seine Hausaufgaben nicht erledigt hatte, hob Thomas schuldbewusst die Hand. »Der Idiot wäre dann wohl ich. Ich hätte nicht gedacht, dass ich damit viel kaputt mache. Eigentlich wollte ich nur schauen, ob es noch funktioniert.«

Fleischer schüttelte tadelnd den Kopf. »Erste Regel bei elektronischen Geräten, die ins Wasser fallen und an denen einem was liegt: Niemals nie nicht einschalten, solange das Teil noch nass ist. Dann schließt sich der Stromkreis und die elektronischen Bauteile werden zerschossen.«

»Ja, das ist mir jetzt auch klar. Helga hat direkt mit mir geschimpft, da war es aber zu spät«, räumte er zerknirscht ein.

»Apropos, wo ist die Kollegin eigentlich? Ich dachte, bei so einem Fall braucht ihr jeden Mann.« Er räusperte sich. »Und natürlich jede Frau.«

»Sie liegt leider im Krankenhaus«, erklärte Fabian. Als er Fleischers erschrockenes Gesicht sah, fügte er schnell hinzu: »Mittlerweile ist sie auf dem Weg der Besserung.«

»Richtet ihr bitte meine Genesungswünsche aus. Was ist denn passiert?«

Fabian seufzte innerlich. Eigentlich wollte er lieber darüber reden, was sich auf der Festplatte befand, aber er konnte verstehen, dass eine Kollegin außer Gefecht Vorrang hatte. »Am Samstag ist sie bei der Verfolgung eines Verdächtigen einfach zusammengeklappt. Wir haben zuerst befürchtet, dass er sie vergiftet hat, aber das hat sich zum Glück als Fehlannahme herausgestellt. Sie hat sich wohl den Eppstein-Barr-Virus eingefangen, und da sie zu lange die Symptome ignoriert hat, hat der sie letztlich niedergestreckt.«

Wenn er daran dachte, dass Helga zur Arbeit gekommen war, obwohl sie sich bereits krank gefühlt hatte, war er immer noch leicht angesäuert. Josi hatte ihm erklärt, dass die meisten Menschen den Virus in ihrer Kindheit bekamen und danach lebenslang immun dagegen waren, doch das beruhigte ihn wenig. Es hätte alles Mögliche sein können, und Josi hatte nicht vom Arzt ein Beschäftigungsverbot auferlegt bekommen, damit er sich letztlich bei einer Kollegin ansteckte und in der Folge die Krankheit an sie weitergab.

»Zurück zur schlechten Nachricht«, sagte Fleischer dankenswerterweise. »Das Tablet lief über einen internen Speicher und nicht mit einer SD-Karte. Die hätte man nämlich trotz Kurzschluss einfach rausnehmen können und alles wäre noch da gewesen. So hat es die Daten beim Einschaltversuch gebrutzelt.«

»Könnten wir vielleicht zu den guten Nachrichten kommen, anstatt weiter auf mir rumzuhacken«, bat Thomas in gequältem Tonfall. Vermutlich ärgerte er sich selbst am meisten darüber, dass er nicht umsichtiger gewesen war.

»Jetzt hetz mich mal nicht, du sollst ja schließlich noch was lernen«, gab Fleischer zurück. »Wie auch immer, auf der Festplatte befinden sich nicht nur die Daten von dem Handy, das offenbar niemand einschalten wollte, sondern auch ein Teil vom Tablet. Wir haben ein Datenextraktions-Tool drüberlaufen lassen und konnten so ein bisschen was retten.«

»Wusste ich doch, dass ihr das hinbekommt. Genial.« Fabian klopfte ihm überschwänglich auf die Schulter und griff sich dann die Festplatte, um sie an seinen PC anzuschließen.

»Freu dich mal nicht zu früh, die Welt ist es nicht. Außerdem wurde einiges beschädigt. Kann sein, dass ihr euch aus verschiedenen Fragmenten was zusammenreimen müsst.«

»War zufällig das Programm Discord dabei und könnten wir ihre Kontakte einsehen, wenn ich es auf meinem Computer öffne?«

Fleischer zog anerkennend die Augenbrauen hoch. »Du weißt, was Discord ist? Das benutzen doch eigentlich nur Leute aus dem Gaming-Bereich. Aber da muss ich dich enttäuschen, das war, soweit ich weiß, nicht dabei.«

Verdammt. Fabian hätte zu gern erfahren, ob sich der ominöse Erzeuger bei Lina darüber gemeldet hatte. Aber vielleicht hatten sie Glück und sie hatte ein elektronisches Tagebuch geführt. Ein handschriftliches hatte es laut Anke Rieker jedenfalls nicht gegeben, danach hatten sie gestern bereits gefragt.

Fleischer verabschiedete sich und ließ sie mit den Ergebnissen seiner Arbeit allein. Auf der Festplatte befanden sich zwei Ordner. Den, der mit dem Namen *Handy* betitelt war, ignorierte Fabian zunächst. Ihm erschien das Tablet von Lina Rieker vielversprechender, denn momentan ging es in erster Linie darum, das Mädchen lebend zu finden.

Leider hatte Fleischer nicht tiefgestapelt. Viel hatte er nicht retten können. Es gab einen Unterordner mit dem Namen *BeReal,* der zahlreiche Fotodateien enthielt. Die meisten davon luden beim Öffnen jedoch nur teilweise, ein Großteil des Bildes blieb weiß, grau oder war verpixelt, sodass man nichts erkennen konnte.

Fabian googelte nach dem Namen des Ordners und fand heraus, dass es sich bei *BeReal* um eine bei jungen Leuten beliebte App handelte, die sämtliche Benutzer gleichzeitig einmal täglich zu einer wechselnden Uhrzeit aufforderte, innerhalb von zwei Minuten je ein Foto mit der Front- und der Rückseitenkamera aufzunehmen. Es gab keine Möglichkeit, die Bilder zu bearbeiten, was dafür sorgen sollte, mehr Realität in die Welt der sozialen Medien zu bringen.

Eigentlich kein schlechter Ansatz, dachte Fabian. Er war froh, dass es in seiner Jugend diesen Wahnsinn an

Filtern und geschönten Leben, die im Netz präsentiert wurden, nicht gegeben hatte. Mit Sicherheit hätte er sonst mit noch mehr Komplexen wegen seines Übergewichts zu kämpfen gehabt als ohnehin schon.

Er widmete sich wieder den Fotodateien. Auf den wenigen, die nicht zerstört waren, entdeckte er nichts, was für ihn von Interesse war. Keines davon zeigte Lina mit einem älteren Mann, der ihr Vater sein könnte, und auch mit der Hauptkamera waren meist eher junge Leute aufgenommen worden, hin und wieder auch Benjamin oder Anke Rieker.

Als Nächstes klickte er den Ordner *Galerie* an und wühlte sich auch dort durch Tausende von gespeicherten Bildern. Thomas hockte neben ihm und verputzte währenddessen zwei Proteinriegel, die fürchterlich stanken, während er kommentierte, was sie zu sehen bekamen. Von irgendwelchen Enten im Park über Graffitis auf Häuserfassaden, Selfies noch und nöcher bis hin zu Arbeitsblättern und Tafelbildern aus der Schule sowie Essensfotos ohne Ende, als hätte Lina die Veröffentlichung eines Kochbuchs geplant, war alles an Motiven vertreten.

»Hat sie da echt versucht, den Mond mit Blitz zu fotografieren?«, gluckste Thomas beim Anblick einer angeleuchteten Baumkrone mit dunklem Hintergrund.

»Macht sich da gerade unser Technikprofi Wendtner, der ein nasses Tablet einschalten wollte, über die Fotokünste eines Teenagers lustig?«, fragte Fabian, woraufhin Thomas eine beleidigte Miene zog.

Sie klickten sich weiter durch die Galerie, wovon etwas mehr als die Hälfte der Bilder ähnlich zerstört waren wie im *BeReal*-Ordner. Trotzdem brauchten sie knapp anderthalb Stunden, bis sie mit der groben Sichtung durch waren. Auf seinem Desktop hatte Fabian einen Ordner für verdächtige Bilder erstellt, der kaum mit Inhalt gefüllt worden war. Lediglich ein paar Fotos, auf denen Männer in der Bahn oder der Stadt zu sehen waren, hatten sie dorthin verschoben. Im Endeffekt wirkten diese jedoch eher wie zufällige Schnappschüsse oder Aufnahmen, die das Mädchen aus Versehen gemacht hatte. Bei den neuesten Dateien war überhaupt nichts mehr dabei, was für sie irgendwie von Interesse war. In den Tagen vor ihrem Verschwinden hatte sie kaum noch Fotos geschossen und wenn, dann waren es Selfies, auf denen sie grummelig in die Kamera schaute.

»Sollte Lina ihren Vater vor ihrem Verschwinden getroffen haben, dann hat sie wohl kein Foto von diesem Anlass gemacht«, sagte Fabian ernüchtert.

»Bestimmt hätte er das auch nicht zugelassen, immerhin hat er ihr verboten, mit irgendjemandem über ihn zu reden.«

Fabian nickte. Irgendwie hatte er trotzdem gehofft, dass sie fündig würden, aber so einfach wurde es ihnen in ihrem Beruf selten gemacht. Abgesehen davon hätte sie ein Foto des Mannes auch nicht unmittelbar weitergebracht, allerdings hätten sie sich ein Bild von ihm machen und es für die Fahndung benutzen können.

Obwohl seine Augen dringend eine Pause brauchten, öffnete Fabian den nächsten Ordner. Er trug den Namen *JRNL*.

»Das könnte doch was sein«, sagte Thomas und rückte näher an den Monitor ran.

Tatsächlich befanden sich in dem Ordner eine Menge Text- und Audiodateien. Fabian klickte das erste Dokument an. Eine wilde Mischung aus Sonderzeichen, Groß- und Kleinbuchstaben und Zahlen baute sich vor ihnen als Textwand auf. »Mist, scheint kaputt zu sein«, sagte er.

Bei den nachfolgenden Dateien passierte dasselbe. Sie fanden nicht eine, bei der sie auch nur ein Wort hätten entziffern können, weshalb sie sich den Audiodateien widmeten. Bei den ersten paar hörte man nur abgehackte

Wörter, ohne dass man sich einen Sinn daraus erschließen konnte, aber irgendwann hatten sie Glück.

»Moah, heute war so ein richtig beschissener Tag«, hörten sie die glasklare Stimme von Lina Rieker. So klang sie also. Am Tag dieser Aufnahme ziemlich genervt, aber das war für Teenager wohl normal.

»Erst fährt mir die Drecksbahn direkt ... Fresse weg, obwohl mich der Wichser von Fahrer noch gesehen hat, wie ich angerannt kam ... trägt mir der Weidner noch eine unentschuldigte Fehlstunde ein, weil ich zum vierten Mal in dem Halbjahr zu spät gekommen bin. So ein Huso, echt.«

Thomas beugte sich nach vorn und drückte mit der Maus auf Pause. »Alter Schwede, die hat ja ein Mundwerk«, sagte er mit einer Mischung aus Achtung und Konsternation. »Haben wir früher auch so Kram rausgehauen?«

»Keine Ahnung, aber mit Sicherheit. Mittlerweile klingst du eher wie meine Oma, die hat sich auch immer über die heutige Jugend beschwert.« Fabian lachte und bekam dafür einen Stoß von Thomas' Faust in die Rippen.

»Lass mal weiterlaufen.«

»Mittags ... eigentlich noch ins Brentano, aber weil Gewitter angesagt war, durfte ich nicht mit. Super, ey. Nur weil ... so übertriebene Sissis sind. Alle anderen durften und ich bin wie so ein Bob hier rumgehockt. ... wenigstens ein paar Runden in Fortnite ballern.«

Damit endete die Aufnahme. Die nächste stammte vom folgenden Tag und war so zerstört, dass man nur einzelne Wortfetzen hörte, aus denen sie sich wenig erschließen konnten. Fabian klickte sich weiter durch.

»Winner, winner, chickendinner«, erklang Linas Stimme fröhlich aus den Lautsprechern. »Mit Silly endlich mal wie... nen Sieg geholt, PogChamp ... kurze Lags ... Silly gestor... und ich ... schön gecampt und dann abgeball...«

»Puh«, sagte Thomas, nachdem die Aufnahme geendet hatte. »Wenn wir uns das jetzt noch eine Stunde anhören, verglüht mein Gehirn. Von wann war die denn?«

Fabian schaute auf das Datum der Datei. »September 2021. Vielleicht können wir ein bisschen weiter vorn weitermachen. Laut Pauline war es noch nicht so lange her, dass sich der Mann bei ihr gemeldet hat, der sich als ihr leiblicher Vater ausgegeben hat. Was auch immer das in Teenagerzeitrechnung bedeuten mag.«

»Hoffentlich hat sie dazu auch eine Sprachaufnahme gemacht und keine Textdatei«, sagte Thomas.

Weiter unten im Ordner klickte Fabian eine Aufnahme an, die aus dem letzten Sommer stammte. Vermutlich war das nicht die Form von »noch nicht so lange her«, die Pauline meinte, denn in dem Alter erschien ein halbes Jahr eher wie eine Ewigkeit. Da er aber nicht den Moment verpassen wollte, in dem Lina hoffentlich von ihrem Vater sprach, klickte er sie an.

Die Datei war erneut nur teilweise abspielbar. Was Thomas und Fabian sich jedoch aus dieser sowie den folgenden Aufnahmen zusammenreimen konnten, war ungeheuerlich. Sie mussten sofort noch einmal Anke Rieker befragen.

32

KAPITEL

Der nächste Rückschlag. Die Säcke waren nicht mehr da. Einfach verschwunden, und doch wurde in keiner einzigen Zeitung und auch nirgends im Netz über den Fund weiterer Leichenteile berichtet. War das eine Strategie der Polizei? Damit die Bevölkerung nicht wegen des Serienkillers beunruhigt wurde, der wohl ganz eindeutig in Frankfurt sein Unwesen trieb? Das konnte er sich kaum vorstellen. Viel eher würde doch vor so jemandem gewarnt werden.

Es wäre ihm lieber, diesen Gedanken nicht zu haben, aber im Endeffekt lief es immer wieder darauf hinaus, dass Lina schuld an dieser Misere war. Sie hätte sich nur an seine Anweisungen halten müssen, dann hätten sie jetzt keines dieser verdammten Probleme. Statt längst auf dem Weg nach Kroatien zu sein, musste er sich seine nächsten Schritte sehr genau überlegen. Bisher hatte er großes Glück gehabt, dass ihm niemand auf die Spur gekommen war, aber das konnte sich jederzeit ändern, wenn er nur den kleinsten Fehler beging. Dennoch musste er schnellstmöglich sicherstellen, dass die Ermittlungen in eine andere Richtung getrieben wurden, und dafür gab es nur eine Option.

Andererseits bot ihm das die Chance, die Sache noch einmal neu anzugehen. Der Obdachlose aus dem Wald wäre nur ein beliebiges Opfer gewesen, er hatte nichts mit Benjamin Rieker gemeinsam gehabt. Zumindest nichts, wovon er wusste, bis auf das Offensichtliche, dass beide dem männlichen Geschlecht angehörten. Jetzt konnte er sich jemanden suchen, der ein gewisses Beuteschema ergeben würde. Das machte das Ganze noch mal authentischer.

Ja, sagte er sich. *Diese Einstellung ist es, die du brauchst. Es gibt keine Probleme, nur Herausforderungen.* Danach hatte er bisher gelebt und war nur deshalb so erfolgreich.

Bis gerade eben war er ziellos durch die Stadt gelaufen, doch nun formte sich ein Plan. Er hatte eine ungefähre Vorstellung, nach was für einer Person er Ausschau halten würde. Dabei durfte er nichts überstürzen, gleichzeitig drängte die Zeit. Leider konnte man den Leuten nur vor den Kopf gucken, wie er selbst am besten wusste, doch es gab gewisse Anzeichen, und auf die würde er achten.

Kurze Zeit später entdeckte er jemanden, der ihm passend erschien. Der Mann war in Begleitung eines etwa zehnjährigen Mädchens. Für alle anderen Passanten wirkten die beiden wahrscheinlich völlig unauffällig, doch nicht für ihn, denn er hatte genau hingeschaut. Man konnte den Menschen ansehen, wenn sie etwas quälte, insbesondere Kindern, die noch nicht gelernt hatten, sich für die Gesellschaft zu verstellen.

Mit hängenden Schultern und gesenktem Kopf stapfte das Mädchen neben dem Kerl her, während er auf sie einredete. Im feinsten Zwirn wirkte er integer, wie ein Unschuldslamm. Seine beklagenswerte Tochter strafte diesen Eindruck jedoch Lügen. Er beschleunigte seine Schritte, damit er zu den beiden aufschließen und aufschnappen konnte, worüber sie redeten.

»Aber ich will nicht. Die Mama ist nicht da«, sagte das Mädchen in einem nörgeligen Ton. Es blieb stehen und stampfte mit dem Fuß auf.

Der Mann nahm es am Arm und zog es mit sich. »Das ist doch egal. Wir beide gehen jetzt nach Hause und machen es uns da schön. Ich lasse dir ein Erkältungsbad ein und …«

»Papa, ich will nicht baden. Mir ist kalt. Und wenn du mir die Haare wäschst, dann ziept das immer so. Die Mama soll mich baden.« Das Mädchen kam kaum hinterher, so schnell ging ihr Vater. Das mochte am Nieselregen liegen, der gerade einsetzte, doch sollte er wohl eher Rücksicht auf seine Tochter nehmen, anstatt sich um seinen Mohairmantel zu sorgen.

»Ich höre ständig nur, was du nicht willst. Benimm dich mal wie das große Mädchen, das du bist. Manchmal muss man halt auch Sachen tun, auf die man keine Lust hat. Am Ende merkt man dann erst, dass alles gar nicht so schlimm war.«

Vor Abscheu, die er vor dem Mann empfand, wurde ihm übel. Jedes Wort der Tochter bestätigte ihm, dass er genau den richtigen Riecher gehabt hatte. Der Widerwillen und die Ablehnung des Kindes gegenüber seinem Vater waren für ihn beinahe körperlich spürbar. Mit einem Mal sah er Lina in dem kleinen Mädchen und ihm wurde bewusst, dass sich all der Ärger und all die Mühen gelohnt hatten. Nicht sie war dafür verantwortlich, was geschehen war, das Opfer war niemals schuld. Sie hatte nur reagiert, im Gegensatz zu dem kleinen Mädchen, das noch zu jung war, um sich zu wehren. Er würde es nicht im Stich lassen, so wie er Lina nicht im Stich ließ.

Es juckte ihn in den Fingern, sofort einzugreifen, doch er musste sich zurückhalten. Hier gab es viel zu viele Zeugen. Selbst wenn das nicht der Fall gewesen wäre, er wollte das Kind nicht noch mehr traumatisieren. Den Vater würde er sich irgendwann allein zur Brust nehmen und ihm seiner gerechten Strafe zuführen. Geduld war die Mutter der Porzellankiste, so sagte man doch.

Ob es ihn mit einer ähnlichen Befriedigung erfüllen würde, diesem Mistkerl Stück für Stück die Körperteile abzuschneiden, wie es bei Benjamin der Fall gewesen war? Vielleicht würde dieser Typ es ja schaffen, etwas länger bei Bewusstsein zu bleiben, um mitzubekommen, wie ihm sein Fehlverhalten seiner Tochter gegenüber heimgezahlt wurde. Nicht jeder war so ein Schwächling wie Benjamin. So oder so, das Schicksal dieses Dreckschweins war besiegelt.

Mit ausreichendem Abstand folgte er den beiden quer durch die Stadt, bis sie ein Wohngebäude betraten. Jetzt hatte er alle Informationen, die er brauchte. Bald würde er wiederkommen, um dieses arme Kind von ihrem Peiniger zu befreien und damit zwei Fliegen mit einer Klappe schlagen.

33

KAPITEL

Als sie vor der Tür stand, drohte die Angst sie zu übermannen. Die vergangenen Tage bei ihrer Mutter hatte Anke ihre Gefühle einigermaßen unter Kontrolle gehabt. Natürlich waren da die Trauer über den Verlust ihres Mannes und die Sorge um Lina und ihren Verbleib, nachdem sich irgendein Wildfremder als ihr leiblicher Vater ausgegeben hatte. Und auch die Wut darüber, dass ihrer Familie eine solche Ungerechtigkeit widerfahren musste. Aber all das hatte sie so weit im Griff gehabt, dass sie in ihrem neuen Alltag funktionierte.

Jetzt, wo sie vor ihrem Haus stand, in dem sie noch bis vor ein paar Wochen so glücklich gewesen waren, kam alles wieder hoch. Sämtliche Kraft schien von ihr zu weichen, und sie befürchtete, zusammenzubrechen, sobald sie die Tür aufschloss und das Chaos betrat, in das sich ihr Leben verwandelt hatte. Irgendwann musste sie jedoch wieder zurück und sich mit dieser schrecklichen Situation arrangieren, auch wenn sie theoretisch so lange bei ihrer Mutter wohnen konnte, wie sie wollte. Dort hatte sie aber nur ein Zimmer zur Verfügung, das sie sich mit Henri teilte, und keinerlei Rückzugsort, wo sie mal für sich sein konnte.

Davon abgesehen musste sie früher oder später auch wieder anfangen zu arbeiten. Noch reagierten die Kollegen verständnisvoll und ihr Arzt hatte ihr zugesichert, sie ohne großes Gehabe für die nächste Zeit krankzuschreiben, doch auf ewig konnte das nicht so weitergehen. Also hieß es für sie, jetzt die Zähne zusammenzubeißen und vorzubereiten, dass es für sie und ihren Sohn und hoffentlich bald auch Lina weiterging. So wenig erstrebenswert diese Zukunft ohne Benjamin ihr auch erscheinen mochte und so beängstigend es für sie war, sich all dem zu stellen.

Zum Glück fuhr in diesem Moment Timos Auto vor, der als Einziger seine Hilfe angeboten hatte. Ankes Mutter wollte ihr zwar ebenfalls zur Hand gehen, aber die sollte sich lieber um Henri kümmern, bis sie endlich die Überbleibsel der Spurensicherung beseitigt und ihr Haus wieder bewohnbar gemacht hatte. Alle anderen entpuppten sich gerade als falsche Freunde, da sie sich einen feuchten Kehricht um ihre Situation scherten. Der klägliche Rest, wie Ronja, wusste einfach nicht, wie sie damit umgehen sollten. Eine trauernde Witwe in ihrem Alter machte den Leuten Angst, es zeigte ihnen, wie schnell alles vorbei sein konnte. Ähnlich war es ihr bis vor ein paar Wochen ja auch gegangen.

Timo war inzwischen zu ihr gekommen und nahm sie zur Begrüßung fest in den Arm, sodass ihr schon wieder die Tränen kamen. Sie schluchzte leise in seine Jacke.

»Wir schaffen das. Komm«, sagte er, nahm ihr den Schlüssel aus der Hand und öffnete die Tür.

Ein strenger Geruch kam ihnen entgegen. Im Wohnzimmer wurde er so intensiv, dass Anke als Allererstes das Fenster aufriss. Es roch faulig und süßlich, dabei hatte sie extra noch den Müll rausgebracht, bevor sie zu ihrer Mutter aufgebrochen war.

Ein beängstigender Gedanke kam ihr. Was, wenn Lina

doch nach Hause zurückgekehrt war und Benjamins Mörder hier auf sie gewartet hatte? Die Polizeistreife war aus der Straße abgezogen und stattdessen vor der Wohnung von Ankes Mutter postiert worden, als sie sich dort einquartiert hatte, da sie ihrem Schutz diente und nicht der Observation des Hauses. Es war also durchaus möglich, dass der Mörder sich reingeschlichen hatte und Lina auf ihn getroffen war.

Mit wachsender Beunruhigung schaute Anke sich um, in der Erwartung, jeden Moment ihre Tochter hinter dem Sofa oder im Türrahmen liegen zu sehen. Stattdessen fiel ihr Blick auf den Topf, der seit Freitag mit offenem Deckel auf dem Herd stand. Das war also die Quelle des Gestanks. Sie hatte Timos Wildschweingulasch vergessen, das übers Wochenende verdorben war. Erleichtert stieß sie die Luft aus, auch wenn es ihr unangenehm war, dass sie mit seinem Mitbringsel so undankbar umgegangen war.

»Alles in Ordnung?«, fragte Timo, der offenbar keine Leiche hinter dem Gestank vermutet hatte.

»Glaub schon. Nur dieser eklige Geruch. Ich hatte kurz Angst, dass Lina hier irgendwo ermordet ...« Sie winkte ab. Jetzt, wo sie es aussprach, klang es lächerlich. »Leider hab ich dein Gulasch nicht in den Kühlschrank geräumt, das stinkt hier so. Es tut mir wirklich leid, dabei war das so gut gemeint von dir.« Sie wischte sich über die Augen.

»Ist doch kein Drama. Du hattest andere Dinge im Kopf. Ich entsorge das Zeug schnell in der Mülltonne und dann geh ich nach oben und kümmere mich darum, das Stockwerk wieder wohnlich zu gestalten, was sagst du?«

Anke nickte dankbar, zu mehr war sie gerade nicht in der Lage. Ermattet ließ sie sich auf einen Stuhl sinken, während Timo sich wie angekündigt den Topf schnappte und ihn nach draußen brachte. Im Anschluss hörte sie ihn die Treppe hochgehen, wo kurz darauf der Staubsauger angeschmissen wurde.

Nun raffte Anke sich auch endlich auf, wusste aber wie schon am Freitag nicht wirklich, wo sie anfangen sollte. Es kam ihr vor wie eine unlösbare Aufgabe, dabei ging es lediglich darum, ihr verflixtes Haus zu putzen. Vielleicht hätte sie vorher etwas essen sollen, um genügend Energie zu haben, doch ihr Appetit ließ nach wie vor zu wünschen übrig.

Sie nahm den Lappen aus dem Waschbecken, den sie am Freitag einfach dort hineingeworfen hatte, und spülte ihn aus. Dann füllte sie eine Schüssel mit warmem Wasser und Spülmittel und machte sich an die undankbare Arbeit, das Grafitpulver von all den Flächen zu entfernen, wo es die Ermittler verteilt hatten.

Das Klingeln an der Tür erschreckte sie so sehr, dass sie sofort wieder Zweifel bekam, ob sie es nervlich durchhalten würde, allein mit Henri die Nacht hier zu verbringen. Der Staubsauger oben verstummte und Timo kam die Treppe herunter, als Anke die Haustür öffnete.

Vor ihr standen die beiden Ermittler, die ihr vergangene Woche die Nachricht von Benjamins Tod überbracht hatten. Eine Mischung aus Hoffnung und entsetzlicher Beklemmung erfasste sie, wobei Letztere überwog, weil sie sah, dass sie Lina nicht bei sich hatten.

»Haben Sie etwas über den Mann herausgefunden, bei dem Lina sein muss?«, fragte sie bang, da sie nicht akzeptieren wollte, dass es noch immer keine Spur zum Verbleib ihrer Tochter geben sollte. »Bitte, sagen Sie mir, dass Sie mit guten Nachrichten kommen.« An der Miene der beiden Beamten konnte sie bereits ablesen, dass dem nicht so war.

»Tut mir leid«, sagte der eine. Prior war sein Name, meinte sie sich zu erinnern. »Bedauerlicherweise haben wir in dieser Richtung keine Neuigkeiten. Aber wir würden uns gern noch mal mit Ihnen unterhalten.«

»Dürfen wir reinkommen?«, fragte der andere, Wendtner, wenn sie sich nicht täuschte. Er wartete gar keine Antwort ab, sondern trat schon in die Diele.

Anke wurde wütend. Warum verschwendete die Kripo ständig ihre Zeit, indem sie ihr Fragen stellte, die sie ohnehin nicht beantworten konnte? Sinnvoller wäre es doch, sämtliche Ressourcen in die Suche nach Lina zu investieren, stattdessen standen diese beiden andauernd bei ihr auf der Matte.

Sie war ja bereit, zu helfen, aber sie hatte gestern längst alles gesagt, was sie über diesen Unbekannten wusste, der sich als Linas leiblicher Vater ausgab. Sie kannte den Mann nicht und hatte nichts davon mitbekommen, dass Lina mit ihm Kontakt aufgenommen hatte. Genauso wenig hatte sie eine Ahnung, ob es sich tatsächlich um ihren leiblichen Vater handeln könnte, da sie während des Adoptionsverfahrens immer nur Informationen über die Mutter bekommen hatte. Es gab schlichtweg nichts mehr, was sie hätte beitragen können, sosehr sie es sich auch wünschte.

Trotzdem führte sie die beiden in die Küche. Timo folgte ihnen und stellte vier Gläser auf den Tisch, die er mit Wasser befüllte.

»Haben Sie eine Spur zu Lina?«, fragte er, nachdem sich alle gesetzt hatten. »Ein Mann hält sie gefangen?«

Die beiden Beamten tauschten einen Blick, dann räusperte sich Prior. »Eigentlich würden wir gern allein mit Frau Rieker sprechen. Wenn Sie so freundlich wären …«

»Das ist nicht nötig«, ging Anke dazwischen. Ihr fiel ein, dass sie Timo noch gar nichts von den neuesten Entwicklungen erzählt hatte. »Ich würde Herrn Hörnike später eh alles berichten, denn ich habe nichts vor ihm zu verbergen. Im Gegensatz zu vielen anderen ist er in dieser schwierigen

Zeit wenigstens für mich da. Es ist kein Problem für mich, wenn er dabei bleibt.«

»Wie Sie meinen«, sagte Wendtner, sah allerdings nicht glücklich aus. Er wandte sich an Timo. »Sicher werden Sie aber Verständnis dafür haben, dass wir Sie jetzt nicht über den neuesten Stand der Ermittlungen informieren können. Ich würde Sie daher bitten, von Nachfragen abzusehen.«

»Selbstverständlich«, entgegnete Timo und rückte seinen Stuhl ein Stück nach hinten, wie zum Zeichen, dass er zwar dabei war, aber nicht an dem Gespräch teilnehmen würde.

»Unseren Technikern ist es gelungen, die Daten vom Tablet Ihrer Tochter größtenteils wiederherzustellen«, erklärte Prior. »Unter anderem konnten wir Dateien sichern, die eine Art digitales Tagebuch darstellen. Lina hat in Sprachaufnahmen festgehalten, welche Ereignisse sich in ihrem Leben so zugetragen haben.«

Anke merkte, wie sich ihre Schultermuskulatur vor Aufregung verspannte. »Aber ... das ist doch eine gute Nachricht, oder nicht? Möglicherweise hat sie darin über diesen Mann gesprochen, der sich als ihr leiblicher Vater ausgibt. Es müssen sich Hinweise finden lassen, wer dieser Unbekannte ist.«

»Ihr leiblicher Vater?«, fragte Timo überrascht. »Was hat das zu bedeuten?«

Die beiden Beamten ignorierten ihn. »Das war auch unsere Hoffnung«, sagte Prior.

»Die sich zum Teil erfüllt hat«, ergänzte Wendtner. »Allerdings sind viele der Dateien beschädigt und entweder gar nicht oder nur teilweise abspielbar. Wir wissen nur, dass sie sich mit diesem Mann mehrere Male getroffen hat, allerdings erwähnt sie auf den Aufnahmen, die wir abspielen konnten, keinen Namen und auch sonst nichts, was uns näher an ihn heranbringen konnte.«

»Und warum kommen Sie jetzt damit zu mir? Ich sagte Ihnen doch schon, dass ich keine Ahnung habe, um wen es sich dabei handeln könnte. Lina hat uns nie erzählt, dass sie sich mit einem erwachsenen Mann treffen würde.«

»Das war noch nicht alles«, erklärte Prior. Er machte ein betretenes Gesicht und schien um Worte zu ringen. Sein Verhalten machte Anke Angst. Schließlich fuhr er fort. »In einigen der Aufnahmen spricht Ihre Tochter davon, dass Ihr Mann ... nun ja. Dass er sich ihr unsittlich genähert hat.«

Anke schüttelte den Kopf. Sie musste sich verhört haben. »Was sagen Sie da?«

»Das Tagebuch Ihrer Tochter deutet darauf hin, dass Ihr Mann Lina sexuell belästigt hat.« Wendtner sagte das so nüchtern, als habe er sich eine Pizza beim Italiener bestellt, dabei verbreitete er hier gerade verabscheuungswürdige Lügen über Benjamin.

»Nein«, rief Anke entschieden aus. »Auf keinen Fall kann das stimmen. Da müssen Sie etwas falsch verstanden haben.«

»Leider nicht. Wir möchten Sie nicht mit den Details belasten, doch es gab immer wieder Szenen, die für uns eine eindeutige Sprache sprechen«, erklärte Prior, wobei Anke ihm gern den Mund zugehalten hätte, doch er fuhr unerbittlich fort. »Die Einträge in das Tagebuch beginnen erst vor etwa anderthalb Jahren, die Belästigungen begannen wohl bereits davor. Es ging mit anzüglichen Bemerkungen los, lüsternen Blicken sowie absichtlich herbeigeführten exhibitionistischen Situationen.«

Ankes Magen klumpte sich zusammen. Jetzt war sie froh, dass sie heute noch nichts gegessen hatte, sonst hätte sie sich vermutlich auf der Stelle übergeben müssen. »Was soll das denn heißen, absichtlich herbeigeführter Exhibitionismus?«

»Ihr Mann ging zum Beispiel nackt über den Flur, wenn er wusste, dass er dabei Ihrer Tochter begegnen wird, oder ließ sich von ihr beim Schauen von Pornos erwischen, wobei er Hand an sich anlegte. In der Nacht, nach der Lina beschlossen hat, von zu Hause auszureißen, kam er in ihr Zimmer. Wohl in dem Glauben, sie schlafe bereits, setzte er sich neben ihr Bett und ... nun ja. Masturbierte. Mit dem Mann, der sich als ihr leiblicher Vater ausgab, hatte sie wohl schon länger abgesprochen, bei ihm unterzukommen, weil sie die Belästigungen Ihres Mannes nicht mehr aushielt.«

»Am Tag, als sie verschwunden ist, hat sie den letzten Eintrag in dem Tagebuch vorgenommen. Demnach hat Ihr Mann sie dabei erwischt, wie sie ihre Sachen packte, und wollte sie aufhalten. Sie drohte ihm, ihn bei der Polizei anzuzeigen, woraufhin er sie gehen ließ. Unsere Ermittlungen haben ergeben, dass er ihren Aufenthaltsort herausgefunden hat, im Gegensatz zu dem, was er Ihnen erzählt hat«, redete nun Wendtner weiter auf sie ein.

»Er wusste, wo sie sich aufhält, und hat mir nichts davon gesagt? Das glauben Sie wohl selbst nicht.« Entgeistert stand Anke von ihrem Stuhl auf, um in der Küche auf und ab zu laufen. Nie und nimmer konnte das stimmen. Nicht ihr Benjamin, so etwas hätte er nicht getan. Das musste alles ein schreckliches Missverständnis sein. Ihr Blick schoss zu Timo, der sie geschockt anstarrte. »Du glaubst das doch nicht etwa?«, fuhr sie ihn an. Dann blitzte sie die beiden Beamten an. »Warum erzählen Sie mir das? Wollen Sie, dass es mir noch schlechter geht als ohnehin schon? Mein Mann ist tot und Sie ziehen sein Andenken in den Dreck, anstatt nach seinem Mörder zu suchen.«

»Hauptsächlich wollten wir mit Ihnen darüber sprechen, weil sich dadurch neue Ermittlungsansätze für uns ergeben«, sagte Wendtner mit einer Seelenruhe, die sie ihm am liebsten mit einer Ohrfeige aus dem Gesicht gewischt hätte. »Abgesehen von der Frage, ob Ihre Tochter je mit Ihnen darüber reden wollte …«

»Ganz bestimmt nicht. Weil es Schwachsinn ist, was Sie sich da zusammengereimt haben.«

»… müssen wir in Betracht ziehen, dass Ihre Tochter die Tat womöglich selbst oder gemeinschaftlich mit dem unbekannten Mann begangen hat und sich freiwillig bei ihm aufhält.«

Jetzt musste Anke laut auflachen, so absurd war das, was diese beiden Ermittler da verkündeten. »Raus!«, feuerte sie ihnen entgegen. »Verschwinden Sie, lassen Sie mich allein.«

»Frau Rieker, uns ist durchaus bewusst, was das für Sie …«, setzte Prior an, doch Anke unterbrach ihn.

»Ich habe gesagt, dass Sie sofort mein Haus verlassen sollen. Sehen Sie zu, dass Sie diesen Mann finden, ob es ihr leiblicher Vater ist oder nicht. Verhaften Sie ihn, denn er hat mein Leben zerstört, aber belästigen Sie mich nicht mit so abwegigen Theorien.«

Die beiden standen zögerlich auf. »Wir setzen alles daran, ihn so schnell wie möglich ausfindig zu machen, da können Sie sich sicher sein. Dennoch möchten wir Sie bitten, vorsichtig zu sein. Sollte das Delikt an Ihrem Mann tatsächlich ein Racheakt gewesen sein, ist es gut möglich, dass Sie das nächste Ziel sind. Sollte Ihre Tochter sich bei Ihnen melden oder gar vor der Tür stehen, informieren Sie uns bitte umgehend«, sagte Wendtner mit Nachdruck. Nach einem Augenblick des Abwartens, während dem Anke nicht mehr reagierte, gingen die beiden nach draußen.

Anke wartete, bis die Haustür ins Schloss fiel, dann schlug sie die Hände vors Gesicht und brach in Tränen aus. Sie hörte, wie Timo vom Stuhl aufstand und zögernd zu ihr rüberkam.

»Es tut mir so leid, Anke«, sagte er und legte ihr den

Arm um die Schulter. »Dass du so etwas erfahren musst, nach all dem, was du durchgemacht hast.«

»Warum? Warum sollte sie so etwas Fürchterliches über Benjamin behaupten? Das ergibt überhaupt keinen Sinn«, schluchzte sie.

»Ich weiß. Niemand würde Benjamin so eine Sauerei zutrauen. Er war mein bester Freund.«

Sie nahm die Hände runter, um Timo anzuschauen. Der Ekel stand ihm weiterhin ins Gesicht geschrieben. Anscheinend glaubte er diesen Unsinn tatsächlich. »Niemand würde ihm das zutrauen, weil er es nicht getan hat. Das passt überhaupt nicht zu ihm. Ich weiß nicht, was Lina mit diesen Anschuldigungen erreichen wollte, ob sie versucht hat, ihn zu erpressen oder so etwas, damit sie zu diesem Kerl ziehen kann, aber das ist einfach nicht wahr.«

»Aber sie hat es in ihrem Tagebuch festgehalten. Das war nicht für die Öffentlichkeit bestimmt. Glaubst du nicht, da könnte was dran sein? Vielleicht kannten wir Ben doch nicht so gut, wie wir glauben.«

»Dafür kann es Hunderte von Erklärungen geben, aber du glaubst die Erstbeste«, giftete sie ihn an. Jedes einzelne Wort von Timo hatte sich für Anke wie ein Schlag ins Gesicht angefühlt. Von wegen, sie hatte Benjamin nicht so gut gekannt. Das traf vielleicht auf Timo zu, aber ganz sicher nicht auf sie. Zwanzig Jahre war sie mit diesem Mann verheiratet gewesen, fünf Jahre davor hatten sie eine Beziehung geführt. Das war mehr als ihr halbes Leben, im Gegensatz zu Timo, dem sie erst vor knapp fünfzehn Jahren überhaupt begegnet waren, wenn Anke sich richtig erinnerte. Doch, da war Lina noch ganz klein gewesen. Er brauchte ihr also nicht zu erzählen, dass sie ihren Mann nicht richtig gekannt hätte.

»Es ist völlig verständlich, dass du das nicht wahrhaben

willst, Anke. Jeder Mutter würde es wahrscheinlich erst mal so gehen ...«

»Raus«, zischte sie ihn an. Dann brüllte sie. »Raus! Hau ab! Lass mich sofort allein!« Mit den Fäusten hieb sie in seine Richtung, bis er sich endlich in Bewegung setzte und fluchtartig das Haus verließ. Dieser Mistkerl konnte ihr gestohlen bleiben. Dann wäre sie ab jetzt eben völlig auf sich gestellt.

34 KAPITEL

Obwohl Peitsch nicht überzeugt davon war, dass sie Lina Rieker bei ihrem leiblichen Vater finden würden, hatte er sich ins Zeug gelegt, um einen richterlichen Beschluss zu organisieren. Auch Fabian war nicht sonderlich zuversichtlich, aber momentan hatten sie keinen anderen Ansatz, dem sie nachgehen konnten, und zumindest hätten sie diesen Mann dann ausgeschlossen.

Während Thomas sich noch einmal mit Jan Fleischer aus der Technik zusammensetzte und austestete, ob sie die Textdateien der Tagebuchapp nicht doch irgendwie wiederherstellen konnten, hatte Fabian sich auf den Weg ins Jugendamt Frankfurt gemacht. Wie angekündigt, wurde er im Eingangsbereich von einer Mitarbeiterin in Empfang genommen.

Eine junge Frau begrüßte ihn, die völlig anders aussah, als die Sozialarbeiterinnen in seinem Kopf. Obwohl er mit Josi den Gegenbeweis zu Hause sitzen hatte, waren in seiner Vorstellung Frauen, die mit Kindern und Jugendlichen arbeiteten, allesamt eher vom Typ Rottenmeier: jenseits der vierzig, verklemmt und mit strengem Dutt. Die Mitarbeiterin, die ihn zu einem Besprechungsraum führte, war das komplette Gegenteil. Sie war allerhöchstens Ende zwanzig, hatte kurz geschorene Haare und unter dem Kragen ihres Pullovers blitzte ein Tattoo hervor. Mit ihrer schwarzen Kleidung und ihren schweren DocMartens sah sie eher aus, als wäre sie auf dem Weg zu einer alternativen Party in der Batschkapp.

Im Besprechungsraum lag die Akte von Lina Rieker schon auf dem Tisch bereit. Die beiden setzten sich, und die Frau lächelte Fabian an.

»Warum interessiert sich denn die Kripo für eine Adoptionsakte?«, fragte sie, während ihre Hand auf dem Aktendeckel ruhte und sie keine Anstalten machte, Fabian die Unterlagen zu reichen. Entweder hatte sie den Beschluss des Richters nicht selbst gelesen, sondern nur den Auftrag bekommen, die Dokumente auszuhändigen, oder sie wollte Small Talk betreiben.

»Wir sind auf der Suche nach der siebzehnjährigen Lina Rieker, die seit etwa zwei Wochen verschwunden ist«, erklärte er. »Nun haben wir in Erfahrung gebracht, dass sich vor einiger Zeit der angebliche leibliche Vater bei ihr gemeldet hat, und befürchten, dass dieser Mann sie nun gegen ihren Willen festhält. Deshalb müssen wir so schnell wie möglich seine Identität herausfinden.« Fabian hielt der Mitarbeiterin die offene Hand hin, um ihr zu signalisieren, dass er sich jetzt gern die Akte anschauen würde.

»Oh«, sagte sie nur und schaute betroffen drein. »Da werden Sie hier kein Glück haben. Als ich auf Sie gewartet habe, war ich so frei, die Informationen schon mal zu überfliegen. Der Vater ist als unbekannt vermerkt.«

Resigniert ließ Fabian die Schultern hängen. Warum hatte das Amt sich nicht die Mühe gemacht, ihn anzurufen, um ihm das mitzuteilen? Dann hätte er sich den Weg sparen können. Wieder eine Sackgasse. Trotzdem wollte er es sich nicht nehmen lassen, einen Blick in die Unterlagen zu werfen, wenn er schon mal hier war. »Dürfte ich dennoch um die Akte bitten? Ich würde mir einfach gern selbst ein Bild davon machen.«

»Sicher doch.« Sie schob ihm den Ordner zu, dann lehnte sie sich mit verschränkten Armen zurück. »Die Mutter war offenbar drogenabhängig«, erklärte sie ihm, was er bereits von Anke Rieker erfahren hatte. Als könnte er nicht lesen, fuhr sie fort: »Zudem war sie minderjährig und stammte aus schlechten Verhältnissen. Gemeinsam mit ihren Eltern und ihren zwei ebenfalls minderjährigen Geschwistern lebte sie in einer Zweizimmerwohnung. Von der Beschreibung her wäre diese Familie selbst ein Fall fürs Jugendamt gewesen, doch es rutschen so viele Menschen durchs Raster. Wir haben einfach nicht genug Personal. Das kennen Sie ja sicher.«

Fabian nickte abwesend und blätterte durch die ersten Seiten. Bereits während der Schwangerschaft hatte sich Monja Sorokin, so lautete der Name von Linas leiblicher Mutter, an die zentrale Adoptionsstelle gewandt, um sich beraten zu lassen. Dort hatte sie angegeben, dass sie das Kind eigentlich hatte abtreiben wollen, es aber schon zu spät gewesen war. Der Vater sei ihr nicht bekannt, da sie aufgrund ihrer Drogensucht wohl mit diversen Männern ungeschützten Verkehr gehabt hatte und sich auch nicht mehr erinnern konnte oder wollte, welche für die Vaterschaft infrage kämen.

»Da der leibliche Vater unbekannt war, wurde die Rolle des fehlenden Elternteils bei der Zustimmung zur Adoption vom Betreuungsgericht übernommen.« Die Frau zuckte entschuldigend mit den Achseln. »Da ist wohl nichts zu machen, tut mir leid.«

»Sieht ganz danach aus«, sagte Fabian, blätterte aber dennoch weiter. Dabei stieß er auf einen Eintrag, der ihn stutzig machte. »Was ist das denn hier?«, fragte er und drehte die Seite so, dass dic Mitarbeiterin lesen konnte, was dort stand.

Ihre Augenbrauen schoben sich zusammen. »Hm. Damals war ich noch nicht im Amt, das ist ja sechzehn Jahre her, aber wenn ich das richtig lese, hat wohl ein Anwalt ein Auskunftsgesuch gestellt, um in der Folge eine Adoptionsanfechtung einzuleiten.«

Angespannt tippte Fabian auf die Zeile, die ihn besonders interessierte. »Laut den Aufzeichnungen handelte es sich um den Anwalt des leiblichen Vaters. Es scheint also doch bekannt gewesen zu sein, wer das war.«

»Gut möglich, dass Frau Sorokin mutwillig verschwiegen hat, wer der Vater ihres Kindes ist. Es scheint jedoch diesbezüglich von dem Mann nichts weiter unternommen worden zu sein. Andernfalls hätte man den Fortgang dokumentiert.«

Zügig blätterte Fabian weiter und überflog die Zeilen, fand aber nicht, wonach er suchte. »Und niemand ist auf die Idee gekommen, den Namen des mutmaßlichen Erzeugers zu notieren?« Er nahm sein Notizbuch heraus, um sich zumindest den Namen des Anwalts zu vermerken, danach blätterte er zurück, um auch die Daten der leiblichen Mutter aufzunehmen.

Die Frau zuckte entschuldigend die Achseln. »Wie gesagt, zu der Zeit war ich noch nicht hier im Amt, sondern hab noch die Schulbank gedrückt. Aber ich kann mir vorstellen, dass die Sache einfach im Sande verlaufen ist, nachdem der Anwalt mit seinem Antrag auf Herausgabe von Informationen gescheitert ist. Der Weg einer Anfechtung ist steinig und lang, viele schrecken davor zurück. Zunächst einmal hätte vom Gericht geprüft werden müssen, ob er überhaupt der leibliche Vater ist, was an der Gültigkeit der Adoption per se nichts geändert hätte. Bei solchen Sachverhalten wird immer vorrangig nach dem

Wohl des Kindes geschaut und nicht nach den Belangen der leiblichen Verwandten.«

Fabian seufzte. Das beantwortete nicht seine Frage, aber die Frau hatte recht. Sie konnte nichts dafür, dass die Kollegen von damals nachlässig gewesen waren. Es hätte ja auch niemand ahnen können, dass der Name des Mannes mal eine Rolle in einem Mordfall spielen könnte. Jedenfalls war es auffällig, dass es entgegen der Aussage von Monja Sorokin anscheinend sehr wohl jemanden gab, der sich als möglicher Vater sah und sich sogar für den Verbleib seiner Tochter interessierte. So sehr, dass er Anstalten gemacht hatte, sie aufzuspüren, womöglich mit dem Ziel, die Adoption rückgängig zu machen und sie bei sich aufzunehmen. Allerdings war es merkwürdig, dass er, sollte es sich bei diesem Unbekannten wirklich um den Mandanten des Anwalts handeln, ganze sechzehn Jahre gewartet hatte, um sie zu kontaktieren.

Insgesamt hatte Fabian nach der Einsicht in die Adoptionsunterlagen mehr Fragen als davor, aber immerhin einen Plan, wie er weitermachen wollte. Er bedankte sich bei der Mitarbeiterin und verabschiedete sich. Vom Auto aus meldete er sich bei Thomas, damit der sich darum kümmerte, die Adresse von Monja Sorokin herauszufinden.

Falls sie damals aus irgendwelchen Gründen mit Absicht verschwiegen hatte, um wen es sich bei dem leiblichen Vater ihrer Tochter handelte, wäre sie möglicherweise nach anderthalb Jahrzehnten bereit, darüber zu sprechen.

Thomas versprach, sich zu melden, sobald er mehr herausgefunden hatte. Unterdessen suchte Fabian die Nummer des Anwalts heraus. Enno Metzler hatte seine Kanzlei für Familienrecht in Frankfurt und praktizierte laut Webseite noch. Fabian wählte die Nummer und ließ sich von der Assistentin zu dem Mann verbinden, dem er sein Anliegen erklärte.

Wenig überraschend gab dieser sich zugeknöpft.

»Guter Mann, was glauben Sie denn? In den vergangenen sechzehn Jahren habe ich hunderte, ach was, tausende Fälle betreut. Erwarten Sie allen Ernstes, dass ich mich noch an diese einzelne Episode erinnern kann?«, schnaufte er in den Hörer, als hätte Fabian ihn gerade beim Ausdauertraining gestört.

»Dennoch wird es sich doch nicht um einen alltäglichen Fall gehandelt haben, oder sehe ich das falsch? Wie oft wendet sich jemand an Sie, um eine Adoption anzufechten, weil er bei der Vaterschaft nicht angegeben wurde?« Fabian war nicht bereit, sich einfach so abwimmeln zu lassen. Dieser leibliche Vater war die beste Spur zu Lina Rieker, die sie momentan hatten, und er würde nicht lockerlassen, bis sie entweder das Mädchen gefunden oder ihn als Verdächtigen ausgeschlossen hatten.

»Öfter, als Sie wohl in der Lage sind, sich vorzustellen. Sie würden nicht glauben, wie häufig es vorkommt, dass …«

»Jaja, schon gut«, unterbrach Fabian ihn. »Mit Sicherheit haben Sie aber doch noch Unterlagen darüber. Es würde uns für die Ermittlungen wirklich sehr weiterhelfen, wenn Sie da mal reinschauen und uns einen Namen geben könnten.«

Wieder schnaufte der Anwalt, dieses Mal klang es belustigt. »Schon mal was von Anwaltsgeheimnis gehört? Ich helfe Ihnen gern auf die Sprünge. Die Pflicht zur Verschwiegenheit bezieht sich auf sämtliche Informationen, die mir in Ausübung meines Berufes bekannt geworden sind, und, jetzt kommt der für Sie interessante Teil, sie besteht nach Beendigung des Mandates fort. Wenn Sie meinen, dass die Herausgabe der Daten zwingend notwendig ist für Ihre Ermittlungen, dann bringen Sie mir einen Beschluss. Ansonsten muss ich Sie leider enttäuschen.«

Fabian umklammerte das Smartphone. Hatten diese Rechtsverdreher denn überhaupt kein Gewissen? Sich immer nur auf irgendwelche Gesetzestexte zu beziehen, ohne dabei die Folgen für die Realität zu betrachten, ging ihm ja schon in seinem Beruf auf den Geist, aber immerhin stand er auf der richtigen Seite. »Hören Sie«, sagte er eindringlich, in der Hoffnung, dass der Mann tief in sich drin doch noch einen Funken Menschlichkeit fand. »Es geht hier um nicht weniger als das Leben einer jungen Frau. Soweit mir das bekannt ist, werden Name und Anschrift durchaus an öffentliche Behörden weitergegeben, wenn es der Korrespondenz dient. Wollen Sie durch eine Verzögerung wirklich riskieren, dass ...«

»Ich bleibe dabei. Bringen Sie mir einen Beschluss, und ich suche Ihnen die Akten raus. Halten wir uns doch beide einfach an die Regeln, einverstanden?«

»So machen wir es. Vielen Dank für Ihr Entgegenkommen«, sagte Fabian süffisant und hämmerte fester als notwendig auf das Display, um den Anruf zu beenden.

»Du dreckiges Arschloch«, murmelte er in sich hinein, wiederholte es dann lauter und noch einmal. Eine Frau mit einem kleinen Jungen im Schlepptau, die gerade an seinem Auto vorbeilief, schaute ihn schockiert an. Er hob entschuldigend die Hand und startete den Motor. Jetzt brauchte er erst mal einen starken Kaffee und irgendwas zum Essen dazu, am besten mit viel Zucker und Fett, um seine Frustration damit runterzuspülen. Wäre Thomas bei ihm, würde der ihn darüber belehren, dass die vielen Kohlenhydrate ihm nur kurzfristig ein Glücksgefühl verpassen würden, um ihn danach am Denken zu hindern, aber das war ihm egal.

Als hätte er vom Teufel gesprochen, rief der ihn genau in diesem Moment zurück.

»Sag mir bitte, dass wenigstens du gute Nachrichten für mich hast«, brummte Fabian in den Hörer. Sein Magen und die zitternden Hände signalisierten ihm, dass er den Zucker jetzt mehr denn je nötig hatte.

»Hm«, sagte Thomas und klang nicht gerade so, als würde er Fabians Laune verbessern. »Ich muss dich leider enttäuschen. Monja Sorokin ist kurz nach dem Adoptionsverfahren an einer Überdosis gestorben.«

35

KAPITEL

Heute war nicht sein Tag. Wie gestern und auch am Sonntag, mit Ausnahme der ersten paar Stunden. Eigentlich wie jeder Tag in der letzten Woche. Egal, was er versuchte, um die Situation unter Kontrolle zu bringen, nichts funktionierte. Was ihm vor einigen Tagen noch wie eine gute Idee erschienen war, kam ihm mittlerweile stümperhaft und unausgegoren vor. Doch je heftiger er sich sein Hirn zermarterte, desto weniger schien es zu funktionieren, und so langsam wusste er überhaupt nicht mehr, wie Lina und er unbeschadet aus der ganzen Geschichte herauskommen sollten.

Vielleicht war er deshalb so dünnhäutig, als Lina sein mitgebrachtes Essen verschmähte. Er hatte sich extra Mühe gegeben und ihr diese angesagten Overnight Oats gemacht, die diese Idealfigurbesitzerinnen auf Instagram posteten. Schon am Vorabend hatte er sie angesetzt und am Morgen noch mit Nüssen und frischen Beeren garniert, die er gestern extra dafür gekauft hatte.

Doch Lina hatte nur das Gesicht verzogen und es Haferschleim genannt. Seitdem saß sie da und starrte auf die Tischplatte, als würde dort ihr Tablet vor ihr liegen.

Momentan befanden sie sich zwar in einer Ausnahmesituation, aber so anstrengend hatte er sich das mit ihr nicht vorgestellt. Am liebsten hätte er das Einmachglas genommen und mit voller Wucht an die Wand gepfeffert, doch die Aussicht, danach alles wieder aufputzen zu müssen, hielt ihn davon ab.

»Ich hab keinen Bock mehr, in dieser bescheuerten Hütte zu versauern«, beschwerte sie sich plötzlich. Dabei klang sie so zickig, wie es nur Teenager konnten. So hatte er sie bisher noch nicht erlebt, und ihre Art zerrte an seinen Nerven.

»Das haben wir doch bereits geklärt«, entgegnete er um Ruhe bemüht, nahm sich das Glas mit dem eingeweichten Müsli und schob sich einen Löffel davon in den Mund. Es schmeckte scheußlich, die Beeren waren sauer und die Haferflocken matschig. Vielleicht hätte er etwas mehr Honig druntermischen sollen, aber das hätte die Pampe vermutlich auch nicht gerettet.

»Es ist mir egal, was du sagst, ich halte es einfach nicht mehr aus. Seit ...« Sie zog die Augenbrauen zusammen, murmelte etwas Unverständliches in sich hinein und zählte dabei mit den Fingern ab, »... ist ja auch egal, wie lange genau. Über eine Woche hab ich nicht geduscht, ich fühle mich wie ein Vollassi.«

»Ich tu schon alles, um es dir so erträglich wie möglich zu machen«, sagte er. So langsam konnte er dieses ständige Gejammer nicht mehr hören. Natürlich war es nicht das Gelbe vom Ei, sich mit lauwarmem Wasser aus einem Eimer, einem Waschlappen und Seife zu waschen, aber davon war noch niemand gestorben. Außerdem hatte sie es sich selbst zuzuschreiben.

Er war so kurz vor dem Abschluss aller Vorbereitungen gewesen, um mit ihr von der Bildfläche zu verschwinden, bis sie in wenigen Monaten volljährig war. In seinem Ferienhaus in Kroatien gab es eine Dusche, eine Badewanne, Internet, sie hätte sich frei bewegen können. Und zwar nicht nur im Haus, sondern im ganzen Dorf, denn da wäre sie nicht Gefahr gelaufen, dass jemand ihr Gesicht aus der Presse wiedererkannt hätte. Was Benjamin ihr angetan hatte, war unaussprechlich und traumatisch, und der Scheißkerl hatte dafür seine gerechte Strafe bekommen, doch es wäre nur noch um ein paar Tage gegangen, die sie nicht bereit gewesen war, durchzuhalten. Jetzt musste sie mit den Konsequenzen leben, so wie er leider auch.

Lina lachte verächtlich. »Erträglich? Das behauptest du, während du in der Wohnung hockst und alles wie immer ist. Die ganze Zeit bist du weg, und ich verrecke hier vor Langeweile. Noch mal langsam, damit du es auch raffst: Ich habe keinen Bock mehr.« Jedes Wort, das sie ihm entgegenspuckte, betonte sie übertrieben deutlich und schaute ihn dabei herausfordernd an. Wenn sie so weitermachte, würde ihm noch die Hand ausrutschen. Er hatte auch so schon genug Stress, da brauchte er nicht noch ihre Vorhaltungen.

»Wie redest du denn mit mir? Nach allem, was ich für dich getan habe, benimmst du dich wie ein undankbares, verzogenes Kind.« Er dachte an den Vater mit dem kleinen Mädchen von gestern. In einem Punkt hatte der wohl einen guten Erziehungstipp für ihn gehabt. »Manchmal muss man auch Sachen machen, auf die man keine Lust hat, weil es eben vernünftiger ist. Du bist alt genug, um das zu verstehen, würde ich meinen.«

»Wenn du mich wenigstens mal mit zu dir nehmen würdest, damit ich mich duschen kann und 'ne Stunde fernsehen oder so was. Mal ins Internet. Oder lass mich vor die Hütte, wenn du nicht da bist, damit ich ein bisschen Bewegung bekomme. Wer soll mich denn hier am Arsch der Welt entdecken? Wenn jemand da draußen rumgammelt, versteck ich mich halt solange.«

Er schüttelte den Kopf. »Wir können nicht riskieren, dass dich jemand erkennt.«

»Du tust ja gerade so, als wäre ich ein Staatsfeind und ganz Frankfurt würde nach mir suchen.«

»Hör zu, das geht nicht, verstehst du? Dein Bild wurde sogar in der Hessenschau gezeigt. Wenn dich jemand sieht …«

»Dann ist es eben so. Ich will nicht mehr hier versauern. Wir könnten einfach zur Polizei gehen und die Wahrheit sagen. Bestimmt ist das so was wie Notwehr, er hat mich angegriffen und so. Schau dir mein Handgelenk an, das tut immer noch weh. Was hätte ich denn machen sollen? Wenn er ein Fremder gewesen wäre …«

Er konnte nicht fassen, was sie da gerade gesagt hatte. War sie von allen guten Geistern verlassen? Glaubte sie tatsächlich, dass die deutsche Justiz irgendwas von Gerechtigkeit hätte? Das war so abwegig, dass er beinahe lachen musste. »Willst du wirklich riskieren, im Gefängnis zu landen?«

»Ey, ich bin siebzehn und wurde noch nicht mal bei einem Ladendiebstahl oder so erwischt. Wie schlimm kann die Strafe schon sein? Es gibt doch so was wie Bewährung oder wie funktioniert das? Wenn ich denen erzähle, was der gemacht hat …«

»Das würde alles noch viel unglaubwürdiger machen«, ging er dazwischen, bevor sie sich weiter in die Idee reinsteigern konnte. »Was glaubst du, was die dir daraus für einen Strick drehen würden? Am Ende stellen sie es völlig anders dar. Sie werden behaupten, du hättest alles geplant und Benjamin zu diesem Türsteher gelockt. Oder aber sie behaupten, du hättest dir diese … Ungeheuerlichkeit im Nachhinein nur ausgedacht, um den Angriff zu rechtfertigen.«

Sichtlich genervt von seinen Ausführungen prustete

Lina die Luft aus. »Jetzt übertreib mal nicht. So eine Platzwunde, Gehirnerschütterung, keine Ahnung. Das ist doch kein Weltuntergang.« Sie nickte plötzlich voller Enthusiasmus. »Ja, ich glaub, das ist das Beste, was wir machen können. Vielleicht verhaften sie ja auch ihn, dann könnte ich wieder nach Hause zu Mama und Henri, bis ich achtzehn bin.«

Angesichts dieser Aussage war er so perplex, dass ihm eine Entgegnung im Hals stecken blieb. Lina zog allen Ernstes in Betracht, zurück in ihr Kinderzimmer zu ziehen? Und das nach allem, was er für sie aufs Spiel gesetzt hatte? Dazu der gefälschte Pass, den er extra besorgt hatte und der ein kleines Vermögen kostete. All das sollte jetzt hinfällig sein, bloß weil sie keine Lust mehr hatte, noch ein paar Tage in dieser verdammten Hütte auszuharren?

Ungeachtet der Putzkonsequenzen schleuderte er das Müsliglas an die Wand, sprang auf und packte ihren Arm. »Wie naiv bist du eigentlich?«, brüllte er sie an. Und dann platzte es aus ihm heraus. »Benjamin ist tot, verdammte Scheiße!«

Lina riss vor Entsetzen die Augen auf. »Scheiße, was?« Sie zog an ihrer Hand, doch er hielt sie fest. Seine Kiefer mahlten aufeinander. Warum hatte er das gerade nur gesagt? Wollte er absichtlich alles nur noch komplizierter machen?

Als er realisierte, wie bedrohlich er auf sie wirken musste, ließ er ihren Arm los und setzte sich wieder. »Siehst du jetzt endlich ein, dass diese Entbehrungen eben notwendig sind? Deine Adoptivmutter wird dich bestimmt nicht freudestrahlend in die Arme schließen, wenn sie erfährt, was du getan hast.«

Verstört schüttelte sie den Kopf. »Das kann doch nicht sein. Ich hab doch nur ... So viel Kraft ... Das war doch nur ein Schlag! Wie kann er da tot sein?«

»So spielt das Leben manchmal«, erklärte er einigermaßen ruhig. Sein Puls hatte sich normalisiert und sein Hirn funktionierte wieder. »Es reicht, wenn man eine ungünstige Stelle trifft um ...«

»Aber dann muss ich doch erst recht zur Polizei gehen«, unterbrach sie ihn aufgeregt. »Irgendwann kommt alles raus und dann ... und was ist mit Silas? Wenn die rauskriegen, dass das bei ihm in der Wohnung passiert ist, verhaften sie ihn am Ende. Und was ist mit dir? Du hast ihn schließlich ins Krankenhaus gebracht.« Lina schaute zur Tür, als überlegte sie, direkt rauszustürmen und auf dem schnellsten Weg zur nächsten Polizeistation zu rennen.

Das konnte er nicht zulassen. Wenn sie sich nicht mit vernünftigen Argumenten überzeugen ließ, musste er eben dafür sorgen, dass genau das nicht passierte. Bevor sie reagieren konnte, packte er sie erneut am Arm und zerrte sie unter ihrem Protest zum fensterlosen Lagerraum. Dort stieß er sie gegen das Regal und schlug die Tür zu. Sie brüllte und polterte von innen gegen das Holz, während er die Eckbank davor wuchtete, damit sie nicht ausbrechen konnte. Wenn sie erst mal eine Weile eingesperrt war, würde sie schon wieder zur Vernunft kommen.

36

KAPITEL

»Vergessen Sie das ganz schnell wieder, Herr Prior.« Peitsch schob die Blätter ineinander, durch die er sich gewühlt hatte, während Fabian ihm von dem Termin im Jugendamt berichtete.

»Haben Sie mir überhaupt zugehört?«, fragte Fabian. Innerlich hatte er sich auf eine Diskussion mit dem Kommissariatsleiter eingestellt und war darauf vorbereitet gewesen, dass dieser sein Anliegen nicht einfach abnicken würde. Dass er es jedoch derart rigoros ablehnen würde, ohne sich zuvor Fabians Argumente anzuhören, hatte er nicht erwartet.

Peitsch atmete geräuschvoll aus, lehnte sich nach vorn und legte die Arme auf seiner Zettelwirtschaft ab. »Aber ja doch. Allerdings sehe ich keine bahnbrechenden neuen Erkenntnisse, aufgrund derer Sie sich an dieser Theorie festbeißen müssten. Im Gegenteil, der Vater ist nicht in der Akte eingetragen, denn die Mutter konnte sich auf keinen Kandidaten festlegen, wenn ich Sie richtig verstanden habe.«

»So ist es«, setzte Fabian an, wurde jedoch von Peitsch

sofort unterbrochen, der mit einer Hand in der Luft wedelte, wie um eine unsichtbare Fliege zu vertreiben.

»Sparen Sie sich den Einspruch. Die Fakten sprechen für mich eine eindeutige Sprache: eine schwangere Jugendliche mit wechselnden Geschlechtspartnern, dazu drogenabhängig. Wer auch immer sich Lina Rieker im vergangenen Jahr als leiblicher Vater zu erkennen gegeben hat, ist in meinen Augen ein Betrüger.«

Fabian räusperte sich. Nach dem Anruf von Thomas hatte er sich weder den Kaffee noch den Zucker gegönnt, und er fühlte sich plötzlich ausgetrocknet, was sich anscheinend auch auf seine Denkfähigkeit auswirkte. Er brauchte lange, um die Argumente in seinem Kopf zu sammeln, was nicht gerade dazu beitrug, überzeugend rüberzukommen. »Offenbar hat die Aussage von Monja Sorokin nicht ganz der Wahrheit entsprochen. Jemand sah sich durchaus in der Position, der leibliche Vater zu sein. Und er schien sogar sehr überzeugt zu sein, andernfalls hätte dieser Mann wohl kaum über einen Anwalt die Adoptionsbehörde kontaktieren lassen.« Aus seiner Hosentasche holte er eine Packung Bonbons und schob sich eines davon in den Mund, um seinem Körper vorzugaukeln, dass der jetzt keine Flüssigkeit benötigte. Josi hatte sie gekauft, mit Xylit, was angeblich gut für die Zähne sein sollte. Für ihn schmeckte es nach Eisbonbons, die er hasste.

Peitschs Finger trommelten einen schnellen Takt auf der Tischplatte. »Dafür hat er es sich aber ganz schön schnell wieder anders überlegt, immerhin wurden die notwendigen Schritte im Anschluss nie eingeleitet. Selbst wenn es sich tatsächlich um den Erzeuger des Mädchens handeln sollte, wird er wohl kaum sechzehn Jahre gewartet haben, um sie zu kontaktieren. Was meinen Sie, was da für ein Rattenschwanz dranhängt, wenn Sie erst mal anfangen, sich darauf zu versteifen? Monja Sorokin ist tot und kann keine Aussage zu der Vaterschaft mehr machen. Wir haben da einen großen Unbekannten, der vor etlichen Jahren im Zusammenhang mit der Adoption kurz auf der Bildfläche erschienen ist. Die Wahrscheinlichkeit, dass er auf irgendeine Art in den Mord an Benjamin Rieker verwickelt ist, halte ich für äußerst gering. Lassen Sie uns darauf konzentrieren, was uns in dem Fall wirklich weiterbringt und nicht irgendwelchen Hirngespinsten hinterherjagen.«

»Ein siebzehnjähriges Mädchen ist weiterhin verschwunden und dieser leibliche Vater, ob nun ein Betrüger oder genetisch nachweisbar, ist momentan unser vielversprechendster Ansatzpunkt.«

»Ich muss Ihnen aber nicht erklären, dass Sie in der Mordkommission arbeiten und nicht im Dezernat für Vermisstenfälle, oder? Wir brauchen so langsam Ergebnisse, was den Mord an Benjamin Rieker angeht. Mit etwas Glück finden Sie nebenbei auch die Vermisste, aber darauf sollte nicht Ihr Hauptaugenmerk liegen.«

Obwohl er sich nichts vorzuwerfen hatte, fühlte Fabian sich wie ein Schüler, der sich eine Standpauke vom Direktor abholte. Sein Gesicht brannte. »Die beiden Fälle hängen eindeutig zusammen. Überlassen Sie doch mir, von welcher Seite aus wir es angehen. Finden wir Lina Rieker, dürften wir auch dem Täter auf die Spur kommen. Dieser Mann ist äußerst gewaltbereit, und oberste Priorität sollte momentan die Gefahrenabwehr haben, sodass wir möglichst schnell infrage kommende Verdächtige ausschließen müssen, solange wir keinen besseren Ansatzpunkt haben.«

»In diesem Punkt möchte ich widersprechen, denn es gibt Neuigkeiten, die Sie durchaus weiterbringen dürften.« Der Kommissariatsleiter tippte auf das oberste Blatt Papier, das auf dem Stapel vor ihm lag. »Die interessante Entwicklung im Mordfall Benjamin Rieker habe ich hier auf meinem Schreibtisch. Sie ist nicht in dem Auskunftsgesuch irgendeines Familienanwaltes in der Vergangenheit zu finden.«

Stirnrunzelnd sah Fabian auf die Ausdrucke und dann wieder zu Peitsch. »Wovon reden Sie?«

»Etwa zum selben Zeitpunkt, als Sie im Jugendamt gesessen und sich durch die Akte geblättert haben, hat sich auf dem ersten Polizeirevier ein Wohnsitzloser gemeldet. Er hat am Wochenende vermeintlichen Müll am Mainufer eingesammelt. Schwarze Säcke.« Peitsch nahm die oberste Seite von dem Stapel, worunter ein Foto zum Vorschein kam.

Darauf zu sehen war ein Einkaufswagen, voll beladen mit den Habseligkeiten eines Obdachlosen. Die Plastiksäcke, die obenauf lagen, ließen Fabians Alarmglocken schrillen. Form und Struktur, die Farbe, das Klebeband, mit dem sie verschlossen waren, alles war identisch mit der Vorgehensweise, wie der Mörder Benjamin Rieker verpackt hatte. »Es gibt eine weitere Leiche?«, fragte er überflüssigerweise. Um zu wissen, was in den Säcken war, musste man kein Hellseher sein. »Ist es Lina?«

»Der Zustand der Körperteile ist zwar leider nicht gerade hervorragend, weil der gute Mann sie zwei oder drei Tage mit sich herumgetragen hat, aber der Torso lässt sich eindeutig dem männlichen Geschlecht zuordnen. Gering wird sich gleich an die erste Sichtung machen und mich umgehend informieren. Ihr Augenmerk sollte jetzt darauf liegen, die Verbindung zwischen den beiden Opfern zu finden. Ich bin mir sicher, dass diese Nachforschungen Sie zügiger zum Täter führen werden als die Suche nach dem Erzeuger von Lina Rieker.«

Während des bisherigen Gesprächs hatte Fabian gestanden, doch jetzt zog er sich einen Stuhl ran und ließ sich darauf sinken. »Glauben Sie allen Ernstes, dass Linas

Verschwinden und der Mord an ihrem Adoptivvater nicht miteinander in Verbindung stehen? Sollen wir diese Richtung bei den Ermittlungen komplett außer Acht lassen? Das Opfer befand sich zum Tatzeitpunkt in einem Umkreis von zweihundert Quadratmetern vom Aufenthaltsort seiner Adoptivtochter. Die er allem Anschein nach sexuell belästigt hat. Mutmaßlich hat der Täter ihn in der Wohnung angegriffen, die sie als Übergangslösung genutzt hat, bis sie bei ihrem leiblichen Vater unterkommen konnte. Ob er nun ein Betrüger ist, der Lina zu sich gelockt hat und dem Rieker auf die Spur kam, weshalb der wiederum sterben musste, oder ob er tatsächlich der leibliche Vater ist, spielt dabei doch eine untergeordnete Rolle. Die Knoten, die uns momentan von einer Verhaftung trennen, lösen wir auf, wenn wir diesen Mann finden. Die Person zu überprüfen und gegebenenfalls auszuschließen, die damals versucht hat, Lina Rieker über einen Anwalt ausfindig zu machen, wird uns dabei einen großen Schritt weiterbringen, wenn nicht der entscheidende Schritt sein«, versuchte er ein letztes Mal, den Kommissariatsleiter davon zu überzeugen, dass er auf dem richtigen Weg war.

»Bislang haben Sie nichts weiter als einige wenige Blutanhaftungen in der Wohnung eines Mannes, der für die Tatzeit des Mordes an Benjamin Rieker ein Alibi hat. Niemand weiß, von wem diese Spuren stammen und wie lange sie dort überhaupt schon sind. Natürlich bin ich bei Ihnen, dass es den Anschein hat, das hinge alles zusammen, aber Sie können es bislang eben nicht beweisen, es könnte auch völlig anders sein. Solange die Ergebnisse des Labors noch ausstehen, schlage ich vor, Sie beschäftigen sich mit guter alter Ermittlungsarbeit, statt Ihre Energie in diesen fallanalytischen Ansatz zu stecken«, wiegelte Peitsch ab.

»Sie glauben, dass es sich bei den von mir erläuterten Zusammenhängen nur um reine Zufälle handeln könnte?«

»Meinen Sie, es ist Zufall, dass ein zweiter zerstückelter Leichnam am Main gefunden wurde? In mutmaßlich die gleichen Säcke verpackt?«

»Natürlich nicht, aber das spricht doch nicht gegen meine Theorie.« Fabian wurde das Gefühl nicht los, dass sie aneinander vorbeiredeten. »Unter Umständen sollte dieser zweite Mord der Ablenkung dienen, um uns weiszumachen, dass Rieker das Zufallsopfer eines Serienkillers war, oder es handelt sich um einen Trittbrettfahrer. Der Fund der zweiten Leiche kann alles Mögliche bedeuten, aber er sollte doch nicht sämtliche bisherigen Ansätze hinfällig werden lassen.«

»Wollen Sie mich nicht verstehen? Sie sollen Ihre Ideen nicht vergessen, sondern nur erst einmal hintanstellen. Konzentrieren Sie sich auf das, was zweifelsfrei bewiesen werden kann. Finden Sie heraus, woher die Müllsäcke stammen, in welchen Läden sie verkauft werden, was mit dem Klebeband ist. Ermitteln Sie den Tatort. Irgendwo muss jemand die Gelegenheit und das passende Werkzeug haben, zwei Menschen ungestört zu zerteilen. Dort dürften sich ausreichend Spuren finden lassen, um der Sache mittels Forensik eine gerichtsfeste Grundlage zu geben. Leiten Sie Zeugenbefragungen rund um den zweiten Fundort ein. Ich muss Ihnen nicht Ihre Arbeit erklären, Sie sind lang genug dabei.«

Fabian schnaubte durch die Nase. Hoffentlich erwartete Peitsch jetzt keine Dankbarkeit dafür, dass er dieses Gespräch nicht in eine Lehrstunde ausarten ließ. Allerdings schien er nicht ganz auf dem Laufenden zu sein, was den Ermittlungsstand betraf. »Der Spur mit den Säcken sind wir bereits nachgegangen. Sie hat ins Nichts geführt. Eine Standardausführung, die es in jedem Baumarkt in Frankfurt und Umgebung zu kaufen gibt. Die Charge wurde vor etwa einem halben Jahr hergestellt und an verschiedene

Verkaufsstätten ausgeliefert. Den aktuellen Ermittlungsstand dazu hätten Sie jederzeit einsehen können. Auch die Ergebnisse zur Analyse des Klebebandes ...«

»Wunderbar, dass Sie schon so weit fortgeschritten sind«, unterbrach ihn Peitsch. Fabian meinte, eine Spur Ironie in seinem Ton rauszuhören. »Damit Ihnen nicht langweilig wird, könnten Sie sich ins Vernehmungszimmer begeben. Da sitzt ein aus unserem Fundus frisch eingekleideter Zeuge und wartet darauf, Ihre Fragen zum Auffinden des zweiten Leichnams zu beantworten.«

Fabian holte sein Handy aus der Hosentasche und entsperrte das Display. »Ich kümmere mich darum, dass sofort jemand zu ihm geht, um seine Aussage aufzunehmen.«

»Oder aber Sie erledigen das selbst, was halten Sie davon?«, sagte Peitsch schnell, bevor er eine Nummer anklicken konnte. »Gut möglich, dass er unser erster Augenzeuge ist, falls er denjenigen beobachtet hat, der die Säcke entsorgt hat. Etwas, das uns wirklich einen Schritt weiterbringen würde. Sobald die Presse erfährt, dass es einen weiteren Toten gibt, werden die Rufe nach einem Verdächtigen laut. Wir wollen doch nicht wie Idioten dastehen, nur weil wir damit beschäftigt waren, Hypothesen zu bilden, die ins Nichts geführt haben. Oder was meinen Sie?«

»Da bin ich selbstverständlich Ihrer Meinung«, entgegnete Fabian, obwohl seiner Meinung nach Peitsch gerade selbst dafür sorgte. Die kriminalistische Fallanalyse war ein völlig legitimer Teil der Straftatenverfolgung, und Peitsch konnte wohl kaum bestreiten, dass sie eine bewährte Methode darstellte. Da Fabian seine Zeit nicht mit weiteren Diskussionen verschwenden wollte, sparte er sich jegliche Erwiderung und begab sich, wie vom Kommissariatsleiter gewünscht, zum Vernehmungsraum.

Allerdings würde er sich ganz bestimmt nicht davon

abhalten lassen, dem Verschwinden von Lina Rieker weiter auf den Grund zu gehen, denn für ihn stand außer Frage, dass er auf der richtigen Spur war. Wenn Peitsch ihn dabei nicht mit einem richterlichen Beschluss unterstützen wollte, würde er mit der Suche nach dem leiblichen Vater eben bei den Angehörigen von Monja Sorokin anfangen. Der Kommissariatsleiter musste ja nichts davon erfahren, immerhin musste er nicht über jeden seiner Schritte Rechenschaft ablegen.

37

KAPITEL

Sanja Sorokin wohnte in einem Vorort von Frankfurt in einem von mehreren riesigen Wohnblöcken, die sie am Telefon als „Chinesische Mauer“ bezeichnet hatte. Fabian fand den Begriff äußerst euphemistisch gewählt, denn die Hochhauszeile aus den Siebzigern wirkte wie ein grauer Koloss in dem kleinen Dorf und hatte so gar nichts mit dem beeindruckenden Bauwerk in den Bergen Chinas gemein.

Umso überraschter war er, als er von einem eher verlebten Treppenhaus aus die Wohnung von Lina Riekers leiblicher Tante betrat. Drei Stufen führten in ein großes, offenes Wohnzimmer mit einer bodentiefen Fensterfront, die sich über die gesamte Breite des Raumes zog und von der aus man das ganze Dorf überblicken konnte. An der gegenüberliegenden Wand befand sich eine offene Küchenzeile mit Kochblock und eine weitere Treppe führte ein Stockwerk tiefer. Für diese Aussicht und eine derartige Wohnung konnte man so einen unansehnlichen Wohnblock schon mal in Kauf nehmen. Dafür, dass sie aus einer sozial schwachen und problematischen Familie stammte, wie sie in den Adoptionsunterlagen beschrieben war, schien sie sich ein außergewöhnlich gutes Leben aufgebaut zu haben.

Bei der Bewohnerin handelte es sich um die ein Jahr jüngere Schwester der verstorbenen leiblichen Mutter von Lina Rieker. Sanja Sorokin war eine hochgewachsene, schöne Frau, die durchaus Ähnlichkeiten mit ihrer Nichte aufwies und nicht wie Anfang dreißig aussah.

»Kann ich Ihnen etwas anbieten?«, fragte sie freundlich, nachdem Fabian und Thomas sich auf der ausladenden Sitzgruppe niedergelassen hatten.

»Vielen Dank, aber wir wollen gar nicht zu viel von Ihrer Zeit stehlen«, sagte Fabian. Es war bereits nach fünf und er war ohne richtige Pause seit dem frühen Morgen auf den Beinen. Er war Thomas dankbar, dass dieser klaglos mit ihm Überstunden schob, um einem Hirngespinst nachzujagen, wie Peitsch es bezeichnen würde.

Sanja Sorokin setzte sich, schlug die Beine elegant übereinander und legte ihre gefalteten Hände auf den Knien ab. »Es geht also um meine Schwester, sagten Sie?«

Thomas nickte und rutschte auf den weichen Polstern des Sofas herum. Genau wie Fabian schien auch er Probleme zu haben, eine angemessene Sitzposition zu finden. Diese Couch war eindeutig zum Herumlungern gemacht, nicht für ernste Gespräche. »Genauer gesagt geht es um deren Tochter. Ich nehme an, Sie wussten von der damaligen Schwangerschaft?«

»O ja, selbstverständlich. Das hätte sich bei unseren Wohnverhältnissen kaum verbergen lassen. Wir Kinder haben uns alle drei ein Zimmer geteilt, unsere Eltern schliefen im Wohnzimmer. Vermutlich können Sie sich vorstellen, dass das die Gemüter in der Familie ganz schön erhitzt hat. Für unsere Mutter war das eine Katastrophe, ihre minderjährige Tochter, schwanger mit einem in ihren Augen Bastard. Sie stammte aus einer streng katholischen Familie. Und unser Vater erst ...« Ihr Gesicht verfinsterte sich und sie senkte den Blick auf ihre perfekt manikürten

Finger. »Er war ein sehr jähzorniger Mann, hat ständig getrunken. Wir Kinder haben uns deshalb unterschiedliche Fluchtmöglichkeiten von zu Hause gesucht. Ich bin immer viel bei Freunden gewesen und habe schon mit fünfzehn in allen möglichen Jobs gearbeitet, um möglichst früh ausziehen zu können. Bei Monja waren es leider die Drogen, die sie schließlich das Leben gekostet haben. Aber entschuldigen Sie bitte, ich schweife ab.« Sie schüttelte sich, beugte sich vor und nahm einen Schluck aus ihrem Glas, das sie auf dem Tisch abgestellt hatte. Ihr Lippenstift hinterließ dabei einen rosafarbenen Rand. »Was genau möchten Sie wissen? Ich befürchte, dass ich Ihnen nicht viel helfen kann, denn das Kind habe ich nicht einmal in meinem Leben gesehen.«

»Lina, so lautet der Name, den Ihre Nichte von der Adoptivfamilie bekommen hat, ist seit einiger Zeit spurlos verschwunden«, erklärte Fabian, der nach vorn auf die Kante des Sofas gerutscht war, um zumindest einigermaßen aufrecht sitzen zu können. »Soweit wir herausgefunden haben, könnte sie sich bei einem Mann aufhalten, der vorgibt, ihr leiblicher Vater zu sein.«

»Oh.« Sanja Sorokin strich sich eine blondierte Strähne hinters Ohr. »Lina. Das ist ein schöner Name. Hätte Monja sicherlich gefallen. Sie hat das Kind nicht freiwillig zur Adoption freigegeben, wissen Sie. Unsere Mutter hat sie dazu gedrängt, schon während der Schwangerschaft. Ich glaube, sie und mein Vater waren richtig erleichtert, als das Kind sechs Wochen zu früh auf die Welt kam.«

»Wieso erleichtert?«, fragte Fabian.

»Na ja, weil es dann eben schneller vorbei war, diese *schändliche* Schwangerschaft. Vor den Nachbarn wurde ein großes Geheimnis daraus gemacht, was mit der Zeit immer schwieriger wurde. Für Monja war die Frühgeburt tragisch, sie hatte sich darauf eingestellt, das Kind zumindest in ihrem Bauch noch ein wenig länger zu haben. Als die Wehen urplötzlich und unerwartet einsetzten, war sie geschockt.« Sie strich sich über den Bauch, als würde sie von sich selbst sprechen. »Vermutlich wäre meine Schwester nicht an diesem Teufelszeug gestorben, hätte sie das Baby behalten dürfen. Meine Eltern sahen das immer anders, für sie war Monja einfach das schwarze Schaf der Familie. Ich finde eher, dass es wohl kaum ein Zufall ist, dass sie sich kurz nach der Adoption überdosiert hat.«

Bei den Worten der Frau spürte Fabian ein Ziehen in seinen Eingeweiden. Er stellte sich vor, wie es ihm gehen würde, müsste er unter Zwang sein Kind weggeben. Es war zwar noch nicht auf der Welt und doch fand er den Gedanken unerträglich, es gegen seinen Willen in eine andere Familie geben zu müssen, ohne die Chance, sein eigen Fleisch und Blut aufwachsen zu sehen oder in irgendeiner Form an dessen Leben teilzuhaben. »Hat Ihre Schwester je mit Ihnen darüber gesprochen, wer als Erzeuger ihres Kindes infrage kommen könnte?«, kam er auf das eigentliche Thema zu sprechen. So traurig das Schicksal der jungen Frau auch gewesen war, sie waren hier, um den Mann zu finden, bei dem sich Lina Rieker möglicherweise aufhielt und der mutmaßlich ihren Adoptivvater umgebracht und zerstückelt hatte. Obwohl Peitsch das anders sah, war er überzeugt davon, dass sie damit auf der richtigen Spur waren. Selbst wenn der Mann nicht der Täter sein sollte, so würden sie bei ihm hoffentlich zumindest das verschwundene Mädchen finden und endlich Licht ins Dunkel bringen.

»Tut mir leid, da war sie sehr verschlossen. Ich wusste, dass sie einen Freund hat, viel mehr aber nicht.«

Fabian und Thomas schauten sich überrascht an. In den Adoptionsunterlagen hatte nichts davon gestanden, dass sie in einer festen Beziehung gewesen war, sondern dass sie wechselnde Geschlechtspartner gehabt hätte.

»Einen Freund?«, wiederholte Thomas. »Und sie hat Ihnen nie einen Namen genannt?«

»Leider nein. Monja hat immer ein großes Geheimnis um diesen Kerl gemacht. Ich weiß nur, dass er ein ganzes Stück älter als sie gewesen sein muss. Er hat sie immer mit dem Auto abgeholt. Damals war sie erst sechzehn, als sie ihn kennenlernte.«

Enttäuscht lehnte Fabian sich nun doch zurück und versank beinahe in der Rückenlehne. Die Angabe von Sanja Sorokin bestätigte das, was er sich bisher zusammengereimt hatte. Ein Junge im selben Alter wie Monja Sorokin hätte sicher keinen Anwalt engagiert, um die Anfechtung der Adoption einzuleiten. »Haben Sie den Mann denn jemals gesehen? Oder sein Auto?«

Sanja Sorokin schüttelte den Kopf. »Auch das nicht. Wie gesagt, meine Schwester hat aufgepasst wie ein Luchs, dass ihn niemand von uns zu Gesicht bekommt. Ich glaube, dass der Kerl richtig Geld hatte und auf keinen Fall wollte, dass jemand herausfindet, mit wem er ein Verhältnis hat. Wenn ich nicht falschliege, ist die Beziehung eines erwachsenen Mannes zu einer Sechzehnjährigen zwar legal, aber sicher doch nichts, womit man sich rühmt.«

»Wenn Sie ihn niemals gesehen haben und Ihre Schwester Ihnen auch nichts über ihn erzählt hat, woher wissen Sie dann, dass er Geld hatte?«, hakte Thomas nach.

»Gesunder Menschenverstand. Er hat sie ständig eingeladen. Plötzlich hatte sie schicke Klamotten, und er hat sie in Klubs ausgeführt. Die beiden haben ihre Wochenenden immer in diesem berühmten Technoklub am Rossmarkt verbracht. Diese Partyexzesse hätte sich Monja niemals leisten können, sie hatte keinen Job oder so. Er muss ihr das also bezahlt haben.«

»*U60311*«, sagte Fabian, woraufhin die Frau nickte. Als er noch in Discos unterwegs gewesen war, hatte er den international bekannten Klub in einer ehemaligen Fußgängerunterführung einmal besucht und danach nie wieder einen Fuß hineingesetzt. Weder die Musik noch das Publikum hatten ihm zugesagt, unter anderem wegen der unfassbar vielen Drogen, die dort konsumiert worden waren. Der Mann, den sie suchten, war also ein Kerl im Alter von jüngstens Mitte dreißig, nach oben hin offen, der Geld zu haben schien und gern Techno hörte. Aufgrund der landesweiten Beliebtheit des Klubs unter Technojüngern konnten sie nicht mal eingrenzen, dass er tatsächlich hier aus der Gegend kam.

Anscheinend sah man Fabian seine Enttäuschung an, denn Sanja Sorokin verzog entschuldigend das Gesicht. »Es tut mir wirklich leid, ich würde Ihnen liebend gern helfen, dieses Mädchen ... meine Nichte zu finden. Unglaublich, oder? Ich habe eine Nichte, die ich noch nie in meinem Leben gesehen habe und die ich vermutlich auch nie kennenlernen werde. Verrückt.« Sie seufzte. »Eine Sache fällt mir noch ein. Kurz nach Monjas Tod hat mich jemand auf Myspace kontaktiert. Kennen Sie das noch? Der Vorgänger von Facebook.«

»War das dieser Mann? Der Freund Ihrer Schwester?«, überging Fabian ihre Frage.

Sanja Sorokin legte den Kopf schief. »Er wusste von ihrer Schwangerschaft. Damit ist sie in ihrem Freundeskreis nicht gerade hausieren gegangen.«

»Erinnern Sie sich an seinen Namen?«

»Tut mir leid, das ist schon so lange her, und meinen Account habe ich irgendwann gelöscht, weil ich zu Facebook gewechselt bin. Außerdem hat man da noch nicht wirklich seinen Klarnamen angegeben. Ich nannte mich zum Beispiel *Hermine G,* weil ich als Jugendliche Harry Potter geliebt habe.«

Fabian musste sich zurückhalten, nicht mit der Faust auf den Tisch zu schlagen. Das wäre für die Glasplatte vermutlich nicht gut ausgegangen. Anscheinend sollten sie bei diesen Ermittlungen einfach kein Glück haben. »Was wollte er denn von Ihnen?«, fragte er, weil er der Frau nicht das Gefühl geben wollte, ihre Information wäre völlig überflüssig.

»Er erkundigte sich nach meiner Schwester. Die war in meinem Profil unter den Freunden ganz oben und er sagte, er hätte sie eine Weile nicht mehr erreicht. Ich habe ihm geschrieben, dass sie verstorben ist, woraufhin er wissen wollte, was aus dem Kind geworden ist und ob es denn schon auf der Welt sei.«

»Und Sie haben es ihm mitgeteilt?«, fragte Thomas.

Sanja Sorokin verzog schuldbewusst das Gesicht. »Damals war ich jung und dumm und habe mir keine Gedanken darüber gemacht, was man Fremden im Internet so erzählen sollte und was nicht. Also habe ich ihm gesagt, dass es zur Adoption freigegeben wurde. Danach habe ich nie wieder was von ihm gehört.«

Das erklärte, warum der Mann sich erst mit Verzögerung an den Anwalt gewendet hatte, er wusste vorher einfach nichts davon, dass seine Tochter zu früh auf die Welt gekommen war und schon gar nicht, dass Monja nicht lange nach der Geburt gestorben war. Ein Name fehlte ihnen trotzdem noch. Auch diese Spur hatte ins Nichts geführt, dabei war sie abgesehen von dem Beschluss, den Peitsch ihnen nicht besorgen wollte, ihre beste Chance gewesen.

Fabian schälte sich aus den Polstern. Natürlich könnten sie versuchen, Monja Sorokins gesamten Freundes- und Bekanntenkreis von damals ausfindig zu machen und zu befragen. Sicherlich gab es irgendjemanden, der mehr wusste. Jemanden, mit dem sie gemeinsam feiern gegangen waren und der den Mann gesehen hatte oder sogar seinen Namen kannte. Doch davon abgesehen, dass dies einer Sisyphusarbeit gleichkam, würde Peitsch diesen Aufwand niemals genehmigen, sofern sie nicht zuvor alle *klassischen Ermittlungsmethoden,* wie er es so schön bezeichnete, ausgeschöpft hatten.

Wobei sie das Fabians Ansicht nach längst getan hatten. Die Befragung des Obdachlosen hatte absolut nichts ergeben. Der Mann hatte die Müllsäcke am Ufer des Mains entdeckt und eingesammelt, woraufhin er sie ein paar Tage mit sich herumgeschleppt hatte, bevor er reinschaute. Die Person, die sie dort abgeladen hatte, hatte er nicht gesehen und auch sonst konnte er nichts beitragen, das sie irgendwie weitergebracht hätte.

Das einzig Auffällige an der Sache war, dass der Täter die Säcke zwar, wie schon bei Benjamin Rieker, mit Steinen beschwert, sie aber anschließend lediglich am Ufer abgelegt hatte, anstatt sie im Main zu versenken. Das konnte dafür sprechen, dass er beim Ablegen gestört worden war oder aber dass er gewollt hatte, dass die Leichenteile schnell gefunden wurden. In letzterem Fall würde es eher für ein Ablenkungsmanöver oder einen Trittbrettfahrer sprechen und nicht für den von Peitsch aufgebrachten Serienkiller, an den Fabian ohnehin nicht glaubte. Für ihn war bei dem Mord an Rieker etwas Persönliches im Spiel.

Hier kamen sie jedenfalls nicht weiter und hatten nach wie vor keinen Anhaltspunkt, wie sie Lina Rieker finden sollten. »Vielen Dank für Ihre Zeit«, sagte Fabian.

Auch Thomas stand auf und legte eine Visitenkarte auf den Tisch. »Wenn Ihnen doch noch etwas einfallen sollte, das uns weiterhelfen könnte, melden Sie sich bitte.«

Sie betraten den Hausflur und Thomas klopfte ihm auf

die Schulter. »Na komm, wir haben es wenigstens versucht. Und immerhin musst du dir nicht die Blöße vor Peitsch geben, dass der Schuss ins Leere ging, da er von unserem Ausflug nichts mitbekommen hat. Immer das Positive sehen.«

»Der Schuss wäre nicht ins Leere gegangen, wenn wir einfach einen Beschluss für diesen Anwalt bekämen. Dann hätten wir nämlich bald einen Namen und könnten die Sache ad acta legen oder ...«

»Hätte, hätte, Fahrradkette«, unterbrach ihn Thomas. »Mach dir nicht so viele Gedanken über ungelegte Eier, das frustriert einen doch nur. Was hältst du davon, wenn wir unserem Tag jetzt noch einen lebensbejahenden Abschluss geben und ins Krankenhaus fahren.«

Fabian haderte mit sich. Eigentlich wollte er nur nach Hause, etwas Essen und sich mit irgendeiner Serie aus dem Trash-TV ablenken. Vielleicht würde es auch helfen, ins Fitnessstudio zu gehen, um den Frust auf dem Laufband und beim Gewichtestemmen rauszuschwitzen. Andererseits hätte er sich auch gewünscht, dass seine Kollegen ihn im Krankenhaus besuchen würden, wenn er dort seit Samstag im Bett versauerte.

»Ja, lass uns Helga einen Besuch abstatten«, sagte er. Möglicherweise würde ihn ja auch das von seiner Frustration ablenken.

38

KAPITEL

»Arschloch! Du blödes, verficktes Arschloch«, kreischte Lina. Tränen liefen ihr die Wangen herunter. Die Wut hatte sie so sehr im Griff, dass sie am liebsten alles um sich herum kurz und klein geschlagen hätte. Vielleicht war das gar keine so schlechte Idee, und wenn sie sich dabei sämtliche Finger brach. Dadurch würde ihr wenigstens ein bisschen warm werden.

Mittlerweile war ihr so kalt, dass sie ihre Füße nicht mehr spürte und ihre Hände nur für einen kurzen Moment, wenn sie damit eine Kuhle vor ihrem Mund formte und sie anhauchte. Dieser Penner war doch wirklich weggefahren und hatte sie in diesem dunklen und viel zu kleinen Raum eingesperrt.

Am Anfang hatte sie noch geglaubt, dass er gleich zurückkommen würde, um sie wieder rauszulassen. Bestimmt wollte er ihr nur Angst einjagen. Als Strafe dafür, dass sie etwas Dummes gesagt hatte. Wobei sie es immer noch nicht so dumm fand und sie verstand auch nicht, warum er beinahe ausgerastet war, nachdem sie vorgeschlagen hatte, zur Polizei zu gehen, um denen zu erzählen, was wirklich passiert war. Davor, ins Gefängnis zu müssen, hatte sie keine Angst. Es würde wohl niemand ernsthaft glauben, dass sie ihren Adoptivvater absichtlich umgebracht hatte.

Viele Nächte lang hatte sie wach gelegen und sich gewünscht, dass dieser Scheißkerl sich einfach in Luft auflösen würde. Dass sie am nächsten Tag von der Schule kam und er nicht mehr existierte. Zugegeben, manchmal hatte sie sich auch vorgestellt, dass er tot wäre und sie mit ihrer Mutter und Henri in Frieden leben konnte, aber sie wäre doch nicht auf die Idee gekommen, ihn umzubringen.

Jetzt, wo es zu spät war, wünschte sie sich, sie hätte ihn einfach angezeigt. Der Ekel davor, laut auszusprechen, was er getan hatte, und die Scham waren allerdings so groß gewesen, dass sie nicht einmal mit Pauline darüber geredet hatte. Erst bei *ihm* hatte sie es geschafft, zögerliche Andeutungen zu machen, weil sie ihn überzeugen wollte, sie bei sich aufzunehmen. Nachdem er etliche Gründe dafür gefunden hatte, warum das nicht funktionieren würde, hatte sie ihm die ganze Wahrheit gesagt. Und es hatte sich tatsächlich gut angefühlt, diese Last einmal loszuwerden und sich nicht nur ihrem Tagebuch anzuvertrauen.

Als er erfuhr, wie sehr sie schon seit Jahren unter der Situation zu Hause litt, hatte er versprochen, sie dort rauszuholen. Nur dann war überhaupt nichts passiert, obwohl sie ständig nachfragte und es mit ihrem Adoptivvater immer schlimmer wurde. Angeblich brauchte er noch Zeit, weil er ihr einen falschen Pass besorgte, damit niemand nachvollziehen konnte, dass sie das Land verlassen hatte. Das hatte er jedenfalls behauptet. Aber wie lange konnte das schon dauern? Wochen?

Lina hatte sich echt zusammengerissen und auf den entscheidenden Tag gewartet, doch in der einen Nacht, in der ihr *Papa* – sie ekelte sich, ihn jemals so genannt zu haben – in ihr Zimmer gekommen war, um sich direkt neben ihrem Bett einen runterzuholen ... Sein Stöhnen in diesem Moment und die Angst davor, dass er sie anfassen würde oder noch schlimmer, sie dazu zwingen würde, ihn ...

Deshalb konnte sie nicht länger in diesem Haus bleiben und darauf warten, bis ihr richtiger Vater endlich alle Vorbereitungen getroffen hatte. Doch er hatte sie abgewiesen, als sie ihn am nächsten Tag anrief und darum bat, zu ihm kommen zu dürfen. Sogar ein bisschen sauer darüber, dass sie nicht länger durchhielt, war er gewesen. Der hatte gut reden. Penner.

Im Endeffekt hatte er es verbockt und dafür gesorgt, dass nun alles vor die Hunde gegangen war. Hätte er sie nicht weggeschickt, wäre sie in der Nacht nicht von ihrem Adoptivvater angegriffen worden und hätte nicht zugeschlagen. Jetzt hockte sie seit Tagen hier in dieser eiskalten Hütte, eingesperrt von dem, der ihr eigentlich versprochen hatte, sie zu retten. Anscheinend war auf niemanden mehr Verlass, auch nicht auf Pauline, denn die hatte offenbar verraten, bei wem Lina sich versteckt hatte.

Sie legte die Hände vor den Mund und hauchte ihre Finger an. Selbst das brachte kaum noch Erleichterung. Sie musste hier raus, sofort, sonst würde sie entweder durchdrehen oder erfrieren. Wie schnell unterkühlte man eigentlich? Zwar hatte sie noch eine Wolldecke, die im Regal gelegen hatte, aber die half nichts, wenn ihre Körpertemperatur absank. In Physik hatten sie darüber gesprochen, wie eine Zudecke funktionierte und dabei gelernt, dass diese die ausgestrahlte Körpertemperatur isolierte, aber wenn da nichts mehr an Wärme aus ihr rauskam, gab es auch nichts zum Zurückhalten.

Auf den Knien rutschte sie zur Außenwand, durch deren Ritzen ein eiskalter Luftstrom zog. Da müsste sich doch was machen lassen. Vielleicht gab es Lücken, bei denen sie einzelne Bretter lösen konnte.

Da es draußen noch zu dunkel war, entdeckte sie einen solchen Spalt nicht auf Anhieb, sondern tastete die Wand ab, bis sie einen gefunden hatte. Zwar konnte sie tatsächlich die Spitze ihres kleinen Fingers hineinschieben, aber die Bohle saß bombenfest. Was hatte sie auch erwartet? Dass sie plötzlich Superkräfte entwickelt hatte und mit einem Schnipsen durch die Bretterwand brechen würde?

Wut über ihre Dummheit und ihre ausweglose Situation übermannte sie. »Raus, Mann! Ich will hier raus«, brüllte sie. Dabei schlug sie wie im Wahn mit den Armen in die Luft und trat um sich, wobei sie gegen das Regal kam. Als hätte sich die ganze Welt gegen sie verschworen, kippte das Teil sofort um. Der Inhalt landete krachend auf dem Boden, Glas klirrte und die Splitter sprangen ihr entgegen. In der Dunkelheit konnte sie nicht erkennen, was es war, aber es stank zum Himmel. Schnell rutschte sie in die entgegengesetzte Ecke, damit die ausgelaufenen Flüssigkeiten nicht auch noch ihre Klamotten durchnässten.

Nun hockte sie quer in dem viel zu schmalen Raum und eine Art Platzangst ergriff von ihr Besitz. Mit einem Mal hatte sie das dringende Bedürfnis, ihre Beine lang auszustrecken, was nicht ging, da dort die Außenwand war. Dennoch versuchte sie, ihre Knie durchzustrecken, wodurch sie mit dem Rücken an die eine Wand gepresst wurde, ihre Füße drückten gegen eines der Holzbretter. Hemmungslos heulte sie ihre Wut und die Verzweiflung heraus und zappelte dabei mit den Beinen.

Plötzlich hatte sie das Gefühl, sie könnte ihre Knie ein wenig mehr strecken als gerade eben. Lina versuchte es noch mal. Ja, wirklich! Durch ihr Trampeln hatte sich eines der Bretter minimal aus der Verankerung gelöst. Lina wischte sich über das Gesicht und setzte sich aufrecht hin. Vielleicht könnte sie es ja doch schaffen, irgendwie durch die Außenwand zu entkommen.

Den Rücken an die eine Wand gepresst, trat sie mit all ihrer Kraft gegen das Brett, immer und immer wieder, bis es irgendwann tatsächlich nachgab und draußen auf den Waldboden fiel.

Vor Erleichterung hätte sie beinahe wieder angefangen zu heulen, aber sie musste sich zusammenreißen. Noch war es nicht geschafft. Sofort machte sie sich daran, auch das zweite Brett loszutreten. Zwischendurch hielt sie immer wieder inne, wenn sie glaubte, ein Motorengeräusch gehört zu haben. Mittlerweile war ihr nicht mal mehr kalt, ihre Beinmuskeln brannten von der Anstrengung. Aber sie würde es schaffen, da war sie sicher. Bald wäre sie frei!

39

KAPITEL

Helga lag auf dem viel zu harten Kissen und starrte an die Decke. Obwohl ihr Körper dringend Ruhe brauchte, konnte sie nicht mehr einschlafen. Sobald sie ihre Augen schloss, klappten sie von allein wieder auf und ihr Gehirn malte im Dunkeln abstrakte Muster an die Zimmerdecke. Die Sonne war noch nicht aufgegangen, und die Monitore der Geräte waren über Nacht ausgeschaltet, nur unter der Tür kroch der schmale Lichtschein aus dem Flur in den Raum.

Selbst wenn sie noch mal hätte schlafen können, würden die Geräusche um Helga herum wahrscheinlich dafür sorgen, dass es wenig erholsam wäre. Gestern Vormittag hatte man sie von der Intensivstation auf die normale Station für innere Medizin verlegt, wo sie zu einer älteren Dame ins Zimmer gekommen war. Die stöhnte im Schlaf vor sich hin, ab und zu schnarchte sie auch. Dazu kamen die Schritte, die schon um diese Uhrzeit immer wieder auf dem Flur quietschten und das Piepen der Geräte aus den umliegenden Zimmern.

Nachher würde sie die Ärzte fragen, wann sie endlich nach Hause durfte. Gegen dieses bescheuerte Epstein-Barr-Virus konnte man ohnehin nichts machen und sie war mittlerweile wieder stabil, warum also musste sie unbedingt dieses Bett blockieren, das jemand anderes sicher dringender brauchte? Nur, um sich am Ende noch mit Corona anzustecken? Eine weitere Infektion würde sie vermutlich komplett umhauen und zu Hause wurde man doch immer noch am besten gesund. Zumindest galt das für sie. Aber die Ärzte hatten irgendwas von ihren Leberwerten gefaselt und dass sie froh sein konnte, überhaupt noch am Leben zu sein.

Auch Fabian und Thomas waren fast aus den Socken gekippt, sie schon wieder so fit vorzufinden, als die beiden sie gestern Abend besucht hatten. Helga musste bei dem Gedanken grinsen, wie sie sich um die eigentlich beendete Besuchszeit herumgewunden hatten. Der unhöflichen Schwester, die sie hatte wegschicken wollen, hatten sie einfach ihre Dienstausweise unter die Nase gehalten und angegeben, dass sie wegen einer Befragung mit ihr sprechen mussten, immerhin war sie mitten in einem Einsatz kollabiert.

So ganz gelogen war das nicht mal gewesen, der Besuch hatte durchaus etwas von einer Befragung gehabt. Allerdings eher von ihrer Seite aus. Während der fast vier Tage, die sie im Krankenhaus war, hatte sie keinerlei Update zu ihrem Fall erhalten. Gestern hatte es ihr unter den Nägeln gebrannt, endlich zu erfahren, wie es mit Marinescu weitergegangen war. Thomas und Fabian waren anfangs wortkarg geblieben, ihrer Meinung nach sollte sie sich schonen und nicht mit dem Kopf bei der Arbeit sein. Das konnten sie sich schön in die Haare schmieren. Solange Helga nicht auf dem neuesten Stand war, fiel ihr das Abschalten eher schwerer, also hatten sie ihrem Drängen schließlich nachgegeben.

Die Ernüchterung über ihre Ergebnisse, die beide nicht gerade für bahnbrechend hielten, konnte Helga nicht nachvollziehen. Wenn man mitten in dem Fall drinsteckte, sah man oft die kleinen Erfolge gar nicht, dabei waren es durchaus respektable Erkenntnisse, die sie erzielt hatten. Der Türsteher war mit seinem Alibi als Täter weitestgehend auszuschließen, falls sich zeitmäßig nicht doch alles ganz anders abgespielt hatte, als sie es rekonstruiert hatten. Außerdem hatte er ihnen einen entscheidenden Hinweis auf den Verbleib von Lina Rieker gegeben.

Unglaublich, dass Peitsch so ein verbohrter Hornochse war. Sie war da ganz auf Fabians Seite. Dieser unbekannte Mann hatte die Kohle für einen Anwalt in die Hand genommen, um prüfen zu lassen, ob die Adoption anfechtbar war. Nur weil er daraufhin den offiziellen Weg nicht weiter beschritten hatte, hieß das noch lange nicht, dass er in diesem Moment auch mit der Suche nach seiner leiblichen Tochter abgeschlossen hatte.

Anscheinend zog der Kommissariatsleiter nicht in Betracht, dass der Unbekannte Monja Sorokin wirklich geliebt und sich auf das Kind mit ihr gefreut hatte, das sie auf den Druck ihrer Eltern hin abgeben musste. Das Baby war eine Frühgeburt gewesen, möglicherweise hatte der Mann gar nicht mitbekommen, dass es bereits auf der Welt war und erst davon erfahren, als Monja Sorokin kurz darauf verstorben war. Das hatte er dann womöglich zum Anlass genommen, sich um seinen Nachwuchs zu bemühen.

Aber warum hatte er so lange damit gewartet, sich ihr zu offenbaren? Helga fragte sich, ob jemand nach dem ersten Schritt wirklich so viele Jahre warten würde, um letztlich den Kontakt zu seiner leiblichen Tochter zu suchen. Konnten die Vatergefühle einer im Grunde fremden Person gegenüber tatsächlich so stark sein, dass man sich ihr auch nach der langen Zeit noch zugehörig fühlte und sie in seinem Leben wissen wollte? Und wäre man bereit, für diese Person einen Mord zu begehen oder ihr bei der Vertuschung eines Tötungsdeliktes zu helfen?

Auszuschließen war es ihrer Meinung nach nicht, und deshalb stimmte sie mit Fabian überein: Diesen Mann zu finden, würde sie in dem Fall einen riesigen Schritt nach vorn bringen, wenn nicht sogar die Lösung herbeiführen.

Da sie es nicht mehr aushielt, hier im Halbdunkel zu liegen und Muster in die Decke zu starren, schwang Helga ihre Beine aus dem Bett und stand auf. Wenn sie ihre Kollegen schon nicht vor Ort unterstützen konnte, dann wollte sie zumindest mit ihrem Gehirnschmalz einen Beitrag leisten, den Fall zu lösen. Sie verließ den Raum und steuerte auf das Schwesternzimmer zu. Die Tür war geschlossen, Unterhaltungsfetzen drangen aus dem Raum dahinter. Sie klopfte und zuckte zurück. Die Stelle, in der die Injektionsnadel gesteckt hatte, war noch leicht blau und tat weh. Anscheinend hatte sie ihr ein Metzger oder so reingerammt.

Die Tür öffnete sich und ein müdes Gesicht schaute sie an. Kein Wunder, die Krankenschwestern waren bald am Ende ihrer Zwölf-Stunden-Schicht angelangt.

»Sie sollten eigentlich in Ihrem Bett liegen«, sagte die Frau. »Wenn was ist, können Sie uns über den Alarmknopf verständigen und sollten nicht riskieren, aufzustehen.«

»Mir geht es gut, keine Sorge«, antwortete Helga gereizt. Sie hatte es satt, wie ein rohes Ei behandelt zu werden. »Haben Sie vielleicht mal einen Zettel und einen Stift für mich?«

»Sind Sie nicht die Patientin mit dem Epstein-Barr? Wozu brauchen Sie das?«

Helga fragte sich, was das eine mit dem anderen zu tun hatte. Durften Epstein-Barr-Betroffene jetzt nicht mehr schreiben, oder wie? »Ich will ein bisschen arbeiten, mir Notizen machen«, erklärte sie wahrheitsgemäß.

»Soweit ich weiß, ist Ihr Allgemeinzustand noch nicht so gut, dass Sie schon wieder arbeitsfähig sind. Legen Sie sich lieber ins Bett und ruhen Sie sich aus. Ihre inneren Organe waren kurz davor, zu versagen, geben Sie sich die Zeit, sich zu erholen.«

So einfach wollte Helga sich nicht abspeisen lassen. Natürlich könnte sie auch mit ihrem Handy ihr Brainstorming festhalten, aber für sie war es etwas anderes, die Fakten und Einfälle mit der Hand zu notieren. Dabei formten sich eher Bilder vor ihrem inneren Auge, und die Verbindungslinien auf Papier zu ziehen, ließ neue Verbindungen in ihrem Kopf entstehen. »Hören Sie, am ehesten kann ich mich erholen, wenn ich nützlich bin. Ein bisschen Schreiben hat noch niemanden umgebracht.«

Die Frau seufzte, blieb aber hart. »Kopfarbeit zieht auch Energie, und zwar mehr, als so manch einer meinen würde. Noch mal, versuchen Sie zu entspannen und sich die Zeit zu geben, die Sie zum Genesen brauchen.«

Als Helga gerade erneut mit ihrer Überzeugungsarbeit ansetzen wollte, rief eine Stimme von hinten: »Meine Güte, Silke, dann gib ihr halt den Zettel. Sie wird sich schon nicht ins Koma schreiben.«

»Danke«, rief Helga ihrer anonymen Fürsprecherin zu, denn Silke setzte sich tatsächlich in Bewegung und kam mit ein paar Seiten Druckerpapier und einem Kugelschreiber zurück. »Und auch an Sie. Wenn ich entlassen werde, bekommen Sie eine Packung Merci von mir«, sagte Helga, als sie die Sachen entgegennahm.

Silke schenkte ihr ein bitteres Lächeln. »Behalten Sie die mal lieber. Und wecken Sie mir bloß nicht Ihre Zimmernachbarin«, sagte sie und schloss die Tür.

Da Helga nicht vorhatte, ohne Licht ihre Gedankenauswüchse festzuhalten, setzte sie sich auf dem Flur in den Wartebereich und zog sich ein Tischchen vor den Stuhl. Die Metallbeine, die über den Linoleumboden schabten, machten so viel Lärm, dass sie bestimmt nicht nur ihre Zimmernachbarin geweckt hatte, doch das war ihr egal.

Entspannt lehnte sie sich zurück, schloss die Augen und ließ ihre Gedanken kreisen. Sie merkte, wie gut es ihr tat, sich zumindest auf diese Art in die Ermittlungen einzubringen. Das hier würde wesentlich mehr zu ihrer Genesung beitragen, als untätig in ihrem Bett zu liegen und sich darüber zu ärgern, dass sie zum Nichtstun verdammt war.

Nachdem sie sich einen Moment zum Fokussieren genommen hatte, schrieb sie zuerst alles auf, was sie definitiv über den unbekannten Mann wussten. Was sich, wie sich jetzt herausstellte, nach mehr angefühlt hatte, als es wirklich war, also fügte sie bereits ihre Schlussfolgerungen und Spekulationen hinzu.

Sein Alter ließ sich nur schwer eingrenzen, aber nach Fabians Schätzung müsste er mindestens Ende dreißig sein. Außerdem schien er damals Geld gehabt zu haben, zumindest so viel, dass ein Mädchen aus ärmeren Verhältnissen ihn für gut betucht hielt. Demnach war es denkbar, dass er einen guten Job hatte, den er auch heute noch ausübte. Schließlich war da noch eine Vorliebe für Technomusik, er hatte gern einen der berühmtesten Klubs des Genres besucht. Da der allerdings nicht nur innerhalb Deutschlands bekannt war, ließ dies leider kaum einen Rückschluss auf seinen Wohnort zu. Menschen aus der ganzen Republik waren an den Wochenenden nach Frankfurt gekommen, um im mittlerweile geschlossenen *U60311* zu feiern.

Über welche Kommunikationsmittel er vor Kurzem dann an seine Tochter herangetreten war, lag für sie bislang noch im Dunkeln. Ob er sie abgepasst hatte, um persönlich mit ihr zu sprechen, oder sie im Internet angeschrieben hatte, hatten sie bisher nicht herausfinden können. Die Überprüfung der Nummer aus den Verbindungsdaten des Handys von Lina hatte zumindest ergeben, dass sie wohl nie miteinander telefoniert hatten, es sei denn, Lina hatte ein eigenes Gerät nur für diesen Kontakt genutzt.

Etwas ernüchtert schaute Helga den Zettel an. Wirklich viele Anhaltspunkte zum leiblichen Vater hatte sie nicht zusammentragen können, also notierte sie zusätzlich noch, was sie von Fabian über die leibliche Mutter und deren Leben erfahren hatte. Drogenabhängig, minderjährig schwanger geworden, gläubige und vermutlich gewalttätige Eltern, die sie dazu gedrängt hatten, das Kind gegen ihren und den Willen des Vaters abzugeben. Verstorben an einer Überdosis kurz nach der Geburt von Lina, die anderthalb Monate zu früh auf die Welt gekommen war. Davon hatte der Vater offenbar erst erfahren, nachdem er die Schwester über Myspace angeschrieben hatte, um direkt darauf einen Anwalt zu kontaktieren.

Während um sie herum der Arbeitsalltag auf der Station begann und die Frühstückswagen hereingerollt wurden, durchforstete Helga ihr Gehirn, ob sie nicht irgendwas vergessen oder übersehen hatte. Da war was, doch sie konnte ihren Finger einfach nicht drauflegen. Konzentriert starrte sie auf den Zettel und versuchte, die losen Fäden miteinander zu verbinden. Und plötzlich machte etwas Klick bei ihr. Die Erkenntnis traf sie mit voller Wucht, sodass sie nicht mehr mitbekam, was um sie herum passierte. Warum hatte sie das nicht gleich gesehen? Es passte alles zusammen.

Helga schnappte sich den Zettel und rannte zu ihrem Zimmer, um ihr Handy zu holen. Sie musste sofort Fabian anrufen.

40

KAPITEL

Mit ausgeschaltetem Motor saß er im Wagen und atmete tief durch. Die Scheiben waren mittlerweile beschlagen, so lange drückte er sich schon vor dem Aussteigen. Beim Aufwachen hatte er das Gefühl gehabt, sich beruhigt zu haben, doch jetzt, da er so nah bei der Hütte und damit bei Lina war, kehrte die Anspannung zurück. Durch seine Überreaktion gestern musste er sie völlig verschreckt haben und er hatte Angst davor, ihr gleich gegenüberzutreten. Er hätte sie nicht so angehen und erst recht nicht so rabiat in den Lagerraum bugsieren dürfen. Womöglich hatte er damit ihr Vertrauen vollkommen zerstört. Aber was war ihm denn anderes übrig geblieben? Was hätte er sagen sollen?

Tut mir leid, wir können nicht zur Polizei gehen. Ich hab völlig vergessen, dir zu sagen, dass ich Benjamin in Stücke geschnitten habe. Ach so, und dann wäre da noch dieser andere Mann, den ich getötet habe, weil er mich dabei beobachtet hat, wie ich das Auto deines Adoptivvaters mitsamt deinem Tablet im See versenkt habe.

Vermutlich hätte sie ihn für verrückt erklärt. Dabei hatte er das alles nur für sie getan, damit sie zusammen sein konnten. Von jetzt an wollte er ein Teil ihres Lebens sein und nicht nur ein stiller Begleiter. Unter keinen Umständen konnte er riskieren, Lina wieder zu verlieren. Nur deshalb hatte er sich auf dem Weg zum Krankenhaus spontan entschieden, einen anderen Weg einzuschlagen und dieses Arschloch, das sich an seiner Tochter vergangen hatte, zur Hütte zu bringen, um ihm dort das Ende zu bereiten, das er verdient hatte.

Abgesehen von der Tatsache, dass er diesem Mistkerl keine Träne nachweinte und mitnichten bereute, was er ihm angetan hatte, gab es noch andere Gründe für sein Handeln. Hätte er Ben ins Krankenhaus gebracht und er wäre aufgewacht, wäre das Risiko viel zu hoch gewesen, dass er sich an die Ereignisse des Abends erinnerte. Niemand hätte garantieren können, dass die Polizei Linas Angriff auch wirklich als Notwehr durchgehen lassen würde. Erst recht nicht, wenn sie von dem Missbrauch erfuhren. Bis auf die kleine Wunde an ihrem Handgelenk gab es keinen Beweis dafür, dass Ben sie angegriffen hatte.

Die Polizei würde womöglich behaupten, Lina hätte ihn absichtlich niedergeschlagen und sie ins Gefängnis stecken. Dasselbe hätte ihr geblüht, wenn er nicht mehr aufgewacht wäre, und dann wäre die Strafe noch härter ausgefallen. Es hatte einfach zu viele nicht abwägbare Variablen gegeben, sodass er das Risiko nicht eingehen wollte und sich selbst darum gekümmert hatte.

Aber auch ohne das Wissen darüber, was er für sie getan hatte, musste Lina doch einsehen, dass ihr Vorschlag, zur Polizei zu gehen, absurd war. Merkte sie denn nicht, wie widersprüchlich ihr Verhalten war? Sie konnte ihren Adoptivvater nicht gleichzeitig hassen und so erschüttert über seinen Tod sein. Diese Ambivalenz wollte ihm einfach nicht in den Kopf.

Vielleicht war sie ja mittlerweile zur Vernunft gekommen, schließlich hatte er ihr lange genug Zeit gegeben, darüber nachzudenken und zu der Erkenntnis zu gelangen, dass er recht hatte.

Als Entschuldigung für sein übergriffiges Verhalten von gestern und um sie wieder auf seine Seite zu holen, hatte er ihr extra ein paar Sachen aus ihrem Zimmer besorgt. Schon die ganze Zeit beschwerte sie sich darüber, dass sie viel zu wenig Klamotten hatte mitnehmen dürfen, dabei hatte er ihr versprochen, sie komplett neu einzukleiden. Außerdem hatte er ihr eine Auswahl an Frühstück gekauft, ein Croissant, einen Frischkäsebagel mit Sprossen, einen Wrap mit Hummus und Bulgur. Irgendwas davon musste ihr ja wohl zusagen. Hauptsache sie motzte nicht wieder darüber wie gestern über die verdammten *Overnight Oats*, die immer noch auf dem Boden und an der Wand in der Hütte klebten. Vermutlich würde er die Pampe jetzt nur noch mit viel Mühe weggewischt bekommen.

Er stieg aus, nahm die Mitbringsel von der Rückbank und ging mit schnellen Schritten in Richtung der Hütte. Ein fieser Eisregen hatte eingesetzt, der wie viele kleine Nadelstiche in seine Gesichtshaut pikte. Er klemmte sich die Klamotten unter den einen Arm und nahm die Papiertüten mit dem Frühstück in dieselbe Hand, um mit der freien den Schlüssel aus seiner Hosentasche zu pfriemeln. Siedend heiß fiel ihm ein, dass er gestern in seiner Wut vergessen hatte, Lina den Heizlüfter mit in den Raum zu stellen. Und das bei den Temperaturen. Plötzlich hatte er es sehr eilig.

Den Kopf zwischen die Schultern geklemmt und in einen Laufschritt verfallen, stolperte er über etwas, rutschte auf dem feuchten Waldboden aus und kam beinahe zu Fall. Genervt schaute er nach, was ihm da im Weg gelegen hatte. Im ersten Moment konnte er nicht fassen, was er da vor sich sah.

»Nein ... das kann nicht ...«, stammelte er. Dann fing er

sich. »Nein, nein, nein. Wie zum Teufel hast du das gemacht?«

Er warf Linas Kleidung und das Frühstück von sich und stürzte zur Außenwand der Hütte, in der ein großes Loch klaffte. Groß genug, dass Lina dort hinausgekrochen sein konnte. Beunruhigt ging er davor auf die Knie und starrte hinein. Leer. Der Raum dahinter war verdammt noch mal leer. Lina war verschwunden!

Sofort richtete er sich auf und schaute sich gehetzt um. Wie ein Gejagter rannte er um die Hütte in der Hoffnung, sie irgendwo zu entdecken.

Fußspuren, kam es ihm in den Sinn. Auf dem matschigen Boden musste sie welche hinterlassen haben, und er war gut im Spurenlesen. Mit dieser Fähigkeit stöberte er jedes Wild auf, da sollte er auch herausfinden, in welche Richtung sie geflüchtet war.

Mit gesenktem Kopf suchte er den Bereich rund um die Hütte ab, konnte aber nichts entdecken. Die notwendige Ruhe und Konzentration fehlten ihm. Seine Gedanken rotierten. Wo konnte sie hin sein? Direkt zur Polizei? Wie lange war sie schon unterwegs? Hatte er eine Chance, sie auf dem Weg abzupassen? Es gab nicht viele Routen raus aus dem Wald, sie hätte ihm entgegenkommen müssen. Oder aber sie war querfeldein gegangen. Dann bestand die Gefahr, dass sie sich verlaufen würde. Bei den Temperaturen könnte sie schnell erfrieren, zumal sie seit gestern nichts gegessen hatte. Wenn ihr Kreislauf mitten im Dickicht des Waldes einfach schlappmachte und sie zusammenklappte …

Eine leise Stimme in ihm höhnte, dass ihr das ganz recht geschehen würde. Der andere Teil in ihm aber wollte sie zurückhaben. Seine Lina. Er hatte so viel getan, damit sie endlich Vater und Tochter sein konnten, da durfte er sie doch nicht einfach so verlieren.

Ihm kam eine Idee. Bestimmt war sie völlig durchgefroren und verängstigt. In einem solchen Zustand funktionierte das logische Denken nicht mehr richtig. Die Instinkte übernahmen, und wohin würden die sie führen? Zu ihrer Mama. Der Person, die naturgegeben ein Leben lang dafür verantwortlich war, einen zu beschützen.

»Von wegen beschützen«, knurrte er. Das hatte die dämliche Kuh nicht geschafft, als dieser Widerling Lina belästigt hatte, und somit hatte sie ihr Recht verwirkt, ein Elternteil zu sein. Nur er war das, und er würde sich Lina nicht wegnehmen lassen. Von niemandem würde er sich seine Tochter jemals wieder nehmen lassen.

41

KAPITEL

Sobald der Wecker ihn aus seinem unruhigen Schlaf riss, war Fabian hellwach, obwohl er erst gegen halb vier ins Bett gegangen war. Gerade dreieinhalb Stunden Schlaf waren ihm vergönnt gewesen, doch das spielte keine Rolle.

Da er es entgegen seinem Vorsatz gestern Abend nicht geschafft hatte, abzuschalten und sich auf dem Sofa zu entspannen, war er noch einmal in die Adickesallee gefahren, um ein paar Ordner aus dem Büro zu holen. Bei der Suche nach dem leiblichen Vater würden sie nicht weiterkommen, solange sich Peitsch dermaßen querstellte, also hatte Fabian die Protokolle der Zeugenaussagen von den Anwohnern rund um den Hinterhof, in dem Silas Marinescus Wohnung lag, sowie der Kneipenbesucher mit nach Hause genommen. Mit einer Tasse Kaffee und einer Packung Schokoladenkekse hatte er sich am Küchentisch darangemacht, sie noch in der Nacht durchzuackern.

Irgendjemand musste am Mordabend etwas gesehen oder gehört haben, das ihnen weiterhalf. Ein Detail, das bei den Befragungen übersehen worden war oder das die Kollegen der Ermittlungsgruppe als unwichtig erachtet hatten, das aber einen zweiten Blick wert war. Ein Mord ging nicht geräuschlos vonstatten. Außerdem musste Benjamin Rieker irgendwie aus der Wohnung geschafft worden sein, denn dass er selbst noch hatte gehen können, hielt Fabian für nahezu ausgeschlossen. Sofern sie mit ihrer Theorie, dass das Opfer in der Wohnung des Türstehers angegriffen worden war, nicht gänzlich danebenlagen, musste es jemanden geben, der etwas bemerkt hatte und der ihnen einen Ansatzpunkt liefern konnte. Diesen Jemand wollte Fabian in den Aussagen aufspüren, um den Fall, wie von Peitsch gewünscht, mit guter klassischer Ermittlungsarbeit zu lösen.

Zunächst war er nicht fündig geworden. Die Nachbarschaft von Marinescu war mit der dreispurigen Straße vor der Tür, der Berufsschule gegenüber und der Kneipe auf der Rückseite des Hauses Kummer gewöhnt. Hier ließ sich niemand, der seinen Samstagabend zu Hause verbrachte, von lautem Gebrüll oder Poltergeräuschen hinter dem Ofen hervorlocken. Da brauchte es schon einen schwereren Unfall vor ihrer Tür, mit Rettungswagen und Streife, wo das Martinshorn dafür sorgte, dass die Leute zu den Fenstern kamen. Viele von den Anwohnern waren in der fraglichen Nacht ohnehin in den Bars und Klubs der Stadt unterwegs gewesen und konnten keine Angaben machen, alle anderen hatten nichts Auffälliges bemerkt.

Ähnlich sah es bei den Kneipenbesuchern aus. Der Wirt Hakim hatte so viele der Gäste namentlich benannt, wie er zusammenbekommen hatte und außerdem alle seine Kunden und Kundinnen darauf hingewiesen, sich eigenständig bei der Polizei zu melden, wenn sie an dem entsprechenden Abend im *Na und* gewesen waren. Die meisten hatten ausgesagt, den Mann von dem Foto, das man ihnen von Benjamin Rieker gezeigt hatte, noch nie gesehen zu haben oder sich zumindest nicht zu erinnern.

Einige der Gäste hingegen hatten angegeben, ihn mit

einer männlichen Begleitung in der Bar gesehen zu haben. Diese Zeugen hatten sich jedoch aller Wahrscheinlichkeit nach im Tag vertan. Auf Nachfrage konnten sie nicht mehr genau sagen, ob es sich dabei um den Freitag oder den Samstag handelte, da sie beide Abende in der Kneipe verbracht hatten und Hakim zufolge war Rieker nur freitags dort gewesen.

Dann war Fabian allerdings doch noch auf etwas gestoßen. Einer der Besucher hatte ebenfalls mitgeteilt, Rieker am Samstag mit einem anderen Mann gesehen zu haben. Aber nicht in der Kneipe, sondern draußen. Rieker sei dabei von dem anderen gestützt worden, weil er so betrunken war, dass er nicht mehr gehen konnte, so weit die Interpretation des Zeugen, dessen Name Eugen Paul war.

Vermutlich hatte man dieser Aussage kein Gewicht beigemessen, weil man davon ausgegangen war, dass auch er die beiden Tage verwechselt hatte. Da er aber angab, die Männer seien an ihm vorbeigelaufen, während er sich im Hinterhof in einer dunklen Ecke erleichtert hatte, glaubte Fabian, dass es womöglich doch um die Tatnacht ging und sie endlich einen Zeugen gefunden hatten, der den Täter gesehen hatte. Trotz des Schlafmangels sprang er also voller Energie aus dem Bett, um Eugen Paul anzurufen. Dreimal erreichte er nur die Mailbox, bevor der Mann beim vierten Versuch endlich den Hörer abnahm. Er klang verkatert, was Fabians Euphorie ein wenig abschwächte. Womöglich war Paul einfach jeden Abend im *Na und* und hatte sich doch im Tag geirrt oder war so betrunken gewesen, dass er ihm keine Hilfe sein würde. Trotzdem musste er es auf einen Versuch ankommen lassen.

»Guten Morgen, Herr Paul. Entschuldigen Sie bitte die frühe Störung«, sagte er. Es war nicht mal sieben Uhr, wie ihm gerade klar wurde. Vielleicht wäre es besser gewesen, noch ein wenig zu warten und den Mann nicht aus dem

Tiefschlaf zu reißen. Doch jetzt war es für diese Überlegung zu spät. »Mein Name ist Prior von der Kripo Frankfurt. Sie haben bei meinem Kollegen eine Aussage zu dem Mordfall von vorletztem Samstag gemacht, erinnern Sie sich?«

Am anderen Ende der Leitung raschelte es, vermutlich setzte der Mann sich gerade im Bett auf. »Ich bin doch nicht dement, natürlich erinner ich mich«, grummelte er. »Man wird ja nicht ständig zu irgendwelchen Mordopfern befragt.«

»Sehr gut. Sie haben ausgesagt, dass Sie das Opfer an diesem Abend gemeinsam mit einem anderen Mann gesehen haben. Da es für unsere Ermittlungen eine wichtige Rolle spielt, wollte ich mich erkundigen, wie sicher Sie sind, dass es wirklich am Samstag war und nicht am Freitag.«

»Sehr«, sagte Paul, seine Stimme war belegt. Er hustete Schleim hoch, den er den Geräuschen zufolge irgendwohin ausspuckte.

Zu seiner heftigsten Raucherzeit war es Fabians Hals morgens ähnlich gegangen und schon allein deshalb war er froh, diese lästige Angewohnheit losgeworden zu sein. »Verwechslung also ausgeschlossen?«, hakte er noch einmal nach.

»Wie's aussieht, halten Sie mich echt für geistig umnachtet. Hab ich doch schon gesagt, ich bin mir sehr sicher. Hundert Prozent sogar. Freitagabend saß ich nämlich in der Notaufnahme, weil ich mir auf der Baustelle einen rostigen Nagel in den Fuß getreten hab.«

Ein Kribbeln breitete sich in Fabians Nacken aus. Sie hatten einen Augenzeugen gefunden, der beobachtet hatte, wie der Täter Rieker aus der Wohnung von Silas Marinescu gebracht hatte. »Haben Sie sonst noch etwas gesehen, das für uns relevant sein könnte?«, fragte er. »Zum Beispiel eine junge Frau, ein Teenager genauer gesagt? Und würden Sie den Mann wiedererkennen?« *Langsam,* zügelte er sich. Er hatte den Mann gerade aus dem Schlaf gerissen und sollte ihn nicht mit einem Bombardement von Fragen überfordern.

Paul wirkte allerdings mittlerweile wacher. »Nee, also ein Mädel hab ich da nicht gesehen und auch sonst nix. Ich hab eben gedacht, da wär einer sturzbetrunken und müsste gestützt werden. Kommt ja öfter vor, dass jemand seine Grenzen nicht kennt.«

»Und wie genau haben Sie die beiden gesehen? Können Sie den Mann, der den anderen gestützt hat, beschreiben, sodass wir ein Phantombild anfertigen können?«

»Hm«, machte Paul und schwieg einen Moment. »Den vom Foto hab ich ziemlich gut gesehen, der hing mit dem Kopf auf der Schulter vom anderen. Sonst hätte ich den ja nicht erkannt, als mir das Bild gezeigt wurde. Und der andere ... Auf den hab ich weniger geachtet, ging auch alles so schnell. Weiß nicht, wie ich Ihnen da helfen kann. So gut bin ich im Beschreiben nicht.«

»Das müssen Sie auch nicht sein. Heutzutage arbeiten wir da mit einer Datenbank, aus der Sie Merkmale auswählen können, die sich im Anschluss noch anpassen lassen. Damit kann man sogar Perspektive und Lichtverhältnisse variieren, sodass Sie das Gesicht vor sich haben, wie Sie es tatsächlich gesehen haben. Es wäre uns wirklich sehr geholfen, wenn Sie sich mit unserem Zeichner zusammensetzen würden, um es auf einen Versuch ankommen zu lassen«, redete Fabian auf ihn ein. Der Mann war der beste Ansatz, den sie bislang hatten, um dem Täter auf die Spur zu kommen.

»Na, wenn Sie meinen, das würde was bringen.«

»Mit Sicherheit. Sie werden sich wundern, wie viele Erinnerungen zurückkommen, wenn Sie erst mal ein ähnliches Gesicht vor sich haben, das nur noch angepasst werden muss. Lassen Sie uns gleich einen Termin ausmachen. Wann hätten Sie Zeit für uns? Am besten heute noch ...« Obwohl Fabian wusste, dass er nicht zu viel erwarten und sich erst recht nicht darauf versteifen durfte, da die Erfolgsquote von Phantombildern lediglich bei fünfundzwanzig Prozent lag, konnte er es kaum abwarten, das Bild vor sich zu sehen.

»Wie es Ihnen passt. Ich hab zurzeit keinen Job. Was sich nach dem dämlichen Unfall beim Probearbeiten bestimmt auch so schnell nicht ändern wird.«

Perfekt, war Fabian geneigt zu sagen, hielt sich aber zurück, da es für den Mann wohl genau das nicht war. »Dann rufe ich den Kollegen an und melde mich danach wieder, um Ihnen den Termin mitzuteilen.«

Nachdem Fabian aufgelegt hatte, schrieb er zunächst Thomas eine Nachricht, um ihm von den neuesten Entwicklungen zu berichten. Noch während er die SMS tippte, erschien Helgas Nummer auf dem Display. Er nahm den Anruf entgegen.

»Vermisst du uns schon so sehr, dass du nicht mal ein paar Stunden ohne Kontakt aushältst?«, fragte er grinsend. »Wie geht's dir heute?«

»Ich hoffe, du sitzt gerade«, sagte Helga. Ihre Stimme klang gepresst, beinahe atemlos.

»Was ist los? Ist was passiert?«, fragte Fabian alarmiert.

»Möglicherweise bin ich da auf was gestoßen. Hör zu. Ich bin heute Morgen noch mal durchgegangen, was ihr über den leiblichen Vater von Lina Rieker herausgefunden habt. Zuerst dachte ich, dass es ja recht mau ist, aber dann ist mir was eingefallen. Ich glaube, ich weiß jetzt, wo wir nach ihr suchen müssen.«

42 KAPITEL

Der Eisregen trommelte eine monotone Melodie gegen das Wohnzimmerfenster. Anke saß am frühen Morgen auf dem Sofa und nestelte an der Wolldecke herum, die sie über ihre Beine gebreitet hatte. An Tagen wie diesen hätten sie abends den Kamin angefeuert, um als Familie gemütlich davorzusitzen und zu lesen – oder in Linas Fall auf dem Tablet oder Handy herumzutippen. Diese Familie existierte so nicht mehr.

Im Haus war es still, Henri schlief noch. Anke hatte ihn diese Woche noch aus der Schule genommen und die Lehrkräfte hatten es verstanden. Wie sollte sich ein Kind darauf konzentrieren, die Buchstaben und Zahlen zu lernen, wenn es gerade seinen Vater und seine große Schwester verloren hatte? Würde er überhaupt je darüber hinwegkommen und eine normale Kindheit haben können? Anke hoffte es, sie hoffte, dass sie es irgendwie schaffen würden. Momentan sah sie aber nur eine unüberwindbare Hürde zwischen ihrem aktuellen Leben und einer glücklichen oder zumindest unbeschwerteren Zukunft.

Ein Seufzer quälte sich tief aus ihrem Inneren nach außen. Zu dem Schmerz über die Umstände, mit denen sie irgendwie klarkommen musste, gesellte sich an diesem Morgen ein schlechtes Gewissen. Timo gegenüber, weil sie ihn vorgestern ungerechterweise derart angegangen war, obwohl er gar nichts für die Vorwürfe konnte, die gegen Benjamin erhoben wurden. Den Polizisten gegenüber, weil auch sie keine Schuld daran trugen. Sie machten ja nur ihre Arbeit und versuchten, wenigstens Lina gesund zurück nach Hause zu bringen. Dabei mussten sie etwas fehlinterpretiert haben. Natürlich musste es so sein, sie kannten Benjamin schließlich nicht. Somit konnten sie kaum wissen, dass er so etwas Ekelerregendes niemals tun würde.

Und doch meldeten sich leise Zweifel bei Anke, die sie zunächst verdrängte, aber die ihr immer wieder in den Kopf kamen. War es möglich, dass sie etwas übersehen hatte? Dass auch sie ihren Mann nicht so gut gekannt hatte, wie sie glaubte? Immer wieder zermarterte sie sich das Hirn darüber, ob Lina ihr gegenüber je Andeutungen gemacht hatte. Ob sie Anzeichen ignoriert hatte, weil sie es eben nicht wahrhaben wollte, dass ihr Mann ein ungesundes Interesse an der Adoptivtochter entwickelte.

Bewusst rief sie sich Situationen ins Gedächtnis. Wie die letzten Sommer im Freibad. Sie waren alle zusammen im Brentanobad gewesen und Lina hatte anfangs ihr Sommerkleidchen nicht ausgezogen. Dem hatte Anke keine Bedeutung beigemessen. Viele Mädchen in dem Alter haderten mit ihrer Figur, fühlten sich unansehnlich und zeigten sich nicht gern. Ihr selbst war es als Jugendliche nicht anders gegangen. Erst, als Lina ins Wasser wollte, hatte sie das Kleid über den Kopf gestreift und war sofort in Richtung Becken verschwunden. Kurz darauf wollte auch Benjamin ein paar Bahnen ziehen, wie er es genannt hatte.

Anke schüttelte den Kopf. Nein, daran war nichts Verdächtiges. Ganz sicher hatte ihr Mann Lina nicht in aller Öffentlichkeit belästigt. Es war ein normaler

Schwimmbadbesuch gewesen. Und auch sonst ... Benjamin hatte überhaupt keine Pornos, bei deren Konsum Lina ihn hätte erwischen können. Wobei das Internet durchaus die Möglichkeit bot.

Kurzentschlossen stand sie auf und ging ins Büro, um den Computer einzuschalten, doch sie fand ihn nicht. Klar, die Spurensicherung hatte ja auch den Laptop mitgenommen, in der Hoffnung, darauf einen Hinweis auf den Mörder zu finden. Ob Anke ihn jemals zurückbekommen würde? Da befanden sich eine Menge Erinnerungen drauf, Urlaubsfotos, Bilder von Ausflügen und Familienfeiern, Schnappschüsse. Vielleicht auch verdächtige Aufnahmen von Lina, an denen sich Benjamin aufgegeilt hatte?

Diese Vorstellung war so absurd und gleichzeitig widerwärtig, dass Anke schlecht wurde. Und doch erschien es ihr, je länger sie sich damit beschäftigte, immer denkbarer. Benjamin und sie hatten schon lange kein Sexleben mehr, das war nach Henris Geburt zum Erliegen gekommen und seit etwa zwei Jahren hatten sie überhaupt nicht miteinander geschlafen. War es womöglich ihre Schuld, dass er sich in Lina Ersatz gesucht hatte?

Sie lachte bitter auf. Nein, wenn Benjamin so etwas Verabscheuungswürdiges getan hatte, dann war allein er dafür verantwortlich, nicht sie und schon gar nicht Lina. Aber was bedeutete das in der Konsequenz? Die Polizisten hatten angedeutet, dass Lina schuld an seinem Tod sein könnte. Das hielt Anke nun ganz und gar für unmöglich und darüber musste sie auch keine Sekunde nachdenken. Ihre Adoptivtochter war nicht fähig, ein derartig brutales Verbrechen zu begehen, dafür würde Anke ihre Hand ins Feuer legen. Sie aß nicht mal Fleisch, da wäre sie wohl kaum in der Lage, einen Menschen zu töten und zu zerstückeln, nicht mal, wenn ihr jemand dabei half.

Schritte auf der Treppe erregten ihre Aufmerksamkeit.

Henri kam die Stufen heruntergeschlurft. Er schaute sie mit großen Augen an, in denen Tränen standen. Ein schrecklicher Gedanke kam ihr. Womöglich hatte Benjamin sich nicht nur an Lina ausgelassen, sondern auch an ihrem Sohn! Es lag ihr auf der Zunge, ihn darauf anzusprechen, doch sie hatte keine Ahnung, wie man so etwas anstellte. Auf keinen Fall wollte sie ihn noch mehr traumatisieren, falls Benjamin ihm das wirklich angetan haben sollte.

»Guten Morgen, mein Schatz. Hast du gut geschlafen?«, sagte sie deshalb nur, um ihm, so gut es eben ging, Normalität vorzugaukeln.

Henri antwortete nicht, sondern lief auf sie zu, umarmte ihre Beine und drückte sein Gesicht in den Stoff. Zärtlich streichelte sie ihm durchs Haar. Womit hatte sie es nur verdient, dass ihre Welt plötzlich aus den Fugen geraten war und sie sich nichts mehr gewiss sein konnte? Sie brauchte einen Therapeuten, für sich und für Henri, damit sie diesen Ausnahmezustand irgendwie unbeschadet überstanden.

Was ihr Sohn im nächsten Moment sagte, bestätigte sie nur darin, dass sie dringend Hilfe benötigten. »Mama, wer war der schwarze Mann, der heute Nacht bei uns war?«

Anke ging auf die Knie, um Henri tröstend in den Arm zu nehmen. »Schatz, niemand war hier.« Sie bemühte sich, ihrer Stimme einen festen Klang zu geben, obwohl sich ein ungutes Gefühl in ihr ausbreitete.

»Doch, ich hab ihn gesehen. Er ist über den Flur gegangen und in Linas Zimmer.«

Seine Worte jagten ihr einen Schauer über den Körper. »Vermutlich hast du nur schlecht geträumt.«

»Hab ich nicht«, beharrte Henri. Seine Lippen zitterten, während er ihr unbeirrt in die Augen starrte. »Ich bin aufgestanden, weil ich ihn gehört habe, und dann hab ich ihn auch gesehen, das weiß ich ganz genau. Ich will nicht, dass er noch mal kommt, er hat mir Angst gemacht.«

Ein tonnenschweres Gewicht schien sich auf Ankes Lunge zu legen. Ihr Sohn erzählte keinen Unsinn, das spürte sie. Jemand war hier gewesen, in ihrem Haus, während sie geschlafen hatte. Sie hatte nichts gemerkt, wäre wahrscheinlich nicht mal aufgewacht, wenn diese Person Henri etwas angetan hätte.

Wie war es möglich, dass die Polizisten vor der Tür nichts mitbekommen hatten? Und wie war die Person hier reingekommen? Sie war vorhin zum Briefkasten gegangen und die Tür war ganz normal verschlossen gewesen, die Fenster ebenfalls, sie hätte Einbruchsspuren bemerkt.

Benjamins Schlüssel, schoss es ihr durch den Kopf. Ihr Magen schrumpfte zu einem Eisklotz. Der Täter hatte einen Schlüssel zu ihrem Haus. Wahrscheinlich war er von hinten durch die Garage gekommen, sodass ihn niemand entdeckt hatte.

Das Geräusch der Haustür, die aufgesperrt wurde, riss sie aus ihrer Erstarrung. Henri zuckte in ihren Armen zusammen, als die Tür in ihrem Rücken aufflog. Anke sprang auf, doch bevor sie sich umdrehen konnte, bekam sie einen heftigen Stoß in die Rippen, der sie zu Boden schleuderte. Der Angriff kam so unvermittelt, dass sie es nicht schaffte, sich abzufangen, und mit dem Gesicht auf dem Parkett landete.

43

KAPITEL

»Das ist er«, sagte Eugen Paul im Brustton der Überzeugung und deutete auf eines der sieben Fotos, die sie vor ihm ausgelegt hatten.

»Sind Sie ganz sicher?«, fragte Fabian darum bemüht, seine Anspannung zu verbergen. Nicht selten kam es vor, dass Zeugen einfach irgendeines der Bilder auswählten, ohne die Person tatsächlich wiedererkannt zu haben, weil sie die Ermittler nicht enttäuschen wollten. Deshalb wäre es ihm eigentlich lieber gewesen, hätte er mit ihrem Phantomzeichner ein Bild aus seiner Erinnerung erstellt, das sie mit dem Foto abgleichen konnten, aber das hätte viel zu lange gedauert. Wenn Helga mit ihrer Vermutung recht hatte, durften sie keine Zeit verlieren.

»Na ja«, sagte Paul da auch schon, hob seine Baskenmütze an und kratzte sich am Kopf. »Es war halt sackduster da im Hof, die Lampen haben nicht funktioniert und ich stand da an die Hauswand gedrückt. Aber ich glaub schon, dass dieser Typ das gewesen sein könnte.«

»Danke, dass Sie sich so schnell die Zeit genommen haben«, sagte Fabian und stand auf, um den Mann zur Tür zu geleiten. Kaum dass er den Raum verlassen hatte, wandte er sich Thomas zu. »Warum, verdammt noch mal, ist keiner auf die Idee gekommen, Hörnike näher zu überprüfen?«, fuhr er ihn an, obwohl Thomas wahrlich nicht allein für dieses Versäumnis verantwortlich war. Als Ermittlungsleiter fiel es in Fabians Aufgabenbereich, die Ergebnisse der einzelnen Teammitglieder zusammenzufügen und für das weitere Vorgehen Schlüsse daraus zu ziehen. »Habt ihr wenigstens sein Alibi unter die Lupe genommen?« Er wühlte sich durch den Stapel an Aufzeichnungen zu dem Fall, der sich mittlerweile auf seinem Schreibtisch angesammelt hatte. Endlich fand er das Protokoll zur ersten Befragung von Hörnike und blätterte ungehalten durch die Seiten.

Thomas schaute ihn grummelig an. »Klar haben wir das. Angeblich war er Samstagabend im Fitnessstudio. Helga müsste das gegengecheckt haben.«

»Und was ist dabei rausgekommen?« Das fehlte gerade noch. Ein Hauptverdächtiger, der ein stichhaltiges Alibi vorzuweisen hatte, das sie nicht widerlegen konnten. Ein Fluch schien auf diesen Ermittlungen zu liegen.

»Sie hat noch auf Antwort von denen gewartet, aber dann war der Vorfall am Samstag und ...« Nun wurde Thomas kleinlaut. »Freitagabend hat sie, glaube ich, mit der Chefin gesprochen, die ihr die Daten per Mail zuschicken wollte.«

Als wüsste er nicht genau, welcher Tag heute war, schaute Fabian auf den Kalender. »Und jetzt haben wir Mittwoch, verdammte Scheiße. Wie kann es sein, dass niemand Hörnike auf dem Schirm hatte? Er saß sogar noch dabei, als wir Anke Rieker darüber informiert haben, dass ihr Mann Lina allem Anschein nach seit Längerem belästigt hat.«

»Weil er sich so erst mal nicht verdächtig gemacht hat«, versuchte sich Thomas an einer Erklärung. »Außerdem ging an dem Tag seiner Befragung alles drunter und drüber. Wir waren kaum bei ihm aus der Tür, da hast du angerufen wegen des geborgenen Wagens, dann die Spur zu unserem Muskelprotz …«

»Jaja, schon gut, du brauchst dich nicht zu rechtfertigen. Ruf du jetzt einfach in dem Studio an und lass dir die Daten noch mal schicken, ich schaue derweil, was wir über Hörnike im System haben.« Fabian tippte den Namen ein und wippte ungeduldig mit dem Fuß, während die Datenbank vor sich hin arbeitete. Eine gefühlte Ewigkeit später spuckte sie endlich ein Ergebnis aus.

»Ach du Scheiße«, murmelte er in sich hinein, da Thomas noch am Telefon war. *Treffer*. Alles ergab ein stimmiges Bild. Timo Hörnike war Hobbyjäger und hatte sowohl die Erfahrung als auch das Werkzeug, um eine Leiche problemlos zu zerstückeln. Außerdem hatte er ein Eigenjagdgebiet mit Hütte im Frankfurter Stadtwald gepachtet. Dort musste er die Toten zerteilt haben und dort hielt er garantiert Lina Rieker versteckt. Als Freund der Familie kannte Hörnike das Mädchen seit Jahren und dürfte somit kein Problem gehabt haben, ihr Vertrauen zu gewinnen. Er war es auch, den sie am Tag ihres Verschwindens angerufen hatte, angeblich, um mit ihm über ihre anstehende Ausbildung zu sprechen.

»Kein Alibi«, sagte Thomas und schlug mit der Faust auf die Schreibtischplatte. »Am Samstagabend war er zwar dort, seine Karte wurde etwa gegen halb zehn eingeloggt, aber kaum zehn Minuten später hat er das Studio bereits wieder verlassen.«

»Jetzt haben wir den Mistkerl am Sack«, sagte Fabian und war schon bei der Tür. »Schnapp dir deine Jacke, wir machen einen kleinen Waldspaziergang.«

Thomas zeigte unverhohlen seinen Missmut darüber,

sich bei so einem Wetter der Natur auszusetzen, folgte ihm aber.

Vom Wagen aus rief Fabian bei Hessenforst an und schilderte dort sein Anliegen. Im Gegensatz zu dem Anwalt, den Hörnike offenbar vor sechzehn Jahren beauftragt hatte, war der Mitarbeiter auskunftsfreudig und gab ihm die Koordinaten von Hörnikes Jagdgebiet raus, ohne zuvor einen richterlichen Beschluss zu verlangen.

Als er aufgelegt hatte, wählte er Marios Nummer und trug ihm auf, gemeinsam mit Tillmann bei Hörnikes Wohnung vorbeizufahren. »Es besteht dringender Tatverdacht gegen ihn. Lasst unbedingt äußerste Vorsicht walten, er könnte bewaffnet sein«, bellte er in den Hörer. »Wenn ihr ihn zu Hause nicht erwischt und er nicht in seiner Hütte ist, leite ich umgehend eine Fahndung nach ihm ein.« Als Thomas unvermittelt von der Landstraße in einen Waldweg abbog, wurde Fabian gegen die Beifahrertür gedrückt. Das Handy fiel ihm aus der Hand. Er hob es auf, aus dem Hörer kamen nur noch abgehackte Laute. »Mario? Hast du alles verstanden?« Fabian schaute auf das Display. Hier draußen gab es keinen Empfang.

»Die machen das schon«, sagte Thomas. Der BMW rumpelte über den Schotterweg. Nach einigen hundert Metern kam auf der rechten Seite eine Blockhütte ins Sichtfeld. Ein anderer Wagen war nirgends zu sehen.

»Scheint niemand hier zu sein«, sagte Thomas überflüssigerweise und trat auf die Bremse.

»Mist.« Fabian hatte zwar nicht damit gerechnet, Hörnike hier draußen anzutreffen, aber gehofft hatte er es trotzdem. Blieb noch die Möglichkeit, dass Lina Rieker sich in der Hütte versteckt hielt. Auf dem Weg hierher hatte er darüber nachgedacht, wie ihre Beteiligung in dem Fall aussah. Daran, dass Hörnike sie entführt hatte, glaubte er nicht mehr. Viel wahrscheinlicher erschien es ihm mittlerweile, dass sie selbst in den Mord an ihrem Adoptivvater verwickelt war. Statt ein unschuldiges Mädchen zu befreien, waren sie vermutlich gerade dabei, eine Tatbeteiligte zu ergreifen.

Er öffnete die Beifahrertür. Der Geruch von modrigem Laub und feuchter Erde empfing ihn. Plötzlich fiel ihm siedend heiß etwas ein. »Ich muss noch mal zur Straße, du checkst schon mal die Hütte«, rief er Thomas zu, der dabei war, auf dem durchnässten Waldboden Pfützen auszuweichen.

»Was ist denn los?« Thomas blieb stehen und hob fragend die Hände.

Fabian ignorierte ihn und lief los. Das Handy hielt er dabei hoch über seinen Kopf. Als hätte das jemals geholfen, Empfang in einer Gegend zu kriegen, wo einfach keiner war. »Los, mach schon«, sprach er dem Gerät gut zu. Er könnte sich dafür ohrfeigen, dass er nicht früher daran gedacht hatte, die Streife vor der Tür von Anke Rieker zu informieren.

Endlich zeigte sich ein Balken am oberen Rand seines Telefons, es wurden zwei daraus. Das musste reichen. Fabian rief die Zentrale an und ließ sich die Nummer eines der observierenden Beamten geben.

Nach dreimaligem Klingeln nahm der Kollege gelangweilt den Anruf entgegen. Eilig erklärte er dem Mann, was sie über Hörnike herausgefunden hatten, und wies ihn an, den Verdächtigen auf keinen Fall ins Haus zu lassen.

»Ihr Anruf kommt ein bisschen spät«, sagte der Mann, als Fabian seine Ausführungen beendet hatte.

»Wie bitte?«, brüllte Fabian gegen den Verkehr an, der an ihm vorbeirauschte. »Ihr wollt mir doch nicht sagen, dass er im Haus ist.«

»Seit zehn Minuten vielleicht.«

»Verdammt, das kann doch nicht wahr sein. Was glaubt

ihr denn, wozu ihr extra abgestellt wurdet? Damit ihr einfach Hinz und Kunz dort hineinspazieren lasst? Dieser Kerl ist brandgefährlich!« Vor Wut kickte Fabian gegen einen der Büsche, die am Wegrand wuchsen. Noch lieber hätte er direkt sein Telefon dort hineingeschleudert, doch er konnte sich gerade eben zurückhalten.

»Nun gehen Sie mich mal nicht so an«, sagte der Schutzpolizist am anderen Ende der Leitung. »Wir konnten doch nicht wissen, dass es sich dabei um den Täter handelt. Der war die Tage schon mehrfach hier und nichts ist passiert. Wenn er der Frau was antun wollte, hätte er längst die Gelegenheit dazu gehabt.«

Fabian atmete tief durch, um sich zu beruhigen. Im Grunde genommen hatte er recht, Hörnike war bis gerade eben weder verdächtig noch als gefährlich eingestuft gewesen. Wenn der Mord an Rieker jedoch tatsächlich ein Racheakt für den Missbrauch an Hörnikes Tochter war, mussten sie damit rechnen, dass auch Anke Rieker in sein Visier geraten war, nachdem sie vehement die Möglichkeit abgestritten hatte, dass ihre Adoptivtochter von ihrem Mann belästigt worden war. Zudem wusste er aus dem Gespräch, dass sie ihm indirekt auf der Spur waren, indem sie versuchten, mehr über den leiblichen Vater von Lina herauszufinden.

»Sollen wir reingehen und nachsehen, ob die Situation unter Kontrolle ist und den Verdächtigen festsetzen?«, fragte der Kollege.

Fabian überlegte. Hinter ihm knirschte der Schotterweg. Der BMW kam auf ihn zugerollt. Thomas ließ das Fenster herunter. »Niemand zu sehen. Die Hütte ist verlassen. Auf mich macht es aber den Anschein, dass da die Tage jemand drin untergebracht war«, sagte er. »Einen Kühlraum inklusive Metzgertisch gibt es auch. Jede Wette, dass Hörnike dort die Leichen zerlegt hat.«

Wohl eher Menschen bei lebendigem Leib zerstückelt, dachte Fabian. Er konzentrierte sich wieder auf das Telefonat, während er auf die Beifahrerseite zuging und einstieg. Der Schlamm von seinen Schuhen verteilte sich auf der Fußmatte. »Geht rein, aber haltet euch zurück. Wenn nicht gerade eine Bedrohungssituation vorliegt, greift ihr nicht ein, sondern wartet auf Verstärkung. Noch einmal: Der Typ ist brandgefährlich.«

»Sollen wir vielleicht klingeln und behaupten, dass wir uns einfach mal die Einrichtung ansehen wollten?« Der Kollege klang belustigt. »Wir sind vom Fach, wir werden das Kind schon schaukeln.«

»Seid ihr euch eigentlich nicht über den Ernst der Situation klar?«, fuhr Fabian ihn an. Er bedeutete Thomas, loszufahren. »Werdet kreativ, fragt nach einem Kaffee oder behauptet, ihr wolltet die Toilette benutzen, meine Güte. Hauptsache, ihr baut keine Scheiße. Hörnike besitzt mehrere Schusswaffen. Niemand kann garantieren, dass er nicht eine davon bei sich hat. Ihr dürft auf keinen Fall riskieren, dass er Verdacht schöpft und anfängt, um sich zu schießen. Haltet ihn hin, bis wir da sind.«

44

KAPITEL

Henris Weinen drang wie aus weiter Entfernung in Ankes Bewusstsein. Ein dumpfer Schmerz breitete sich hinter ihrer Stirn aus und sie war benommen vom Sturz. Dennoch rappelte sie sich hoch und kroch auf allen vieren zu ihrem Sohn, um ihn in die Arme zu schließen. Sein kleiner Körper zitterte an ihrer Brust. Verschwommen nahm sie Blut in seinen Haaren wahr. Wo kam das her? Hatte Timo ihn verletzt?

Vorsichtig betastete sie seinen Kopf, fand aber keine Wunde. Erst da wurde ihr klar, dass es aus ihrer Nase tropfte. Sie musste gebrochen sein.

Schwere Schritte polterten die Treppe herunter. Anke zog Henri noch fester an sich und kauerte sich ganz klein zusammen. Mit ruhigen Bewegungen tauchte Timo vor ihr auf. Sein Blick war starr.

»Wo ist sie?« Er stand nun vor ihnen und beugte sich nach unten. Mit einem festen Griff packte er ihre Wangen und quetschte sie zusammen, sodass Anke vor Schmerzen aufschrie. »Sie muss hier sein, verdammt noch mal!«

»Wovon redest du?«, fragte sie, ihre Stimme brach. Ihr Blick wanderte zu seiner Hand, in der er eine Pistole hielt.

Vor Schreck vergaß sie das Atmen. Was war denn bloß in ihn gefahren? »Nimm das Ding da weg.« Sie hatte es mit fester Stimme sagen wollen, doch herausgekommen war nur ein ersticktes Flüstern.

»Stell dich nicht dumm. Mich kannst du mit deiner Schmierenkomödie nicht täuschen. Du bist eine verdammt miese Schauspielerin.« Er stand so dicht über ihr, dass sie seinen Schweiß roch, den auch sein Parfum nicht überdecken konnte.

»Lina. Du suchst Lina«, sagte sie. Ihre Gedanken rasten auf der Suche nach einer Ausrede, die sie ihm nennen konnte.

»Siehst du, du weißt ganz genau, wovon ich rede.«

Die Waffe näherte sich ihrem Gesicht. Nur ein beherzter Griff und sie hätte eine Pistole, mit der sie sich wehren könnte. Aber was, wenn es schiefging? Sie wusste ja nicht mal, ob das Ding entsichert war, geschweige denn, wie man damit umging. Anstatt sich zu verteidigen, würde sie womöglich ihr Todesurteil unterzeichnen. Ihre Hand blieb fest auf Henris Schulter, der mittlerweile leise vor sich hin weinte.

»Hörst du schlecht? Raus mit der Sprache! Hast du sie der Polizei ausgeliefert, damit du sie los bist? Oder hat sie etwa behauptet, ich hätte sie gegen ihren Willen festgehalten, die kleine Lügnerin? Freiwillig ist sie zu mir gekommen, nur damit du's weißt. Weil sie es zu Hause nicht mehr ausgehalten hat.«

»Sie war die ganze Zeit bei dir? Du bist der Unbekannte, der sich als ihr leiblicher Vater ausgibt?« Anke konnte diese Information in ihrem dröhnenden Schädel kaum verarbeiten. Wahrscheinlich hatte sie sich bei dem Sturz eine Gehirnerschütterung zugezogen. Die Haut an ihrer Stirn spannte an der Stelle, mit der sie auf den Boden geknallt war. »Deshalb hast du dich immer so bereitwillig als Babysitter angeboten, als sie noch klein war. Und die übertriebenen Geschenke zu ihren Geburtstagen ...«

Timo lachte auf. »Willst du mich etwa dafür verurteilen, dass ich für meine Tochter da war? Ich bin ihr mehr ein Vater als dein pädophiler Ehemann, meine Liebe. Mehr als du es verdient hast, dich ihre Mutter zu nennen. Du wolltest dir ja nicht mal anhören, was er mit ihr gemacht hat. Wir hätten einfach so weitermachen können wie all die Jahre, aber nein. Weil du es zugelassen hast, dass dein Mann unter eurem Dach seinen Neigungen nachgeht. Dein Urteilsvermögen ist einfach für'n Arsch. Anstatt mich hier als den Bösen hinzustellen, solltest du mir dankbar sein, dass ich euch von ihm befreit habe! Irgendwann hätte er sich vielleicht auch an eurem Sohn vergangen. Wärst du dann eingeschritten? Weil Henri dein eigenes Kind ist, im Gegensatz zu Lina? Ist sie dir deshalb so egal, dass du sie deinem Mann schutzlos ausgeliefert hast?«

Angewidert drehte Anke den Kopf zur Seite. Sie wollte nicht hören, was Timo über Benjamin erzählte.

Der packte ihre Haare und zwang sie, ihm ins Gesicht zu schauen. »Wusstest du, dass Benjamin sie an dem Tag noch gesehen hat? Er hat sie beim Packen erwischt und wollte sie aufhalten. Daraufhin hat sie ihm mit der Polizei gedroht. Deshalb wollte er sie umbringen.«

»Du bist ja völlig wahnsinnig«, spuckte Anke ihm entgegen.

»Bin ich das? An dem Freitag, als wir zusammen in der Kneipe waren, was, glaubst du, hat er da gemacht? Warum geht er in so einen Drecksladen? Ich verrate es dir. Er hat die Gegebenheiten ausgekundschaftet, um am nächsten Tag wiederzukommen und Lina hinterlistig zu ermorden. Bei diesem Türsteher glaubte sie, vor seinen Übergriffen sicher zu sein. Sie hat um ihr Leben gekämpft, deshalb ist

Ben jetzt tot. Weil er seine Finger nicht von ihr lassen konnte. Mach endlich die Augen auf!«

Anke schaute ihn fest an. »Wenn das stimmt, warum hast du es dann nicht verhindert? Warum hast du zugelassen, dass er das tut?«

Timo legte die Hand mit der Waffe auf seinem Knie ab. Zum ersten Mal, seit er sie angegriffen hatte, zeigte sich eine Regung auf seinem Gesicht. Er wirkte gequält. »Ich hatte keine Ahnung, dass sie dort war. Mir hat sie erzählt, dass sie bei einer Freundin untergekommen ist, und ich habe sie noch gewarnt, dass sie unter keinen Umständen das Haus verlassen soll, weil dein Drecksmann herumspioniert. Anscheinend hat ihr das solche Angst gemacht, dass sie sich einen anderen Unterschlupf gesucht hat. Erst als sie mich angerufen hat, dass Ben bewusstlos im Schlafzimmer des Türstehers liegt, habe ich erfahren, wo sie wirklich steckt.«

»Nein, das ist nicht wahr«, flüsterte Anke, doch sie spürte, dass hinter Timos Worten eine Wahrheit steckte, die sie nicht wahrhaben wollte.

»In der Nacht habe ich sogar noch versucht, dich mit der Nase draufzustoßen, aber schon da wolltest du nichts davon hören. Keinen Stress mit Benjamin in eurer ach so schweren Situation anzufangen, das war dir wichtiger. Dabei hättest du einfach nur ein bisschen nachbohren müssen. Vielleicht hätte er alles zugegeben und nichts davon wäre passiert.«

Unvermittelt sprang Timo auf und drehte sich um. Einen Moment später wusste Anke, warum. Auf der Außentreppe waren Schritte zu hören. Es klingelte. Er drückte den Lauf der Pistole an ihre Stirn.

»Keinen Ton«, flüsterte er.

Vor Anspannung schlugen Ankes Zähne aufeinander. Sie wollte rufen, um Hilfe schreien. Aber was, wenn das ihre Mutter war? Wenn Timo einfach blind durch die Tür schoss?

Es klingelte noch einmal. Dann ein Klopfen. »Frau Rieker? Hier ist Marbacher. Einer der Polizisten, die für Ihre Überwachung abgestellt sind. Machen Sie bitte auf. Wir müssten da mal ... Ihre Toilette benutzen.«

»Einen Moment, bitte«, rief Anke, ohne zu überlegen. Mit den Beamten vor der Tür würde er nicht schießen. Ganz bestimmt nicht.

Timo fuhr herum und starrte sie entgeistert an.

»Willst du unbedingt sterben?«, knurrte er.

»Die werden nicht einfach verschwinden«, entgegnete sie. Plötzlich war sie innerlich ganz ruhig. Sie musste alles auf diese eine Karte setzen. »Wenn du Lina willst, dann lass mich aufmachen. Sonst glauben sie, dass etwas nicht stimmt, und dann wimmelt es hier in ein paar Minuten nur so von Polizei. Wenn ich ihnen weismache, dass alles in Ordnung ist, gehen sie wieder und du kannst nach Lina suchen.«

Timo schwieg. Es arbeitete sichtlich in ihm. Schließlich nickte er und stand auf. »Schick sie weg. Wimmel sie ab, wie du letztens die beiden Bullen abgewimmelt hast, als sie dir die Wahrheit über deinen Mann gesagt haben.« Er zog sie auf die Füße. Mit dem Ärmel wischte er ihr das Blut aus dem Gesicht. Der Schmerz ihrer gebrochenen Nase trieb ihr die Tränen in die Augen. Als er fertig war, packte er Henri am Arm. Mit der einen Hand hielt er ihm den Mund zu, mit der anderen presste er ihm die Waffe an die Schläfe. »Nur, damit du nicht auf dumme Gedanken kommst. Ich hab nichts zu verlieren.«

Anke nickte. Sie atmete tief durch und trat an die Tür.

Schnell, lass dir was einfallen!, kreischte eine Stimme in ihrem Kopf. Irgendwie musste sie die Beamten darauf aufmerksam machen, dass sie in Schwierigkeiten steckte. Sie öffnete die Tür.

»Oh, na endlich«, sagte der Größere von beiden und drängte sich an ihr vorbei in Richtung Gästebad.

Der andere lehnte sich zur Seite, um hinter ihr in den Flur zu schauen. »Tut mir leid, haben wir Sie bei irgendwas gestört?«, fragte er.

Dann explodierte sein Gesicht. Nur den Bruchteil einer Sekunde später erklang der dazugehörige Knall. Er stammte aus der Waffe in Timos Hand.

In Ankes Ohren dröhnte der Schuss. Trotzdem hörte sie dumpf das Weinen ihres Sohnes. Nein, das war kein Weinen, er kreischte vor Todesangst.

Der Mutterinstinkt ließ Anke losstürmen. Die Tür zum Gästebad flog auf, der zweite Polizist stürzte heraus.

Sofort richtete sich der Lauf der Waffe auf Henris Kopf.

»Keinen Schritt weiter«, drohte Timo.

Anke erstarrte in der Bewegung.

»Wir beide verlassen jetzt in aller Ruhe das Haus. Ein kleiner Ausflug unter Männern, nicht wahr, Henri?« Die Hand, die Ankes Sohn umklammert hielt, rüttelte ihn durch.

Im nächsten Moment war Timo bei der Tür. Anke konnte sich nicht rühren. Erst als er draußen die Steintreppen erreichte, setzte sie ihm hinterher. Der Polizist hielt sie zurück.

»Nicht«, beschwor er sie. »Provozieren Sie ihn nicht, dann hat Ihr Sohn bessere Chancen, lebend da herauszukommen.«

Die Worte hallten in Ankes Kopf nach. Leben. Nur eine Chance darauf. Ihr kleiner Sohn, der erst sechs Jahre alt war. Das war zu viel für sie. Ihre Knie gaben nach und der Polizist konnte sie gerade noch stützen, bevor ihre Kräfte sie verließen und sie ohnmächtig wurde.

45

KAPITEL

Verborgen hinter einem Busch hatte Lina gewartet, bis Timos Wagen verschwunden war. Das war knapp gewesen, verdammt knapp. Hätte sie nur ein wenig länger gebraucht, sich durch die Bretterwand zu kämpfen, wäre sie ihm direkt in die Arme gelaufen. Nachdem er sie gestern in diesem beschissenen Raum eingesperrt hatte, war ihm alles zuzutrauen.

Als die Rücklichter zwischen den Bäumen verschwanden, wagte sie sich aus ihrem Versteck. Wie sollte sie jetzt von hier wegkommen? Sie hatte keine Ahnung, wo sie war, denn es war dunkel gewesen, als Timo sie hergebracht hatte. Der Schotterweg führte sicher zu einer Straße, aber es war riskant, den zu nehmen. Was, wenn Timo wieder zurückkam und sie entdeckte?

Scheiß drauf, dachte sie. Es blieb ihr gar nichts anderes übrig, wenn sie sich nicht im Wald verlaufen wollte. Aber was dann? Ein Auto anhalten? Trampen war gefährlich, das wusste jedes Kind, doch irgendwie musste sie in die Stadt kommen. Vielleicht könnte der Fahrer auch einfach die Polizei rufen.

Der Gedanke, den Beamten alles zu gestehen, machte

ihr plötzlich Angst. Was, wenn Timo recht hatte, und die sie direkt verhafteten? Sie war doch keine Mörderin und gehörte nicht ins Gefängnis. Vielleicht war es besser, vorher mit einem Anwalt zu reden. Aber sie kannte keinen. Man konnte doch nicht in eine x-beliebige Kanzlei stolpern und dort nach Hilfe fragen. Sie hatte ja nicht mal Geld, wovon sollte sie den bezahlen? Zudem war sie minderjährig. Wahrscheinlich würde man sie wegschicken und sich selbst überlassen.

Zu ihrer Mutter konnte sie auch nicht. Wie sollte sie ihr denn ins Gesicht sagen, dass sie schuld am Tod ihres Adoptivvaters war? Danach konnte sie wohl kaum erwarten, noch Hilfe von ihr zu bekommen. Lina hatte ihr nie erzählt, was Benjamin ihr angetan hatte. Sie hätte so viel zu erklären, das war jetzt einfach nicht der richtige Zeitpunkt dafür.

Silas fiel ihr ein. Der hatte ihr doch gesagt, dass er als Jugendlicher viel Mist gebaut und deshalb öfter mit der Polizei zu tun gehabt hatte. Bestimmt wusste der, was zu tun war. Bevor sie etwas überstürzte und in ihr Unglück rannte, würde sie zu ihm gehen und ihn um Rat fragen. Außerdem war sie ihm eine Erklärung schuldig, warum sie so plötzlich verschwunden war.

Um sicherzugehen, dass Timo nicht doch zurückkam, wartete sie noch ein wenig bei der Hütte, dann rannte sie den Schotterweg entlang. Tatsächlich stieß sie kurze Zeit später auf eine Schnellstraße, stellte sich auf den Seitenstreifen und winkte den vorbeifahrenden Autos. Es dauerte eine ganze Weile, bis endlich jemand anhielt und sie einsteigen ließ.

Zu ihrer Beruhigung war es eine junge Frau mit einem Kindersitz auf der Rückbank. So sahen keine Mörder aus, da war sie sicher.

»Wohin kann ich dich denn mitnehmen?«, fragte sie

freundlich und Lina erklärte ihr, dass sie in die Innenstadt in die Nähe der Konstablerwache wollte.

»Was hast du da draußen denn gemacht?«, wollte die Frau wissen, nachdem sie schon ein paar Minuten gefahren waren.

»Warum?«, gab Lina argwöhnisch zurück. Sie brauchte nur eine Mitfahrgelegenheit und wollte nicht ausgehorcht werden. Außerdem hatte sie sich nach der aufreibenden Nacht gerade ein bisschen entspannt. Ihre eiskalten Glieder tauten in der Wärme des Autos endlich auf und sie wäre fast eingeschlafen.

»Kommt nicht alle Tage vor, dass man mitten im Wald ein Mädchen einsammelt, das nicht mal eine Jacke trägt. Jedenfalls nicht im Januar.« Die Frau schaute kurz zu ihr rüber und lächelte.

»Aso, das. Ja, ich hab mich mit meinem Freund gestritten und hatte keinen Bock mehr, mit ihm weiterzufahren«, erklärte Lina schnell. Das würde hoffentlich als Erklärung ausreichen und dafür sorgen, dass die Frau nicht weiter nachbohrte. Tat sie aber doch.

Sie griff Linas Hand, die vom Ausbruch aus der Hütte deutliche Blessuren davongetragen hatte, und hob sie in ihr Sichtfeld. »War ein heftiger Streit, oder? Soll ich dich zur Polizei fahren?«

Mit einem Ruck entzog Lina ihr den Arm. »Nein, danke. Es ist alles in Ordnung. Ich will einfach nur in die Stadt, nach Hause, okay?«

»Schon gut, schon gut.« Die Frau umfasste wieder das Lenkrad. »Wie alt bist du? Wohnst du noch bei deinen Eltern?«

So langsam reichte es Lina. War das ein Verhör, oder was? Warum wollte die das alles wissen? Es ging sie einen Scheiß an. Nur weil sie so nett war und angehalten hatte, war Lina ihr doch nicht ihre Lebensgeschichte schuldig.

»Neunzehn. Und jetzt würde ich bitte einfach nur gern in die Stadt. Der Stress mit meinem Freund hat mir ganz schön zugesetzt, okay?«

»Alles klar, kein Ding«, sagte die Frau.

Den Rest der Fahrt schwiegen sie. Immer wieder bemerkte Lina, wie ihr die Fahrerin verstohlene Blicke zuwarf. Von Silas wusste sie, dass man ein Foto von ihr in der Hessenschau gezeigt hatte. Hatte die Frau sie erkannt und deshalb diese seltsamen Fragen gestellt? Wahrscheinlich verpetzte sie Lina gleich bei der Polizei, sobald sie ausgestiegen war. Dämliche Kuh. Sollte sie doch. Die Bullen konnten sich an der Konsti dumm und dämlich nach ihr suchen, wenn sie erst mal bei Silas war.

Die zehn Minuten, bis sie endlich die Innenstadt erreicht hatten, vergingen quälend langsam. Lina bedankte sich noch einmal bei der Frau, dann sprang sie aus dem Wagen, wartete, bis sie davongefahren war und rannte durch die Seitenstraße am ehemaligen Gefängnis vorbei. Hoffentlich war Silas überhaupt zu Hause. Sie war in dem Auto gerade erst wieder aufgetaut und hatte keine Lust, stundenlang in der Kälte zu warten, bis er zurückkam.

Das blieb ihr erspart, denn auf ihr Klingeln hin öffnete er sofort. Allerdings wirkte er alles andere als begeistert, sie vor seiner Tür zu sehen.

»Bist du komplett geisteskrank, hier einfach so aufzutauchen?«, fuhr er sie an.

»Ich ... ich brauche deine Hilfe.« Sie war völlig perplex von dieser Begrüßung. War das nicht etwas übertrieben dafür, dass sie ohne eine Nachricht zu hinterlassen verschwunden war? »Bitte, kann ich reinkommen?«

»Nein«, schmetterte er ihr entgegen. Zur Verdeutlichung, dass sie bei ihm unerwünscht war, drückte er die Tür ein Stück zu. »Beim letzten Mal, als ich dir geholfen habe, hat mir das beinahe einen Scheißärger mit den Bullen eingehandelt. Sieh zu, dass du jemand anderen in deinen Irrsinn reinziehst.«

Lina kapierte nicht, was in Silas gefahren war und versuchte, sich seine Reaktion zu erklären. Hatte die Polizei wirklich herausgefunden, dass sie ihren Adoptivvater in seiner Wohnung niedergeschlagen hatte, und Silas verdächtigt? Aber wie sollte das funktionieren? Timo hatte ihn doch ins Krankenhaus gebracht und ihnen die Geschichte von einem Streit mit Unbekannten auf der Straße aufgetischt. Oder hatte die Polizei ihn befragt, weil sie für ein paar Nächte bei ihm gepennt hatte? Sie war minderjährig und er über zwanzig, so genau wusste sie sein Alter nicht. Bestimmt reichte das schon, um Ärger zu bekommen. Aber das war jetzt nebensächlich.

»Bitte, Silas. Mein Adoptivvater ... ihm ist was zugestoßen und ich ...«

Silas lachte bitter auf. »Was zugestoßen, das hast du ja nett formuliert. Umgebracht hast du ihn und in Stücke zerhackt.«

In ihrem Kopf drehte sich alles. Obwohl sie gehört hatte, was Silas gesagt hatte, wollte sich ihr die Bedeutung seiner Worte nicht erschließen. Benjamin war nicht im Krankenhaus seiner Kopfverletzung erlegen? »Was redest du da? Wie soll das funktionieren?«

»Von mir aus mit deinem leiblichen Vater zusammen. Ist mir egal. Ich will damit jedenfalls nichts mehr zu tun haben, weil am Ende hänge ich da mit drin.« Er wollte die Tür zuwerfen, aber Linas Fuß schnellte nach vorn in die Lücke, sodass das Türblatt einfach wieder aufschwang. Silas hatte sich schon umgedreht und schaute sie wütend über die Schulter an.

»Was ist mit meinem Adoptivvater passiert?«, fragte sie entgeistert.

»Noch mal für dich zum Mitschreiben: Zerhackt, Arme

und Beine abgetrennt, den Kopf nicht zu vergessen, in Plastiktüten verpackt und in den Main geworfen hat man ihn.« Er seufzte. »Erzähl mir nicht, du hättest das nicht mitbekommen.« Und dann berichtete er ihr, was in den letzten paar Tagen vorgefallen war, während sie von Timo in der Jagdhütte versteckt gehalten worden war.

Fassungslos hörte Lina ihm zu. »Nein«, stieß sie hervor, als er geendet hatte, obwohl sie ahnte, dass er sie nicht anlog. Die Erkenntnis riss ihr den Boden unter den Füßen weg. Deshalb hatte Timo unbedingt verhindern wollen, dass sie zur Polizei ging. Er war ein verdammter Mörder, ein kranker Irrer!

46

KAPITEL

Für ein paar Sekunden fühlte sich Timo, als müsste er sich auf die Frontscheibe übergeben. Die Erschütterung der Reifen auf dem Asphalt, die parkenden Autos, die an dem Seitenfenster vorbeizogen, das war zu viel für seinen Körper, der unter Stress stand. Dann war der Moment vorbei und er hatte seinen Magen wieder im Griff. Quasi im Blindflug steuerte er den Wagen durch die Straßen. Anstatt sich auf den Verkehr zu konzentrieren, verlor er sich in den Gedanken, die sich in seinem Kopf überschlugen. Der Schuss dröhnte noch immer in seinen Ohren.

Nur einen Moment hatte er die Kontrolle verloren und damit endgültig alles vergeigt. Unmöglich konnte er behaupten, dass es sich nur um einen Unfall gehandelt hatte. Als Jäger wusste er, wie man mit einer Waffe umzugehen hatte. Es würde ihm nicht passieren, dass sich aus Versehen ein Schuss löste, das wüsste auch die Polizei.

Dabei hatte er den Kerl tatsächlich gar nicht töten wollen. Die Pistole in seiner Hand hatte sich wie automatisch gehoben und auf ihn gerichtet. Anke hätte die beiden Beamten wegschicken sollen, aber sie hatte nicht auf ihn gehört und da war er durchgedreht. Nun klebten Blut und

Gehirnmasse des Mannes in seinem Gesicht, seinen Haaren, auf seiner Kleidung. Notdürftig hatte er sich nach dem Einsteigen sauber gemacht, doch der metallische Geschmack war noch immer in seinem Mund. Vermutlich würde er nie wieder weggehen.

Was sollte er jetzt tun? Das Leben, das er sich gemeinsam mit Lina ausgemalt hatte, so einfach sein lassen? Das kam nicht infrage, nicht nach all den Anstrengungen, die er die letzten Tage unternommen hatte. Er hatte alles riskiert, um mit seiner Tochter zusammen sein zu können – und verloren. Doch er war nicht bereit, aufzugeben. Er musste Lina nur finden, dann würde er mit ihr fliehen. Bisher war er der Polizei immer einen Schritt voraus gewesen, warum sollte das nicht weiterhin funktionieren?

Er war davon überzeugt, dass auch Lina ihre gemeinsame Zukunft noch nicht abgeschrieben hatte. Die beiden Beamten bei Anke hatten keine Ahnung gehabt, dass er der Mann war, den alle suchten. Andernfalls hätten sie nicht einfach wie zwei Vollidioten an der Tür geklingelt, um aufs Klo zu gehen, sondern ein Sondereinsatzkommando geschickt, um ihn zu verhaften. Nein, Lina war nicht aus der Hütte ausgebrochen, um bei der Polizei alles zu gestehen. Wahrscheinlich hatte sie in dem Raum Panik bekommen und war dann kopflos aus dem Wald geflüchtet. Aber wo zum Henker steckte sie?

Timo überlegte, was er an ihrer Stelle tun würde. Nach Hause war sie nicht gegangen und auch nicht zur Polizei. Sie fror bestimmt, war durcheinander und ausgehungert, schließlich hatte sie seit gestern nichts mehr gegessen. Sicher hatte sie Hilfe bei ihren Freunden gesucht. Er musste sie nur finden und alles würde gut werden.

Hinter ihm polterte es. Das Getöse, das Henri im Kofferraum veranstaltete, war seiner Konzentration nicht gerade zuträglich. Seit sie losgefahren waren, brüllte er wie am Spieß und trampelte gegen die Innenverkleidung.

»Halts Maul«, schrie er und stieg in die Eisen, sodass ihm der Fahrer des Wagens hinter ihm beinahe auffuhr. Henri rumpelte gegen die Rücksitze und verstummte. Ziel erreicht. Endlich Ruhe.

Wo war er stehen geblieben? Lina, die sich zu ihren Freunden geflüchtet hatte. Dummerweise hatte er keine Adresse, die er ansteuern konnte. Nur von einer Person wusste er, wo sie wohnte. Bei dem Türsteher würde er zuerst nachsehen und sich dann überlegen, wie es weitergehen sollte, wenn er sie dort nicht fand. Zuvor musste er sich aber des kleinen Scheißers in seinem Kofferraum entledigen. Viel länger würde er das Geheule nicht ertragen, ohne durchzudrehen.

47

KAPITEL

Trotz des Nieselregens jagte Thomas den BMW mit hundertdreißig über die B3 zurück in Richtung Stadt. Das Blaulicht auf dem Dach spiegelte sich auf der nassen Straße. Fabian wunderte sich, dass der Wagen trotz der Straßenverhältnisse bei der Geschwindigkeit die Bodenhaftung nicht verlor.

Hin und wieder gab Thomas Kommentare über die anderen Autofahrer von sich, die Fabian aber weitgehend ausblendete. Stattdessen konzentrierte er sich auf das Display seines Handys, obwohl es ihm als Beifahrer normalerweise schwerfiel, die Umgebung aus dem Blick zu lassen. Über das interne Kommunikationstool bekam er von der Technik minütlich Updates zum Standort von Hörnikes Mobiltelefon geschickt. Sofern der sein Handy nicht irgendwo aus dem Fenster geworfen hatte, waren sie ihm dicht auf den Fersen.

Sie und eine Einheit des Spezialeinsatzkommandos, das Fabian vor fünf Minuten angewiesen hatte, sich bereit zu machen. Den Einsatzleiter Hagen Glaser hatte er in der Leitung, um den Zugriff zu koordinieren.

Sein Handy piepte. »Er hat gerade die Funkzelle vom

Hauptfriedhof in Richtung Süden verlassen«, gab Fabian die Information an den Kollegen Glaser weiter.

»Meine Männer steigen jeden Moment ins Auto. Aktuell dürften wir zwanzig Minuten brauchen, bis wir bei ihm sind. Je nachdem natürlich, wo er hinfährt.«

Fabian schaute zu Thomas rüber.

»Sofern er in Richtung Süden bleibt, haben wir ihn in zehn«, sagte der laut genug, dass Glaser es hörte.

»Gut, ich bleibe in der Leitung.«

»Was hast du vor?«, murmelte Fabian. Wenn Hörnike einen Fluchtweg über die Autobahn anpeilen würde, hätte er längst über die Friedbergerlandstraße die A661 erreichen können. Was zur Hölle wollte er noch in der Stadt? Ihm musste doch klar sein, dass jeder verfügbare Beamte dort nach ihm suchen würde.

Ein Horrorszenario baute sich vor Fabians innerem Auge auf. Ein völlig wahnsinniger Täter, der nichts mehr zu verlieren hatte und einfach nur ein Blutbad anrichten wollte. Hörnike hatte Schusswaffen bei sich, mindestens eine. Registriert auf seinen Namen waren zwei Kurzwaffen sowie vier Gewehre. Nachdem er dem Beamten bei Anke Rieker ohne Skrupel den Kopf weggeschossen hatte, war ihm alles zuzutrauen. Sie mussten mit allen Mitteln verhindern, dass ihm weitere unschuldige Menschen zum Opfer fielen.

Bei dem Gedanken daran, was dieser Irre womöglich mit dem Sohn der Riekers anstellen würde, wurde ihm kotzübel. Der kleine Junge musste Todesangst haben, vor allem, nachdem er mit eigenen Augen sehen musste, wie ein Polizist in seinem Haus erschossen wurde. Hoffentlich schafften sie es, das Kind lebend aus seinen Fängen zu retten.

Fabian merkte, dass der Wagen langsamer wurde. Sie hatten den Stadtrand erreicht und der Verkehr verdichtete sich. Zum Glück schienen alle Fahrer vor ihnen aufmerksam genug zu sein, sodass sich schnell eine Rettungsgasse bildete. Der BMW pflügte hindurch.

»Alles klar, danke für die Info.« Thomas warf sein Handy in die Mittelkonsole.

Fabian hatte nicht mal mitbekommen, dass er telefonierte, so sehr war er in Gedanken gewesen. »Fahr nicht so dicht auf!« Er bedeutete Thomas, seinen Blick wieder auf die Straße zu richten.

»Das war die Zentrale. Lina Rieker ist aufgetaucht«, sagte Thomas.

»Nicht dein Ernst. Wo ist sie? Bei der Mutter?«

Thomas schüttelte den Kopf, während er auf die Hupe drückte, da ein Fiat Punto vor ihnen wohl nicht mitbekommen hatte, dass die Polizei vorbeiwollte. Erschrocken sah sich der Fahrer um, ein älterer Herr, und wich dann panisch auf die Gegenfahrbahn aus, wo ihm glücklicherweise niemand entgegenkam.

»Innenstadt. Es hat sich eben eine Frau gemeldet, die sie wohl auf Höhe der Heiligkreuzgasse rausgelassen hat. Vor gut einer Dreiviertelstunde hätte sie eine Anhalterin an der B3 im Stadtwald mitgenommen. Sah ihren Angaben nach ziemlich verlottert aus, leichte Verletzungen an den Händen. Angeblich von einem Streit mit ihrem Freund. Die Anruferin war aber überzeugt davon, dass es sich dabei um Lina handelte.«

»Warum hat sie sie nicht einfach bei der nächsten Wache abgesetzt?« Erneut meldete sich Fabians Handy. Der nächste Standort. »Mist«, fluchte er. »Hörnike ist jetzt in einer Funkzelle südlich des Mains. Wo genau sagst du, hat die Zeugin die Anhalterin rausgeschmissen?«

»Im Endeffekt an der Konsti.«

Fabian musste, um zu mutmaßen, was Linas Ziel war, nicht lang überlegen. Marinescu. Aber wie konnte es sein, dass Hörnike anscheinend ebenfalls auf dem Weg dorthin war? Waren am Ende alle drei an dem Mord an Benjamin Rieker beteiligt gewesen und Lina hatte ihn informiert, wo sie sich aufhielt? Er schüttelte den Kopf. Der Kollege des erschossenen Beamten hatte angegeben, dass Hörnike bei Anke Rieker nach seiner Tochter gesucht hatte. In dem Fall bedeutete das wohl eher, dass auch das Mädchen in Gefahr war.

»Wie lange braucht ihr, bis ihr am Justizzentrum seid?«, wollte Fabian von Glaser wissen.

Der besprach sich kurz mit dem Fahrer des Einsatzfahrzeuges. »Zwanzig Minuten etwa.«

Er wiederholte die Angabe für Thomas.

»Wir sind ungefähr zehn Minuten entfernt«, sagte Thomas so laut, dass Glaser es gehört hatte.

»Mach besser fünf draus«, sagte Fabian, dessen ungutes Gefühl anwuchs.

48

KAPITEL

Beeindruckt starrte Timo den Kerl an, der sich vor ihm in dem Türspalt aufbaute. Er hatte gewusst, dass er Türsteher war und bei einem Wachdienst arbeitete, aber so einen Gorilla hatte er dann doch nicht erwartet. Um bestimmt anderthalb Köpfe überragte er Timo und sein Kreuz war so breit, dass er ihm fast vollständig den Blick ins Innere der Wohnung versperrte.

»Was gibt's?«, brummte der Typ missmutig.

»Würden Sie mich bitte zu meiner Tochter lassen«, sagte Timo um einen freundlichen Ton bemüht und versuchte, an ihm vorbeizuspähen. Die Waffe hielt er hinter seinem Rücken fest umklammert. »Lina, bist du hier? Wir müssen reden!«

Der Kerl legte eine Hand auf seine Schulter und schob ihn zurück, sodass Timo an der Kante der Treppe landete. »Sieh zu, dass du dich verpisst, aber ganz schnell.«

Timo schluckte seinen Ärger über die aufgeblasene Art seines Gegenübers herunter. Es brachte nichts, sich jetzt auch noch mit diesem Hünen anzulegen, das würde ihn zu viel Zeit kosten. Sie mussten verschwinden, bevor ganz Frankfurt mit Straßensperren ausgestattet war, um ihn, den

Polizistenmörder zu schnappen. »Hören Sie auf, sich einzumischen. Lina ist alt genug, um selbst entscheiden zu können, ob sie mit mir reden will.«

»Wie wär's, wenn du aufhören würdest, mir in meiner eigenen Wohnung Vorschriften machen zu wollen? Setz dich in deine Bonzenkarre und sieh zu, dass du dich verpisst, bevor ich ungemütlich werde.«

»Ich will sofort meine Tochter sehen«, brüllte Timo ihn an. Mit seiner Selbstbeherrschung war es dahin.

»Und ich will gern *Fortnite*-Profi sein«, entgegnete der Mann achselzuckend. »Man bekommt eben nicht immer das, was man sich wünscht.«

Hasserfüllt starrte Timo dem Gorilla ins Gesicht. Was war das für ein altkluger Spruch von dieser Hohlbirne? Das musste er sich nicht bieten lassen, schließlich war er derjenige, der hier die Knarre hatte. Er hatte die Sache friedlich zu Ende bringen wollen, aber dieser Scheißkerl versuchte, ihn von seiner Tochter fernzuhalten, und dafür würde er bezahlen. Ein Schuss würde aber die Nachbarn auf den Plan rufen und ein Polizeiaufgebot vor der Tür würde alles nur verkomplizieren. Hinter seinem Rücken drehte er die Waffe in seiner Hand und umfasste den Lauf fest. Mit einer schnellen Bewegung ließ er ihn nach vorn schnellen und knallte ihn gegen die Schläfe des Gorillas.

»Fuck«, brüllte der und griff sich an die Stelle, an der die Haut aufgeplatzt war. Hinter ihm hörte er, wie Lina erschrocken aufschrie.

»Lass ihn in Ruhe«, kreischte sie ihn an.

Timo ließ sich nicht beirren und schlug erneut zu, ehe der Hüne wusste, wie ihm geschah. Der Kerl taumelte nach hinten und Timo hieb ihm ein drittes Mal den Lauf gegen den Kopf. Endlich ging er zu Boden.

Aus dem Augenwinkel nahm er wahr, wie Lina vor ihm

weg ins Schlafzimmer rannte. Kurz darauf tauchte sie mit dem Baseballschläger in der Hand im Türrahmen auf.

»Jetzt hör aber auf«, sagte er tadelnd. »Das mag vielleicht bei Benjamin funktioniert haben, aber doch nicht bei mir.« Er wog die Waffe in seiner Hand. Eigentlich wollte er seine Tochter nicht mit Gewalt dazu bringen, in sein Auto zu steigen, aber zur Not würde er auch das tun. Mit etwas Abstand zu den Ereignissen würde sie ihm das schon verzeihen. Sie würde einsehen, dass er das alles nur aus Liebe zu ihr getan hatte. So wie er auch Monja geliebt hatte.

Als sie ihm damals von ihrer Schwangerschaft berichtete, war er zunächst schockiert gewesen. Aber dann sah er die Chance, sich mit Monja ein gemeinsames Leben aufzubauen, weg von ihrer fürchterlichen Familie, die sie in die Drogensucht getrieben hatte. Mit jedem Zentimeter, den seine Tochter im Bauch heranwuchs, freute er sich mehr auf die gemeinsame Zukunft. Bis er irgendwann nichts mehr von Monja hörte. Als der von den Ärzten errechnete Geburtstermin immer näher rückte und er sie immer noch nicht erreichte, wandte er sich an ihre Schwester, die ihm die schockierende Nachricht überbrachte. Monja war tot und das Kind, seine Tochter, bei wildfremden Menschen untergebracht.

»Hau ab! Ich will dich nicht sehen«, sagte Lina, doch ihr weinerlicher Tonfall verriet ihm, dass sie es nicht so meinte. Der Türsteher musste ihr einen Floh ins Ohr gesetzt haben.

»Leg das Ding weg und komm her, damit wir loskönnen. Nach Kroatien, wie wir es besprochen haben. Es hat sich nichts geändert.« Zum Beweis, dass er ihr nicht böse war, hob er den Lauf in Richtung Decke und hielt ihr die andere Hand hin.

»Du bist ein Monster! Schau nur, was du getan hast«, fauchte sie ihn an. Ihr Blick huschte zu dem Türsteher, der hinter ihm auf dem Boden lag wie ein Berg schmutziger Wäsche. »Ein Irrer. Verpiss dich und lass mich in Ruhe!«

Die angsterfüllten Augen von Lina ließen Timo einen Moment zögern. Seine Tochter hielt ihn für einen Unmenschen! Ihn, der immer nur versucht hatte, das Beste aus der Misere zu machen, in der sie sich wegen ihr befanden. Weil sie so leichtsinnig gewesen war, ihrer dämlichen Freundin, die ihr Maul nicht halten konnte, ihr Versteck zu verraten. Weil sie nicht einfach in der Wohnung geblieben war, wie er es ihr geraten hatte, sondern sich draußen rumgetrieben hatte, sodass Benjamin sie vor der Tür erwischen konnte. Weil sie ihn niedergeschlagen hatte, wobei das nur eine logische Folge ihres vorigen Fehlverhaltens gewesen war.

Und jetzt, nachdem er seit Wochen versucht hatte, ihre Patzer bestmöglich wieder auszubügeln, stellte sie ihn als den Bösen in der Geschichte dar? Was war sie nur für ein undankbares Miststück! Timo richtete den Lauf auf sie. Sein Finger krümmte sich um den Abzug. Dieses kleine Biest hatte ihn die längste Zeit ausgenutzt!

49

KAPITEL

Tatsächlich rumpelte der BMW sieben Minuten später auf den viel zu hohen Bürgersteig vor dem *Na und.* Dem Geräusch nach zu urteilen, dürfte das Einparkmanöver die Felge geschrottet haben. Egal, Peitsch würde die Zusatzausgabe verkraften.

Mit der Hand an der Waffe sprang Fabian aus dem Auto. In der Einfahrt zum Hinterhof, in dem Marinescus Wohnung lag, stand ein schwarzer SUV. Langsam und vorsichtig näherte Fabian sich dem Wagen.

Eigensicherung geht vor, sagte er sich im Geiste, auch wenn ihm das bei einem Kind in Gefahr besonders schwerfiel. Da er aber bereits Bekanntschaft mit einer Kugel in seinem Körper hatte machen dürfen und er nicht scharf auf eine Wiederholung war, hielt er sich daran, umsichtig vorzugehen.

An der Hausecke angekommen, die den Hinterhof eingrenzte, blieb er stehen und lehnte sich vor, um zu überprüfen, ob jemand in dem SUV saß.

Getönte Heckscheibe. Na super!

Er gab Thomas ein Zeichen, dass der seine Position einnehmen sollte. Als er bei ihm war, sprintete er geduckt hinter dem Heck entlang auf die andere Seite. Von hier aus konnte er ins Wageninnere sehen.

Der Fahrersitz war leer. Hörnike musste schon oben in Marinescus Wohnung sein.

»Wie ist euer Standort?«, fragte er Glaser über das Bluetooth-Headset, das er mit seinem Handy verbunden hatte.

»Etwa sechs Minuten.«

Sechs Minuten. Viel zu lang dafür, dass diese Zeit über Leben und Tod entscheiden konnte. Fabian bedeutete Thomas, dass er die hintere Tür auf seiner Seite öffnen sollte, um nach dem Jungen zu schauen. Währenddessen hielt er die Tür und die Fenster der Wohnung im Blick. Dort war niemand zu sehen.

Er hörte das Klacken der Türverriegelung, dann ein dumpfes Geräusch. Immerhin war der Wagen nicht abgeschlossen.

»Henri, bist du hier? Ich bin von der Polizei«, flüsterte Thomas. »Wir wollen dich nach Hause zu deiner Mama bringen.«

Automatisch lehnte sich Fabian leicht in die Richtung, um mitzubekommen, ob Thomas eine Antwort bekam. In dem Moment nahm er oben am Fenster eine Bewegung wahr. Schneller, als er es realisieren konnte, hatte er seine Waffe gezogen. Marinescu stand dort und schaute ihn direkt an. Ein Nicken war zu erkennen. Nur einen Augenblick später war der Türsteher wieder aus seinem Sichtfeld verschwunden.

Fragend sah er zu Thomas, der den Kopf schüttelte.

»Vielleicht im Kofferraum«, sagte Fabian leise.

»Wenn, dann antwortet er nicht.«

Weil Hörnike ihn womöglich gefesselt und geknebelt hatte, sodass er nicht auf sich aufmerksam machen konnte. *Oder er hat ihn schon erschossen und wir finden nur seine Leiche.*

»Vier Minuten«, kam es aus den Kopfhörern.

Fabian duckte sich hinter den Kofferraum und drückte den Hebel zur Klappe. Im Zeitlupentempo fuhr diese nach oben und gab den Blick auf den Laderaum frei.

Keine Leiche, dafür eine blutverschmierte Männerjacke.

»O nein, das hast du nicht gemacht, du Dreckschwein«, flüsterte Fabian kaum hörbar.

»Wie bitte?«, fragte Glaser in seinem Ohr.

»War nicht an dich gerichtet«, wollte er ihm antworten, doch dazu kam er nicht.

Ein dumpfer Knall hallte über den Hinterhof, laut genug, dass es sich um einen Schuss handeln konnte. Dann noch einer.

»Die Zielperson schießt um sich«, bellte Fabian in sein Headset. Jetzt mussten sie handeln, und zwar schnell. Gleichzeitig mit Thomas stürmte er mit erhobener Waffe aus der Deckung hervor in den Hinterhof. Der Kopfhörer fiel ihm aus dem Ohr.

Egal, dafür war keine Zeit. Sie konnten nicht länger auf die Männer des Sondereinsatzkommandos warten.

»Du gibst mir Deckung, ich geh hoch«, sagte Fabian und stürmte auf die Stahltreppe zu. Hoffentlich schaute Hörnike nicht ausgerechnet jetzt aus dem Fenster.

Auf halber Höhe flog die Tür auf. Sofort legte Fabian die Waffe an und zielte. Die Person, die ihm entgegenkam, war nicht Hörnike.

Stattdessen taumelte ihm Marinescu entgegen. Der Türsteher war leichenblass. Erst auf den zweiten Blick sah Fabian, dass sein T-Shirt vorn voller Blut war.

»Zur Seite«, brüllte er ihm zu. Der breite Mann versperrte die Sicht fast vollständig. Noch drei Stufen.

Marinescu befolgte seine Anweisung, indem er ins

Schwanken geriet und sich gegen das Geländer fallen ließ. Hinter ihm kam Hörnike in Fabians Blickfeld.

Die Waffe in seiner Hand war genau auf Fabians Kopf gerichtet.

Bevor sein Finger den Abzug drücken konnte, erschütterte ein ohrenbetäubender Knall die Umgebung und hallte von den Hauswänden wider.

Entsetzt schaute Fabian an sich herab. Er war zu langsam gewesen, Hörnike hatte zuerst geschossen. Er wartete auf den Schmerz, doch der kam nicht.

Stattdessen sackte Hörnike vor ihm zusammen. Mit dem Gesicht voran fiel er die Treppe herunter und landete direkt vor seinen Füßen.

EPILOG

Fabian hasste Krankenhäuser. Sie waren sein Endgegner, und das nicht erst, seitdem er mit einer Kugel im Bauch einige Tage auf der Station hatte verbringen müssen. Für ihn waren sie untrennbar mit Leid und Tod verbunden, was sich auch nicht geändert hatte, nachdem er mit Josi die Geburtsstation besichtigt hatte, auf der sie ihr Kind zur Welt bringen würde. Hoffentlich musste sie nach der Geburt nicht allzu lang hier verbringen und er auch nicht, denn wenn nicht gerade eine neue Coronawelle ausbrach, würde er für die ersten Nächte ein Bett in ihrem Zimmer bekommen.

»Ein starkes Stück«, sagte Helga und stopfte sich eine Gabel Schwarzwälder Kirschtorte in den Mund.

Gemeinsam mit Thomas saßen sie im Besucherraum der Station für innere Medizin, um ihr über ihren Ermittlungserfolg zu berichten. Wenn man das bei diesem Ausgang denn überhaupt als Erfolg bezeichnen konnte. Der Täter war zwar gefasst, aber er hatte einen Polizisten getötet und eine ganze Familie für ihr Leben traumatisiert.

»Da bin ich einmal nicht dabei und ihr habt so richtig

Action, anstatt hinter dem Schreibtisch über Aktenbergen zu versauern. Das macht ihr doch mit Absicht!«

»Glaub mir, auf diese Art von Aufregung hätte ich liebend gern verzichtet.« Fabian griff sich unwillkürlich an die Schläfe. Die bangen Sekunden, in denen er geglaubt hatte, der finale Schuss wäre aus Hörnikes Waffe gekommen, hatten sich wie eine Ewigkeit angefühlt. Es war verdammt knapp gewesen, doch glücklicherweise hatte Thomas den Abzug schneller gedrückt und Fabian damit das Leben gerettet.

»Wie steht es um Marinescu?«, fragte Helga. »Wird er durchkommen?«

»Der Muskelprotz ist ein zähes Kerlchen«, erklärte Thomas. »Wir konnten sogar schon seine Aussage aufnehmen. Im Grunde genommen haben wir es ihm zu verdanken, dass Hörnike nicht noch mehr Tote hinterlassen hat. Der Psycho wollte allen Ernstes seine eigene Tochter erschießen. Und das, nachdem er wegen ihr überhaupt zum Mörder wurde. Zum Glück ist unser Muskelprotz rechtzeitig zu sich gekommen und hat sich trotz Gehirnerschütterung dazwischengeworfen.«

Helga legte ihre Gabel neben den Teller, obwohl sie nicht mal die Hälfte ihres Stückes aufgegessen hatte. »Und das bei dem Dickschädel. Wie hat er sich die denn zugezogen?«

»Hörnike hat ihn niedergeschlagen, weil Marinescu ihn nicht zu Lina vorlassen wollte. Die hatte verständlicherweise keine große Lust mehr darauf, mit ihrem Vater nach Kroatien zu fliehen, nachdem sie erfahren hat, dass er ihren Adoptivvater in seine Einzelteile zerlegt hat.« Fabian zweifelte nicht an Linas Aussage, dass Hörnike sie im Dunkeln darüber gelassen hatte, was er wirklich mit Benjamin Rieker angestellt hatte. »Beim anschließenden Kampf zwischen den beiden Männern hatte Hörnike mit seiner Pistole allerdings die besseren Karten und der Rest ist Geschichte. Isst du das nicht mehr?«, fragte er mit Blick auf Helgas Kuchen. Die Extraration Zucker hatte er sich nach den letzten Tagen verdient.

Sie schüttelte den Kopf und schob ihm den Teller hin. »Nur damit ich das alles richtig verstehe: Nachdem Lina von ihrem Adoptivvater angegriffen und beinahe erdrosselt wurde, hat sie ihn niedergeschlagen und im Anschluss bei Hörnike angerufen. Klar, sie war nachvollziehbarerweise mit dem bewusstlosen Kerl zu ihren Füßen überfordert. So weit richtig?«

»Das ist ihre Version der Geschichte«, bestätigte Thomas, während Fabian sich um das Vernichten der Torte kümmerte.

»Der hat ihr dann zugesichert, er würde den Verletzten ins Krankenhaus bringen und den Ärzten sowie der Polizei ein Märchen von einer Straßenschlägerei auftischen. Hat er denn wirklich geglaubt, dass Rieker nicht mehr zu Bewusstsein kommt und falls doch, dass er sich an nichts erinnern kann?« Helga schüttelte ungläubig den Kopf.

»Wahrscheinlich war es von Anfang an sein Plan gewesen, den Adoptivvater umzubringen und die Leiche zu entsorgen. Aus Rache dafür, was der seiner Tochter angetan hatte. Er hat Lina diese Story nur aufgetischt, damit sie sich nicht von ihm abwendet. Im Gegensatz zu ihm wollte sie nämlich tatsächlich nicht, dass Rieker stirbt. Sie hatte sich nur verteidigt«, sagte Fabian. Auch diese Angabe klang für ihn plausibel. Das Mädchen hatte bei seiner Befragung nicht wie eine irre Mörderin gewirkt, sondern ehrlich erschüttert über die Ereignisse. Zudem bestätigte die Analyse der Blutspuren an Marinescus Sofa und dem Baseballschläger, dass sie verletzt gewesen war, was ihre Version der Geschehnisse untrmauerte.

»Im Anschluss an die Tat sollte Lina sich mit einem

gefälschten Pass in einen Bus nach Kroatien setzen, wohin Hörnike ihr mit ein paar Tagen Verzögerung folgen wollte. Dann allerdings tauchte Riekers Arm unerwartet früh im Main auf und machte seinen Plan zunichte«, ergänzte Thomas.

»Und wer ist die zweite Leiche, die dieser Obdachlose in seinem Einkaufswagen herumgefahren hat?«, wollte Helga wissen.

»Das müssen wir noch ermitteln. Hörnike weigert sich, mit uns zu sprechen«, sagte Fabian mit unverhohlener Abneigung. Der Kerl hätte ihn beinahe erschossen, somit gönnte er ihm sämtliche Schmerzen, die er gerade, bewacht von drei Beamten, in seinem Krankenzimmer durchleiden musste.

»Schon unglaublich, dass der Kerl alles dransetzt, herauszufinden, wer seine Tochter adoptiert hat, um sich dann in die Familie einzuschleichen und sechzehn Jahre lang so zu tun, als wäre er ein Freund des Adoptivvaters. In Wirklichkeit wollte er die ganze Zeit über seiner Tochter nahe sein.«

Ein älteres Ehepaar betrat den Besucherraum, grüßte freundlich und setzte sich in die andere Ecke des Zimmers.

»Durchgeknallt wohl eher«, sagte Fabian mit gesenkter Stimme, damit die beiden nichts von ihrem Gespräch mitbekamen. »Übrigens genial von dir, wie du drauf gekommen bist, dass er unser Mann ist.« Fabian klopfte Helga auf die Schulter, die stolz den Kopf in die Luft reckte.

»Langeweile kann auch zu etwas gut sein, sie beflügelt die Fantasie«, sagte sie. »Aber Spaß beiseite, im Endeffekt hab ich nur die richtigen Fäden kombiniert. Bei seiner Befragung hat er erzählt, dass er sowohl eine Tochter als auch kurz darauf deren Mutter verloren hat, vor beinahe achtzehn Jahren. Außerdem war auf seinem Computer diese Playlist mit dem Titel *U60* zu sehen, da habe ich einfach eins und eins zusammengezählt. Aber eigentlich lag die Lösung die ganze Zeit vor unserer Nase, wir haben sie nur nicht gesehen. Sowohl Pauline als auch Marinescu haben angedeutet, dass Lina ihren leiblichen Vater am Tag ihres Ausreißens kontaktiert hat und sie von ihm vertröstet wurde. Ihr letzter Anruf, bevor das Handy abgeschaltet wurde, ging an Hörnike ...«

Fabian nickte betreten. Da legte Helga ihren Finger genau in die Wunde. Aber im Nachhinein war es immer einfach, die Zusammenhänge zu erkennen. Während der Ermittlungen hatte ihr Fokus zu sehr darauf gelegen, herauszufinden, was wirklich passiert war, sodass sie diese Fäden nicht zusammengeführt hatten. »Trotzdem, richtig gut gemacht. Ohne dich hätte ich die Aussage von dem Zeugen, der Hörnike und Rieker Samstagnacht noch gesehen hat, wohl nicht so ernst genommen und wir hätten wichtige Zeit verloren.«

»Wie geht es jetzt mit der Familie weiter? Wird Lina wieder zu ihrer Adoptivmutter ziehen?«, fragte Helga, nachdem einen Moment lang jeder seinen Gedanken nachgehangen hatte.

»Anke Rieker ist der gesetzliche Vormund, also wird das wohl so gehandhabt«, sagte Fabian. Die psychischen Folgen für alle Beteiligten waren kaum absehbar. Anke Rieker musste verarbeiten, dass ihr Mann ihre gemeinsame Adoptivtochter sexuell belästigt hatte und dass diese mitverantwortlich für dessen Tod war. Lina hingegen war von beiden Vaterfiguren in ihrem Leben auf denkbar grausame Art enttäuscht worden und ihr kleiner Bruder ... »Hoffentlich finden sie schnell einen Familientherapeuten, der ihnen hilft, diese traumatischen Erlebnisse aufzuarbeiten. Insbesondere Henri dürfte für sein Leben gezeichnet sein. Nicht nur, dass er seinen Vater auf so eine schreckliche Weise verloren hat und sein Andenken alles andere als positiv ist, er musste auch noch mit ansehen, wie ein Mensch direkt vor ihm erschossen wird ...«

»Und am Ende wird er mutterseelenallein auf einem Friedhof ausgesetzt, wo er allein mit den Bildern in seinem Kopf zurechtkommen muss. Glücklicherweise wurde er schnell gefunden, sonst wäre er am Ende noch dort erfroren oder so.« Thomas sah so betroffen aus, wie sie sich alle fühlten.

»Da kann man ja schon fast dankbar sein, dass Hörnike aus Vatergefühlen heraus gehandelt hat und somit zumindest davor zurückgeschreckt ist, dem Kind was anzutun.« Helga stützte das Kinn auf ihre gefalteten Hände.

Fabian musste ihr beipflichten, wenngleich Hörnikes verletzte Gefühle keine seiner Taten rechtfertigen konnten. Dieser Fall hatte mal wieder gezeigt, dass es viel zu oft gar nicht der Fremde im dunklen Park war, vor dem die Menschen Angst haben sollten. Das Böse lauerte meist ganz in der Nähe, oft sogar in den eigenen vier Wänden.

EINE BITTE

Liebe Leserinnen und Leser,

ich bedanke mich bei Ihnen dafür, dass Sie mein Buch gekauft und gelesen haben. Natürlich hoffe ich, dass es Ihnen gefallen hat. Sollte dies nicht der Fall sein, freue ich mich über Ihre Rückmeldung, denn nur durch Kritik können sich Autorinnen und Autoren weiterentwickeln und erkennen, was sie falsch gemacht haben.

Ebenso wichtig wie die ehrlichen Rückmeldungen der Leserinnen und Leser sind die Bewertungen auf den Verkaufsportalen. Sie sind Anreiz für die Kaufentscheidung vieler Menschen. Leider gibt es dort immer weniger Rückmeldungen von den Leserinnen und Lesern. Woran das liegt, kann ich nur mutmaßen. Ich weiß lediglich, dass es beinahe allen Autorinnen und Autoren so geht. Vielleicht glauben viele Leserinnen und Leser, dass ihre Meinung nicht von Interesse wäre oder nicht wichtig oder sie glauben, sie hätten nicht genug zu dem Buch zu sagen.

Das stimmt allerdings nicht. Auch eine kurze Bewertung, in der Sie ausdrücken, warum Ihnen das Buch gefallen hat (oder eben nicht), reicht aus, um anderen Leserinnen und Lesern die Kaufentscheidung zu erleichtern und außerdem dem Autor oder der Autorin eine Freude zu machen.

Denn nur für Sie schreiben wir, für die Leserinnen und Leser. Sie können mir glauben, dass ich mir jede einzelne Rezension durchlese und mich darüber freue. Selbst wenn sie nicht so positiv ausfällt, wie man es sich erhofft, kann man doch meist daraus etwas lernen.

Ich würde Sie also bitten, sich doch die Zeit zu nehmen, kurz auf das Verkaufsportal zu gehen, auf dem Sie mein Buch erworben haben, und mir ein oder zwei Sätze zu meinem Buch zu schreiben. Denn mehr muss es gar nicht sein. Sie müssen keinen Roman verfassen, um Ihre Meinung auszudrücken, Sie müssen auch nicht den Inhalt nacherzählen oder sich etwas aus den Fingern saugen. Sagen Sie einfach kurz, ob es Ihnen gefallen hat und ob Sie mein Buch weiterempfehlen würden. Das genügt schon, wenn Ihnen nicht mehr einfallen sollte. Gerne erfahre ich aber auch, was genau Ihnen gefallen oder nicht gefallen hat, doch das liegt bei Ihnen.

Vielen Dank für Ihre Zeit.

DANKSAGUNG

Liebe Leserinnen und Leser, natürlich möchte ich Ihnen zuerst danken. Dafür, dass Sie dieses Buch gelesen haben. Dass Sie auch die anderen Prior-Bücher gelesen haben. Überhaupt, dass Sie Bücher von mir lesen. In diesem Jahr durfte ich mein zehnjähriges Autorinnenjubiläum feiern (passend zum 10. Band dieser Reihe) und das habe ich Ihnen zu verdanken. Sie können sich nicht vorstellen, welche Demut ich empfinde, diesen wunderbaren Beruf ausüben zu dürfen, auch wenn mir deshalb bestimmt schon sehr viele graue Haare gewachsen sind.

Sollte Sie noch Fragen an mich oder Anmerkungen zum Buch haben, schreiben Sie mir gerne eine Mail. Auch über einen Besuch auf meiner Homepage freue ich mich, oder folgen Sie mir auf Facebook. Um ganz sicherzugehen, nichts mehr zu verpassen, melden Sie sich einfach in der Mailingliste an und folgen Sie mir auf Amazon.

melisa.schwermer@gmail.com
www.melisa-schwermer.com
https://www.facebook.com/melisa.schwermer

Ich bin immer bemüht, so schnell und ausführlich wie irgendwie möglich zu antworten, auch wenn es manchmal einige Tage dauern kann. Außerdem können Sie mir auf meiner Autorenseite auf Amazon folgen, dann verpassen Sie keine Neuerscheinung.

Neben meiner Lektorin Simona, die mir dieses Mal sehr

intensiv zur Seite stehen musste (unsere Köpfe haben teilweise ordentlich geraucht), habe ich einigen Menschen zu danken, die mir bei der Recherche geholfen haben.

Da wäre einmal Kai Knipping. Vielen Dank für das offene Gespräch und die vielen Informationen zum Epstein-Barr-Virus. Durch dich konnte Helga authentisch krank sein. Wer gern »Magic the Gathering« spielt, kann ja mal nach »Sol4r1s MTG« auf YouTube oder »Sol4r1s« auf Twitch suchen.

Danke auch an den schönen Oli und den alten Oli für die Informationen zu gewässerten Tablets und darüber, wie und in welcher Form man die Daten wiederherstellen kann. Außerdem hat mir der Schwiegervater vom schönen Oli (Opa Wolle) wertvolle Hinweise rund ums Thema Jäger gegeben.

Katja hat mir sehr viele wichtige Infos über die Handhabung in Krankenhäusern gegeben, vielen Dank dafür.

Stefanie, Bettina, Susi, meine Testleserinnen, ihr wart dieses Mal besonders wichtig. Ihr wisst, warum. Danke fürs Zerstreuen der Zweifel :)

Zum Schluss danke ich wie immer auch meinem Lebensgefährten. Während des Schreibens bin ich oft zu nichts zu gebrauchen und ich bin froh, dass er mich in diesen Phasen so nimmt, wie ich eben bin.

Bis zum nächsten Mal
Ihre Melisa Schwermer

Printed in Poland
by Amazon Fulfillment
Poland Sp. z o.o., Wrocław

55053870R00196